Monica Hesse

SIE MUSSTEN NACH LINKS GEHEN

MONICA HESSE

Sie mussten nach links gehen

Aus dem amerikanischen Englisch
von Cornelia Stoll

cbt

MIX
Papier | Fördert gute Waldnutzung
FSC® C014496

Penguin Random House Verlagsgruppe FSC® N001967

2. Auflage 2025
Erstmals als cbt Taschenbuch Juli 2022

Die Originalausgabe erschien 2020 unter dem Titel »They Went Left« bei Little, Brown and Company in der Verlagsgruppe Hachette Book Group, Inc., New York.
Aus dem amerikanischen Englisch von Cornelia Stoll
Umschlaggestaltung: Geviert, Grafik und Typografie, Andrea Hollerieth
Covermotive: Bridgeman Images / DHM; Shutterstock.com / Madredus; Arcangel / Ildiko Neer
kk · Herstellung: lw
Satz und Druck: GGP Media GmbH, Pößneck
ISBN 978-3-570-31397-8
Printed in Germany

www.cbj-verlag.de

Für Andrew,
meinen eigenen kleinen Bruder

Das letzte Mal, als ich Abek sah:

Stacheldraht, rostige Metallknoten. Ich wurde verlegt. Wir alle wurden verlegt, wir hatten Glück, wir waren die Mädchen, die immer noch nähen und stehen konnten. Als die Aufseher uns am Männerlager vorbeitrieben, mussten sich die Männer gerade zum Appell aufstellen. Unsere Blicke wanderten über die lebenden Skelette, suchten gierig nach Vätern und Cousins. Wir hatten gelernt, tonlos zu flüstern und von Lippen zu lesen. Rosen? Rosen oder Weiss?, formten wir Mädchen lautlos mit den Lippen und reichten Familiennamen durch den Zaun, als seien es Gebete. Sind irgendwelche Rosens aus Krakau hier? Aus Lodz?

Seine Wangen waren immer noch rund. Seine Augen immer noch klar. Das fiel mir sofort auf. Die älteren Männer hatten ihm wahrscheinlich heimlich Brot gegeben. Auch wir haben das am Anfang manchmal gemacht, für die Jüngsten unter uns. Abek sah gesund aus, und ich dankte im Stillen dafür, dass ich in meiner eigenen Baracke viele Male irgendjemandes Schwester Brot zugesteckt hatte. Es war ein Tauschgeschäft mit dem Universum, damit jemand anderer dasselbe für meinen Bruder täte.

»Abek Lederman«, flüsterte ich dem Mädchen neben mir tonlos zu. »Dritte Reihe.« Sie griff den Namen auf und gab ihn lautlos durch den Zaun weiter. Ich sah, wie Männer auf der anderen Seite Platz machten und ihn an den Schultern näher an den Zaun schoben.

Wir hatten nur wenige Sekunden. Kaum genug Zeit, um seine Hand zu fassen oder ihm etwas zu geben. Was hatte ich für ihn? Warum hatte ich nicht eine halbe Kartoffel oder ein Stück Schnur aufgehoben?

Ein Stück weiter vorne bückte sich eine Frau, um einen Stein aus ihrem Schuh zu klauben. Wie dumm von ihr. Dafür würde es Schläge von der Aufseherin geben. Alle Aufseher machten das. Kaum hatte sich die Frau gebückt, sauste der Schlagstock der Aufseherin auf ihren Rücken und sie schrie vor Schmerzen auf, sah aber gleichzeitig kurz zu mir herüber, und ich verstand, dass diese Verzögerung ein Geschenk für mich war, denn sie würde mir genug Zeit geben, mit meinem Bruder zu sprechen.

»Zofia«, rief er. »Wo bringen sie dich hin?«

»Ich weiß nicht«, antwortete ich lautlos und spürte, wie mir Tränen in die Augen stiegen. Aber ich unterdrückte sie, ich wollte keine Zeit verlieren. Ich griff durch den Zaun nach seiner Hand, seiner Kleinjungenfaust, die immer noch Platz in meiner Hand hatte.

»Abek bis Zofia«, sagte ich zu ihm.

»A bis Z«, antwortete er.

»Wenn ich dich wiederfinde, dann machen wir das ganze Alphabet wieder voll. Und wir werden wieder zusammen sein und alles wird gut. Ich verspreche dir, dass ich dich finden werde.«

Das ist die Version, von der ich manchmal träume. Glasklar, gestochen scharf, sodass ich jedes Härchen auf seinem Kopf sehe. Und wenn ich an die Stelle mit dem Versprechen komme, nickt Abek im Traum. Als würde er mir vertrauen, mir glauben. Und eine Zeit lang finde ich Frieden.

Aber manchmal verläuft die Szene auch anders. Dann verzerrt der Traum-Abek sein Gesicht und aus seinen Worten klingt der Schmerz: »Es ist etwas passiert«, sagt dieser Abek dann. »Aber wir müssen jetzt nicht darüber reden.«

Teil 1

A

Niederschlesien, August 1945

Schlangen. Schlange stehen kann ich gut. Schlange stehen kann ich gut, weil man dabei an nichts denken muss. Man steht einfach da. Und diese Schlange ist einfach, weil nur wenige Menschen vor mir stehen. Sie ist einfach, weil ich den Grund kenne, warum ich anstehe. Es ist ein guter Grund und ich bin gut im Schlangestehen.

Vor der Schlange, an einem Tisch, sitzt eine amtlich aussehende Frau – ich glaube, sie ist vom Roten Kreuz. Der Tisch sieht aus wie ein hübscher Esstisch, den jemand aus dem Haus auf die Straße hinausgetragen hat. Nur dass er nicht auf einem Teppich steht, sondern auf Pflastersteinen, und dass keine Kerzenleuchter darauf stehen, sondern sich ordentliche Papierstapel darauf häufen, außerdem riecht er nach Möbelwachs. Vielleicht bilde ich mir das auch nur ein, aber genauso sieht er aus. Daneben steht eine einzelne Tasse, genau im richtigen Winkel zu den Papieren, wie auf einem gedeckten Tisch, als wollte sie an das frühere Leben des Tisches erinnern. Eine Tasse Tee für die Amtsperson.

»Der Nächste«, sagt sie, und wir rücken vor, weil das Vorwärtsrücken zum Schlangestehen gehört.

Ich sehe mich um, aber die anderen Gar-Nichts-Mädchen kommen nicht heraus, um sich zu verabschieden. Ich bin die Erste, die das Krankenhaus verlässt. In den ersten Wochen nach dem Krieg haben sich ständig gesündere Patienten verabschiedet, wurden ständig Pläne geschmiedet. Wenn man aus dem Fenster der Krankenstation schaute, sah man fast jedes Mal einen Laster vorbeituckern. Darin deutsche Soldaten auf dem Nachhauseweg. Polnische Soldaten auf dem Nachhauseweg. Russen, ein paar Kanadier, sie fuhren alle in unterschiedliche Richtungen und in jeder Richtung war jemand zu Hause. Als wäre die Welt ein Brettspiel und alle Spielfiguren wären in der Schachtel durcheinandergewürfelt worden.

Aber den Gar-Nichts-Mädchen ging es zu diesem Zeitpunkt noch nicht so gut. Wir haben deshalb noch keine Verhaltensregeln für den Fall, dass eine von uns geht. Wir haben keine Adressen zum Austauschen. Wir haben nichts. Wir wiegen nichts, wir fühlen nichts, wir haben über Jahre von nichts gelebt.

Auch unsere Seelen sind nichts. Das ist das größte Nichts und der Grund, warum wir immer noch im Krankenhaus sind. Unsere Seelen sind kraftlos. Durcheinander.

»Zofia? Ich wusste nicht, ob du das behalten willst.«

Ich drehe mich nach der Stimme um. Die kleine blonde Krankenschwester rennt aus dem Haus, ihr Mund sieht wie ein roter Kringel aus. Sie gibt mir einen Brief, der von meiner eigenen Hand adressiert ist. *Zurück an Absender.* Der Absender bin ich. Die Adresse lautet – ich weiß gar nicht genau, wer der Adressat diesmal gewesen ist. Seit Monaten, seit dem Tag, als ich wieder in der Lage war, einen Stift zu halten, habe ich Briefe an alle geschrieben, von denen ich eine Adresse wusste. *Habt ihr ihn gesehen? Sagt ihm, er soll auf mich warten.* Aber ihre Adressen waren nicht mehr ihre Adressen und die Post war nicht mehr die Post. Und ich war nicht mehr ich und ich begriff, dass ich das, was ich tun musste, nicht von einem Krankenhausbett aus tun konnte. Wenn ich ihn finden wollte, musste ich hier raus.

Deshalb stehe ich draußen, obwohl meine Seele immer noch wund ist, und die anderen Mädchen stehen weiter drinnen am Fenster.

Sagt ihm, die Ärzte lassen mich erst gehen, wenn es mir besser geht, habe ich geschrieben. Sagt ihm, es geht mir erst besser, wenn ich draußen bin und ihn gefunden habe.

»Hier, ich habe dir noch etwas hergerichtet«, sagt die blonde Schwester und überreicht mir etwas in einem Tuch. Es ist noch warm. Essen. Die Hitze drückt angenehm an meinen Bauch. Ich falte den Stoff auseinander und gebe ihn ihr zurück, aber sie sagt, ich soll ihn behalten.

Jetzt besitze ich also diesen karierten Stoff. Er gehört mir, was die Anzahl meiner Besitztümer in dieser Welt auf sechs erhöht. Später kann ich ihn zu einem Kopftuch falten, oder ich kann ihn in zwei Dreiecke schneiden, dann habe ich zwei Kopftücher, was die Anzahl meiner Besitztümer auf sieben erhöhen würde. Ich besitze außerdem ein Kleid, Unterwäsche, ein Paar Schuhe, eine Geldzuwendung in Form eines großen Scheines und ein Dokument, aus dem hervorgeht, dass ich Häftling in Groß-Rosen gewesen bin. Dies soll mir den Kontakt mit anderen Hilfsorganisationen erleichtern und mir helfen, an Lebensmittelkarten zu kommen. Die Mitarbeiter, die es mir gegeben haben, haben gesagt, es sei von allen diesen Dingen das Wertvollste.

»Der Nächste«, sagt die Amtsperson. Sie ist ungefähr so alt wie meine Mutter und hat Falten auf der Stirn, die ihr Gesicht jetzt weicher erscheinen lassen. Eine andere Mitarbeiterin kommt, um zu helfen.

Die blonde Schwester sieht mich immer noch an. »Hast du noch etwas vergessen?«, fragt sie. *Urbaniak*, fällt mir jetzt ein. *Sie heißt Urbaniak mit Nachnamen.*

»Meine Schuhe. Wo sind meine Schuhe?«

Warum habe ich das nicht gemerkt? Ich habe gerade auf meine Füße geschaut, und die braunen Lederstiefel, die ich anhabe, gehören mir nicht.

»Das sind deine Schuhe. Deine neuen Schuhe. Weißt du das nicht mehr?«, sagt sie behutsam, und dann erinnere ich mich: Die braunen Stiefel gehören jetzt mir, denn als ich vor Monaten in das Krankenhaus gebracht wurde, hatte ich Schuhe an, die die Nazis mir zugeteilt hatten, sie passten mir nicht und waren ganz löchrig. Meine erfrorenen Füße waren so geschwollen, dass man sie mir nicht ausziehen konnte. Eine Schwester musste sie an den Laschen aufschneiden. Die Schwestern sagten, ich hätte geweint, aber daran kann ich mich nicht erinnern.

Wie sich gezeigt hat, ist es nicht so schlimm, den dritten und vierten Zeh zu verlieren – wenn man schon Zehen verlieren muss –, weil man dann trotzdem noch gehen und balancieren kann.

»Du willst wirklich nicht länger hierbleiben, Zofia?«

»Ich erinnere mich jetzt wieder an die Schuhe. Ich hatte es nur kurz vergessen.«

»Du hast mich heute schon einmal danach gefragt.«

Ich zwinge mich zu einem Lächeln. »Dima geht heute. Er muss zu seinem neuen Posten und kann mich im Auto mitnehmen.«

Dima ist der Soldat, der mich ins Krankenhaus gebracht hat, als es noch kein Krankenhaus war, nur ein Gebäude voll mit Pritschen und Jodflaschen. Auch Dimas Jeep von der Roten Armee war voll, voll mit Menschen. Die Russen hatten drei Tage zuvor Groß-Rosen befreit, aber bald wurde klar, dass niemand von uns wusste, auch die russischen Soldaten nicht, wie so eine Befreiung aussehen sollte. Tausende von uns waren immer noch im Lager, zu schwach, um zu gehen. Dima fand mich halb bewusstlos in einer Frauenbaracke, erzählte er mir später in dem gebrochenen Polnisch seiner

Mutter. Ich hatte Glück, dass ich bewusstlos war, denn als er wieder Leben in mein Gesicht streichelte, waren alle leckeren Rationen schon verteilt worden: wächserne Schokolade und Rindfleischdosen.

Unsere Mägen waren zu geschwächt für diese reichhaltigen Lebensmittel. Ich habe Leute gesehen, die monatelang von einer Kartoffel am Tag gelebt haben, dann das Fleisch gegessen haben und nie mehr aufgestanden sind. Wir waren befreit worden und starben trotzdem wie die Fliegen.

»Es ist vorbei«, sagten die Soldaten zu uns im Februar. Offiziell war es noch nicht vorbei, es sollte noch ein paar Monate dauern, aber was sie meinten, war, dass die SS-Offiziere nicht mehr ins Lager zurückkommen würden.

»Jetzt ist es wirklich vorbei«, sagten uns die Schwestern im Mai und flößten uns Zuckerwasser und Haferbrei ein. Vom Flur hörten wir Jubelschreie. Deutschland hatte kapituliert.

Was meinten sie mit vorbei? Was war vorbei? Mein Zuhause war weit fort und ich besaß nicht einmal eigene Schuhe. Was sollte vorbei sein?

»Der Nächste«, sagte die Amtsperson, und ich machte wieder einen Schritt vor.

Eine Rauchstoß, ein knatternder Motor. Dima fährt mit seinem Jeep vor. Er springt heraus, als er mich warten sieht, und ich staune wieder einmal, dass er wie auf einem Filmplakat aussieht, wie ein Soldat aus einem

Film: Kräftiges Kinn. Ausgeprägte Wangenknochen. Freundlicher Blick. Dima, der meine Briefe frankiert hat. Der auf meine Bitte hin seine Kameraden über Birkenau ausgefragt und erfahren hat, dass es einen Monat vor Groß-Rosen befreit worden war. Und der mir das noch einmal erzählt hat, als ich es vergessen hatte, und dann ein weiteres Mal, als ich es wieder vergessen hatte. *Erinnerst du dich, Zofia? Wir haben schon darüber gesprochen.* Mein Gedächtnis ist ein Sieb, und Dima ist der Grund, warum ich diesen Ort verlassen darf – weil er mich mitnimmt.

»Ich wäre doch reingekommen, Zofia.« Er legt seine Hände auf meine Schultern. Über dem einen Ohr sind seine Haare etwas kürzer. Wahrscheinlich hat er sie sich eigenhändig vor einem Spiegel geschnitten. »Das ist zu anstrengend für dich. Du weißt, dass ich mir Sorgen um dich mache.«

»Ich muss hier Schlange stehen.«

»Sie muss erfasst werden«, sagt Schwester Urbaniak. »Die Hilfsorganisationen dokumentieren jeden Fall.«

Ein Klopfen an einer Scheibe, wie von einem Vögelchen. Ich sehe nach oben. Hinter dem Krankenhausfenster im zweiten Stock stehen die Gar-Nichts-Mädchen. Sie sind aufgewacht, sie klopfen an die Scheibe und winken. Dima winken sie genauso zu wie mir. Sie lieben ihn. Er winkt zurück.

»Der Nächste«, sagt die Frau vom Roten Kreuz. Ich warte noch eine Weile, dann merke ich, dass sie mich meint. Sie trägt eine einreihige blaue Uniform. Mein Kleid ist auch blassblau. Die Schwester, die es mir gegeben hat, hat gesagt, es passe zu meinen Haaren und meinen Augen. *Freundliche Lügen.* Mein Kopf hatte damals eine kahle Stelle und war völlig verschorft, die Haare waren kurz wie bei einem Jungen. Jetzt ist es fast wieder kinnlang, aber dünn und fahlbraun, keine glänzenden Locken mehr. Meine Augen haben immer noch die Farbe der Leere. »Fräulein«, sagt die matronenhafte Frau. »Fräulein?«

»Zofia Lederman.« Ich warte, bis sie mich auf der Liste abgehakt hat.

»Und Sie wollen also nach Hause?«

»Ja, nach Sosnowiec.«

»Und wen soll ich auf meine Liste schreiben?« Ich sehe sie starr an, und sie merkt, dass ich verwirrt bin. »Wir wollen wissen, ob Sie uns Namen nennen können.«

»Namen?« Irgendeinen Sinn muss ihre Frage wohl haben, aber mein Kopf ist wieder vernebelt. Er kann die Worte nicht erfassen. Ich drehe mich Hilfe suchend zu Schwester Urbaniak und zu Dima um.

Die Rotkreuz-Mitarbeiterin legt ihre Hand auf meine Hand, bis ich sie wieder ansehe. Ihre Stimme hat den knappen, offiziellen Tonfall verloren und ist weicher geworden. »Verstehen Sie mich? Wir schreiben auf, wohin Sie gehen, und auch den Namen der Familie, die Sie suchen. Gibt es jemanden, der möglicherweise nach Ihnen sucht?«

Namen. Das wurde ich vor Monaten schon einmal gefragt, von den Helfern, als ich wieder bei Bewusstsein war. Aber nichts ist dabei herausgekommen, und jetzt schmerzt mir sein Name in der Kehle.

»Abek. Mein Bruder, Abek Lederman.«

»Alter?«

»Er müsste jetzt zwölf sein.«

»Haben Sie eine Ahnung, wo er sein könnte?«

»Wir sind beide nach Birkenau gekommen, aber ich wurde zweimal verlegt, einmal in eine Textilfabrik in Neustadt und dann nach Groß-Rosen. Ich habe ihn das letzte Mal vor über drei Jahren gesehen.«

Ich sehe, dass sie alles sorgfältig aufschreibt. »Noch jemand?«, fragt sie.

»Nur Abek.«

Nur Abek. Deshalb muss ich nach Hause. Birkenau wurde einen Monat vor Groß-Rosen befreit. Vielleicht wartet Abek schon auf mich.

»Sind Sie sicher, dass Ihnen nichts mehr einfällt?« Ihr Stift schwebt über der nächsten leeren Linie. Sie überlegt, wie sie mich schonen kann. »Wir sind der Meinung, dass es besser ist, möglichst in alle Richtungen zu forschen. Nicht nur direkte Familienangehörige, sondern auch Cousins und entferntere Verwandte. Das erhöht die Chance, jemanden zu finden.«

»Ich habe sonst niemanden anzugeben.«

Entfernte Verwandte. Sie meint es nicht so, aber es erinnert mich an meinen alten Lehrer, der manchmal

Süßigkeiten in die Schule mitbrachte. *Nur nicht wählerisch sein,* warnte er, wenn er mit seiner Schüssel durch die Klasse ging.

Nur nicht wählerisch sein. Du kannst von Glück reden, wenn du überhaupt noch Verwandte hast. Nimm dir einfach etwas heraus.

»Sehen Sie diese leeren Zeilen.« Die Rotkreuzmitarbeiterin zeigt auf das Papier, ihre Stimme ist geduldig, als würde sie mit einem Baby sprechen. »Hier ist jede Menge Platz für alle möglichen Personen. Wenn Sie nur eine einzige Person suchen – einen Menschen auf einem ganzen Kontinent –, könnte das unmöglich sein.«

Eine einzige Person. Unmöglich.

Ich starre auf ihre unbeschriebenen Linien. Sie reichen nicht aus, nicht einmal annähernd. Sie reichen nicht annähernd aus, um die Geschichte der Menschen zu erzählen, die ich vermisse. Ich kneife die Augen zusammen und strenge mich an, meine Gedanken nicht fließen zu lassen, denn ich weiß, dass sich die Krankenschwestern die ganze Zeit geirrt haben: Manchmal habe ich nicht Probleme, mich an Dinge zu erinnern, ich habe Probleme, sie zu vergessen.

Hinter mir tritt Dima besorgt von einem Fuß auf den anderen. Er überlegt sich wahrscheinlich, wie er mir helfen kann.

Gäbe es genügend Linien auf dem Papier, würde ich so anfangen:

Ich würde ihr zuerst erzählen, dass sich am zwölften

August 1942 alle Juden, die noch in Sosnowiec waren, im Fußballstadion versammeln mussten. Es hieß, wir sollten neue Papiere bekommen. Das kam uns damals schon sehr verdächtig vor, aber Sie müssen verstehen - würde ich ihr sagen. *Sie müssen verstehen* –, die Deutschen hielten unsere Stadt schon seit drei Jahren besetzt. Wir waren an willkürliche Befehle gewöhnt, die sich manchmal als furchtbar und manchmal als harmlos herausstellten. Ich würde ihr erzählen, wie unsere Familie von unserer Wohnung in eine andere Wohnung am anderen Ende der Stadt umgesiedelt wurde, nur weil auf dem Stadtplan erfundene Grenzen eingezeichnet worden waren und die Juden jetzt nur noch innerhalb dieser Grenzen leben durften. Wie Baba Rose und ich Sterne auf unsere Kleidung nähten, die wir von einer Vorlage aus der Zeitung ausgeschnitten hatten.

Papa hatte sich schon einmal im Stadion melden müssen: Die Deutschen hatten alle jüdischen Männer dorthin beordert. Sie mussten gehen, durften aber bald wieder nach Hause. Aschfahl waren sie und keiner wollte darüber reden, was er gesehen hatte. *Sie kamen wieder.*

Ich würde der Rotkreuzfrau erzählen, dass unsere Papiere unser Überleben sicherten: Ohne Papiere konnte man weder Lebensmittel einkaufen noch auf die Straße gehen. Also mussten wir dem Befehl Folge leisten und wir zogen unsere besten Kleider an. So lautete die Anweisung, und das beruhigte uns, weil sie vielleicht wirklich Fotos für neue Papiere von uns machen wollten.

Aber dann kamen wir ins Stadion und es gab keine Fotoapparate. Nur Soldaten. Und die sortierten uns. Nach Gesundheit. Nach Alter. Die Kräftigen in eine Gruppe. Die Schwachen oder Alten oder Familien mit kleinen Kindern in eine andere Gruppe. Die eine Schlange zum Arbeiten in Fabriken, die andere ins Lager.

Es dauerte Stunden. Es dauerte Tage. Tausende von uns befanden sich auf dem Spielfeld und alle mussten sortiert werden. Alle mussten befragt werden, ob sie besondere Fähigkeiten oder Verbindungen hatten. Die SS bewachte den Rand des Spielfelds. Hinter unserer Familie betete ein alter Mann, den ich aus der Apotheke kannte. Zwei Soldaten kamen johlend auf ihn zu. Der eine schlug dem Apotheker den Hut vom Kopf, der andere stieß ihn mit dem Knie auf den Boden. Mein Vater rannte hin, um ihm zu helfen – ich hatte nichts anderes von ihm erwartet. Er war immer sehr nett zu anderen –, obwohl meine Mutter und ich ihn anflehten, bei uns zu bleiben, und ich dachte, *was nützt das schon?*

Meine Mutter und ich schlangen abwechselnd die Arme um Abek und erzählten ihm Märchen: *Die Froschprinzessin. Der Bär im Försterhaus.* Und sein Lieblingsmärchen *Der Wirbelwind.*

Abek war groß für sein Alter und sah älter aus, als er war. Als wir begriffen, wie die Soldaten uns aufteilten, überlegten wir, dass dies wichtig sein könnte. *Abek,* sagte

Mama. *Du bist zwölf, nicht neun, verstanden? Du bist zwölf und du hast schon seit einem Jahr im Betrieb deines Vaters mitgearbeitet.*

So etwas dachten wir uns zur Sicherheit für jeden von uns aus. Wir sahen Baba Rose an, meine liebe, geduldige Großmutter, und überlegten, dass sie viel jünger als siebenundsechzig aussah. In ganz Sosnowiec konnte niemand so gut nähen wie sie. Es gab Kunden, die ihre Anzüge oder Röcke nur deshalb in unserem Familienbetrieb kauften, weil sie die Stickerei so mochten, die Baba Rose in Handarbeit anbrachte. Dies konnte man bestimmt als besondere Fähigkeit bezeichnen.

Wir redeten uns ein, dass der rasselnde Husten meiner Mutter, der sie seit Monaten schwächte und mit dem Abek jetzt auch schon anfing, kaum auffiel. Wir versicherten uns gegenseitig, niemand würde bemerken, dass Tante Maja hinkte.

Kneif dir in die Wangen, sagte Tante Maja zu mir. *Wenn sie kommen, kneif dir in die Wangen, dann siehst du gesund und munter aus.*

Meine schöne Tante Maja war so hübsch und ihr Lachen war so fröhlich, dass es keinen ihrer Verehrer je kümmerte, dass sie mit einer schiefen Hüfte geboren war und sich deshalb nur schlingernd fortbewegte. Sie war viel jünger als Mama, nur neun Jahre älter als ich. Sie sagte immer, ich solle mir in die Wangen kneifen, dann wäre ich genauso hübsch wie sie. Jetzt sagte sie es, damit uns beiden nichts passierte.

Es wurde dunkel. Es fing an zu regnen. Wir sperrten unsere Münder auf und fingen die Tropfen auf. Wir hatten seit Tagen nichts mehr gegessen oder getrunken. Das Wasser auf unserer Haut, die von der Sonne verbrannt war, fühlte sich im ersten Moment angenehm an, aber dann wurde uns kalt. Abek vergrub seine Hand in meiner.

Und Prinz Dobrotek kroch in das Pferdeohr, sagte ich und erzählte ihm wieder das Märchen vom Wirbelwind. Ich war eine gute Märchenerzählerin. *Und als er auf der anderen Seite wieder herauskroch, weiß du noch, was er da anhatte?*

Eine goldene Rüstung, sagte Abek. *Und dann ritt er mit dem Pferd zu dem wandernden Berg.*

Kneif dir in die Wangen!, rief Tante Maja. *Zofia, kneif dir in die Wangen und lächle.*

Ich ließ Abeks Hand nicht los und schleppte ihn zu den Soldaten.

Fünfzehn, sagte ich zu ihnen. *Ich kann nähen und einen Webstuhl bedienen. Mein Bruder ist zwölf.*

Jetzt wisst ihr, warum auf dem Formular dieser Frau nicht genug Platz ist, um alles zu erzählen. Es würde Stunden dauern, alles aufzuschreiben. Die Tinte würde ihr ausgehen. Es gibt so viele andere Juden, Millionen werden vermisst und von allen muss sie Informationen sammeln.

Dima tritt vor. »Zofia hat keine weiteren Namen anzugeben. Es geht ihr nicht gut.«

»Ich schaffe das«, protestiere ich, weiß aber gar nicht genau, was ich damit meine. Dass ich weiter in der Schlange stehen kann? Dass es mir wieder gut gehen wird?

Die Rotkreuzfrau legt meine Akte auf den Stapel. Dima reicht mir seine Hand, ich nehme sie. Ich kauere mich auf den Beifahrersitz seines Jeeps und lasse zu, dass er mir seinen Mantel über die Knie legt, während Schwester Urbaniak das Bündel mit dem Essen unter dem Sitz verstaut.

Was ich der amtlichen Frau hätte sagen sollen, ist dies: Ich weiß, dass ich niemanden sonst auf die Liste setzen lassen muss, weil die Soldaten meine ganze Familie für Birkenau eingeteilt haben. Und als wir nach Birkenau kamen, gab es wieder eine Schlange, die sich anschließend teilte. Wer Glück hatte, wurde zur Schwerstarbeit eingeteilt. Wer Pech hatte – wir konnten den Rauch sehen. Der Rauch kam von den brennenden Leichen der Leute, die Pech gehabt hatten.

In dieser Schlange wurden Abek und ich nach rechts geschickt.

Ich muss nur einen einzigen Menschen auf diesem Kontinent finden. Ich muss nach Hause. Ich muss überleben. Für diesen einen Menschen muss mein Kopf weiter funktionieren.

Denn wie die meisten Menschen aus Sosnowiec mussten alle anderen: Papa, Mama, Baba Rose, die schöne Tante Maja – sie alle, alle – nach links gehen.

A

Dima fährt langsam. An der Straße, die wie eine Hauptstraße aussieht, kehrt eine Frau ihren Hauseingang. Ich glaube wenigstens, dass es ihrer ist, dass es einmal ein Hauseingang war. Sie hat eine Schürze an und schiebt Steine auf ein Kehrblech und das Kehrblech leert sie in einen Abfalleimer, und hinter ihr ist nichts. Nur Trümmer. Hüfthohe Überreste eines Backsteingebäudes, die schwache Ahnung eines Hauseingangs. Es könnten neue Trümmer von den Alliierten sein oder alte von den Deutschen. Zweimal sind in Polen Truppen einmarschiert. Ist das überhaupt Polen? Die Grenzen verändern sich ständig. Ich war noch nie so weit vom Krankenhaus entfernt. Vom Fenster aus sah man nur das Schaufenster eines halb verbarrikadierten Modegeschäfts, in dem keine Kleider waren. *Was werden wir uns wohl kaufen, wenn wir wieder gesund sind?*, fragte die Frau, die wir Bissel nannten, träumerisch. *Ich glaube, wir werden uns nichts kaufen*, sagte ich. *Weil es nichts zu kaufen gibt.*

Dima spricht Polnisch wie ein kleines Kind. Er verwendet Ein- und Zweisilbenwörter, die er mit vielen

Gesten unterstreicht. »Hunger?«, fragt er, als das Kopfsteinpflaster einer unbefestigten Straße weicht. »Bonbon, unter deinem Stuhl.«

»Nein danke.«

»Schau nach«, sagt er stolz. »Überraschung.«

Gehorsam taste ich unter meinen Autositz. Eine Papiertüte mit harten Bonbons und daneben etwas Rechteckiges, Biegsames. Ein Modemagazin. Es sieht amerikanisch aus. Eine Frau mit einem kessen roten Hut. Als Dima mich das erste Mal besuchte, nachdem ich wieder aufgewacht war, fragte er mich, was er mir mitbringen könnte, und ich sagte, *Lippenstift.* Ich sah ihm an, dass ihn die Vorstellung begeisterte. Ein verschorftes, abgemagertes Mädchen, das sich schön machen will. Ich sagte ihm nicht, dass ich einfach etwas gegen meine aufgerissenen, schmerzenden Lippen haben wollte. Ich nahm an, dass er das polnische Wort für *Bienenwachssalbe* oder *Vaseline* nicht kannte. *Lippenstift* kennt er vielleicht, dachte ich.

»Alles bequem?«, fragt er.

»Ja.«

»Decke«, schlägt er vor und nickt zum Hintersitz.

»Mir ist nicht kalt.«

»Aber jeden Tag du kalt.« Er runzelt die Stirn. Er war so stolz darauf, daran gedacht zu haben, und ist jetzt so niedergeschlagen, dass ich vielleicht gar keine Decke brauche. Ich greife danach und lege sie mir um die Schultern.

»Danke«, sagte ich. »Du bist sehr freundlich.«

»Tag ist aufregend«, sagt er. »Wir sind bald da. Auto ist schnell. Jetzt du ruhst aus.«

Ich lehne mich an die Beifahrertür, aber ich lasse die Augen auf. Überall Schutt auf den Straßen. Zerbrochene Räder, Deichseln, die in die Luft staken, Milchkannen, deren Böden abgerostet sind. Jeder Gegenstand steht für eine Familie, die nicht mehr weiterkonnte, die angehalten oder abgeführt wurde oder einfach zu müde war, um noch mehr zu schleppen. Besitztümer wurden hier zurückgelassen, erst belanglose Dinge wie Spieluhren und Seidenschals und dann alles, was für das eigene Überleben notwendig war. Und da man von fast nichts leben kann, wurde alles zurückgelassen. Zerbrochene Räder, Deichseln, die in die Luft staken, Milchkannen, deren Böden abgerostet sind. Jeder Gegenstand steht für eine Familie, die nicht mehr weiterkonnte, die angehalten oder –

Hör auf, sage ich zu mir und versuche, den Kreislauf zu durchbrechen. Genau das passiert jetzt immer mit meinem Kopf. Er dreht durch, geht immer im Kreis. Über manche Dinge lässt er mich nicht nachdenken und bei anderen hakt er sich fest. Manchmal ist mein Kopf auch in Ordnung. Langsam geht es ihm besser. Aber manchmal lösen Dinge etwas in ihm aus, was ich nicht immer vorhersehen kann, und er hat blinde Flecken wie Schwarzeis.

Ich blicke zur anderen Straßenseite hinüber, wo Felder

an mir vorüberziehen, und versuche, den Kopf wieder freizubekommen. Auf dieser Seite liegt kein Schutt. Aber ich sehe ein großes Stück umgegrabene Erde, braun und grobkörnig. Auch das ertrage ich nicht.

Manchmal lag es nicht daran, dass die Familien müde geworden sind. Manchmal wurden sie auf der Stelle erschossen. Manchmal wurden ganze Städte erschossen und in Massengräber geworfen. Ich kneife die Augen zusammen.

Es ist vorbei, es ist vorbei, es ist vorbei.

Früher habe ich den Geruch von Erde gemocht. In den Ferien auf dem Land haben Abek und ich mit Stöckchen Bilder gemalt und ich habe ihm das Alphabet beigebracht.

A für Abek.

Kann es sein, dass ich gerade etwas rieche, was sich unter dieser Erde befindet? Etwas Stinkendes und Schreckliches?

B für Baba Rose.

»Pause zum Essen?«, schlägt Dima vor, und ich bin froh, dass seine Stimme mich aus meinen Gedanken reißt.

»Können wir nicht weiterfahren? Ich möchte zu Abek. – Aber wenn du eine Pause machen willst …«, füge ich rasch hinzu. Wir waren noch nie so lange zusammen, und es ist das erste Mal, dass er mich außerhalb des Krankenhauses sieht. Aber falls er das seltsam findet, hat er sich nichts anmerken lassen.

»Nein, wir können fahren. Ich will dich hinbringen, sicher. Brauchst du noch etwas? Wasser? Beine vergehen?«

»Beine vertreten«, verbessere ich ihn.

»Vertreten?«

»So sagt man. Es ist eine Redewendung. Also, eine Art zu reden.«

»Du musst Beine vertreten?« Er freut sich über den neuen Ausdruck. Er beugt sich zu mir und tätschelt mein Knie. *Du Glückliche,* haben die anderen Gar-Nichts-Mädchen gesagt. *Sei lieb zu ihm.*

Ich weiß nicht, ob Dimas Versetzung nach Sosnowiec ein Zufall war. Vielleicht hat er sie beantragt. Ich wollte ihn nicht fragen. Ich dachte, es sei besser, unsere Beziehung nicht zu klären.

»Nein, ich – können wir einfach weiterfahren?«, frage ich. »Das wäre mir am liebsten. Vielleicht kannst du mir eine Geschichte erzählen. Oder ich ruhe mich wieder aus.«

Sofort sieht er besorgt aus. »Ja. Du sollst ausruhen. Du ruhst aus und ich bringe uns nach Hause.«

Ich wollte meine Augen eigentlich nicht zumachen. Ich wollte mich nur ausruhen, nicht schlafen. Aber sie sind anscheinend zugefallen, denn plötzlich spüre ich, wie das Auto ruckelt und stehen bleibt.

»Zofia.« Dimas Hand liegt auf meiner Schulter, er weckt mich sanft.

Meine Augen fliegen auf und schauen sich um. Die Landschaft ist flacher geworden. Die Sonne steht hoch am Himmel. Stunden sind vergangen. Dima lächelt über das ganze Gesicht und zeigt durch die Windschutzscheibe nach draußen.

Zuerst verstehe ich nicht, was er mir zeigen will, aber dann traue ich meinen Augen kaum. Ein Holzschild mit verschnörkelter Schrift.

»Schon da?«, keuche ich.

»Habe gesagt, Auto ist gut. Auto ist schnell.«

SOSNOWITZ steht auf dem Schild. Die Deutschen sind nach Sosnowiec gekommen und haben der Stadt einen deutschen Namen gegeben.

Ich habe aber nicht gemeint, dass das Auto schnell ist. Ich habe gemeint: *Wie kann es sein, dass wir schon da sind? Wie kann es sein, dass ich schon wieder zu Hause bin?* Es war einfacher, sich vorzustellen, dass die schlimmen Dinge irgendwo weit in der Ferne geschehen waren. Auf einem anderen Kontinent. Aber Birkenau, das erste Lager, war keine fünfundzwanzig Kilometer von zu Hause entfernt.

»Das ist es, ja?«, fragt Dima. Er hat den Jeep angehalten und sieht mich neugierig an. Ich reagiere nicht so, wie er erwartet hat.

»Das ist es.«

»Sag mir, wo ich jetzt fahren soll.«

Ich schlucke und versuche, mich zurechtzufinden. »Nach Hause. Abek.«

»Welche Richtung?«

Wir befinden uns am Rand von Sosnowiec. Kleine Bauernhöfe, kleine Landparzellen. Richtung Innenstadt werden die Häuser gleich enger beieinanderstehen, drei- bis vierstöckige Wohnhäuser. In der Ferne erkenne ich das Industriegebiet. Wären wir näher dran, könnte ich den Rauch sehen, der aus den Fabriken über den Oberleitungen der Straßenbahnen schwebt. Breite, gepflasterte Plätze, elektrische Straßenlaternen, kleine Lokale mit Mittagstisch, in denen sich gehetzte Arbeiter drängen.

»Zofia?«

Ich komme wieder zu mir. Es gibt zwei Adressen, zu denen Dima fahren könnte. Die erste ist in Środula, einem Viertel am Stadtrand. Das ist das jüdische Ghetto, in das wir umziehen mussten, als ich dreizehn war. Vermüllte Straßen. Verfallene Häuser. Brachflächen. Wir wohnten zu sechst in einem Zimmer.

Die zweite Adresse ist mein Zuhause, mein richtiges Zuhause, das Baba Rose gehörte, wo meine Mutter aufgewachsen ist und mein Vater einzog, nachdem sie geheiratet hatten. Es ist näher an der Stadtmitte.

»Nach rechts«, sage ich. Zu unserem richtigen Zuhause. Das war mein Plan, dass Abek und ich uns dort treffen. Das habe ich ihm gesagt. *Wiederhol die Adresse, Abek. Erinnerst du dich an die Birken vor dem Haus?* Und wenn er dort allein auf mich gewartet hat? *Ich habe versucht, schneller gesund zu werden, Abek. Ich habe es wirklich versucht.*

Dima fährt nach rechts, aus der Schotterstraße wird eine gepflasterte Straße. Wir fahren an ein paar Männern in einfacher Arbeitskleidung vorbei, dann sehen wir noch mehr Männer, aber die tragen Anzüge und haben Hüte auf. Dima hebt grüßend eine Hand, einer winkt zurück, zögernd. Die anderen tun, als sähen sie uns nicht.

»Was ist das?« Dima zeigt durch die Windschutzscheibe auf eine große grüne Fläche inmitten von Häusern.

»Der Sielecki-Park. Manchmal sind wir mit der Schule dorthin gegangen.«

»Ah!« Nach ein paar Minuten streckt er wieder seinen Arm aus und zeigt auf etwas anderes. »Und das?«

Er ist so aufgeregt, als wäre er selbst auf einem Schulausflug, als würden wir gemeinsam Ferien machen. Im Krankenhaus wollten sie uns darauf vorbereiten, dass es möglicherweise schwierig sein würde, wieder nach Hause zu kommen. Aber dass es so sein würde, damit habe ich nicht gerechnet: Mein Gedärm krampft sich zusammen und ich habe einen schalen metallischen Geschmack im Mund.

»Ist das ein Schloss?« Dima zeigt auf ein besonders prächtiges Gebäude.

»Der Bahnhof. Am Wochenende war hier immer Markt. Wir nennen ihn –« Ich verstumme, denn selbst diese belanglose Erinnerung versetzt mir einen Stich, weil sie so vertraut ist. »Wir nennen ihn Bratpfanne.«

Meine hässliche, schöne Stadt. Sosnowiec ist nicht so prachtvoll wie Krakau, wo ich mit Mama an meinem Geburtstag Essen ging. Sosnowiec ist eine Stadt, in der die Industriebarone ihre Fabriken errichteten: Eisen, Stahl, Seile, Textilfabriken und Färbereien. Es gibt dort breite Straßen, solide Häuser, verqualmte Luft. Wirtschaftlichkeit statt Schönheit. Wer liebt schon eine Stadt, deren nettester Spitzname »Bratpfanne« ist?

Meine Familie hat sie geliebt. Wir hatten keine Ahnung, wie wenig die Stadt uns zurückliebte.

Ich weiß, dass viele Menschen Widerstand gegen die deutsche Wehrmacht leisteten: die Heimatarmee, die polnischen Armeeverbände, der Jüdische Militärverband, alle kämpften gegen die Besatzung. Ich weiß – oder habe später davon gehört –, dass es in Warschau einen Aufstand gab, dass sich die Stadt über sechzig Tage lang gegen die Nazis wehrte, und ich weiß, dass es deshalb praktisch kein Warschau mehr gibt. Die Deutschen bestraften die Stadt, indem sie sie zerstörten.

Ich weiß aber auch, dass viele Menschen in meiner Stadt die Hand zum Hitlergruß hoben, als die Deutschen einmarschierten.

Die Umgebung wird vertrauter. Wir fahren an der Bibliothek vorbei oder was einmal die Bibliothek gewesen ist. An dem Laden, wo wir vor dem Einmarsch einkauften. Es war Sommer, unsere Schränke waren leer, weil wir gerade aus der Sommerfrische zurückgekommen waren. Grundnahrungsmittel wie Brot waren bereits ausverkauft. Es gab nur noch Delikatessen. Papierdünne Palatschinken, in die nur noch Hackfleisch eingerollt werden musste. An der Wand neben dem verwirrten Kaufmann standen reihenweise glänzende Einmachgläser mit Rhabarber.

»Kauf alles«, sagte Mutter leise.

Die ersten beiden Wochen der deutschen Besatzung aßen wir, als hätten wir etwas zu feiern.

Der Jeep fährt um ein rotes Backsteingebäude mit Torbögen aus Kalksandstein, und ich warte nicht, bis Dima mich fragt. »Das Dietel-Palais«, sage ich. »Heinrich Dietel hat die Textilindustrie in Sosnowiec aufgebaut.«

Kaum habe ich das gesagt, fängt mein Herz an zu rasen und mein Mund wird trocken. Dietel-Palais, das bedeutet, dass wir gleich zu Hause sind. Mein Vater kam auf seinem Weg zu seiner eigenen Fabrik immer hier vorbei.

Ich sehe genauer hin. Das Stoffbanner über dem Haupteingang ist nicht aus Brokat wie früher, als die Familie Dietel ihren Reichtum zur Schau stellte. Es ist ein wogendes Rot mit einem gelben Stern und einer Sichel.

»Wahrscheinlich musst du da hin, Dima«, sage ich und zeige auf die Sowjetflagge.

Er strahlt. »Ich denke auch. Ich halte hier und dann ich fahre dich heim?«

Panik erfasst mich, mein Herz schlägt noch schneller. »Nein! Zuerst muss ich zu unserem Haus.«

Er sieht mich betrübt an. »Dauert nur eine Minute.«

Ich unterdrücke meinen Ärger und öffne schon die Tür. »Mein Haus ist gleich um die Ecke.«

»Aber Zofia.« Meine plötzliche Energie verblüfft ihn wohl und mich verblüfft sie genauso.

»Du solltest da reingehen. Du musst dich bestimmt bei deinen Vorgesetzten melden.«

Und mein Bruder ist vielleicht schon zu Hause und ich kann nicht warten. Und ich kann keine Zuschauer gebrauchen, wenn wir uns wiedersehen.

»Bist du ohne mich sicher?«, fragt er zögernd.

»Ich schreibe dir die Adresse auf – du kannst kommen, wenn du hier fertig bist.«

Schließlich kann ich ihn überreden, mich allein zu lassen. Ich habe nicht gelogen. Unser Haus ist wirklich nur ein paar Blocks entfernt. Es ist sogar noch kürzer, wenn ich die Nebengassen nehme, was meine Füße ganz automatisch machen, rennen, rennen. Auf dem harten Pflaster fängt mein böser Fuß an zu schmerzen. Ich kann nicht rennen, ich war jahrelang zu schwach zum Rennen, aber jetzt renne ich und das Herz springt mir beinahe aus der Brust.

Und dann bin ich da, stehe unter dem weißen Straßenschild: Mariacka.

In der kurzen Straße mit den Trambahngleisen stehen hauptsächlich Wohnblocks. Unserer ist in der Mitte. Ein rötliches Sandsteingebäude, vier Stockwerke hoch.

Ich habe diesen Augenblick tausendmal durchgespielt.

Was ich machen würde, wenn unser alter Pförtner dastehen würde. Was ich machen würde, wenn ein neuer Pförtner da wäre, der mich nicht kennt.

Aber im Eingang steht niemand. Niemand hindert mich am Hineingehen, also drücke ich die Eichentür auf. In der Halle: dieselben Marmorfliesen. Dieselbe flackernde Lampe. *Zu Hause.*

Vor der Reihe mit den Briefkästen bleibe ich stehen. Ich fahre mit der Hand durch den Kasten und ertaste einen metallenen Knubbel: den Ersatzschlüssel, der ganz hinten festgeklebt ist, wo ihn niemand findet, der es nicht weiß. Der Schlüssel plumpst in meine Hand, schwer und griffig. Klebeband krümelt in bräunlichen Flocken herunter.

Vielleicht ist Abek schon zu Hause und wartet auf mich. Mein Herz flattert in freudiger Erwartung und ich renne die Treppe hinauf. Ein Feuer im Ofen. Saubere Betttücher.

Ich berühre kaum die Klinke, da geht die Tür schon auf.

B

»Abek!« Ich renne in die Diele. »Abek? Bist du da?«

Geradeaus vor mir im Wohnzimmer stehen Möbel, aber es sind zu wenige und auch nicht unsere. Ein großer Teppich, der für Baba Roses Geschmack zu neumodisch ist. Auf dem Teppich eine Couch, die ich nicht kenne, und ein paar staksige Stühle.

Ich bin wohl in der falschen Wohnung gelandet, ein Stockwerk zu tief. Ich bin wahrscheinlich wieder durcheinandergekommen.

Aber nein, von hier aus kann ich es sehen: drei runde Wasserflecken auf dem Boden mitten im Zimmer. Können die Flecken auch ein Stockwerk nach unten gerutscht sein? *Fünf Jahre.* Ich bin seit fünf Jahren nicht mehr in diesem Haus gewesen. Ich bin nicht in der falschen Wohnung. Die Wohnung hat ganz einfach ihr eigenes Leben gelebt, seit ich zum letzten Mal hier war.

Ich bin zu Hause. *Ich bin zu Hause.* Ein Ton kommt aus meinem Mund, etwas zwischen einem Bellen und einem Weinen.

Die Luft ist wie früher. Diese drückende Hitze. Mama

sagte immer, das sei der Nachteil, wenn man im obersten Stock wohnt. Ist es möglich, dass ich noch letzte Rauchspuren von Tante Majas allabendlicher Zigarette riechen kann? Ich sehe nach unten und merke, dass ich automatisch meine Schuhe ausgezogen habe. Das habe ich schon monatelang nicht mehr gemacht. Selbst nachts habe ich die Schuhe angelassen, damit sie mir nicht gestohlen würden, und um notfalls sofort losrennen zu können. *Weil heute Donnerstag ist. Donnerstags hat Mama immer den Boden geputzt.*

Meine Füße erinnern sich daran, die Schuhe auszuziehen, und meine Hände erinnern sich daran, mein Bündel dorthin zu legen, wo einmal eine Anrichte stand.

»Ich bin's.« Meine Stimme erinnert sich daran, was sie sagen soll. Und vielleicht erinnert sie sich auch daran, dass sie in dieser Wohnung etwas heller klang? Dass sie eine gewisse Schärfe hatte, und Witz?

Die einzige Antwort auf meine Stimme ist ein Echo.

Zuerst das Zimmer von Abek. Ich konzentriere mich und gehe zum kleinsten Zimmer am anderen Ende des Flurs. Meine Füße kleben an dem gebohnerten Walnussparkett – *hier lag früher ein Läufer.* Ich stoße die geschnitzte Tür auf. Himmelblaue Wände, die haben die Deutschen behalten. Weiße Zierleisten, Vorhänge.

Aber das sind die einzigen vertrauten Dinge. Es sind keine Möbel da. Sogar das Bett ist weg. In einer Ecke liegt ein Haufen zusammengeknüllter Bettlaken, aber es ist nicht zu erkennen, ob sie in letzter Zeit benutzt worden sind oder ob der, der das Bett gestohlen hat, sie einfach dort liegen lassen hat. Ich hebe eins davon auf, weiches Flanell, und rieche daran. Es hat einen leichten Modergeruch. Der Schrank ist leer. Keine Bilderbücher. Keine Modellautos. Keine vereinzelte Socke, die sich in der Tür verfängt.

Ich gehe durch den Flur in unser Elternschlafzimmer und dann in das Zimmer von Baba Rose und mit jedem weiteren leeren Zimmer möchte mein Kopf zerspringen.

Mein Zimmer, das ich mit Tante Maja geteilt habe. Dunkle Holztäfelung; es war Großvaters Zimmer, bevor er starb. Auch hier sind die Bettgestelle verschwunden. Ich lasse den Blick durch den restlichen Raum schweifen. Die Wände hatte ich mit Plakaten tapeziert, Werbeplakate von Eisenbahngesellschaften. Jemand hat versucht, sie abzukratzen, aber der halbe Eiffelturm ist immer noch zu erkennen.

Wenn Abek hier gewesen wäre, hätte er mir hier, in meinem Zimmer, etwas hinterlassen – einen Brief oder irgendein Zeichen. Davon bin ich überzeugt. Etwas, um mir zu sagen, *Ich war hier. Warte auf mich.* Ich hebe ein schimmliges Handtuch auf, das zerknüllt an der Fußleiste liegt, und schüttle es aus. Ich fahre mit den Fingerspitzen am Fensterbrett entlang, für den Fall, dass er ein Stück Papier ins Fenster geklemmt hat.

In meinem Kleiderschrank klappern ein paar leere Bügel aneinander. Auf der oberen Ablage steht eine Reisetasche, an die ich mich nicht erinnere. Ich hole sie herunter und drehe sie um, aber es fällt nichts heraus. Sie ist leer und die Schnalle ist kaputt, ein verschlissenes Stück, das die letzten Bewohner nicht mehr mitnehmen wollten.

Sie haben mir Müll hinterlassen. Sie haben mir nichts gelassen. Sie haben uns nichts gelassen. Diese Wohnung ist vertraut und fremd zugleich. *Wie kann einem etwas gleichzeitig zu viel und nicht genug sein?*

Auf dem Schrankboden steht eine Holzkiste. Sie steht genau in der Ecke, als hätte sie jemand mit Absicht dorthin gestellt und nicht zufällig dort stehen lassen. Mein Herzschlag wird schneller und ich lasse mich auf die Knie sinken.

Ich ziehe die Kiste heraus, sie ist schwer und macht Kratzer in den Boden. Und dann höre ich an der Tür ein vertrautes Klicken und Surren. Jemand ist hier.

»Abek!«

Ich renne durch den Flur und bleibe in der Diele abrupt stehen. An der Tür steht eine spindeldürre Frau, die abwehrend einen Besen hochhält. Sie erschrickt, als sie mich sieht, und späht über meine Schulter, um sicherzugehen, dass ich allein bin.

»Pani Wójcik?«, sage ich und rede die Nachbarin bewusst besonders höflich an. Ihr Gesicht ist viel faltiger als früher und ihre Haare sind grau geworden. »Pani Wójcik, ich bin's, Zofia. Zofia Lederman.«

Ihre Augenlider zucken, sie hält den Besen immer noch hoch, senkt ihn aber jetzt ein Stückchen. »Zofia?«

Ich komme näher. Von den drei Wohnungsnachbarn auf unserem Stock kannte ich Frau Wójcik am wenigsten, aber jetzt bin ich bei ihrem Anblick fast zu Tränen gerührt. Sie ist aus der Zeit davor. Sie ist bis jetzt der einzige Beweis, dass Teile meines früheren Lebens noch existieren können. »Ja. Ich bin's. Was dachten Sie, wer es wäre?«

»Penner«, murmelt sie.

»Penner? Die haben hier gewohnt?«

»Erst hat ein nettes deutsches Ehepaar hier gewohnt, aber –«

»Die sind fort«, unterbreche ich sie.

»Kurz bevor alles zu Ende war, sind sie fortgegangen. Seitdem nur Landstreicher. Ich musste sie davonjagen. Sie machen das ganze Haus unsicher.« Sie sieht mich an, als wüsste ich über die Landstreicher besser Bescheid als sie. Doch als sie merkt, dass das nicht so ist, seufzt sie. »Jedenfalls bist du wieder da.«

»Ich bin wieder da«, sage ich überflüssigerweise.

Sie lässt den Besen sinken und sieht sich in der Wohnung um, sieht die verstreuten Möbelstücke und zerbrochenen Stühle. »Nicht viel übrig hier, oder?«

»Wahrscheinlich haben sich die Landstreicher bedient.«

Sie zuckt die Achseln. »Oder Sachen verbrannt. Es war kalt.«

»Oh«, sage ich und wir sehen uns an. Ich weiß nicht, wie ich mit der Nachbarin sprechen soll. *Sind Ihre Mohn-*

blumen immer noch so schön? Leben Ihre Hunde noch? Meine letzte deutliche Erinnerung an Frau Wójcik ist, dass sie gerade ihre Hunde ausführte, als mich ein Soldat nach meinen Papieren fragte. Er hatte auch einen Mann gefragt, der in meiner Nähe stand, und dieser Mann wurde unter den Achselhöhlen gepackt und fortgeschleift. *Haben Sie noch viele Leute gesehen, die weggebracht wurden, Pani Wójcik? Wie haben Sie den Rest des Krieges verbracht?*

Frau Wójcik weiß auch nicht, was sie zu mir sagen soll. Nach ein paar Minuten greift sie zum Türknauf und zieht zum Abschied verlegen die Augenbrauen hoch.

»Warten Sie«, sage ich. Sie dreht sich mit einer müden Bewegung zu mir um. »Pani Wójcik, bin ich die Erste, die hierhergekommen ist? Die Landstreicher, ich weiß. Aber bin ich die Erste aus meiner Familie?«

Ich bringe Abeks Namen nicht über die Lippen und ich will ihr auch nicht erklären, warum die anderen aus meiner Familie nicht vorbeikommen werden.

Sie schüttelt den Kopf, kurz und knapp. »Nur du. Und dich habe ich kaum erkannt.«

»Sind Sie sicher? War mein Bruder nicht hier?«

»Ich habe sonst niemanden aus deiner Familie gesehen. Ehrlich gesagt, habe ich gar nicht erwartet, dass einer von euch zurückkommt.«

Sie schweigt wieder, ihre Hand dreht am Türknauf, aber sie geht immer noch nicht hinaus, als überlege sie, was sie noch sagen soll. »Es gibt keine Müllabfuhr mehr«, bringt sie schließlich heraus. »Wenn du etwas wegschmeißen willst, musst du es selber runtertragen und auf der Straße verbrennen. Wenn du den Müll nicht verbrennst, lockst du Tiere damit an.«

»Danke.«

Ich bringe es sogar fertig, Frau Wójcik höflich hinauszubegleiten. Sobald sie gegangen ist, schließe ich die Tür ab, damit niemand mehr hereinplatzen kann.

Ich muss wieder zur Ruhe kommen, um das Karussell in meinem Kopf zu stoppen. Die Wände surren von den Erinnerungen an die Landstreicher, die hier reingekommen sind und die Sachen meiner Familie verbrannt haben, weil es kalt war, weil sie keinen Platz zum Leben hatten, weil sie Landstreicher waren. Deshalb haben sie die Sachen meiner Familie verbrannt und deshalb surren die Wände.

Nein. Hör auf.

Ich gehe wieder zu meinem Zimmer, bleibe unter der Tür stehen. Bevor Frau Wójcik kam, habe ich gerade etwas gemacht. Was war es nur? Frau Wójcik kam herein und ich – *die Kiste in der Ecke des Kleiderschranks.*

Es ist eine Aussteuertruhe. Poliertes Ahornholz, auf dem Deckel eine Blumenschnitzerei. Von Tante Maja? Ich kann mich dunkel erinnern, dass so etwas unter ihrem Bett stand, mit Bettwäsche und Taschentüchern gefüllt, auf die ihre Initialen eingestickt waren und nur dort, wo die Buchstaben ihres zukünftigen Mannes hinkamen, noch eine Lücke war. Der Riegel ist verrostet, ich bewege ihn vorsichtig hin und her. Und schließlich geht der Deckel auf. Mein Atem stockt.

Dort drin liegen die Überbleibsel meines Lebens.

Als meine Familie diese Wohnung verlassen und ins Ghetto ziehen musste, durften wir nur so viel mitnehmen, wie wir tragen konnten. Nur praktische Kleidung, nur Essgeschirr. Und Fotos. Fotos waren so wertvoll, dass wir sie mitnahmen. Wir zogen sie aus den Rahmen und legten sie zwischen Papierblätter. Daher weiß ich, dass in der Truhe keine Fotos sein werden.

Aber andere Sachen sind hier. Sauber in Seidenpapier eingeschlagen liegen hier die Dinge, die wir nicht tragen konnten, aber auch nicht weggeben wollten. Mamas Hochzeitskleid. Das Kleid, das ich zu meinem dreizehnten Geburtstag trug. Alles von dem »netten deutschen Ehepaar« aufbewahrt, die mit Sicherheit Nazis waren. Ist das eine Geste, die als nett durchgeht, wenn man Nazi ist?

In der Kleiderfabrik Chomicki & Lederman war Baba Rose für ihre wunderschönen Stickereien berühmt, aber auch ich konnte mit Nadel und Faden umgehen. Noch wenige Jahre, und ich wäre sogar besser als sie gewesen. Die meisten Kleidungsstücke wurden von Maschinen genäht, aber die Etiketten und Stickereien wurden von Hand angebracht. Dadurch wirkten die Stücke wie von Hand geschneidert. Die Kunden fühlen sich dadurch wertgeschätzt, sagte Baba Rose: *Chomicki & Lederman* in fein gestickter Schreibschrift.

In die Kleidungsstücke für meine Familie nähte ich manchmal etwas Besonderes ein. Unter dem Etikett oder in einem Saum versteckt. Majas Namen mit königsblauem Garn und eine Zeile aus einem Roman, den sie mir eigentlich nicht hätte ausleihen dürfen. In ein Tischtuch, das wir Baba und Zayde zum Hochzeitstag schenkten, stickte ich das Datum ihrer Hochzeit.

Und jetzt packe ich meine alte Schuluniform aus und streiche mit dem Finger über den Saum, denn ich weiß, dort ist ein Stück Stoff eingenäht, auf den die Namen aller meiner Freundinnen gestickt sind. Jetzt der alte Wintermantel meiner Mutter. Ich weiß, dass in seinem Futter ein paar heimliche Verse eines Frühlingsgedichts stehen. Niemand konnte sie sehen; darum ging es nicht.

Kurz nachdem wir ins Ghetto gezogen waren, ging Abek einmal verloren. Er ging weg und kam stundenlang nicht wieder. Er wusste die neue Adresse nicht. Meine Mutter liebte ihn natürlich. Sie liebte uns beide. Aber nach Abeks Geburt war sie sehr lange krank gewesen und in ihrem Zimmer geblieben – *angegriffen*, sagten mein Vater und meine Großeltern. *Die Geburt hat sie sehr mitgenommen.* Also habe ich mich um ihn gekümmert, als er klein war. Und an dem Tag, als er verloren ging und erst nach Stunden von einem hilfsbereiten Passanten zurückgebracht wurde, der mit Abek so lange durch die Straßen gewandert war, bis dieser das Haus, in dem wir damals wohnten, wiedererkannte, war ich es, auf die er weinend zurannte. Und ich war es, die ihm versprach, dass nie mehr jemand Schwierigkeiten haben würde, unser Haus zu finden.

Ich stickte seinen Namen in alle seine Hemden. Namen und Adresse, die richtige Adresse und die im Ghetto, die Namen unserer Eltern und meinen Namen.

Und dann stickte ich noch mehr. Ganze Geschichten in winzigster Handschrift auf winzigsten Stoffstückchen. Und diese faltete ich dann mehrfach zusammen und nähte sie in das Etikett ein.

An dem Tag, als wir alle ins Fußballstadion mussten, hatte er einen Mantel mit einer eingenähten Geschichte an. Es war ein Geburtstagsgeschenk von mir und eine besonders gelungene Arbeit. Es war die Geschichte unserer Familie in alphabetischer Reihenfolge:

A für Abek.

B für Baba Rose.

C für Chomicki & Lederman, unsere Fabrik und D für Dekerta, die Straße mit unserer Synagoge, auch wenn wir sie nur an hohen Feiertagen besuchten.

H für unsere Mutter, Helena. M für Tante Maja. Z für Zofia.

Oder so ähnlich. Ich kann mich nicht mehr genau an alles erinnern. Jedenfalls von A bis Z. Für manche Buchstaben ganze Absätze und für andere nur ein paar Wörter. Im letzten Augenblick, als wir zum Stadion aufbrachen, um unsere neuen Ausweisfotos zu bekommen, nahm ich die Geschichte von der Wand, wo wir sie aufgehängt hatten, nähte sie in seinem Mantel ein und ließ ihn den Mantel anziehen.

Ich musste es geahnt haben.

Ich musste geahnt haben, was mit uns geschehen würde.

Dieser Gedanke kam mir erst später. Ich musste daran denken, als wir in Birkenau hungerten und als ich in Neustadt den Webstuhl bediente – *das Mädchen kann nähen, sagte der Aufseher, holte mich vom Tod weg und schickte mich zum Arbeiten* – und als die SS die Fabrik evakuierte und die Kälte auf dem einhundertvierzig Kilometer langen Wintermarsch nach Groß-Rosen an meinen Zehen fraß, und als ich in der Frauenbaracke zusammenbrach, weil die Rote Armee das Lager endlich befreite, aus dem die Nazis geflohen waren. Ich muss geahnt haben, dass wir uns nicht wegen neuer Papiere im Fußballstadion versammeln sollten. Warum hätte ich Abek sonst zwingen sollen, den Mantel zu tragen? Er war viel zu warm. Er passte ihm kaum noch. Was ist das für ein Mensch, der die Familiengeschichte in einen Mantel einnäht?

Entweder ich wusste, was passieren würde, oder ich war damals schon verrückt.

Ich muss meinen Bruder finden.

Ich muss meinen Bruder finden, weil der Krieg vorbei ist. Aber ich fühle mich immer noch nicht sicher. Und ich glaube, dass auch er nicht in Sicherheit ist.

Ich habe gar nicht erwartet, dass einer von euch zurück-

kommt. Das hat Frau Wójcik gesagt. Aber ihre Stimme klang nicht dankbar. Sie wollte nicht sagen, ich bin so froh, dich zu sehen. Sie klang nicht erfreut. Sie klang enttäuscht. Was sie meinte war, *ich dachte, sie hätten euch alle umgebracht.*

C

Dima strahlt über das ganze Gesicht, als er ein paar Minuten später an die Tür klopft. Durch den Türspalt, den die vorgelegte Kette freigibt, hält er mir ein in Papier eingewickeltes Päckchen hin. »Mittag«, sagte er. »Würste.«

Ich schiebe die Kette zurück, aber als er in der Wohnung ist, bin ich etwas ratlos. »Ich habe aber nichts, um den Herd zu schüren.«

»Schon fertig!«

Jetzt sehe ich, dass das Papier vor Fett trieft, und das Wasser läuft mir im Mund zusammen. »Ich habe auch nichts zum Drauflegen«, entschuldige ich mich. Ich meine, ich habe keinen Tisch, aber kaum habe ich das gesagt, fällt mir ein, dass ich auch kein Geschirr habe.

Dima zieht ein unförmiges Stoffbündel aus seiner Manteltasche. »Teller. Picknick.« Und dann noch ein Bündel. »Kartoffeln.«

Nachdem er seine Taschen geleert hat, sieht er sich neugierig, aber höflich in dem großen Wohnzimmer um. »Das ist dein Haus?«

»Es sah anders aus, als ich noch hier wohnte. Die Möbel sind weg.«

»Heute wir sitzen auf Boden. Morgen ich bringe Möbel.«

Er sieht fragend zum Esszimmer hinter der großen Glastür hinüber. Ich nicke, ja, dort können wir essen. Er geht frohgemut in die Hocke, wickelt das Päckchen auf und schneidet die Wurst in Scheiben.

»Mein Kommandant sagt, er kommt zum Abendessen«, sagt Dima, nachdem ich mich ebenfalls hingekniet habe und er mir einen Teller gegeben hat. »Er möchte treffen und über die Stadt lernen.«

»Gut.«

»Ich ihm gesagt, er kann kommen heute Abend.«

»Heute Abend? Aber ich habe doch gar nichts zu essen da. Ich bin doch erst heute gekommen!«

»Ich weiß, nicht viel Zeit.« Dima sieht mich mit großen Augen an und ich verstumme. Es ist meine Wohnung, aber wenn Dima nicht gewesen wäre, wäre ich nicht hier.

Die Gar-Nichts-Mädchen hatten nur halb recht. Ihrer Meinung nach hatte ich Glück, dass Dima mich gerettet und sich dann mit mir angefreundet hat. In Wirklichkeit mag mich Dima, *weil* er mich gerettet hat. Weil ich hilflos war und er mir helfen konnte. Weil er einsam war und ich ihn brauchte. Er hat sich die ganze Zeit wie ein echter Freund verhalten, er hat für seine Freundlichkeit keine Gegenleistung erwartet. Und ich habe ihm auch nichts dafür angeboten.

Aber so kann es nicht bleiben. Früher oder später wird ihn meine Zerbrechlichkeit nicht mehr anziehen, wird meine Dankbarkeit nicht ausreichen, ihn glücklich zu machen. Er wird eine richtige Freundin wollen.

»Dein Bruder –« Dima schweigt und sieht auf seinen Teller, sieht nicht auf, als er weiterspricht. »Er ist nicht da, heute?«

Drei Kartoffeln nebeneinander auf feuchtem Zeitungspapier. Dima hat drei Kartoffeln gekauft, für alle Fälle.

Ich schlucke meine Enttäuschung hinunter. »Nein.«

»War er vorher hier?«

»Ich glaube nicht.«

Er streicht mir über die Wange. »Wir werden ihn finden, bestimmt.«

»Ja«, sage ich und setze den Blechteller auf den kahlen Holzfußboden. Lächle. *Ich versuche es. Ich versuche es so sehr.*

Ich bin wieder hier, in der Wohnung meiner Familie, aber ich esse nicht von Porzellantellern, sondern von einem Picknickteller aus Blech, und ich bin nicht mit meiner Familie zusammen, sondern mit einem russischen Soldaten. Und er möchte mit mir über eine Einladung zum Abendessen sprechen. Erst vor acht Monaten habe ich ein Mädchen ins Gesicht geschlagen, weil es meine löchrigen Schuhe stehlen wollte.

»Zofia?« Er spricht meinen Namen liebevoll, aber nicht ganz korrekt aus. Das Z klingt zu hart. »Zofia, du sprichst nicht. Ich ärgere dich.«

»Ich finde, wir sollten noch Brot zum Essen haben.« Ich stehe abrupt auf.

Er ist getroffen. »Brauchen wir nicht«, sagt er und deutet zum Boden, wo er Abeks Kartoffel zwischen uns aufgeteilt hat.

»Aber es ist eine Feier«, denke ich mir aus. »Mein erster Tag wieder daheim.«

»Ich komme mit.« Er legt das Messer weg und steht umständlich auf.

»Nein! Nein! Um die Ecke ist eine Bäckerei, ich bin gleich zurück.«

Er ist trotzdem besorgt. Er findet, ich sollte nicht allein hinausgehen. »Vielleicht finde ich etwas Kuchen, den wir heute Abend dem Kommandanten anbieten können«, improvisiere ich weiter, und gebe ihm mit einer Handbewegung zu verstehen, dass er sich wieder setzen soll. »Außerdem ist das gut für meine Gesundheit. Ich soll mich selbstständig in einer vertrauten Umgebung bewegen. Hat die Schwester gesagt.« Das hat sie nicht gesagt, aber es überzeugt ihn, weil ich den Kuchen erwähnt und mich auf meine Genesung berufen habe. Er gibt mir etwas Geld und küsst sanft meine Stirn.

Aber als ich es aus dem Haus geschafft habe, weiß ich nicht, wohin ich gehen soll. Die Mittagshitze schlägt mir ins Gesicht. Ich weiß nicht, ob die Bäckerei um die Ecke noch da ist. Die, zu der wir früher gegangen sind, hatte in den ersten Monaten der Besatzung über Nacht Schilder aufgehängt, auf denen JUDEN VERBOTEN stand.

Die Skomolskis, fällt mir plötzlich ein. Die Skomolskis waren katholisch. Sie waren wie alle anderen Kaufleute gezwungen worden, »Juden verboten«-Schilder aufzuhängen, aber ich weiß noch, dass Herr Skomolski deshalb ein schlechtes Gewissen hatte. Bevor wir ins Ghetto mussten, kam er ein paarmal vorbei und brachte uns Reste. *Reste,* hatte er behauptet. Aber wann hatte man damals irgendwelche Reste übrig? Ich werde zum alten Laden der Skomolskis gehen.

Auf der Straße ist mehr los als vor ein paar Stunden. Es ist Mittagszeit, Essenszeit. Menschen hasten aus den Fabriken oder wieder zurück.

Noch zwei Häuserblocks, dann stehe ich vor der Bäckerei. Ein Schaufenster ist mit Brettern vernagelt, aber auf die Verschalung hat jemand *geöffnet* geschrieben. Und zwar auf Polnisch, nicht auf Deutsch, was ich als positives Zeichen nehme.

Als ich die Tür aufmache, klingelt es. Der Mann hinter der Theke ist nicht Herr Skomolski. Er ist jünger, ich kenne ihn nicht. Ich zögere, bevor ich hineingehe.

»Kann ich helfen?«, fragt mich der Verkäufer.

»Nur Brot«, sage ich leise und gehe unsicher zu der Wand mit den Regalen. Ich greife nach dem erstbesten Laib, einem dunklen Kümmelbrot, um möglichst nichts sagen zu müssen. Die Auswahl ist mager, und als ich das Brot nehmen will, greift auch ein älterer Mann danach. Außer uns ist nur noch ein anderer Kunde im Laden.

»Entschuldigen Sie«, sage ich. »Sie waren zuerst.«

Er zieht seine Hand zurück und bedeutet mir, das Brot zu nehmen, genau in dem Augenblick, als ich sage, *er* soll das Brot nehmen. Will er einfach höflich sein oder will er das Brot nicht mehr, weil ich es angefasst haben? Wie ich wohl aussehe – mit dem verschlissenen Kleid, dem unsicheren Gang und dem ausgemergelten Gesicht?

Ich werde rot. Vielleicht sollte ich einfach gehen und eine andere Bäckerei suchen oder Dima sagen, dass alles geschlossen ist.

»Zofia?«

Als ich die Hand auf meinem Arm spüre, kreische ich vor Schreck auf.

»Keine Angst«, beruhigt mich die Stimme, als ich mich umdrehe. Vor mir steht eine Frau, die ein paar Jahre älter ist als ich. Sie ist blasser als früher und ein Auge ist blutunterlaufen. Aber sie hat immer noch diese kehlige Stimme, die ich so bewundert habe, und man ahnt noch die Grübchen auf ihren Wangen, obwohl die jetzt viel zu mager sind, um richtige Grübchen zu bilden.

»Gosia?«

Bevor ich weitersprechen kann, hat Tante Majas beste Freundin ihre Tasche fallen lassen und ihre Arme um mich geschlungen.

Ich umarme sie und aus meinem Körper löst sich ein Lachen, halb aus Erleichterung, halb aus Freude.

»Nicht zu fassen, bist du es wirklich?«, sagt Gosia. Ich streichle ihre Haare, kann kaum meinen Augen trauen.

»Ich kann es auch nicht glauben!«

Der Verkäufer hinter der Theke scheint sich plötzlich für uns zu interessieren. »Könnten Sie bitte leiser sprechen? Sie stören die Kundschaft«, sagt er.

»Wir sind die einzigen Kunden hier«, protestiert Gosia. Sie hat recht. Der Laden ist leer. Der ältere Mann ist wohl gegangen, als ich nicht hingesehen habe.

»Dies ist ein Geschäft und kein Vergnügungslokal.«

Gosia seufzt. »Komm, wir gehen.«

»Aber ich habe doch noch gar kein Brot gekauft«, sage ich, doch Gosia schüttelt den Kopf und hakt mich unter. Vor dem Laden holt sie ihren eigenen Brotlaib aus dem Einkaufsnetz, bricht ihn in zwei Teile und gibt mir die Hälfte.

»Fang ganz von vorn an«, befiehlt sie. »Warum haben wir uns nicht schon früher getroffen? Bist du jetzt erst zurückgekommen?«

»Heute Morgen.«

»Wo warst du?«

»Zuerst in Birkenau und zum Schluss in Groß-Rosen.« Bei diesen Ortsnamen zuckt sie zusammen. Sie weiß inzwischen, was sie bedeuten. »Und wo warst *du?*«

Gosia wird rot und sie sieht auf ihre Schuhe hinab. »Ich hatte eine Sondererlaubnis. Ich galt als kriegswichtige Mitarbeiterin, weil ich im Krankenhaus arbeitete. Als die Sondererlaubnis nicht mehr galt, hat mich einer der Ärzte in seinem Keller versteckt. Das ging bis auf die letzten Monate gut. Dann Flossenbürg. Aber nur ein paar Monate.« Sie zuckt verlegen mit dem Mund. Ihr Glück ist ihr peinlich.

»Ein paar Monate sind immer noch lange genug. Ich freue mich für dich«, beruhige ich sie. »Ich bin froh, dass du so lange in Sicherheit warst.«

»Ich wohne jetzt bei meiner Schwester und ihrem Mann. Ihr Versteck wurde zum Glück nicht entdeckt.« Sie zögert, sucht nach Worten.

»Ist Maja –«

»Nein.«

Meine Antwort sagt alles. *Nein, Maja ist nicht mehr.* Aber ich zwinge mich fortzufahren, weil Gosia eine Freundin ist, die ein Recht hat, zu wissen. »Gleich nach dem Fußballstadion. Alle außer Abek sind tot.«

»Nein.« Sie schließt ihre Augen und ich überlasse sie ihrem Schmerz. Als sie die Augen wieder aufschlägt, sagt sie leise: »Fast niemand von uns hat überlebt. Ein paar Hundert, wenn überhaupt. Ich begreife es einfach nicht, dass so viele von uns nicht mehr da sind.«

»Ich suche Abek. Man hat uns in Birkenau getrennt. Du hast ihn also noch nicht wiedergesehen?«

»Ich wünschte, es wäre so. Warst du schon in eurer Wohnung?«

»Da komme ich gerade her – aus der Wohnung in der Mariacka-Straße. Sie ist geplündert worden, aber es wohnt niemand dort. Als Nächstes möchte ich nach Środula. Vielleicht hat er vergessen, wo wir uns treffen wollten. Vielleicht hat er an unsere Wohnung im Ghetto gedacht?«

Gosia schüttelt den Kopf. »Die gibt es nicht mehr«, sagt sie. »Alles zerbombt. Ins Ghetto kann er nicht gegangen sein. Es existiert nicht mehr.«

»Bist du sicher?«

»Ich bin selbst dort gewesen. Gleich nachdem ich zurückkam. Im Juni. Du müsstest es sehen, Zofia. Der ganze Stadtteil – da steht kein Stein mehr auf dem anderen.«

Mir wird schlecht, mein Magen krampft sich zusammen. Abek ist nicht in unserer ursprünglichen Wohnung. Und er kann auch nicht in unser Zimmer im Ghetto gegangen sein. Gosia ist seit Juni wieder in Sosnowiec und sie kennt meine Familie seit ihrer Kindheit. Wir haben alle dieselben Freunde. Es ist unmöglich, dass Abek zurückgekommen ist, ohne dass Gosia es erfahren hat, vor allem, wenn nur noch so wenige von uns übrig sind.

»Wer war noch dabei?«, fragt sie. »Im Zug nach Birkenau – irgendjemand, den wir kennen?«

»Du meinst an diesem Tag?«, frage ich langsam.

»Ja, auf dem Transport. Wer war noch auf dem Transport nach Birkenau?«

Ich weiß genau, was sie meint. Natürlich. Ich schinde nur etwas Zeit. Denn um diese Frage zu beantworten, muss ich mich an jenen Tag zurückerinnern, und dieser Tag ist etwas, woran ich nie mehr denken möchte.

»Auf unserem Transport waren nur –« Doch bevor ich weitersprechen kann, holen mich die Schrecken dieses Tages wieder ein: das Schreien in meinen Ohren, der Verwesungsgestank in meiner Nase, ich war so durstig, so geschwächt, konnte kaum atmen. »Waren nur –«

»Zofia? Was ist mit dir?«

Ich blicke nach unten, das Brot in meiner Hand zittert. Meine Hände zittern. *Wir sind nicht in einem Viehwaggon. Wir sind auf einer Straße. Wir sind nicht im Lager. Wir sind in Sosnowiec. Es ist nicht dieser Tag – nicht dieser Tag.*

Der Bahnhof von Birkenau ist für mich wie Schwarzeis, ein schlummerndes schwarzes Ungeheuer, das den Eingang zu meiner Erinnerung bewacht. Es darf nicht zu heftig angestoßen werden, sonst wacht es auf. Und wenn es aufwacht, wird es mich auffressen. Ich bewege mich vorsichtig um die Ränder dieser Erinnerung. Denn schon diese sind die Hölle.

»Pani Ruth war dabei«, sage ich endlich. »Die mit den langen grauen Haaren. Sie war im selben Zug. Sie –«

»Was ist mit den Männern?«, unterbricht sie mich und jetzt verstehe ich, was sie meint: Waren im Männerlager Freunde von uns, die Abek gesehen haben könnten, nachdem ich ihn verloren hatte?

Der Apotheker. Der Apotheker betete im Schlamm und – *nein*. Mir fällt ein, dass der Apotheker noch im Fußballstadion gestorben ist. Der Apotheker starb, bevor wir in den Zug stiegen. Ich muss überlegen, was nach dem Transport geschah, auf dem Bahnsteig, an diesem letzten Tag, als – *nein, nein, nein.*

»Pan Zweig«, stoße ich hervor. »Pan Zweig, der Bibliothekar. Er war dabei. Und der dünne Junge vom Schlachter. Ich glaube, er hieß Salomon.«

Gosia packt mich am Arm. »Salomon Prager.«

»Ja. Salomon Prager.« Nachdem ich den Namen aus meinem Gedächtnis hervorgeholt habe, kämpfe ich, um mich wieder aus meiner Erinnerung zu befreien.

»Er ist zurückgekommen. Er lebt. Mein Schwager hat ihn letzte Woche getroffen.«

»Und der Schlachter?«

»Der Laden ist zu. Er arbeitet jetzt bei einem Bauern. Heute nach meiner Nachmittagsschicht suche ich ihn und frage, ob er etwas von Abek weiß.«

»Können wir jetzt gleich los? Komm, wir suchen ihn.« Ich habe das Brot und das Mittagessen und Dima ganz vergessen. Aber Gosia schüttelt bedauernd den Kopf.

»Ich habe nur eine Stunde Mittagspause, und mein Schwager weiß, für wen Salomon jetzt arbeitet. Ich verspreche dir, dass ich ihn nach der Arbeit sofort suchen werde.«

»Dann komm doch zum Abendessen«, sage ich zögernd. »Außer mir wird noch ein russischer Soldat da sein. Dima hat mir geholfen. Er ist jetzt hier stationiert.«

Ich merke, dass ich rot geworden bin, aber Gosia zuckt nicht mit der Wimper. In diesen Zeiten gibt es die seltsamsten Arrangements.

»Ach Zofia, wie schön, dass ich dich getroffen habe.« Gosia nimmt mein Gesicht in beide Hände und ich ihres in meine. Wir berühren uns mit der Stirn. »Ich werde da sein, ganz bestimmt.«

Sie nennt mir ein paar Läden in der Nähe, die geöffnet sind und wo man freundlich bedient wird. Dort würde ich die Zutaten für das Abendessen bekommen. Wieder zu Hause, steige ich die Treppe zu unserer Wohnung hinauf und bereite mich darauf vor, mich bei Dima für mein langes Fortbleiben zu entschuldigen.

Und oben an der Treppe sehe ich es. In dem Blumentopf vor Frau Wójciks Tür, wo vorher mit Sicherheit nichts war, steckt eine winzige Flagge, wie die Kinder sie bei Aufmärschen schwenken. Und auf der Flagge ist ein Hakenkreuz.

Ć

Gosia kommt mit Geschenken: Eine Decke. Zwei Garnituren Unterwäsche. Ein Päckchen Waschpulver für meine Kleidung und ein Stück Seife für mich. Keine weiche braune Seife, wie wir sie früher gekauft haben, sondern weiße, die nach Medizin riecht. »Die Zuteilungen sind nicht mehr ganz so schlimm wie vorher«, erzählt sie. »Aber Seife war diese Woche überall ausverkauft. Die hier habe ich aus der Klinik mitgebracht.«

»Vielen Dank.« Ich bin wirklich dankbar für die Mitbringsel, aber an der übereifrigen Art, mit der sie mir die Geschenke überreicht, erkenne ich sofort, dass sie ein Ausgleich für schlechte Nachrichten sein sollen.

»Salomon konnte nicht weiterhelfen.«

Sie blickt zu Boden. »Er hat ihn nicht gesehen. Er kann sich nicht erinnern, ihn überhaupt dort gesehen zu haben.«

»Aha.«

Sie möchte meine Hand ergreifen, aber da ich immer noch das Paket mit den Geschenken trage, fasst sie mich schließlich am Handgelenk. »Salomon möchte dich um

Verzeihung bitten. Er sagte, du sollst wissen, dass er auf Abek aufgepasst hätte. Wenn er gewusst hätte, dass Abek da war, hätte er versucht, sich um ihn zu kümmern.«

Ich höre aus Gosias Worten Salomons Schuldgefühle heraus. Aber ich mache ihm keinen Vorwurf. Das Lager hatte die Größe einer kleinen Stadt. Dass Salomon sich nicht daran erinnern kann, ob er Abek gesehen hat, hat keinerlei Bedeutung.

Es bedeutet nur, dass ich noch intensiver suchen muss. Es bedeutet nur, dass ich noch mehr Briefe schreiben muss. Morgen gehe ich zu Salomon und spreche selbst mit ihm.

Dima kommt aus dem Esszimmer. Er lächelt über das ganze Gesicht und küsst Gosias Wangen. Es ist die Art von Kuss, die, wie ich mittlerweile weiß, bei den Russen zwischen weitläufigen Bekannten üblich ist. Gosia zuckt überrascht zusammen, hat sich aber schnell wieder in der Hand.

»Sie sind Freundin von Zofia? Sehr erfreut, Sie kennenzulernen.«

»Gosia, das ist Dima Sokolow, von dem ich dir erzählt habe. Er hat auch seinen Kommandanten zum Abendessen eingeladen. Es wird also eine kleine Gesellschaft geben.«

»Ich werde ihn jetzt treffen«, sagt Dima zu Gosia. »Zofia, hast du alles, was du brauchst? Für Kochen?«

Ich nicke, und als er aus dem Zimmer geht, zieht Gosia ihre Augenbrauen hoch. »Er sieht gut aus.«

»Er ist sehr nett zu mir gewesen.« Ich gebe ihr einen Wink, mir in die Küche zu folgen, aber sie zögert und sieht mich unsicher an. »Gosia? Wolltest du mir noch etwas sagen?«

Sie sieht sich nach Dima um, der gerade die Wohnung verlässt. »Salomon hat noch etwas erwähnt – ich weiß nicht, ob dir das weiterhilft. Aber er sagte, die Rote Armee habe Birkenau schon im Januar befreit.«

»Das weiß ich. Dima hat das schon herausgefunden.«

»Aber Salomon hat erzählt, dass sie vor der Befreiung viele Häftlinge abtransportiert haben. Die SS wusste, dass die Alliierten im Anmarsch sind, und sie haben versucht, das Lager vorher zu evakuieren und die Häftlinge weiter Richtung Deutschland zu schicken. Salomon blieb dort. Sie ließen ihn auf der Krankenstation. Und wenige Wochen später wurde das Lager befreit.«

Evakuiert. Das war auch in Neustadt geschehen. Wir wurden aus dem Schlaf gerissen, sollten die Webstühle stehen lassen und mussten tagelang bei Minustemperaturen marschieren, bis wir nach Groß-Rosen kamen, einem Lager nicht weit von der Grenze des Reichs. Die Evakuierung war dem Vormarsch der Alliierten nicht weit voraus: Nur wenige Monate später wurde Groß-Rosen von der Roten Armee befreit. Hätte das Lager aber weiter innen im Reich gelegen – die Alliierten erreichten die Mitte Deutschlands erst im ausgehenden Frühjahr.

Jetzt verstehe ich, warum Gosia das nicht als Erstes

erzählt hat. Es gibt zwei Möglichkeiten, diese Information zu interpretieren, eine schlechte und eine gute. Entweder Abek war bei der Befreiung noch in Birkenau und müsste mittlerweile zu Hause sein, oder …

»Abek ist nach Deutschland gegangen«, sage ich.

»Nein, ich meine, ich weiß nicht.«

»Aber Salomon hat ihn auf der Krankenstation nicht gesehen? Er hat nicht gesehen, dass er dort zurückgelassen wurde?«

»Nein, aber –«

»Gosia, wo hätte er bei der Befreiung sonst sein können?«, frage ich. »Auf der Krankenstation wie Salomon, oder auf einem Transport nach Westen in ein anderes Lager in Deutschland. Wo sonst?«

Gosia sieht mich unglücklich an. »Außer –«

»Außer was?«, frage ich scharf zurück.

»Zofia. Ich habe Abek geliebt. Das weißt du. Aber er war noch so jung. Er war jung und die Arbeit war so schwer und so viele Menschen –«

»– und deshalb war es ja ein Glück, dass er so kräftig war«, unterbreche ich sie. »Außerdem hatte ich für ihn etwas organisiert. Einen speziellen Posten. Er war *wertvoll.* Ich habe dafür gesorgt, dass er *nützlich* war.«

Sie sieht mein Gesicht. Sie sieht mein Gesicht und wählt ihre nächsten Worte mit Sorgfalt. »Wenn Salomon recht hat, dann war er bei der Schließung des Lagers höchstwahrscheinlich auf der Krankenstation oder auf dem Transport.«

»Wir wissen, dass er nicht auf der Krankenstation war«, sagte ich. »Also war er auf dem Transport.«

»Also war er auf dem Transport«, wiederholt sie langsam. »Natürlich, er war auf dem Transport.«

Kommandant Kusnezow ist ein großer, schlanker Mann mit eingefallenen Wangen, aber freundlichen, klugen Augen. Er spricht kein Polnisch, aber einigermaßen Deutsch, was Gosia und ich fließend sprechen, Dima aber überhaupt nicht. Gosia kann auch etwas Russisch, und so hangeln wir vier uns einigermaßen durch und wechseln alle paar Sätze die Sprache, wie auf einer richtigen Abendgesellschaft eben.

Als wir auf dem Boden sitzen, die Teller auf dem Schoß, erzählt der Kommandant, dass er noch nie in Polen gewesen ist. Dima hat ein Tischtuch ausgebreitet und Blumen gekauft, die auf dem Fensterbrett stehen. Er hat auch für eine Flasche Wodka gesorgt. Die übrige Wohnung sieht aus wie vorher, als ich gekommen bin, kahl und verlassen, und genau das interessiert den Kommandanten. Er wolle sich über die Gegend, die ihm zugewiesen wurde, informieren, sagt er. Deshalb habe er um die Einladung gebeten. Er möchte wissen, wie wir leben und zurechtkommen.

Ich habe Holischkes mit Dosentomaten und dem einzigen Fleisch gemacht, das ich auftreiben konnte: ein grau angelaufenes, zähes Hammelstück. Dima hat ein paar Töpfe von der Armee beigesteuert, und ich habe mich bemüht, beim Kochen Freude zu empfinden. Ich habe mich bemüht, mit Freude wieder in der Küche meiner Familie zu stehen.

»Zofia?«, sagt Dima sanft. »Kommandant Kusnezow hat dich etwas gefragt.«

»Ja, das ist ein traditionelles Gericht«, sage ich und konzentriere mich wieder auf das Gespräch.

Wenn Abek nach Deutschland geschickt wurde, weiß er dann, wie er zurückkommt? Wo in Deutschland – das Land ist riesig. Ob er wohl auch so ein Schreiben bekommen hat, das ihm gestattet, Zug zu fahren?

»Wir essen das manchmal zum Erntedankfest«, ergänzt Gosia, weil ich wieder verstummt bin. »Wir essen dann auch, äh, Apfelkuchen und Kartoffelbällchen.«

Wir essen das, weil es Abeks Lieblingsessen ist, sage ich mir im Stillen. Wir essen es an seinem Geburtstag, und als ich die Zutaten kaufte, habe ich irgendwie gehofft, dass ich es für ihn zubereite. Dass Salomon vielleicht wissen würde, wo er ist, und dass Gosia ihn heute Abend mitbringen würde.

»Sie haben Zofias Familie schon lange gekannt?«, fragt der Kommandant Gosia, die gesprächigere seiner Tischnachbarinnen. »Und wo arbeiten Sie jetzt?«

»Ich bin Krankenschwester an einer Klinik. Ja, Zofias Tante und ich sind in dieselbe Schule gegangen. Ich kenne Zofia seit ihrer Geburt, also –« Sie stupst mich an der Schulter an und versucht, mich in das Gespräch einzubinden.

So hatte ich mir meinen ersten Abend zu Hause nicht vorgestellt. Überhaupt nichts hatte ich mir so vorgestellt.

»Also seit achtzehn Jahren, nicht wahr, Zofia?«

Dima sieht mich besorgt an. So hatte auch er sich den Abend nicht vorgestellt.

»Ich bitte Sie um Entschuldigung, Kommandant«, sage ich leise. »Ich bin sehr müde. Wie Dima Ihnen vielleicht erzählt hat, bin ich auf der Suche nach meinen kleinen Bruder. Ich hatte gehofft, er würde hier auf mich warten, aber er war nicht da.«

Der Kommandant nickt in meine Richtung, sagt aber dann etwas zu Dima, auf Russisch und schnell wie ein Maschinengewehr. Gosia versucht offenbar etwas mitzubekommen. Ich lese in ihren Gesichtern und begreife das Wichtigste. Er hat Dima gefragt, ob mein Bruder auch im Lager gewesen ist. Und Dima hat das bejaht. Dem weiteren Gespräch kann ich nicht mehr folgen, bis Gosia schließlich etwas sagt.

»Er sagt, es gibt Helfer. Hilfsorganisationen, sagte er, glaube ich.«

»Ich weiß. Ich habe mit ihnen gesprochen. Ich habe Briefe geschrieben.«

Die Männer reden weiter, und als Gosia ein zweites Mal etwas sagt, klingt ihre Stimme aufgeregt. »Er fragt sich, ob Abek in München sein könnte.«

Dima und der Kommandant hören mitten im Satz auf zu sprechen und sehen sie an. Der Kommandant wirkt betroffen und wechselt wieder ins Deutsche. »Verzeihen

Sie, dass ich Sie nicht am Gespräch beteiligt habe«, sagt er zu mir.

»Wieso sollte er in München sein?«, frage ich ihn.

»Soweit wir wissen, wurden die Häftlinge aus Auschwitz-Birkenau bei Kriegsende hauptsächlich in zwei Lager überführt: Bergen-Belsen und Dachau«, erklärt der Kommandant. »Und die nächste große Stadt bei Dachau ist München.«

»Warum nicht Bergen-Belsen? Ist das auch in der Nähe von München?«

Kommandant Kusnezow ist verwirrt, aber er wendet sich an Dima, nicht an mich, und fragt ihn etwas auf Russisch. Dima antwortet ihm leise, seine Stimme ist fast nur noch ein Flüstern und seine Augen fliegen immer wieder zu mir hin. Etwas an seiner Körpersprache gefällt mir nicht – etwas Abwehrendes und auch Heimliches.

»Was erzählst du ihm da?« Meine Stimme wird lauter. Dann zu Gosia: »Wovon reden sie, Gosia?«

Gosia schürzt ihre Lippen, als würde sie lieber nicht übersetzen. »Der Kommandant hat gesagt – er hat gesagt, dass – er hat Grund zu der Annahme, dass Abek nicht in Bergen-Belsen war.«

Ich schüttele verwirrt den Kopf. »Warum?«

Wieder tauschen die drei Blicke aus, die ich nicht verstehe. Ich hebe meinen Becher auf und knalle ihn auf den Boden, um ihre Aufmerksamkeit zu bekommen. »Warum nimmt er das an?«

Nach einer Ewigkeit sieht Dima mir in die Augen.

»Ich sage ihm das. Ich sage, Abek war nicht in Bergen-Belsen. Weil ich an das Lager geschrieben habe. Er war nicht auf der Liste.«

»Weil du geschrieben –«, wiederhole ich langsam und versuche zu begreifen, was er gerade gesagt hat. »Weil du *an das Lager geschrieben* hast?«

»An Helfer«, rechtfertigt er sich. »Soldaten, die jetzt dort sind.«

»Aber du wusstest, dass er vielleicht dort sein könnte, und du hast ihnen bereits geschrieben? Ohne mir etwas zu sagen?«

Dima wurde dunkelrot im Gesicht. »Er war nicht da«, fährt Dima fort. »Deshalb wollte ich nicht – ich wollte dir keinen Kummer machen, Zofia. Ich versuche zu helfen. Du musst ausruhen. Ich dachte, wenn ich ihn finde für dich –«

Gosia und der Kommandant starren auf ihre Teller, als wären sie am liebsten unsichtbar. Dima sieht mich flehend an.

»Hast du auch Nachricht aus Dachau?«, frage ich ihn. »Oder aus Birkenau? Verdammt, hast du mir noch etwas verheimlicht, Dima?«

»Nicht fluchen, Zofia. Du bist kein Mädchen, das flucht.«

»Ich fluche, wann ich will«, sage ich trotzig, Tränen steigen mir in die Augen.

Er schüttelt den Kopf. *Nein,* will er damit sagen. *Von dort habe ich nichts gehört.*

Ist das Verrat? Ist es Verrat, wenn er mir helfen wollte? Wenn er es heimlich getan hat, aber mit dem Ziel, meinen Bruder zu finden? *Er hat es gut gemeint,* sage ich zu mir. Er wollte nur helfen. Und er *hat* auch geholfen. Er hat herausgefunden, wo Abek *nicht* ist.

Gosia schiebt ihre Hand über den Boden, bis ihre Finger über den meinen liegen. »Der Kommandant sagte München, weil sehr viele Häftlinge aus Dachau in einem Lager in der Nähe von München gelandet sind.« Sie spricht ein paar Worte mit Kommandant Kusnezow, dann erklärt sie: »Eine andere Art von Lager.«

Und jetzt spricht sie nicht mehr Russisch oder Deutsch, auch nicht Polnisch. Sie spricht Jiddisch. Die Sprache unserer Küche, unserer Zeit mit der Familie, die Sprache, mit der klar wird, dass der Kommandant und Dima nicht Teil dessen sind, was uns widerfahren ist. »Ein großes Flüchtlingslager der Vereinten Nationen. Es gibt mehrere davon. Für Juden, die nicht mehr nach Hause können oder ihre Familien nicht ausfindig machen konnten.«

»Und möglicherweise ist Abek dort, falls er von Birkenau evakuiert wurde.«

Sie nimmt ihre Hand fort. »Das hat er gesagt. Das Lager heißt –« Sie wechselt wieder ins Deutsche. »Wie heißt es gleich?«

»Föhrenwald«, sagt der Kommandant. Er wirkt erleichtert, weil er eine Auskunft geben kann, die mich nicht verärgert. »Von hier aus können wir aber unmöglich feststellen, ob sich Ihr Bruder in diesem Lager aufhält – Tausende von Flüchtlingen treffen dort ein und gehen wieder fort.«

»Von *hier* aus unmöglich«, wiederhole ich. Ich spreche jetzt Polnisch, aber Dima zu meiner Rechten schüttelt den Kopf, bevor ich weitersprechen kann.

»Abek wird hierherkommen«, sagt er. »Das war dein Plan.«

Sosnowiec war der Plan. Zusammensein war der Plan. Ihn finden war der Plan.

Aber wenn er den Plan vergessen hat? Er war damals erst neun. Vielleicht hat er unsere Adresse vergessen? Vielleicht kann er sich gar nicht mehr an Zuhause erinnern? Vielleicht kann er nicht weiter oder ist verletzt oder in einem Krankenhaus, so wie ich auch nach der Befreiung?

»Wusstest du von diesem Lager?«, frage ich Dima in schneidendem Ton. »Hast du das auch vor mir geheim gehalten?«

»Nein, wirklich nicht«, sagt er. »Ich wusste nichts von dem Lager. Wir können morgen schreiben.«

»Wir können schreiben«, wiederhole ich. »Aber wenn er in der Zwischenzeit das Lager verlässt?«

»Dann wird er hierherkommen«, sagt Dima nur.

»Aber wenn er nicht herkommen kann? Oder der Brief ihn nicht erreicht?«

»Zofia, du musst Geduld haben, aber –«

»Und wenn er mich braucht? Wenn er allein ist und

mich genau jetzt braucht? Tante Maja hat gerade gesagt –«

»Wer?«, fällt Dima mir sanft ins Wort.

»Tante Maja. Gerade eben.«

»Zofia.«

»*Tante Maja.*« Meine Stimme wird mit jeder Silbe lauter, bis sie beinahe ein Kreischen ist. »Tante Maja hat gerade gesagt, dass die Häftlinge aus Birkenau nach Deutschland gebracht wurden. Hast du das nicht gehört?«

Erst durch die Stille im Zimmer und das unangenehme Quietschen eines Dielenbretts bemerke ich meinen Fehler. Ich werde rot. »Ich meine natürlich Gosia. Ich weiß, dass es Gosia ist und nicht Tante Maja.«

Ich blicke rasch auf meinen Teller und säble ein Stück vom Kraut ab. Aber es will einfach nicht in meinen Mund. In diesem Augenblick habe ich wirklich in unserem Esszimmer gesessen und neben mir hat meine schöne Tante Maja gesessen und meine Gedanken sind wieder Karussell gefahren.

Gosia sieht mich mitleidig und besorgt an. Ihre Augen zucken kurz zu Dima hinüber. Als ich das Essen richtete, haben sie miteinander gesprochen. Ich frage mich, was er ihr erzählt hat, was für eine Diagnose ich bekommen habe.

Sie halten mich sowieso für verrückt, wieso soll ich ihnen überhaupt erklären, dass ich nur kurz durcheinander war, weil ich hier in der Wohnung bin.

Ich muss ihnen auch nicht erklären, dass ich plötzlich eine große Gewissheit in meinem Herzen spüre, seitdem der Name des Lagers Föhrenwald gefallen ist. Ich habe Abek, so gut es ging, geschützt. Den ganzen Krieg über habe ich ihn in meiner Nähe gespürt. Hätte ich seine Gegenwart nicht gespürt, hätte ich nicht überlebt. Ich habe überlebt, also muss er in Föhrenwald sein.

»Ich weiß, dass das Gosia ist«, sage ich noch einmal, diesmal etwas ruhiger. »Schon gut.«

Gosia wird nach ein paar Stunden von ihrem Schwager abgeholt. Sie umarmt mich und sagt, dass ich morgen in die Klinik kommen soll, dass sie dort immer Freiwillige bräuchten. Hinter ihr nickt Dima ihr zu. Wahrscheinlich haben sich die beiden das ausgedacht, damit ich mich ablenke. »Egal, ich komme morgen Abend vorbei«, sagt sie. »Ich kann vielleicht noch ein paar Kleidungsstücke und eine Lampe für dich auftreiben.«

Im Moment gibt es nur eine Lampe und ein paar Kerzenstummel. Die Wohnung ist voller Schatten. Von Dima und dem Kommandanten sieht man nur die Umrisse, als sie an der Tür stehen und miteinander sprechen.

Dima kommt zu mir herüber und nimmt meine Hände. »Der Kommandant sagt, es gibt Platz für dich, wenn du mit uns kommst. Du kannst dort wohnen statt allein sein.«

»Ich komm hier schon zurecht. Gosia hat mir ein paar Sachen gebracht.«

»Der Boden ist so hart«, drängt er mich. »Wenigstens brauchst du ein –« Er sucht nach dem richtigen Wort auf Polnisch und macht eine Bewegung, als würde er etwas auf dem Boden ausrollen.

»Eine Schlafmatte? Nicht nötig.« Der Alkohol zeigt seine Wirkung. Mir ist schwindlig und alles dreht sich. Ich bin immer noch wütend auf Dima. Ich habe auf viel schlimmeren Dingen geschlafen als einer sauberen Decke auf einem Holzfußboden.

»Nein, ich kann dir bringen.« Er sieht zum Kommandanten hinüber, der sich gerade den Hut zurechtrückt und höflich Abstand hält, um uns nicht zu stören. »Ich begleite ihn heim und komme wieder.«

»Du kannst nicht ständig hin und her gehen. Du warst heute schon zweimal da.«

Aber er besteht so lange darauf, bis ich irgendwann einfach Ja sage. Dass er eine Schlafmatte bringt, dass er auf mich aufpasst, als wäre ich ein Porzellanpüppchen.

D

Ich räume die Teller zusammen, aber wir haben kein fließendes Wasser zum Abspülen. Gosia und ich haben unsere Teller sauber ausgegessen. Auf den Tellern von Dima und Kommandant Kusnezow sind noch Essensreste: eine Brotrinde, ein paar Kohlblätter. Auf dem Teller des Kommandanten ein knorpeliges Stückchen Fleisch, das er wohl diskret ausgespuckt hat. Ein ausgekautes Klümpchen in glibberiger Tomatensoße. Angeekelt sehe ich es eine Weile an.

Aber dann stecke ich mir die angetrockneten Bröckchen in den Mund. Ich kratze den Teller mit dem Finger aus, nehme nicht einmal eine Gabel zur Hilfe. Das Knorpelstück steckt in meinem Rachen fest. Ich zwinge mich, es hinunterzuschlucken. Ich ekele mich vor mir selbst, aber ich bin am Verhungern, oder zumindest weiß ich noch, wie es war, zu verhungern.

Was ist mit mir los? Was ist aus mir geworden?

Im Nebenzimmer klopft jemand an die Tür. Ich stelle die Teller im trockenen Spülbecken aufeinander und reiße mich wieder zusammen.

»Ich komme«, rufe ich Dima zu, als das Klopfen lauter wird. »Tut mir leid, ich war in der Kü–«

Ich verstumme, denn es ist gar nicht Dima. Im dämmrigen Eingang stehen drei Männer, die ich nicht kenne. Zwei mit flachen Nasen und Kinnspalten, sie sehen wie Brüder aus. Und dann noch einer, groß und dünn, mit Tränensäcken unter den Augen.

»Wir haben gehört, dass hier Juden sind«, sagt der größere der beiden Flachnasen. »Dieses Viertel ist judenrein.«

Judenrein. Das war die deutsche Bezeichnung. Das war auch der Grund, warum wir damals die Wohnung verlassen mussten. *Dieses Viertel ist judenrein.*

Aber jetzt dürfen deutsche Begriffe doch nicht mehr bestimmen, in welchem Viertel Juden wohnen dürfen?

Mein Mund ist staubtrocken. »Woher haben Sie das?«

Wieso bilde ich mir bloß ein, ich könnte Zeit gewinnen? Sie werden die Wahrheit schnell genug herausfinden. Sie müssen mich nur ansehen, dann wissen sie, dass ich im Lager war.

Ihre Kleider dünsten Alkohol und Schweiß aus. Jetzt fängt mein Herz an zu rasen. Der, der gesprochen hat, geht einfach an mir vorbei in unsere Wohnung. Die anderen folgen ihm und drängen mich weiter zurück. Sie suchen die Wohnung ab, können in der Dunkelheit aber nicht viel erkennen.

»Hier gibt es nichts«, stottere ich. »Sie sehen doch, dass nur noch Gerümpel da ist. Und ich bin die Einzige hier.«

Dummkopf, schimpfe ich mich, kaum dass der letzte Satz über meine Lippen gekommen ist. Eigentlich hatte ich damit sagen wollen: *Sie können mich in Ruhe lassen, weil ich ganz offensichtlich keine Gefahr für Sie bin.* Aber jetzt grinst mich der erste Mann anzüglich an, als er begreift, dass ich allein bin.

»Wenn Sie Hunger haben, kann ich – ich kann Ihnen vielleicht etwas zu essen besorgen«, sage ich aufs Geratewohl und versuche, mich weiter zum Ausgang zu bewegen. »Mein Freund kommt gleich zurück.«

»Du hast gesagt, du bist allein, Jüdin.«

»Ja, im Moment, aber mein Freund kommt gleich zurück. Er ist Offizier. In der Roten Armee.«

»Wie praktisch, wenn man einen Freund hat«, nuschelt der mit den Tränensäcken.

Es ist unmöglich, allen dreien gleichzeitig aus dem Weg zu gehen. Der zweite Bruder hat sich vor der Tür aufgebaut. Die anderen wandern immer noch in der Wohnung herum.

»Ich habe einen Freund«, beharre ich, aber in einem Ton, dass nicht einmal ich mir glauben würde.

Waffen sehe ich keine, aber vielleicht haben sie sie unter ihren Mänteln versteckt. Bitte lass sie nur meine Sachen stehlen und mich nicht schlagen. Bitte lass sie mich nur schlagen und mich nicht vergewaltigen. Bitte lass sie mich nur vergewaltigen und mich nicht töten.

Bitte tötet mich. Bitte tötet mich doch einfach. Warum nicht; sonst hat das alles nie ein Ende.

»Ich kann Ihnen Geld geben«, schlage ich verzweifelt vor. »Für die Unannehmlichkeiten, weil ich die Wohnung benutze.«

Bei diesen Worten sehen mich die Männer mit einer gewissen Neugier an, also rede ich weiter über Geld. Ich werde ihnen alles geben, was ich von Dimas Einkaufsgeld übrig habe, und versuchen, den dicken Geldschein vom Krankenhaus zu behalten. »Ich hole das Geld jetzt. Und in der Küche ist Wodka. Fast noch eine ganze Flasche voll. Den können Sie haben.«

Ich will nicht, dass sie sich noch mehr betrinken. Aber der Wodka lenkt sie ab, und ich will auch nicht, dass sie mir ins Schlafzimmer folgen. Als zwei von ihnen den Wodka holen, gehe ich rasch an dem, der an der Tür steht, vorbei in mein Zimmer und wühle in meinem karierten Baumwollbündel, wo ich das ganze Geld aufbewahre.

Vom Flur höre ich ein Flüstern. Und dann ruft einer der Männer dem, der zuerst gesprochen hat, etwas zu. Wahrscheinlich ist der der Anführer.

»Piotr.«

Ich linse um die Ecke. Die Männer haben sich um Dimas Kappe geschart, die auf einem Stuhl liegt und auf der deutlich Hammer und Sichel zu sehen sind.

»Ich habe es Ihnen doch gesagt«, sage ich etwas mutiger und gehe wieder ins Esszimmer. »Er heißt Leutnant Sokolow. Er arbeitet – er arbeitet für Iwan Kusnezow.« Ich weiß nicht, ob sie mit diesem Namen etwas anfangen können, aber ich spreche ihn so aus, als würde ich davon ausgehen, dass sie ihn kennen.

»Halt dein Maul, Jüdin«, sagt er abfällig, aber ich glaube, es war nicht ohne Wirkung, was ich gesagt habe. Jetzt haben die Russen hier das Sagen. Das muss doch etwas zählen.

»Er wird gleich zurück sein.« Ich gehe jetzt zur Tür, verhalte mich mutiger, als ich in Wirklichkeit bin. Ich strecke ihnen das Einkaufsgeld hin. »Also nehmen Sie das, und dann verschwinden Sie.«

Der, den sie Piotr nennen, reißt mir das Geld aus der Hand und sagt drohend: »Nächste Woche. Nächste Woche statten wir dir einen kleinen Besuch ab.«

Als sie fort sind, schließe ich ab und rutsche mit dem Rücken an der Tür zu Boden. Mein Herz klopft so stark, dass es wehtut. Mein Herz tut auch weh, wenn es nicht klopft. Aber das kann nicht sein, weil mein Herz nie aufgehört hat zu klopfen. Mein Herz hat immer weitergeschlagen, auch wenn die Herzen fast aller Menschen, die ich gekannt habe, aufgehört haben zu schlagen, und deshalb tut mein Herz weh.

A für Abek.

Z für Zofia.

Ich hocke immer noch auf dem Boden, als Dima zwanzig Minuten später zurückkommt. Er klopft an die Tür, einmal, zweimal. »Zofia?«, ruft er beunruhigt.

»Einen Moment bitte«, presse ich hervor, fahre mir mit den Fäusten über die Augen und stehe mühsam auf.

Ich öffne die Tür. »Ein paar Männer waren hier. Ich habe sicherheitshalber die Tür abgeschlossen.«

»Was für Männer?« Er sieht ins Treppenhaus hinaus, seine Stimme klingt angespannt und tiefer als sonst. »Sie kommen wieder?«

»Ich weiß nicht.«

Dima schiebt sich an mir vorbei. Er legt die Schlafmatte auf den Boden, geht durch die ganze Wohnung und prüft, ob die Fenster verschlossen sind.

»Wenn sie wiederkommen, dann nicht heute«, sage ich. »Sie haben deine Kappe gesehen und Angst bekommen.«

Er beendet seinen Kontrollgang. Er ist immer noch besorgt, aber in seinen Augen ist auch ein vergnügtes Glitzern, weil ich erzählt habe, dass seine Kappe mich beschützt hat.

»Ich habe das gebracht.« Er zeigt auf die Schlafmatte, eine olivgrüne Armeematte.

»Danke.«

»Du willst wirklich nicht mitkommen?« Er geht ein paar Schritte auf mich zu, der Abstand zwischen uns wird kleiner.

»Ich muss bleiben. Niemand soll denken, dass hier niemand wohnt.«

»Und wenn ich heute Nacht hierbleibe?« Er hat das ganze Zimmer durchquert. Er streicht mir mit dem Zeigefinger über die Wange. »Nicht in deinem Zimmer«, fügt er rasch hinzu. »Aber zum Schutz.«

»Ich weiß nicht.«

»Weißt du, meine Eltern haben auch nicht dieselbe Sprache gesprochen«, sagt Dima schüchtern. »Er war auch Soldat. Ich spreche schon besser Polnisch als mein Vater. Ich glaube, sie sind jetzt sehr glücklich.«

»Ja, ganz bestimmt«, sage ich leise.

Er spricht zum ersten Mal über seine Gefühle, und ich kann nicht mehr so tun, als wären sie in den Sprachschwierigkeiten untergegangen oder als wäre seine Freundlichkeit rein kameradschaftlich gemeint.

Ich habe keine Arbeit. Das Geld vom Krankenhaus wird zu Ende gehen. Allein bin ich hier nicht sicher. Dima hat mich gern. Er will mich beschützen. Ich muss dieses Leben einfach nur akzeptieren.

Kann sein, dass Dima mich hauptsächlich deshalb mag, weil er mich gerettet hat. Aber ich nutze ihn auch aus. Zum Beispiel, wenn ich übertrieben in die Hände klatsche, weil er mir einen Lippenstift geschenkt hat. Und immer, wenn ich sah, wie er bei dem Gegurre der Gar-Nichts-Mädchen stolz die Brust reckte. Die Tatsache, dass ich das Krankenhaus verlassen durfte, weil ich mit Dima mitfahren konnte.

Wird es dadurch falsch? Beziehungen sind schon auf Geringerem gegründet worden.

»Willst du, dass ich bleibe?«, fragt er.

»Also gut«, sage ich. Und dann befeuchte ich mir die Lippen und fange noch einmal von vorne an. »Das wäre sehr nett, aber du musst nicht hier draußen schlafen. Ich habe doch nur eine Decke. Du wirst frieren.«

In meinem Kinderzimmer, in dem ich nicht mehr geschlafen habe, seitdem meine Familie ermordet und mein Land zerstört worden ist, rolle ich die Schlafmatte aus, die mir ein russischer Soldat gebracht hat. Ich lege die verschlissene Decke darüber, die mir die Freundin meiner toten Tante gebracht hat, und dann lege ich mich in meinem Kleid hin, denn ein Nachthemd besitze ich nicht.

Dima liegt hinter mir in respektvollem Abstand. Sein Atem ist unstet, er schläft nicht. Er ist wach, er betrachtet mich, sieht meine Umrisse in der Dunkelheit. Ich spüre seine Hände an meinen Haaren, sie streichen über meinen Kopf, vom Haaransatz bis zu den Haarspitzen. Drei Mal. Und gerade als ich darauf warte, ob er weiter gehen wird, merke ich, dass er genauso abwartet, was ich tue. Er will sehen, ob ich mich umdrehe oder nach hinten rutsche, sodass sich mein Rücken an seine Taille kuschelt.

In diesem Zimmer hat Baba Rose meine Haare gestreichelt, mit Bedacht und sehr beruhigend, als hätte sie nichts anderes zu tun und müsste nirgendwo anders hin.

In diesem Zimmer hat Tante Maja meine Haare gestreichelt und mir dabei von ihren Problemen erzählt.

In diesem Zimmer hat Mama meine Haare gestreichelt, und obwohl sie immer müde war und manchmal einschlief und ihre Hand schwer auf meinem Kopf lag, erzählte sie mir auch oft Märchen und sang mir Lieder vor, die sie an diesem Tag im Radio gehört hatte.

Ich höre von nebenan ein Knacksen. Es sind die Geräusche eines alten Hauses, das zur Ruhe kommt, trotzdem muss ich mich beherrschen, nicht laut zu rufen: *Abek?*

Dimas Hand hat aufgehört, sie ruht hinter mir auf der Schlafmatte, hat aus Versehen ein paar Haarsträhnen von mir eingeklemmt. Ich liege ganz still, möchte nicht, dass er eine Bewegung von mir falsch deutet, und nach ein paar Minuten höre ich, wie er sich bewegt, sich zur Wand dreht und leise schnarcht.

Die Szene vom Abendessen geht mir nicht aus dem Kopf. Dima hat sich nicht dafür entschuldigt, dass er mir den Brief aus Bergen-Belsen vorenthalten hat, jedenfalls nicht richtig. Es hat ihm anscheinend Kummer bereitet, mich zu verletzen, aber er hat gesagt, er hätte es getan, um mich zu schützen. *Möchte ich auf diese Art beschützt werden?*

Ist dies das Beste, was ich jetzt vom Leben erwarten kann? Sicherheit und Güte und ein Mann, der im Dunkeln hinausgeht, um mir eine weiche Unterlage zum Schlafen zu bringen, mir aber Dinge vorenthält, von denen er meint, dass sie mir wehtun könnten? Seine Eltern seien glücklich, hat er gesagt. Er wollte mir damit zu verstehen geben, dass auch wir glücklich sein könnten. *Will ich auf diese Weise glücklich sein?*

Will ich das?

Ich rolle mich leise vom behelfsmäßigen Bett und krieche auf Händen und Füßen über den Boden, um ja keinen Krach zu machen. Im Schrank taste ich nach der

Reisetasche mit der kaputten Schnalle und packe die wenigen Habseligkeiten hinein, die ich besitze: die Unterwäsche und die Seife von Gosia, das Tuch von Schwester Urbaniak. Mein Blick fällt auf die Aussteuertruhe, und ich überlege, ob ich etwas davon mitnehmen soll. Aber ich weiß nicht, wie weit ich gehen muss, und ich möchte nicht schwer schleppen. *Und dieses Mal komme ich wieder,* sage ich mir. Ich lasse diese Dinge besser an ihrem Platz, wo sie sicher sind.

Hinter mir schnarcht Dima. In der Nähe der Tür finde ich seine Kleider. Seine Jacke hängt über der Stuhllehne, seine Hose liegt ordentlich gefaltet auf dem Stuhl. Ich schlüpfe mit meiner Hand in die Jackentasche und ertaste ein Bündel Scheine. In der Dunkelheit kann ich nicht erkennen, ob es Zloty oder Deutsche Mark sind oder die Währung, die sie in Russland haben. Ich versuche, meine Schuldgefühle zu unterdrücken, sage mir, dass ich später alles wiedergutmachen werde, und nehme das ganze Geld.

Ich schreibe Dima eine Nachricht. Sie ist viel zu kurz und im Mondlicht flüchtig hingekritzelt. Ich lege sie auf seine Hose:

Ich muss ihn finden. Bleib in der Wohnung, solange du willst. Oder Gosia kann darin wohnen. Es tut mir leid. Es tut mir so leid. Ich muss ihn finden.

Meine Reisetasche ist leicht in meiner Hand. Ich drücke sie an meine Brust und schleiche mich aus der Wohnung.

Das letzte Mal, als ich Abek sah, eine andere Version, von der ich manchmal träume:

Ich hatte von Auschwitz gehört. Wir alle hatten davon gehört. Gerüchte von Folter und Tod.

Bitte schicken Sie uns nicht nach Auschwitz, flehte ich den Soldaten an, der uns bewachte, als meine Familie das Stadion verließ, als wir in Unterkünfte am Stadtrand geschickt wurden, wo wir die nächsten Schritte abwarten sollten. Bitte nicht Auschwitz; wir können hart arbeiten. Vor allem mein Bruder. Haben Sie nicht kürzlich gesagt, dass Ihr Kommandant einen Laufburschen sucht? Er ist gesund. Sehen Sie ihn doch an. Er spricht schon drei Sprachen. Das wäre doch nützlich?

Der junge Soldat sagte, er könne etwas arrangieren, aber das wäre ein großer Gefallen, der seinen Preis hätte. Ich steckte meine Hand in seine Hose; ich war damals sehr hübsch. Drei Minuten später gab er nach. Er würde uns nicht nach Auschwitz schicken. Er würde uns nach Birkenau schicken.

Der Zug kroch im Schneckentempo über das Land. Als

wir in Birkenau ankamen, waren wir eine Ewigkeit unterwegs gewesen. Eigentlich war es gar nicht weit, aber der Zug blieb oft stundenlang stehen, ohne ersichtlichen Grund und ohne Ansage. Niemand beachtete unsere flehenden Rufe. Der Waggon war überfüllt. So überfüllt, dass wir nicht einmal schwankten, wenn der Zug schlingerte. In der ersten Nacht starben einige von uns. Ihre Körper sanken zu Boden und wir anderen versuchten, nicht auf sie zu treten. Wir flehten um Wasser. Mein Vater gab uns sein Wasser. Mein Vater trank auf der ganzen Reise keinen Tropfen Wasser.

Ich wusste natürlich nicht, dass es mehr als einen Ort des Schreckens gab, und dass sie auch noch so nahe beieinanderlagen. Der Soldat, dem ich in die Hose gefasst hatte, hatte sein Versprechen auf die denkbar grausamste Art gehalten. Er hatte sich gewissermaßen über uns lustig gemacht. Dies merkte ich beinahe sofort.

Birkenau lag wie das Lager Auschwitz ebenfalls außerhalb der Stadt Oświęcim. Es lag höchstens einen Kilometer entfernt vom ursprünglichen Lager und war gebaut worden, weil das ursprüngliche Lager die Massen von Menschen, die dort gefoltert und ermordet werden sollten, nicht mehr aufnehmen konnte. Der Soldat hatte meine Familie nach Birkenau geschickt. Er hatte mir nicht gesagt, dass Birkenau auch als Auschwitz II bekannt war.

Wir kamen zum Tor, Abek und ich. Wir wurden nach rechts geschickt. Er hatte den Mantel mit dem Alphabet an, das ich ins Futter genäht hatte. Und dann drehte er sich zu mir um, denn plötzlich war er nicht mehr der echte Abek, sondern der Traum-Abek. Der Traum-Abek, der sich verabschiedete und davonging. Und ich versuchte mit aller Macht, bei ihm zu bleiben, doch stattdessen wachte ich auf.

TEIL 2

E

Deutschland unter der Besatzung der Alliierten, September

Ich merke sofort, dass der Zug die Grenze nach Deutschland passiert.

Auf der Fahrt durch Schlesien, diesem annektierten Land, das einmal Polen war und jetzt vielleicht wieder Polen ist, schlängeln sich die Schienen planlos und wie zufällig durch das Land. Der Fahrkartenverkäufer in Sosnowiec hat mir erzählt, die Rote Armee baue Schienen ab und grabe die Verbindungsstücke aus Eisen aus, damit die Eisenbahn nach Russland umgeleitet werden könne. Ursprünglich gab es eine direkte Verbindung zwischen Katowice und München, doch jetzt fährt der Zug lauter Umwege – manchmal fahren wir zurück, dann in eine andere Richtung, dann wieder kommen wir an einen eingleisigen Streckenabschnitt und müssen eine Ewigkeit warten, bis ein anderer Zug vorbeigefahren ist. In Polen sehen die Schienen und das Land wie ein vergessenes Gewirr aus. Der Zug ist wie eine Maus, die aus einem Irrgarten herausfinden will.

Aber ich merke sofort, als der Zug die Grenze nach Deutschland passiert, denn hier ist die sanfte Hügellandschaft verbrannt und vernarbt. Klaffende schwarze Risse zerschneiden die grünen Felder. Hier wurde alles zerbombt, erst kürzlich, von den Alliierten, die die Versorgungslinien der deutschen Wehrmacht zerstören wollten.

Der Zug fährt jetzt noch langsamer. Wir halten noch häufiger. Bahnmitarbeiter sagen uns, erst müssten die Trümmer von den Gleisen geräumt werden.

Ein alter Mann hat sich kurz vor der Abfahrt neben mich gesetzt. Er hat einen grauen Vollbart und einen dunklen Mantel. Er erinnert mich an meinen Großvater Zayde Lazer. Zuerst sagte er gar nichts. Ich war mir nicht einmal sicher, ob wir dieselbe Sprache sprechen. Aber als dann die Räder des Zugs über die Schienen ratterten und unsere Beine zu zittern begannen, zog er eine kleine Flasche aus seinem Mantel und reichte sie mir zum Probieren. Nalewka, ein würziger, süßer, starker Schnaps. Der kleine Schluck brannte in meiner Kehle. Ich gab ihm die Flasche zurück und er nahm selbst einen Schluck. Dann gab er sie mir noch einmal.

»Ich mag Züge nicht mehr«, sagte er zu mir.

»Ich auch nicht.«

Dieser Mann also ist mein namenloser Freund geworden. Die Sitze füllen sich mit Reisenden, dann füllen sich die Gänge. Der alte Mann und ich gehen nur auf die Toilette, wenn es gar nicht mehr anders geht, und dann passt einer auf den Sitzplatz des anderen auf. Schließlich ist auch das Dach des Zuges voll: Es gibt nirgendwo mehr Platz, deshalb klettern die Menschen über die Leitern an den Seiten des Zuges hinauf auf das Dach oder drängen sich auf den Übergängen zwischen den Waggons.

Die Fahrt dauert so lang. Sie dauert so lang und es ist so heiß, und manchmal weiß ich nicht, ob ich wach bin oder träume. Manchmal denke ich, Abek säße neben mir. Vergangenheit und Gegenwart fließen ineinander. Die Stunden kriechen dahin und mein schlimmer Fuß schmerzt, als hätte ich noch alle Zehen, als könnte ich jede einzelne bewegen. Die Tage kriechen dahin und dann tut mein ganzer Körper weh, mein ganzer Körper ist wie betäubt, als wüsste ich nicht genau, ob er überhaupt noch existiert.

»Gegen schlechte Träume«, sagt der alte Mann einmal und reicht mir eine andere Flasche mit einem Zeug, das meinen Kopf benebelt und meine Gedanken zur Ruhe bringt. Er sagt das, nachdem ich nach Luft ringend aufgewacht bin. Das rhythmische Fahrgeräusch lässt mich innerlich aufschreien. Kaum bin ich eingeschlafen, erinnert sich mein Körper an den Zug nach Birkenau. Ich kann meinem Hirn noch so oft befehlen, nicht daran zu denken, aber kaum schlafe ich ein und spüre den Takt des Zuges, erinnert sich mein Körper wieder daran.

»Gegen eine unruhige Seele«, sagt der alte Mann. Noch eine Flasche. Das macht die Fahrt etwas erträglicher. Es kann nicht heilen, was mich quält, fühlt sich aber im Moment wie eine gute Lösung an. Diese Flaschen und dass ich bei jedem Blick aus dem Fenster – bei jedem Halt recken sich Frauen zu den Fenstern hoch und wollen uns Brot oder gekochte Eier verkaufen – die Gewissheit habe, ich komme dem Ort näher, an dem ich Abek vielleicht finde.

Eines Morgens bleibt der Zug schlingernd stehen. In den Gleisen klafft eine Lücke von fünfzig Metern. Aus der verkohlten Erde ragen klauengleich ein paar Metallstreben. Es gibt keine Nebengleise, sagt der Schaffner. Keine Möglichkeit zurückzufahren und auf eine andere Strecke auszuweichen. Sämtliche Schienen in dieser Gegend wurden zerstört. Wir müssen also alle aussteigen und zehn Kilometer bis zum nächsten halbwegs funktionierenden Bahnhof wandern.

Wir springen und stolpern aus dem Zug und landen auf einem zertrampelten Gerstenfeld. Ich wundere mich, dass uns ein Haufen Menschen erwartet. Es sind hauptsächlich Mädchen in meinem Alter oder etwas jünger. Sie tragen bäuerliche Kleidung. Manche haben Körbe mit Lebensmitteln zum Verkauf dabei – verschrumpelte Äpfel, unreife Pflaumen –, andere haben keine Lebensmittel. Sie stehen neben mageren Pferden, die an Karren geschirrt sind.

»Ein Begrüßungskomitee?«, witzelt mein alter Freund. Dampf und Staub wehen uns an.

Bald wird klar, warum die Mädchen dort stehen. Sie möchten uns gegen Bezahlung zu der Stelle bringen, wo die Züge wieder fahren. Zuerst sprechen sie die Soldaten an. Die Männer in Uniform haben am ehesten Geld übrig. Mit kokettem Lächeln feilschen sie um den Preis, doch sobald der Handel abgeschlossen und die Münzen in der Schürzentasche verschwunden sind, verschwindet auch das Lächeln wieder.

Nur eine, ein drahtiges Mädchen von sechzehn oder siebzehn Jahren, beteiligt sich nicht am Wettstreit um die Soldaten und kommt direkt auf mich zu.

»Fahren?«, fragt sie mich auf Deutsch.

»Ich kann gehen.«

Eigentlich fürchte ich mich vor dem Fußweg. Zehn Kilometer sind eine lange Strecke mit meinem bösen Fuß, mit den Schmerzen, die mir in die Wade schießen. Aber noch mehr fürchte ich unnötige Ausgaben. Auf der ganzen Fahrt habe ich nur die billigsten Brötchen gekauft.

Das Mädchen nickt zu dem alten Mann hinüber. »Er schafft es wahrscheinlich nicht zu Fuß. Ich hätte in meiner Karre ein Kissen für ihn. Und wenn ihr nicht mitfahren wollt, schaffst du es vielleicht nicht rechtzeitig, um im nächsten Zug einen Sitzplatz zu kriegen. Er müsste die ganze Fahrt über stehen.«

»Ich zahle«, sagt der Alte galant. »Wenn es Ihnen nichts ausmacht, noch eine Weile neben mir zu sitzen.«

Das Kissen ist klumpig, der Einstieg ist hoch und das

Mädchen denkt nicht daran, uns hinaufzuhelfen. Sie guckt stur geradeaus, als ich hinten hinaufklettere und dann den alten Mann hinaufziehe.

Kaum haben wir Platz genommen, treibt sie mit einem Schnalzen das Pferd an.

Ich bin erst einmal aus freien Stücken in Deutschland gewesen. Damals hat mich mein Vater auf eine Geschäftsreise nach Berlin mitgenommen. Er sagte, Berlin sei das Zentrum der modernen Zivilisation: Die Kleider der Frauen dort würden in Polen frühestens in fünf Jahren aktuell sein. Aber diese Mädchen hier, die die Pferde führen oder Obst verkaufen, sehen nicht modisch aus. Sie sehen einfach nur müde aus.

Wir kommen an einem Mann vorbei, der ein Schild beschriftet: Bis München ist es noch weit. Aber auf dem Schild steht es nicht nur auf Deutsch, sondern auch auf Russisch, Französisch und Englisch.

»Sie haben das Land aufgeteilt«, erklärt das Mädchen, als sie mich das Schild entziffern sieht. »Vier Alliierte, vier Zonen. Alle haben ein Stück Deutschland gekriegt. Wo wollen Sie hin?«

»München.«

»In München sind die Amerikaner«, sagt sie.

»Und hier?«

»Niemand«, sagt sie hintergründig. »Hier ist niemand zuständig. Ein einziges Chaos. Sie finden immer noch Leichen.«

»Leichen?«

»Von den Bomben der Alliierten. Unter den Trümmerbergen. Solange noch Leichen gefunden werden, achtet niemand darauf, was sonst geschieht.«

Sie dreht sich wieder zu ihrem Pferd um und spricht erst wieder, als wir beinahe an der Stelle sind, wo wieder richtige Schienen liegen. Der neue »Bahnhof« ist kein richtiges Gebäude. Er besteht nur aus einem rostigen Güterwaggon auf der Wiese. Auf die Seitenwand des Waggons hat jemand etwas geschrieben, wahrscheinlich den Namen der nächstgelegenen Stadt.

Die Soldaten warten schon in kleinen Gruppen. Sie sind aufgekratzter als vor einer Stunde, als sie aus dem Zug stiegen. Die frische Luft oder die Mädchen haben Leben in sie gebracht.

Unsere Chauffeurin hat ihre Lippen zusammengepresst, ihre Kiefer mahlen, als wüsste sie nicht, ob sie etwas sagen soll. Erst als sie den Karren anhält und ich hinunterklettere, lehnt sie sich zurück und krallt ihre mageren Finger um mein Armgelenk.

»Engländer oder Amerikaner, aber keine Russen, verstanden?«

»Was?«

Sie sieht starr geradeaus. »Soldaten können Sachen für einen beschaffen. Das ist nützlich. Aber fragen Sie nur Engländer oder Amerikaner, keine Russen. Die Russen haben bestimmte Vorstellungen, was sie dafür wollen. Und sie nehmen es sich, wenn du es ihnen nicht freiwillig gibst.«

»Was meinen Sie damit?«

»Mir egal, wenn Sie mir nicht glauben, aber ich bin nicht das einzige deutsche Mädchen hier, das Ihnen das sagen wird.«

»Ein russischer Soldat hat mir das Leben gerettet«, sage ich.

»Glück gehabt.« Sie klingt verbittert. Sie sieht weiter geradeaus und kratzt sich am Hals.

»Echt Glück gehabt.«

Meine Glieder schmerzen, meine Haut ist schweißnass und dreckig. Aber immerhin habe ich keine Läuse, schärfe ich mir ein. Keine Bettwanzen. Keinen leeren Magen. Kein Grund zur Klage also. Ich habe Schlimmeres durchgemacht.

Der alte Mann, dessen Namen ich nicht weiß, ist auch bis nach München gefahren. Er sagte, seine Tochter würde ihn dort abholen, und als wir dort ankamen, wurde er von einer schlanken rothaarigen Frau erwartet, die die gleiche Nase und die gleichen breiten Schultern hatte wie er. Sie umarmten sich und ließen nicht mehr los, und ich wartete nicht, bis ich mich verabschieden konnte. Bei dieser Familienwiedervereinigung war für mich kein Platz.

Auf dem trubligen Vorplatz des Bahnhofs boten Fahrer ihre Dienste an. Hauptsächlich mit Lastwagen – Männer, die das Fahrtziel hinausschrien und die Fahrgäste auf die entsprechenden Laster verteilten.

Jetzt, mehrere Stunden später, hat mein Fahrer alle abgeladen bis auf mich. Er hält am Rand einer Schotterstraße und sagt, wir seien in Föhrenwald. Aber ich sehe weder ein Schild noch sonst einen Hinweis.

Was ich sehe, sind Felder, flache braune Felder. Dutzende Männer und Frauen in Arbeitskleidung beackern die Erde. Ein paar Hundert Meter weiter hinten sehe ich die Giebeldächer einer Ortschaft.

Ich sehe mich fragend zu dem Mann um, der mich gefahren hat. Aber er hat schon umgedreht und ist zu weit weg, als dass ich ihn noch einholen könnte. Ich stapfe also eine ordentliche Ackerfurche entlang und bleibe bei einer der Arbeiterinnen stehen. Sie hat einen Spaten in der Hand und streut Samen in die Erde.

»Entschuldigen Sie, aber ich suche das Lager?«. Ich habe auf Deutsch gefragt. »Das Lager für Displaced Persons. Ist das hier in der Nähe?«

Sie sieht mich ausdruckslos an. Sie hat meine Frage nicht verstanden. Ich wechsle zu Jiddisch, dann zu Polnisch, immer noch keine Antwort. Doch beim letzten Versuch hellt sich das Gesicht der Frau auf und sie zeigt auf eine andere Frau und gibt mir zu verstehen, dass ich sie fragen soll. Die andere Frau antwortet auf Polnisch, freundlich, aber mit einem starken Akzent, der für mich fast Italienisch klingt.

»Föhrenwald ist hier«, sagt sie. »Dieser Acker gehört schon zum Lager.« Sie zeigt mit einem Kopfnicken auf die Ortschaft in der Ferne.

»In welchen Häusern?«

Sie lacht. »In allen.«

»Ich bin angekommen«, flüstere ich. *Ich habe es geschafft.*

Nach dieser Bemerkung sieht mich das Mädchen neugierig an, aber ich bringe erst einmal nichts anderes mehr über die Lippen. Ich stehe da wie angewurzelt, meine Glieder zittern. Ich habe diese wahnsinnige Reise tatsächlich geschafft. Wohl oder übel musste ich die Hälfte meines Geldes für Fahrkarten und Essen ausgeben. Jetzt gibt es kein Zurück mehr, keine Möglichkeit mehr, nach Hause zu gehen. Bang krampft sich mein Magen zusammen, aber ich habe es geschafft, ich bin endlich hier.

»Sie wollen wahrscheinlich in die Verwaltung«, sagt das Mädchen vorsichtig, da ich immer noch schweige. »Sie ist mitten im Lager – Sie müssen einfach immer nur diese Straße weitergehen. Michigan Street. Wenn Sie im Ort sind, fragen Sie am besten noch mal.«

Ich zwinge mich zu einem Lächeln und versuche, mutiger auszusehen, als ich bin. Dann wiederhole ich den Straßennamen, den sie gerade genannt hat. Er klingt weder Polnisch noch Deutsch und auch nicht Italienisch. »Mi-schi-gen«, spricht sie mir langsam vor. »Das ist eine amerikanische Provinz. Alle Straßen im Lager sind nach amerikanischen Provinzen benannt.«

»Danke.«

Die unbefestigte Straße führt mich weiter nach Föhrenwald hinein. Es ist ganz anders, als ich erwartet habe.

Ich habe mir gitterförmig angeordnete Reihen von langen Baracken vorgestellt, die Architektur des Kriegs. Ich hatte mich für diese Kriegsarchitektur gewappnet, war darauf gefasst gewesen, dass meine Seele wieder aus den Fugen geraten würde.

Jetzt aber sehe ich, dass Föhrenwald eher einem kleinen Städtchen gleicht, dessen Straßen wie die Speichen eines Rades angelegt sind. Ich atme erleichtert auf.

Michigan Street führt um den Ort herum. Andere Straßen, wie zum Beispiel Illinois und Indiana, führen zu einer Kreuzung in der Mitte des Lagers. Weiß getünchte kleine Häuser mit Giebeldächern säumen die zulaufenden Straßen. Die größeren Gebäude - vermutlich Verwaltungsgebäude -, die sich um einen zentralen Platz in der Ortsmitte gruppieren, sehen klotziger, fabrikähnlicher aus.

Vor dem Eingang zur Verwaltung unterhalten sich ein paar Leute und rauchen. Nach meinem Gespräch mit der Italienerin auf dem Acker wundert es mich nicht, verschiedene Sprachen zu hören, ich bin aber von deren Vielfalt überrascht: Ungarisch, Tschechisch, Slowenisch und Niederländisch. Die meisten sind in meinem Alter oder ein bisschen älter. Wenige sind in der Generation meiner Eltern und noch weniger sind richtig alt. Es ist niemand da, der jünger ist. Niemand, der Abek sein könnte.

Ich räuspere mich und klammere mich an den Griff meiner Tasche. »Entschuldigen Sie, wer ist hier zuständig?« Ich stelle die Frage auf Deutsch, die Sprache, die ich hier am häufigsten höre.

Ein Junge mit rotblonden Haaren unterbricht sein Gespräch. »Für welche Abteilung?«

Abteilung. Ich hatte nicht mit so strikten Regeln gerechnet. »Für – ich suche jemanden. Einen anderen Häftling – Flüchtling, meine ich.«

Er deutet mit dem Kopf auf das angrenzende, kleinere Gebäude. »Dann müssen Sie dort hin. Fragen Sie nach Frau Yost.«

Ich muss aber gar nicht nach ihr fragen. Kaum habe ich das Gebäude betreten, es ist modern eingerichtet und hat Linoleumböden, kommt eine kleine Frau mit randloser Brille auf mich zu. Sie trägt ein kariertes Hemdblusenkleid, irgendwie kommt es mir vor, als wäre das Kleid nicht von hier, ich kann nur nicht genau sagen, wieso. Sie begrüßt mich mit Handschlag, sehr geschäftsmäßig.

»Englisch?«, fragt sie. »Deutsch?«

»Ja«, antworte ich auf Deutsch und erkläre ihr, dass ich Polin bin, aber Deutsch spreche. »Ich heiße Zofia Lederman. Frau Yost?«

Sie nickt. »Das bin ich. Ich bin so froh, dass Sie Deutsch sprechen.« Sie hat einen Akzent, amerikanisch vielleicht. »Neulich hatte ich mit einer Ungarin zu tun. Ich musste jemanden finden, der Französisch kann.«

Ich warte darauf, dass sie mich fragt, was ich hier will, oder dass sie mich zum Sitzen auffordert. Doch Frau

Yost nimmt einen Hut vom Haken, setzt ihn sich auf den Kopf und scheucht mich wieder zu der Tür, durch die ich gerade gekommen bin.

»Ich habe ja gesagt, dass niemand Zeit hat, die ganzen Häuser freizuräumen.« Sie hält die Tür auf. »Aber wir haben getan, was wir konnten – hier ein Bett, dort ein Bett, aber wir haben schon Doppelbelegungen und nicht genügend Decken. Das wussten Sie doch, oder? Und was das Essen betrifft, bei so viel mehr Leuten kommen wir ohne zusätzliche Rationen höchstens eine Woche aus. Zum Glück haben wir die Ackerflächen.«

»Frau Yost –«

»Und *Ihre* Lebensmittelrationen werden dann hoffentlich uns zugewiesen, aber in diesem Land funktioniert bis jetzt ja überhaupt nichts –«

»Frau Yost, entschuldigen Sie, aber –«

Sie hört endlich auf zu reden, merkt, dass ich nicht mit hinausgegangen bin. Sie kommt wieder herein. »Feldafing?«

»Wie bitte?«

»Sind Sie aus Feldafing?«

Ich verneine kopfschüttelnd. »Nein, da draußen wurde mir gesagt, ich soll nach Ihnen fragen.«

Sie kneift die Augen zusammen und massiert ihren Nasenrücken. »Entschuldigen Sie. Wir haben ein Telegramm erhalten, dass das Lager in Feldafing überfüllt ist und einige Bewohner Ende der Woche hier eintreffen würden. Ein Beauftragter wollte vorbeikommen, um die

Unterkünfte zu besichtigen. Das ist eigentlich nicht meine Aufgabe, aber ich war die Einzige, die dafür Zeit hatte.«

Sie packt die Türklinke an. Wenn sie eine Armbanduhr trüge, hätte sie jetzt wahrscheinlich nachgesehen, wie spät es ist. »Aber was rede ich. Sie sind nicht aus Feldafing, natürlich nicht. Wer hat Sie geschickt?«

»Ich bin allein hier. Ich suche meinen Bruder.«

»Wissen Sie, in welchem Haus er untergebracht ist?«

»Meine Familie kommt aus Polen. Abek und ich wurden in unserem ersten Lager getrennt, aber ich habe gehört, dass Häftlinge aus dem Lager nach Dachau verlegt wurden und dann von Dachau hierhergebracht wurden.«

»Dann wissen Sie also nicht, in welchem Haus er wohnt. Sind Sie denn sicher, dass er überhaupt hier ist?« Sie hat so eine gezielte, nüchterne Art zu sprechen, dass ich mir automatisch dumm vorkomme.

»Nein. Aber ich gehe davon aus. Ich habe gehört, dass die Häftlinge aus Dachau hierhergebracht worden sind.«

»*Einige* schon.«

»Deshalb bin ich hier. Ich heiße Zofia Lederman. Mein Bruder heißt Abek Lederman. Er müsste jetzt zwölf sein, aber wir haben ihm gesagt, er solle sagen, er sei älter. Er könnte als fünfzehn durchgehen und –«

»Dieses Lager ist nur für Erwachsene«, unterbricht sie mich. »Es tut mir leid, aber wir nehmen niemanden unter siebzehn auf, außer in Begleitung der Eltern oder eines Erziehungsberechtigten.«

»Könnte ich nur –«

»Die Listen einsehen? Ja«, sagt sie und weiß schon, was ich fragen will. »Sie können sie mit einer Sekretärin zusammen durchsehen. Sie sind allein hier?«

»Ja.«

»Und Sie kommen aus …?«

»Polen.«

»Das sagten Sie schon. Ihre Familie ist aus Polen. Aber ich meinte, wo wohnen Sie? Von woher sind Sie jetzt gekommen?«

Langsam wird mir bewusst, wie unüberlegt ich gehandelt habe. Ich wohne bei niemandem. Ich habe nirgends einen Platz.

Ich fühle mich plötzlich unendlich müde. Unendlich schmutzig. Hungrig und durstig. Und ich möchte mich nur noch hinlegen und darüber nachdenken, warum ich hier bin. »Polen«, wiederhole ich. »Ich bin mit einem Zug aus Polen gekommen.«

»Heute? Ganz allein?«

»Ich bin heute angekommen. Ich bin vor – ich glaube, vor ein paar Wochen abgereist. Es hat sehr lange gedauert. Ja, ganz allein.«

Frau Yosts Verhalten ändert sich. Ihre Augen werden milder. Eine Minute vergeht, in der sie diese Information aufnimmt. »Das ist ein langer Weg für einen allein.«

»Ja.«

»Und wie lange waren Sie genau unterwegs?«

»Er ist der Einzige, der mir geblieben ist.«

Sie denkt eine Weile nach, sieht über meine Schulter an die gegenüberliegende Wand, an der eine Uhr hängt. Dann seufzt sie. »Kommen Sie.«

Wir gehen durch den Empfangsbereich in ein kleineres Büro. An der Tür hängt ein handgeschriebenes Schild: *Vermisstenstelle.* Innen stehen mehrere große Schreibtische, auf denen sich Berge von Papieren häufen. In der Mitte ein halb von Papier zugedecktes schwarzes Telefon.

»Nehmen Sie Platz.« Frau Yost zeigt auf den bequemeren der zwei im Raum befindlichen Stühle. Sie selbst setzt sich auf einen Holzstuhl mit aufrechter Rückenlehne und zieht aus dem Papierberg eine Kladde und einen Füllfederhalter hervor. Die Kladde ist in Leder gebunden und auf der Vorderseite steht in Goldprägung I.G. FARBEN. Das kommt mir irgendwie bekannt vor, aber ich weiß nicht woher.

»Fräulein Lederman«, sagt sie. »Erzählen Sie mir doch, was Sie bisher unternommen haben, um Ihren Bruder zu finden.«

»Ich habe seinen Namen auf die Liste gesetzt.«

»Sehr gut. Und welche Liste?«

»Die vom Roten Kreuz.«

Sie schreibt etwas in ihre Kladde. »Welche noch?«

»Ich weiß nicht mehr genau.«

»Die United Nations Relief and Rehabilitation Association vielleicht? Oder das AJJDC, das Joint? Der Suchdienst in München oder sonst eine Einrichtung?«

»Im Krankenhaus. Ich habe immer seinen Namen aufgeschrieben, wenn mir jemand eine Liste vorgelegt hat.«

»Fräulein Lederman.« Ihr Füller schwebt immer noch über der Kladde. Jetzt schraubt sie die Kappe darauf und legt ihn auf den Tisch. »Es sind sehr unübersichtliche Zeiten. Aber viele Organisationen versuchen zu helfen.«

Sie zählt noch mehr Abkürzungen auf, aber sie verschwimmen in meinem Kopf. Ich verstehe, was sie mir sagen will. Es gibt viele Listen. Ich müsste seinen Namen auf viele Listen setzen, viel mehr Listen, als ich mir hätte vorstellen können, und ich müsste sämtliche Listen im Auge behalten.

Es ist ein Flickenteppich, das will sie mir sagen. Ein ganzer Kontinent, der versucht, sich selbst wieder zusammenzuflicken, indem er alle verfügbaren Fäden auf jede mögliche Art zusammenfügt.

Ich klammere mich an die Armlehnen meines Stuhls und strenge mich an, Frau Yost nicht vor meinen Augen verschwimmen zu lassen. Mein Mund ist trocken und meine Stimme klingt, als käme sie von weit her. »Aber es kann Monate dauern, bis diese ganzen Organisationen geantwortet haben«, sage ich. Und dann wird mir voller Entsetzen klar, dass diese Organisationen, sollte ich sie unwissend aus dem Krankenhaus heraus angeschrieben haben, jetzt keine Möglichkeit mehr haben, mich zu kontaktieren.

»Es kann Monate dauern«, bestätigt Frau Yost. »Meine Aufgabe ist es, den Flüchtlingen hier vor Ort zu helfen, aber es könnte Monate dauern. Ist alles in Ordnung? Legen Sie Ihren Kopf zwischen die Knie, wenn Ihnen schwindlig wird.«

»Mir ist nicht – mir ist nicht schwindlig.«

»Doch, Ihnen ist schwindlig.« Sie steht auf und ruft durch ihre kaputte Tür der Sekretärin im anderen Zimmer zu: »Würden Sie bitte ein Glas Wasser bringen?«

Ich weiß nicht, ob ich monatelang warten kann, möchte ich ihr sagen. Ich lebe eigentlich nur noch, weil ich mich dazu gezwungen habe. Weil ich Abek finden muss. Ich habe mich kaum am Leben halten können. Ich weiß nicht, wie lange ich das noch durchhalte. Es reicht nicht, Briefe zu verschicken, die nicht beantwortet werden.

Ich höre Stoff rascheln und schaue wieder auf. Frau Yost steht mit einem Glas Wasser vor mir. Sie sieht mich aufmerksam an und fragt, ob ich das Glas halten kann. Dann gibt sie es mir in die Hand.

»Ich hoffe, Ihnen ist klar, dass ich das nicht sage, um Sie von Ihrem Vorhaben abzubringen«, sagt sie, während ich mich zwinge, das Wasser zu trinken. »Aber ein Mädchen, mit dem ich hier zu tun habe, hat sechzig Tage hintereinander zehn Briefe am Tag geschrieben. Sie weiß mit absoluter Sicherheit, dass ihre Schwester in Auschwitz befreit wurde, hat sie aber immer noch nicht gefunden. Aber wenn Sie Briefe schreiben, sind Ihre Chancen immer noch besser, als wenn Sie durch ganz Europa reisen. Sie können nicht jedes Lager persönlich aufsuchen. Und selbst wenn, die Menschen kommen und gehen. Selbst wenn Sie den richtigen Ort finden würden, hätten Sie keine Garantie, dass Sie zum richtigen Zeitpunkt dort eintreffen. Wenn Sie noch ein Zuhause haben, wäre es das Beste, Sie würden wieder dorthin zurückgehen.«

»Ich habe nicht mehr genug Geld.«

»Sie könnten vielleicht einen Reisekostenzuschuss beantragen und –«

»Nein.«

»Oder ich könnte Sie mit einer Vermittlungsstelle in Verbindung setzen, die näher an Ihrem Heimatort ist.«

»Nein«, schreie ich. »*Nicht ohne meinen Bruder.*«

Ich sehe die staksigen, kaputten Stühle in unserem verlassenen Esszimmer vor mir, den Teppich, der nicht unserer ist, die Bäckerei mit den fremden Gesichtern. Dieser Ort wird erst wieder ein Zuhause sein, wenn Abek und ich ihn dazu machen.

Frau Yost will etwas erwidern, aber ich unterbreche sie, bevor sie etwas sagen kann. »Kann ich jetzt die Zugangslisten ansehen?«

Sie sieht aus, als wollte sie noch etwas anderes sagen, aber dann nickt sie, geschäftsmäßig. »Eine Sekretärin wird sie Ihnen raussuchen. Sie können Sie nach dem Abendessen einsehen.«

Abendessen. Bei diesem Wort wird mir klar, dass ich für den Abend nichts geplant habe. Wo soll ich wohnen? Wohin soll ich gehen? Frau Yost hat ja schon erwähnt, dass das Lager überfüllt ist.

»Und dann – könnte ich nach dem Abendessen hierbleiben?«, frage ich. »Nur bis ich weiß, wohin ich als Nächstes gehe. Wenn Sie kein Bett für mich haben, kann ich auch auf dem Boden schlafen.«

Frau Yost seufzt. »Ich lasse Sie nicht auf dem Boden schlafen. Kommen Sie. Ich sage der zuständigen Mitarbeiterin für die Zimmerzuweisungen, dass sie etwas für Sie suchen soll.«

Ich nehme meine Reisetasche und sie nimmt ihre Kladde, die mit der Goldprägung I.G. FARBEN. Woran erinnert mich der Name bloß?

»Was ist das?«, frage ich. »Dieser Name auf Ihrem Buch?«

Sie sieht die Kladde an. »Bevor dieses Gelände ein Lager wurde, war hier eine chemische Fabrik. Sprengstoff. Ich verwende noch das eine oder andere aus deren Büro, bis unsere eigene Büroausstattung eintrifft.«

»Von der I.G. Farben habe ich schon mal gehört. Ich weiß nur nicht mehr, wo.«

»Zyklon B«, sagt sie nach kurzem Schweigen. »Die I.G. Farben hat Zyklon B hergestellt.« Daher also kenne ich den Namen. Bevor sie erfuhren, dass ich nähen kann, musste ich in Birkenau manchmal Lastwagen mit Nachschub entladen. Die gelben Behälter von Zyklon B hatten auf dem Boden ein kleines Firmenzeichen des Herstellers, I.G. Farben.

Zyklon B war ein Schädlingsbekämpfungsmittel. Es wurde in Kügelchen angeliefert, die sich in Gas auflösten. Ich hatte gehört, dass es ursprünglich zur Vernichtung von Ratten hergestellt worden war. In Birkenau lud ich diese Kanister ab, und die Aufseher trugen sie dann zu den Gebäuden, die sie Duschen nannten. Dann stopften sie Hunderte von Menschen in die Gebäude und benutzten Zyklon B. Es funktionierte auch bei Menschen.

E

Ich habe jegliches Zeitgefühl verloren, als Frau Yost mit mir das Büro verlässt. Es fällt mir schwer, Föhrenwald und überhaupt alles, was hier geschieht, als real wahrzunehmen. Es würde mich nicht wundern, wenn ich beim nächsten Blinzeln aufwachen und mich in unserer Wohnung neben dem schlafenden Dima wiederfinden würde. Oder im Krankenhaus, auf der Station für gebrochene Mädchen. Aber ich bin hier. Hunderte Kilometer von zu Hause entfernt. Die Ärzte hatten gesagt, es ginge mir noch nicht gut genug, um das Krankenhaus allein zu verlassen. Aber ich habe es ganz allein bis hierher geschafft. In meine Verzweiflung, dass Abek nicht hier ist, mischt sich ein wenig Stolz über mich selbst.

Die Sonne steht tief, als wir das Gebäude durch die Hintertür verlassen. Wir kommen auf eine Art unbefestigten Platz, um den die Verwaltungsgebäude gruppiert sind. Am Rand stehen ein paar Holzbänke und dahinter sehe ich grüne Pflänzchen. Es riecht nach Dill und Petersilie, ein Kräutergarten. Durch eine offene Flügeltür im anschließenden Gebäude sehe ich ein paar runde Tische, wahrscheinlich eine Kantine. Die Michigan Street, über die ich gekommen bin, füllt sich mit Menschen, vermutlich sind es die Feldarbeiter, die ich getroffen habe, nur sind es jetzt viel mehr. Viele haben Hacken und Schaufeln dabei. Sie kommen auf dem Platz zusammen, reden und lachen miteinander. Ihnen folgen weitere Gruppen von Menschen – offensichtlich keine Feldarbeiter – aus anderen Straßen.

»Frau Yost?« Kaum haben wir das Gebäude verlassen, kommt ein Mann in kariertem Hemd über den staubigen Hof auf uns zu und streckt seine Hand aus. »Ich komme aus Feldafing.«

»Ah, das ist gut.« Frau Yost dreht sich zu mir um. »Zofia, Sie müssen mich entschuldigen. Ich suche jemand anderen, der Sie in Ihre Unterkunft bringt.«

Sie mustert die umstehenden Menschen. »Herr Müller«, ruft sie und winkt jemandem zu, der allein auf einer Bank sitzt.

Der Mann – eine magere, vornübergebeugte Gestalt, dessen schlotternde Hose von Hosenträgern gehalten wird – blickt auf. In seinem Mundwinkel baumelt eine Zigarette. Er bearbeitet etwas mit den Händen. Er bohrt mit einem scharfen Metallgerät Löcher in ein Lederband. Ich glaube, es ist ein Zaum für Pferde. Er legt seine Arbeit nieder, als Frau Yost ihn zu sich winkt. »Könnten Sie bitte die Tasche von Fräulein Lederman nehmen und sie zum Haus von Breine und Esther bringen?«, fragt sie.

Von Weitem habe ich Herrn Müller für viel älter gehalten, aber als er näher kommt, sehe ich, dass er nur ein paar Jahre älter ist als ich. Er hat dunkle Locken, graue Augen und einen sehnigen Körper. Er nimmt noch einen Zug aus seiner Zigarette und schnippt sie dann weg.

Wie seine vollen Lippen die Zigarette umschließen, wie er die Hüften dreht, als er den Stummel mit dem Absatz austritt, wie er mit seinen langgliedrigen Fingern seinen Hals massiert – ich merke, dass ich erröte, und bin gleichzeitig überrascht, dass ich überhaupt noch erröten kann. In meinem Unterbauch spüre ich ein starkes, drängendes Ziehen. Auch diese Empfindung hatte ich für verloren gehalten. Von meinem Körper war nicht mehr genug übrig, dachte ich, um solche Gefühle hervorzubringen.

Herr Müller hebt zur Begrüßung kurz seine Augenbrauen. »Hallo«, stottere ich und bin mir sicher, dass er und alle Umstehenden mir mein Erröten anhören.

Er bückt sich und greift nach der Tasche, und ich sehe, dass er in diesem Moment erstarrt. »Was haben Sie gesagt?«, fragt er leise auf Deutsch.

»Ich – ich habe nicht –«, stottere ich.

Aber er hat nicht mich gemeint. Er spricht mit einem Mann, an dem er gerade vorbeigegangen ist, einem Mann mit breiter Brust und schönen weißen Zähnen. »Was haben Sie gesagt?«, wiederholt Herr Müller und dreht sich jetzt zu dem Mann um.

Herr Müller lässt meine Tasche fallen und geht auf den großen, breiten Mann zu. Die wirren Locken kleben ihm im Nacken, sein Kragen ist schweißnass. Ich kann nicht hören, was die beiden Männer in der Mitte des Platzes miteinander reden, nur dass der Mann mit den weißen Zähnen wütend und abweisend aussieht und Herr Müller ihn undurchdringlich ansieht. Andere haben auch etwas von dem Gespräch mitbekommen, und Frau Yost, die mit dem Mann aus dem anderen Lager noch in der Nähe ist, bleibt stehen und überlegt, ob sie sich einmischen soll.

Der große Mann macht eine obszöne Handbewegung. Herr Müller erwidert sie und zieht sich wieder zurück. Es hat den Anschein, als sei das Gespräch beendet, und ich entspanne meine Fäuste wieder. Mir war gar nicht klar gewesen, dass ich sie geballt hatte. Doch dann wirbelt Herr Müller ohne Vorwarnung – nur mit einer kaum wahrnehmbaren Regung im Gesicht – herum. Das geschieht alles so schnell, dass ich dem Bewegungsablauf gar nicht folgen kann. Ich sehe nur eine blitzartige Bewegung und dann das Blut, das dem großen Mann aus der Nase spritzt.

Der Mann wirft sich mit ausgestreckten Armen nach vorn und prallt mit der vollen Wucht seines Körpers auf Herrn Müller. Der kann sich aufrecht halten, wenn auch mit Mühe. Er weicht dem ersten Schlag aus, aber der zweite Schlag trifft ihn knapp unter der Augenbraue. Ein dritter landet im Brustkorb. Er ist kein geübter Kämpfer, selbst ich kann das feststellen, und der andere Mann ist mindestens zehn Zentimeter größer.

In den umliegenden Gebäuden öffnen sich Türen und Fenster. Menschen lehnen sich heraus, um zu sehen, woher die Aufregung kommt. Jetzt sind die beiden am Boden, der große Mann sitzt rittlings auf Herrn Müllers Brust und klemmt ihm die Arme an die Seite. Die Hand des großen Mannes drückt das Gesicht von Herrn Müller seitlich in den Staub. Die Beine von Herrn Müller strampeln hilflos und scharren in der Erde.

Steh auf, denke ich.

Ich weiß nicht, warum er als Erster zugeschlagen hat, warum er überhaupt angefangen hat. Ich weiß nicht, warum er nicht aufgibt und um Gnade bittet.

»Meine Herren«, schreit Frau Yost, und dann sagt sie zu jemandem, den ich nicht sehen kann: »Holen Sie einen Polizisten.« Aber das wäre zu spät. Bis der Polizist kommt, bekommt Herr Müller keine Luft mehr und ist tot.

Ich müsste ihm helfen, aber ich kann mich nicht rühren. *Mach die Augen zu,* befehle ich mir, aber meine Augenlider gehorchen mir nicht. *Halt dir die Augen zu,* versuche ich es noch einmal. *Heb die Hände hoch und halt sie dir vor die Augen. Auf der Stelle.*

Ich müsste ihm helfen, aber ich kann mich nicht rühren, denn wenn ich mich rühren könnte, würde ich ihm helfen, und ich helfe ihm nicht, und das bedeutet, dass ich mich nicht rühren kann. Ich kann die ganze Zeit nur hinsehen, als wäre der Kampf weit entfernt, als würde ein Film vor mir ablaufen.

Ich schwinde dahin, falle in mich zusammen, ich kann meine Gedanken nicht stoppen, und dann, gerade als ich das Schlimmste erwarte, befreit Herr Müller den einen Arm. Er zieht ihn zurück und formt mit Daumen und Zeigefinger ein L, das er dem großen Mann in die Luftröhre rammt.

Der große Mann greift sich an den Hals, sein Gesicht färbt sich lila, er ringt nach Luft, seine Atemstöße klingen wie Schweinequieken. Herr Müller krabbelt unter ihm weg, taumelt schwer atmend zu der Bank, wo das scharfe Werkzeug liegt, mit dem er vorhin Löcher ins Leder gemacht hat. Er hebt es aber nicht auf, lässt nur seine Hände darauf liegen. Es ist eine Warnung, dass er es, wenn nötig, benützen würde.

Während ich ihm zusehe, drängt sich ein Bild in meinen Kopf. Ein Gedanke, eine Erinnerung versucht sich durch das Gedankenkarussell nach oben zu stoßen, will mich wieder zu mir selbst bringen. *Herr Müller. Sosnowiec im Sommer. Heiß, die heißesten Tage. Wir stehen in der Schlange. Mein Vater.*

Kenne ich diesen Mann? Bestimmt nicht – unmöglich – aber er hat gerade etwas gemacht, das mich an etwas erinnert – woran? *Sosnowiec im Sommer, Stehen.* Die Bilder sind zu flüchtig, ich kann sie nicht festhalten. Ich weiß nicht einmal, ob sie stimmen.

Ich spiele alles noch einmal durch, was eben passiert ist, jeden einzelnen Augenblick, seitdem ich zuerst gesehen habe, wie Herr Müller aufgestanden ist und meine

Tasche nehmen wollte, bis zu diesem Moment jetzt, in dem er sich die blutige Augenbraue mit dem Hemdzipfel abtupft und sich argwöhnisch auf dem Platz umsieht. Aber es ist weg. Was immer mir an seiner Erscheinung bekannt vorkam, ist verschwunden, als wäre es nie da gewesen.

Ich unterdrücke meine Enttäuschung. Gerade erst habe ich mich selbst dafür beglückwünscht, dass ich es bis hierher geschafft habe, gerade habe ich gedacht, ich würde Fortschritte machen. Warum bin ich so kaputt, so übel zugerichtet im Kopf? Warum betrügt mich meine Erinnerung?

Mitten auf dem Platz kauert der große Mann auf allen vieren. Seine beiden Freunde, bei denen er gestanden hatte, eilen zu ihm, packen ihn unter den Achseln und helfen ihm aufzustehen.

Ich sehe auf. Herr Müller steht nun wieder vor mir und streckt mir die Hand hin. Seine Fingerknöchel sind aufgeschürft. Sein Hemd ist dreckverschmiert, zwei Knöpfe sind abgesprungen und seine Brusttasche hängt halb abgerissen herunter. Noch einmal gibt er mir einen Wink mit der Hand.

»Ihr Gepäck.«

Er ist vielleicht zwei Zentimeter größer als ich. Ich hatte gedacht, seine Augen seien grau, aber jetzt sehe ich, dass sie auch braune Sprengsel enthalten, unergründlich wie dunkle Kieselsteine. Eigentlich müsste ich jetzt angewidert sein, weil er mit der Schlägerei angefangen hat.

Eigentlich hätte das Ziehen in meinem Bauch verschwinden müssen. Ist es aber nicht. Ich bin verunsichert, muss ihn aber dauernd ansehen.

»Mein Gepäck?«, wiederhole ich dämlich.

»Frau Yost hat mich darum gebeten. Ihr Gepäck. Zu tragen.« Er spricht jetzt ganz langsam, hat eine Augenbraue hochgezogen.

»Oh. Aber das ist doch nicht nötig«, sage ich. »Nicht nach diesem –«

»Ich habe gesagt, dass ich es mache«, sagt er einfach und nimmt die Tasche, bevor ich erneut protestiere. Er kümmert sich auch nicht darum, ob ich ihm folge, und da Frau Yost nicht hier ist und ihm keine anderen Anweisungen geben kann, gehe ich rasch hinter ihm her.

Er steuert durch Häuserreihen und sieht sich nur ein einziges Mal kurz um, ob ich Schritt halten kann. Dann nicht mehr. Ich beeile mich, damit ich neben ihm gehen kann, und muss vor Anstrengung ein wenig schnaufen.

»Hat der Mann Ihnen etwas getan?«, frage ich atemlos.

Er wird keinen Deut langsamer. »Sie haben den Kampf doch gesehen? Allerdings hat er mir etwas getan.«

»Ja, aber ich meinte –«

»Er hat mir die Rippen geprellt. Und er stinkt nach Pisse und hat auf mir gelegen. Jetzt rieche ich wahrscheinlich auch nach Pisse.« Er betont das Wort *Pisse.* Er will mich schockieren, denke ich. Oder möglichst abstoßend wirken, damit ich keine Fragen mehr stelle.

Wir eilen weiter, und ich versuche, auf den Weg zu achten und mir einzuprägen, was ich sehe: Aus einem Holzhaus kommen Frauen mit Wäschekörben. Auf einem größeren Gebäude hängt ein Schild, auf dem BERUFLICHE BILDUNG steht. Föhrenwald ähnelt wirklich einer kleinen Stadt.

»Was ich sagen wollte – ich glaube, Sie wissen das auch –, was hat der Mann Ihnen getan, bevor die Schlägerei anfing?«, erkläre ich. »Gab es einen Grund, warum Sie ihn geschlagen haben? Oder verdreschen Sie alles, was nach Pisse stinkt?«

Seine Mundwinkel zucken. »Alles, was nach Pisse stinkt? Was gäbe es denn hier, das nach Pisse stinkt und das ich verdreschen könnte?«

»Ein – eine Ziege. Sie könnten eine Ziege verhauen.«

»Eine Ziege«, wiederholt er trocken.

»Oder gleich eine Latrine«, erwidere ich trotzig. »Eine Latrine wäre doch ein echter Pissestinker zum Verdreschen.«

»Und wie genau sollte das gehen?«

»Das wird nass«, erwidere ich. Ich weiß nicht, warum seine Gleichgültigkeit mich so verwegen macht, aber irgendwie möchte ich ihm beweisen, dass mich seine Flüche und seine Schlägerei weder einschüchtern noch mir Angst einjagen. »Wenn Sie eine Latrine verdreschen, spritzt es wahrscheinlich gewaltig.«

Herr Müller lacht, heftig und abgehackt, als sei er vom Klang seines eigenen Lachens überrascht und davon, dass er überhaupt lacht. Es ist ein nettes Lachen, ironisch, aber herzhaft, aber es hört gleich wieder auf. Bevor ich selbst mit einem Lächeln geantwortet habe, ist er schon wieder ganz ernst, als hoffe er, dass ich sein Lachen nicht bemerkt habe.

»Entschuldigen Sie, kann es sein, dass wir uns schon einmal begegnet sind?«, frage ich.

Ein Blick von der Seite. »Nein, ich glaube nicht.«

»Sie kamen mir bekannt vor, aber nur ganz kurz. Ich dachte einen Moment, ich würde Sie von zu Hause kennen – ich komme aus Sosnowiec – aber Sie sprechen Deutsch ohne polnischen Akzent.«

»Ich bin nicht aus Sosnowiec.«

»Das dachte ich mir. Sind sie Deutscher? Kenne ich Sie vielleicht von woanders? Waren Sie in –?«

»War ich wo?« Er ist stehen geblieben und sieht mich an, in seiner Frage schwingt etwas Drohendes mit.

Ich kann meinen Satz nicht zu Ende sprechen. Was wollte ich ihn überhaupt fragen?

Waren Sie in Birkenau, waren Sie einer der Männer, die für die Häftlinge, die jede Nacht starben, Gräben ausheben mussten? Habe ich Sie im Männerlager von Groß-Rosen arbeiten sehen? Als Ihnen die Scheiße die Beine hinablief, weil Sie Typhus hatten und keine Kontrolle mehr über ihren Darm?

Nicht jeder möchte darüber sprechen, was ihm passiert ist. Im Krankenhaus sprach die Frau, die wir Bissel nannten, nur davon, dass sie »von zu Hause fort« sei, als wäre sie auf der Universität oder auf einer längeren Reise. Sie sprach davon, dass sie für ihre kleine Tochter im Versteck ein Geschenk kaufen wolle. Sie sagte, ihre Tochter warte irgendwo auf einem kleinen deutschen Bauernhof, wo sie von einem freundlichen, alten Paar versorgt würde. Ich war mir nie sicher, ob der Bauernhof oder die Tochter wirklich existierten. Das erzählte Bissel, und in ihren Beinen waren Löcher von den medizinischen Versuchen, die die Ärzte in Ravensbrück mit ihr angestellt hatten. Ihr Kopf war wolkig wie Zuckerwatte von der Folter, der sie ausgesetzt gewesen war. Ich wusste eigentlich nie, was ich ihr glauben konnte.

Herr Müller geht weiter und ich hinter ihm her. Wieder biegen wir um eine Ecke. Ich versuche mir zu merken, wo wir überall abgebogen sind, seitdem wir das Hauptverwaltungsgebäude verlassen haben. Ich habe meine Sprache wiedergefunden, wähle meine Worte aber vorsichtig: »Irgendetwas an Ihnen hat mich daran erinnert. Vielleicht die Art, wie Sie sich bewegen, oder etwas, was Sie gemacht haben –«

»Ich bin nicht aus Sosnowiec und ich glaube nicht, dass wir uns schon einmal begegnet sind. Ich bin kein Pole und war an keinem Ort, über den ich sprechen will.« Er hat die Geduld verloren. Es ist ihm unangenehm, was ich sage. Wahrscheinlich hält er mich für verrückt.

»Dann verzeihen Sie bitte« sage ich. »Mein Gedächtnis muss mir einen Streich gespielt haben. Ich komme manchmal durcheinander. Dort ging alles so durcheinander.«

»Sonst noch was?«

»Sonst –« Zuerst denke ich, er meint, ob ich ihn noch etwas fragen möchte. Aber dann merke ich, dass wir vor einem quadratischen weißen Häuschen stehen. Links ist eine einfache Holztür und rechts ein Fenster.

»Hier soll ich Sie hinbringen.« Er schubst die Tür nach innen auf und reicht mir die Tasche. Anscheinend möchte er nicht mit hineingehen, denn er verabschiedet sich mit einem Nicken. »Auf Wiedersehen, Fräulein Lederman.«

»Warten Sie«, sage ich. Ich will nicht, dass er schon geht, habe aber auch keinen richtigen Grund, ihn aufzuhalten. »Ich heiße Zofia.«

Ich strecke meine Hand aus, falls er sich förmlich verabschieden will.

»Ich bin Josef«, sagt er kurz angebunden. Er dreht sich um und geht, meine Hand hängt immer noch in der Luft.

F

Und dann bin ich wieder allein. Allein und weit weg von zu Hause. Allein mit der Schwere und Bedeutung meiner Entscheidung. Mein schlimmer Fuß tut weh, weil ich so schnell hinter Josef hergelaufen bin. Der Schmerz ist wie eine Spinne, ein Schmerz, der durch die Zehen krabbelt, obwohl die Zehen gar nicht mehr da sind. Ein Schmerz, der von Geistern kommt, lässt sich nicht mit warmen Umschlägen oder Aspirin heilen.

Ich schaue mich in dem Haus um. Einfache Holzdielen. Vorhänge aus Sackleinen vor dem Fenster, das auf den unbefestigten Weg hinausgeht, auf dem wir gekommen sind. Im Zimmer ist ein Spülbecken, aber kein Herd und auch kein Eisschrank. Aber es gibt zwei schmale Betten, auf denen verblichene, ordentlich gefaltete Steppdecken liegen. Neben jedem Bett steht ein kleiner Nachttisch mit ein paar persönlichen Gegenständen: ein Foto, eine Haarbürste, ein Stapel leeres Papier, ein Füllfederhalter. An der Wand ein Schreibtisch. Hinten eine Tür zu einem zweiten Zimmer – drei weitere Betten und Nachttische, ein Schreibtisch, ein Tisch mit einer Waschschüssel. Auf einem Nachttisch liegen ein paar Zeitschriften, alte Ausgaben mit vergilbten, gewellten Rändern. Auf einem anderen Nachttisch ein Stapel Bücher.

Auf dem dritten liegt nichts. Den soll ich wahrscheinlich bekommen. Ich räume meine Habseligkeiten in die Nachttischschublade und setze mich aufs Bett. Die Wand ist schmutzig weiß. Über dem Bett sind noch vage Umrisse von etwas zu sehen, was früher einmal dort hing.

»Das war ein Eisenkreuz.« Eine große junge Frau mit rotbraunen Haaren tritt ein und setzt sich auf das Bett, das zu den Zeitschriften gehört. Sie schnürt ihre Schuhe auf. Es sind schwere Arbeitsschuhe, die an ihren zarten Fesseln besonders plump aussehen. Sie trägt ein Kleid in einem verblichenen Rosa.

»Oh, haben Sie –«

»Sie hingen in sämtlichen Häusern. Die UN hat vierundsiebzig Stück davon abgehängt, bevor wir hier eingezogen sind, aber in den hinteren Zimmern haben sie ein paar vergessen. Dies hier habe ich eigenhändig abgehängt und ein paar von den Jungs haben welche ins Lagerfeuer geschmissen.«

»Sind Sie Breine oder Esther?«

Sie sieht von ihren Schnürsenkeln auf. »Breine. Ja. Tut mir leid – ich wollte nicht unhöflich sein. Und entschuldige bitte auch, dass ich dir nicht die Hand gebe.« Sie hebt ihre Hände hoch und zeigt mir ihre Handflächen, die ganz schmutzig und voller Schwielen sind. Sie ist eins der Mädchen, die ich draußen auf dem Acker gesehen habe. Ihr Gesicht ist sonnenverbrannt und an der Nase pellt sich die Haut.

Ich zeige auf mich. »Zofia. Man hat mir ein Bett in diesem Haus zugewiesen. Frau Yost hat dir vielleicht schon gesagt, dass ich hier bin.«

»Ich habe sie heute Abend noch nicht gesehen. Aber auf dem Weg hierher habe ich Josef getroffen. Er hat mir gesagt, dass wir einen Neuzugang haben und dass ich dir alles zeigen soll. Also, ich bin Breine. Esther schläft in dem anderen Bett, und das vordere Zimmer ist mit zwei Holländerinnen belegt, Miriam und Judith. Beide sehr nett. Judith kann besser Deutsch als Miriam.«

Sie hat Josefs Namen erwähnt, als ob sie Freunde wären oder als würde sie zumindest etwas über ihn wissen. Ich würde sie am liebsten fragen, will aber nicht neugierig oder zu interessiert erscheinen.

»Du arbeitest auf dem Feld?«, frage ich stattdessen.

Sie nickt, streift ihre Schuhe ab und nimmt mit schmerzhaft verzogenem Gesicht den einen Fuß in die Hand, massiert ihren Rist und wackelt mit den Zehen. »Ein paar von uns. Wir haben unseren eigenen kleinen Versuchsgarten und pflanzen Kohl, Möhren, Kartoffeln und Zwiebeln an. Wenn alles anwächst. Ich habe so was noch nie gemacht, aber ein paar andere haben schon Erfahrung damit.«

»Das wird bestimmt gut.«

»Besser, als sich auf die Lebensmittelrationen zu verlassen. Wir haben aber kein Obst, keine Eier, keine Butter. Eigentlich gibt es hier gar nichts Frisches. Deshalb pflanzen wir selbst etwas an. Vielleicht gibt es bei meiner Hochzeit schon rote Bete.«

»Du bist verlobt? Herzlichen Glückwunsch.«

Breines Gesicht leuchtet zufrieden auf. Sie hat gehofft, dass ich das frage. »Ich zeige dir meinen Ring. Ich zeige ihn überall herum. Die anderen können ihn langsam nicht mehr sehen.« Sie lässt ihren schmerzenden Fuß los und knöpft den obersten Knopf ihres Kleides auf. Um den Hals trägt sie ein kleines Säckchen an einer Lederschnur. Sie schüttelt etwas aus dem Säckchen in ihre Hand: einen goldenen Ring. Er ist an mehreren Stellen mit einem Faden umwickelt, wie man es macht, wenn man einen zu großen Ring einem schmaleren Finger anpassen will.

»Er gehörte Chaims Mutter«, erzählt sie. »Er konnte ihn retten.«

Sie gibt ihn mir, damit ich ihn bewundere. »Er ist wunderschön«, sage ich und drehe ihn hin und her. »Ich hoffe, deine Hochzeit wird auch wunderschön.«

»Du bist auch dabei – das ganze Lager wird bei der Trauung dabei sein.«

»Du heiratest hier?«

»Wahrscheinlich nächsten Monat. Eigentlich wollten wir gleich heiraten, aber letzten Donnerstag habe ich von einem Onkel erfahren, der überlebt hat. Er ist der einzige Familienangehörige, den wir noch haben. Wir warten, bis er hier ist, und dann heiraten wir.« Ich gebe Breine den Ring zurück, sie verstaut ihn wieder in dem Säckchen.

»Sollen wir essen gehen?« Sie tritt an den Tisch in der Ecke und schrubbt sich Gesicht und Hals mit dem Wasser aus dem Krug. »Esther und ich gehen normalerweise um halb sechs – sie kommt wahrscheinlich gleich aus ihrem Kurs zurück – und dann treffen wir uns mit Chaim und seinen Zimmergenossen, außer Josef, der – ach, du hast Josef ja schon kennengelernt.« Ich tue, als würde ich meine Habseligkeiten in die Schublade räumen, obwohl ich das gemacht habe, bevor Breine gekommen ist. In einem möglichst gleichgültigen Ton frage ich. »Warum isst Josef nicht mit euch?«

Sie zuckt die Achseln und fährt sich mit einer Bürste durch die Haare. »Er isst lieber allein. Chaim sagt, er ist ein prima Mitbewohner. Er bleibt meistens einfach lieber für sich.«

»Er hat sich geprügelt. Direkt bevor er mich hergebracht hat.« Ich erwarte, dass sie überrascht ist, aber sie seufzt nur. »Typisch Josef.«

»Macht er das öfter? Warum?«

»Ich weiß nicht. Ich glaube, er ist nicht richtig – ich kenne seine Geschichte nicht genau und wie gesagt, Chaim sagt, er ist ein prima Mitbewohner. Aber manche von uns sind nicht richtig da. Der Krieg ist vorbei und manche von uns sind hier und doch nicht richtig da. Weißt du, was ich meine?«

Ich weiß es – natürlich –, und im ersten Moment wundere ich mich, dass Breine nicht sofort gemerkt hat, dass ich ebenfalls in diese Kategorie gehöre, zu den Leuten, die hier und doch nicht ganz da sind. Aber sie wartet meine Antwort nicht ab, sondern bückt sich, um die Schuhe wieder anzuziehen.

»Komm, wir gehen«, sagt sie dann. »Ich bin am Verhungern, du nicht?«

Ich nicht. Mich hat wieder diese abgrundtiefe Müdigkeit ergriffen. Am liebsten würde ich mich auf das weiche Bett legen und unter die saubere Decke kuscheln. Breines Freundlichkeit ist lieb, aber auch erdrückend.

Aber ich habe fast den ganzen Tag nichts gegessen, also begleite ich Breine zum Speisesaal. Dort stellt sie mir Esther vor, eine kleine, bebrillte Frau, die in der Warteschlange steht und ein Buch liest. Sie ist nicht so redselig wie Breine, aber mindestens genauso nett. Sie lächelt mich scheu an und fragt mich, woher ich komme.

»Sosnowiec?«, ruft Breine aus, als ich den Namen meiner Heimatstadt erwähne. »Ich hatte Cousinen in Sosnowiec. Entfernte. Hast du die Abramskis gekannt? Oder vielleicht, ach egal. Ich glaube, die Abramskis haben in Sosnowiec gewohnt.«

»Breine«, seufzt Esther. »Du bist mit ihr den ganzen Weg hierhergegangen und hast sie nicht gefragt, woher sie kommt?«

»Doch«, protestiert sie, »ich dachte, ich hätte sie gefragt.« Ich schüttele den Kopf. »Hab ich nicht?«

»Hast du sie überhaupt etwas gefragt oder hast wieder nur du die ganze Zeit geredet?«

»Ich habe geredet«, sagt Breine. »Ich geb es zu. Ich habe die ganze Zeit nur geredet.«

»Breine.« Esther schüttelt den Kopf, aber es liegt Zuneigung in dieser Geste: sie ganz das vernünftige Kindermädchen und Breine das ihr anvertraute schwer zu bändigende Kind.

Der Speisesaal befindet sich in dem lang gestreckten, niedrigen Gebäude, dass ich schon gesehen habe. Wir stellen uns für eine undefinierbare Fleischmasse mit Dosengemüse an. Eine C-Ration, erklärt Breine, sie wird von den amerikanischen Besatzungssoldaten geliefert.

Mit unseren vollen Tellern gehen wir zu einem runden Tisch in der Ecke, wo Breines Verlobter Plätze freigehalten hat. Chaim ist ein schmächtiger Mann mit schütterem Haar, der Deutsch mit ungarischem Akzent spricht und leicht stottert. Er stellt mir seine Mitbewohner vor, deren Namen ich fast im selben Moment wieder vergesse.

In Speisesaal befinden sind mehrere Hundert Menschen. Breine hat gesagt, sie und Esther gingen gerne so früh, um den großen Andrang zu vermeiden. Aber selbst jetzt zieht sich die Schlange fast bis zur Tür. Vielleicht kommen alle so früh. Vielleicht haben wir alle Angst, dass das Essen ausgehen könnte.

Ich lasse meinen Blick zum Ende der Schlange streifen. Dort steht Josef. Seine Haare sind immer noch wirr.

Die Hose schlackert ihm immer noch über die mageren Hüftknochen. Er streicht sich mit der Hand übers Kinn, wo er sich bei der Schlägerei verletzt haben muss.

Merkwürdig: Ich hatte angenommen, dass Josef am Ende der Schlange steht, weil er so spät gekommen ist. Aber als ich ihn genauer beobachte, sehe ich, dass er gar nicht weitergeht. Jedes Mal, wenn jemand durch die Tür kommt, winkt Josef ihn weiter, als wolle er absichtlich auf dem letzten Platz stehen. Erst als niemand mehr durch die Tür kommt, nimmt Josef seinen Teller und trägt ihn, genau wie Breine gesagt hat, nicht zu uns, sondern an einen leeren Tisch. Er isst schnell, mit hochgezogenen Schultern und gesenkten Augen.

Alles Vertraute, was ich in ihm gesehen habe, ist verschwunden. Er ist jetzt einfach irgendein Junge. Trotzdem möchte ich den extrem höflichen Jungen, der sich immer ans Ende der Schlange gestellt hat, mit dem in Übereinstimmung bringen, der kurze Zeit zuvor einem anderen Mann brutal in die Kehle geschlagen hat. Ich würde mich fragen, ob ich es mir eingebildet habe, aber er trägt immer noch dasselbe Hemd mit den rostroten Blutflecken am Saum.

Breine bemerkt meinen Blick und stößt Chaim an. »Zofia hat erzählt, dass Josef in eine Schlägerei verwickelt war.«

»D-d-das stimmt. Aber m-m-mit Rudolf.«

Die anderen am Tisch stöhnen auf. Im Gegensatz zu mir können sie mit dieser Information etwas anfangen.

»Wer ist Rudolf?«, frage ich.

Breine drückt Chaims Arm. »Erzähl es ihr«, fordert sie ihn auf.

»M-m-mach du d-d-das.«

»Aber ich höre so gern deine Stimme.«

Chaim schüttelt den Kopf, aber er lächelt dabei. Ich bemerke, wie er unter dem Tisch nach Breines Hand greift. Sie wartet noch einen Moment, bis klar ist, dass Chaim nicht sprechen wird. »Also gut. Niemand hat etwas dagegen, wenn Josef sich mit Rudolf prügelt, weil er ein Kollaborateur ist. Er hat sein Haus der Gestapo zur Verfügung gestellt. Sie haben ihn den ganzen Krieg über durchgefüttert. Er ist nur im Lager, weil seine Straße von den Alliierten zerbombt wurde. Also, wenn Josef sich prügelt, ist es immer furchtbar. Aber dann erfährst du, mit wem er sich geprügelt hat, und es tut dir leid, dass du nicht zuerst zugeschlagen hast.«

Ich bin etwas irritiert. »Die Deutschen haben Rudolf weiter in seinem Haus wohnen lassen? Sie haben es nicht einfach beschlagnahmt? Hat er sie bestochen?«

Schon ganz am Anfang des Krieges wurde nicht lange gefragt, wenn die Gestapo in unserer Stadt etwas wollte, was Juden gehörte. Sie entschieden einfach, dass es ihnen gehörte.

Breine hat den Mund voll Kohlgemüse und gibt deshalb Esther einen Wink, mir zu antworten. »Rudolf ist kein Jude«, sagt Esther und schneidet ihr Essen in ganz kleine Stücke.

»Wie meinst du das?«

Breine hustet. »Nicht alle hier im Lager sind Juden. Eigentlich ist es keine spezielle Einrichtung für Juden, sondern für Vertriebene allgemein. Eigentlich ist Rudolf nicht aus seiner Heimat vertrieben worden. Genau wie andere Deutsche, deren Häuser beim Einmarsch der Alliierten zerbombt wurden.«

»Und haben alle – haben alle ...«

»Nein«, sagt sie, meine Frage ahnend. »Sie haben nicht alle mit den Nazis zusammengearbeitet.«

Mein Kopf schwirrt von all diesen neuen Informationen. Vielleicht haben nicht alle der Gestapo ihre Häuser zur Verfügung gestellt, aber manche haben uns vielleicht denunziert, gegen Bezahlung oder eine Gefälligkeit unsere Verstecke verraten. Oder Hakenkreuze in Blumentöpfe gesteckt. Manche sind vielleicht überrascht gewesen, weil sie nicht damit gerechnet hatten, uns wiederzusehen.

Aber sie haben sich getäuscht. Und jetzt sollen wir mit Leuten zusammenwohnen, die uns entweder den Tod wünschten oder wegsahen, als es geschah.

Ich sehe Josef heimlich an, der immer noch mit gesenktem Kopf am Tisch sitzt und mechanisch sein Essen in sich hineinschaufelt.

»Lasst uns von etwas anderem reden«, schlägt Esther vor.

»Zofia ist auf der Suche nach ihrem Bruder«, erzählt Breine den anderen am Tisch. »Abek. Ihr fragt am besten alle eure Freunde hier, ob sie einen Jungen kennen, der Abek heißt.«

»Und ihr – sucht irgendjemand von euch auch noch nach Angehörigen?«, frage ich und denke an die vielen Akten und Papiere auf dem Schreibtisch von Frau Yost.

Plötzlich wird es still am Tisch. Chaim und Breine sehen auf ihre Teller. Sie hat mir bereits erzählt, dass ihr Onkel der letzte Verwandte ist, den sie haben.

»Ich habe meine Frau zum letzten Mal gesehen, als sie in Dachau die Frauen von den Männern trennten«, sagt ein Mann, der eigentlich zu jung aussieht, um schon verheiratet zu sein. »Ihr Bruder und ich bleiben beide hier, bis wir wissen, was mit ihr geschehen ist.«

»Mein Vater wollte meine Mutter und mich nachholen, als er nach England floh«, erzählt ein hübsches Mädchen, das sich als Judith vorstellt. Sie wohnt im vorderen Zimmer unseres Häuschens. »Ich versuche, ihm eine Nachricht zukommen zu lassen, dass meine Mutter –, dass er mich holen kann.«

»Und du weißt, dass er dort angekommen ist?«, frage ich.

»Er hat eins der letzten Visa bekommen. Ich habe ihn noch nicht erreichen können, aber ich habe mit eigenen Augen gesehen, wie er auf das Schiff gegangen ist.«

Wir gehen die Tischrunde weiter durch. Esthers Eltern sind tot. Ein Junge namens Nev sucht noch nach seinen Eltern. Ravid, einer von Chaims Mitbewohnern, hat die Suche aufgegeben, ebenso seine Verlobte Rebecca, um die er schützend den Arm gelegt hat.

»Manchmal gelingt es aber«, sagt Breine. »Das Mädchen, das vor dir in deinem Bett geschlafen hat – Chaya. Sie hat ihre Mutter und einen Bruder wiedergefunden. Das kommt vor, bei ein paar Leuten.«

Ein Stuhl quietscht. Es ist Miriam, Judiths Zimmergenossin, ein zierliches, sommersprossiges Mädchen, ungefähr so alt wie ich. Sie steht abrupt auf. »Ich muss Briefe schreiben«, murmelt sie und nimmt hastig ihr Tablett. »Bitte entschuldigt mich.«

»Miriam«, ruft Judith, streckt die Hand nach ihr aus und spricht Niederländisch auf sie ein.

»Nein, ich muss los«, beharrt sie, und obwohl sie in ihrer Sprache weiterredet, erkenne ich in ihrem Gesicht Schuld und Panik, das Gefühl, nicht genug Briefe geschrieben zu haben.

Sie eilt davon, ihre Absätze klappern auf dem Boden. Ich habe mit meiner Frage die Stimmung am Tisch ruiniert. Alle sehen Miriam hinterher.

»Ich hätte nicht fragen sollen«, sage ich. »Sie wollte nicht darüber sprechen.«

Judith räuspert sich. »Ihre Zwillingsschwester«, erklärt sie. »Die Ärzte haben an beiden medizinische Experimente durchgeführt. Miriam gehörte zur Kontrollgruppe. Ihrer Schwester haben sie wehgetan.«

Meine Kehle wird eng. *Sie haben ihr wehgetan.*

»Nach der Befreiung wurde ihre Schwester in ein Krankenhaus gebracht«, erzählt Judith weiter. »Aber Miriam erhielt eine falsche Auskunft darüber, wohin, und sie hat sie immer noch nicht gefunden. Und jetzt schreibt sie –«

»Zehn Briefe am Tag«, beende ich den Satz.

Zehn Briefe am Tag. Miriam ist wahrscheinlich das Mädchen, von dem Frau Yost mir erzählt hat. Sie hat ihre Schwester noch vor wenigen Monaten gesehen, aber jetzt ist sie wie vom Erdboden verschluckt.

»Lasst uns von etwas anderem reden«, sagt Esther wieder.

»Es tut mir leid. Ich hätte nicht –«, sage ich.

»Das wusstest du nicht.« Sie legt ihre Hand auf meinen Arm.

»Du musst dich nicht entschuldigen«, pflichtet Breine ihr bei. »Wir wollen alle ständig darüber reden und doch nicht darüber reden. Wir finden es schrecklich, darüber zu sprechen, und können gleichzeitig über nichts anderes sprechen.«

Chaim legt seinen Arm um sie und lächelt sie mit feuchten Augen an.

»Und jetzt sprechen wir einfach von etwas anderem, einverstanden?« Sie sieht sich Beifall heischend am Tisch um und alle nicken. »Ich könnte zum Beispiel von meiner *Hochzeit* erzählen.« Alle stöhnen auf. Breines Scherz hat die beabsichtigte Wirkung und die Stimmung bessert sich wieder. »Oder wir spielen das Glücklichspiel. Was machst du, wenn du hier weggehst?« Sie dreht sich zu mir um. »Zofia, du bist die Neue. Du fängst an.«

»Wenn ich hier weggehe«, sage ich langsam. »Wenn ich hier weggehe, dann mit Abek. Und dann fahren wir heim nach Sosnowiec.«

»Wo ich vielleicht, vielleicht auch nicht, entfernte Verwandte habe«, ergänzt Breine.

»Und ihr anderen? Wo wollt ihr hin?«, frage ich. »Chaim und Breine, wo soll eure Heimat sein, wenn ihr geheiratet habt?«

Breine sieht Chaim mit leuchtenden Augen an. »Sobald Großbritannien die Einreisebestimmungen gelockert hat, werden wir nach Eretz Israel gehen. Die meisten von uns hier am Tisch.«

»Nach Palästina?«, frage ich sie.

Sie wedelt mit ihrem erdverschmutzten Fingernagel vor meinem Gesicht. »Deshalb lernen wir Ackerbau. Wenn wir dort sind, wollen wir unser eigenes Land bewirtschaften.«

Chaim streichelt ihr Kinn liebevoll mit seinen Fingerknöcheln. »S-s-sie muss noch viel l-l-lernen.«

»Also, entschuldige. Ich bin vorher noch nie auf einem Bauernhof gewesen.«

»Ich b-b-bin noch schlechter als sie.«

»Deshalb lernen wir das jetzt«, sagt Ravid ernst. Er räuspert sich, sodass alle schweigen, und erhebt sein Glas zu mir. »Ich hoffe, dass du bald deinen Bruder findest. Mögen wir alle bald finden, wonach wir suchen. *L'Chaim.*«

L'Chaim – Auf das Leben.

Der Ausdruck versetzt mir einen so scharfen, unerwarteten Stich, dass mir beinahe die Luft wegbleibt.

Das haben wir immer bei Hochzeiten oder Geburtstagen gesagt. Als ich eines Nachts in Groß-Rosen nicht schlafen konnte, weil mein Magen vor Hunger drückte und die Läuse mich plagten und ich mich vor Schmerzen auf dem Holzrost hin und her wälzte, umarmte mich plötzlich eine Frau, die neben mir auf der Pritsche schlief, und flüsterte: »L'Chaim, heute ist mein fünfundzwanzigster Geburtstag.« Dann lachte sie bitter.

»L'Chaim«, wiederholen jetzt alle am Tisch. Breine schon wieder mit vollem Mund, Chaim mit seinem schüchternen Lächeln und Esther mit glühendem Ernst.

Wir erheben unsere Gläser.

Auf das Leben.

G

Nach dem Essen gehe ich nicht mit den anderen zurück, sondern in die Verwaltung, wo ich mir die Zugangslisten ansehen will, in denen sich angeblich keine Spuren von Abek befinden.

Ich versuche, mir keine Hoffnungen zu machen. Ich versuche, mir weniger als keine Hoffnungen zu machen, wenn so etwas möglich ist. Ich sage mir, dass auch Miriams Zwillingsschwester lebt, überlebt hat, und trotzdem spurlos verschwunden ist und Miriam nun dauernd Briefe schreiben muss.

Im Büro der Vermisstenstelle, das vorher schon ziemlich unaufgeräumt ausgesehen hat, herrscht nun das absolute Chaos. Unmengen von Papieren stapeln sich nicht nur auf dem Schreibtisch von Frau Yost, sondern auch auf dem Boden – manche handgeschrieben, andere auf der Schreibmaschine getippt mit gekritzelten Randbemerkungen. Frau Yost ist nicht allein. Auf dem Stuhl, auf dem ich zuvor gesessen habe, sitzt nun ein Mann. Er ist schlank und hat buschige Augenbrauen. Auf seinem Schoß liegt ein dickes Buch.

Ich klopfe zaghaft an und bleibe aber in der Tür stehen. »Ich kann später wiederkommen.«

»Nein, kommen Sie, kommen Sie.« Frau Yost erhebt sich von ihrem Stuhl und winkt mich herein. »Das ist Herr Ohrmann. Herr Ohrmann, das ist Fräulein Zofia Lederman.«

»Guten Tag.«

»Herr Ohrmann arbeitet für eine der von mir erwähnten Organisationen – für den Suchdienst in München«, fährt Frau Yost fort. »Er kommt einmal wöchentlich vorbei, um mit mir die offenen Fälle durchzugehen und neue Fälle aufzunehmen. Heute habe ich ihm Ihren Fall geschildert.«

»Ja?«

»Sie können sich vorstellen, dass es viele ungeklärte Fälle gibt«, sagt sie. »Es gibt oft vielversprechende Spuren, die dann aber in einer Sackgasse enden.«

Frau Yost, die am Nachmittag so direkt und offen mit mir geredet hat, scheint irgendetwas nicht aussprechen zu wollen. Ich spüre ein nervöses Zucken in meinem Bauch.

»Heißt das, es gibt eine Spur?«, frage ich.

»Nun«, beginnt sie etwas gequält. Herr Ohrmann räuspert sich und gibt ihr zu verstehen, dass er das übernehmen möchte.

»Frau Yost hat Ihnen wahrscheinlich erzählt, dass es kein einheitliches System gibt, um vermisste Personen ausfindig zu machen. Es handelt sich hier nicht um ein wissenschaftliches Verfahren. Und in Ihrem Fall gibt es einen Umstand, der die Situation noch komplizierter macht. Eine … mehrdeutige Information.«

Mein Herz klopft zum Zerspringen. »Ich verstehe nicht. Wie kann eine Information mehrdeutig sein? Haben Sie meinen Bruder gefunden oder nicht?«

Er seufzt. »Ich glaube, es ist einfacher, wenn ich es Ihnen zeige.« Er winkt mich näher an den Schreibtisch und Frau Yost schiebt ein paar Papierstapel zur Seite. Herr Ohrmann legt sein Buch auf den Tisch.

Jetzt sehe ich, dass es sich um Abschriften aus einer Art Kassenbuch handelt, mit lauter Reihen und Kästchen. Die aufgeschlagene Seite ist zu Zweidritteln mit einer grazilen Handschrift beschrieben, nur auf dem letzten Drittel steht etwas in einer kräftigen Schrift und dicker Tinte. Die Handschrift einer anderen Person.

»Das sind die Zugangslisten aus Dachau aus der Zeit, als die Züge aus Birkenau ankamen«, erklärt Herr Ohrmann.

Mein Mund ist staubtrocken und geschwollen. »Wo ist er?« Ich beuge mich so schnell vor, dass ich Herrn Ohrmann anremple. Ich versuche, die Namen auf der Liste zu entziffern.

»Die Nazis haben oft sehr genaue Listen geführt«, sagt er und schiebt das Buch ein wenig zur Seite, damit ich ihn ansehe. »Aber wir haben die Erfahrung gemacht, dass das nicht immer der Fall war – es war in jedem Lager, bei jedem Kommandanten unterschiedlich. Und manchmal hing es auch vom jeweiligen Aufseher ab. Wie gebildet er war. Ob er die Sprachen der jeweiligen Häftlinge kannte. Wenn nicht, konnte es leicht passieren, dass die Namen falsch geschrieben wurden.«

Er zögert und sieht Frau Yost Bestätigung suchend an. Dann spricht er weiter: »Das wollte ich nur erklären. Ich weiß nicht, ob ich Ihnen wirklich Hoffnung machen kann. Bei den Eingängen in Dachau haben wir keinen Eintrag eines Abek Lederman«, sagt er.

Erst jetzt schiebt er das Buch wieder zu mir hin. Sein sorgfältig manikürter Zeigefinger fährt die Seite hinab und bleibt in der letzten Zeile der grazilen Handschrift stehen. Auf diesen letzten Zeilen, gegen Ende der Schicht, ist die Handschrift des Aufsehers viel unordentlicher geworden. Die I-Pünktchen sind verschmiert und ungleichmäßig.

»Hier«, sagt Herr Ohrmann. »Alek Federman. Alter vierzehn.«

Erst allmählich begreife ich. »Sie meinen, der Aufseher könnte den Namen falsch geschrieben haben?«

Herr Ohrmann schweigt.

»Ein Schreibschrift-*l* und ein Schreibschrift-*b* kann man leicht verwechseln«, sage ich.

»Und Alek ähnelt dem häufigen deutschen Vornamen Alex«, ergänzt er zögernd, als wollte er mir keine falschen Hoffnungen machen. »Und Federman ist ebenfalls ein häufiger Nachname. Es *könnte* sein, dass der Name falsch geschrieben wurde.«

Ist das mein Bruder? Mein Kopf ist nicht so schnell bereit, wie ich dachte, diese Möglichkeit in Erwägung zu ziehen. Irgendwie kommt mir das wie pure Verzweiflung vor: Ob jemand seinen Bruder findet oder nicht, sollte nicht davon abhängen, ob man weiß oder nicht weiß, dass der Name Alex in Deutschland häufig vorkommt.

Aber ich möchte es glauben. Wenigstens wäre es eine Möglichkeit. Wenn die Ankunft in Dachau ähnlich ablief wie die Ankunft in den Lagern, die ich erlebt habe, wäre reichlich Platz für Fehler gewesen. Es war alles ein Fehler.

Ich fahre mit meinem Finger über die nüchterne, penible Handschrift. »Was ist dann mit ihm passiert? Wo ist Alek Federman jetzt?«

Herr Ohrmann senkt entschuldigend seinen Kopf. »Ich weiß es nicht. Ich habe nur den Nachweis, dass er im Lager angekommen ist. In der Liste der befreiten Häftlinge taucht sein Name nicht auf.«

»Er ist also reingekommen, aber nicht wieder raus?«

»Auf der Liste der Verstorbenen steht er auch nicht«, sagt Herr Ohrmann rasch. »Er ist auf keiner anderen Liste.«

»Er könnte also überall sein. Er könnte auch in ein anderes Lager in Europa gekommen sein?«

»Nicht überall«, verbessert mich Herr Ohrmann behutsam. »Als diese Häftlinge in Dachau ankamen, waren die Russen bereits durch Ostpolen marschiert und die Amerikaner waren auf dem Vormarsch durch Frankreich.

Das Deutsche Reich schrumpfte. Sollte Alek Federman vor der Befreiung Dachaus in ein anderes Lager verlegt worden sein, kann er nicht *überall* hingekommen sein.«

»Ich verstehe.« Ich stelle mir eine Landkarte mit einem großen Kreis um Europa vor. Und dann stelle ich mir vor, wie der Kreis kleiner wird. Ich muss nur innerhalb dieses Kreises suchen. Ich muss nur herausfinden, wie viel Land innerhalb dieses Kreises liegt. »Wo muss ich dann als Nächstes suchen?«

Frau Yost beugt sich vor und beteiligt sich wieder an dem Gespräch. »Als Nächstes sollten Sie Briefe schreiben. Ich gebe Ihnen eine Liste sämtlicher uns bekannter Organisationen. Den für die Organisation von Herrn Ohrmann können Sie ihm morgen gleich persönlich geben und dann fangen wir mit –«

»Das mache ich heute Abend noch, aber wo soll ich als Nächstes hin?«

»Die beste Möglichkeit sind die Briefe.«

»Wie Miriam?«, unterbreche ich sie schärfer, als ich beabsichtigt habe. »Wie Miriam, die wegen ihrer Schwester ständig Briefe schreibt? Ich werde Briefe schreiben. Ich werde Briefe schreiben, bis meine Finger wund sind. Aber wo soll ich dann hingehen? Das hier ist ein Lager für Erwachsene. Gibt es auch ein Lager für Kinder? Ein anderes Flüchtlingslager, wo ich suchen könnte?«

Ich bin unhöflich, das ist mir halbwegs bewusst. Und extrem fordernd. Ich kenne diese Frau kaum. Aber ich kann mich nicht mehr damit abfinden, nur Briefe zu schreiben. Das würde mir zu viel Zeit zum Denken geben, und meine Gedanken würden wieder anfangen, sich im Kreis zu drehen. Ich darf mit meinen Gedanken nicht allein gelassen werden.

Frau Yost blickt Herrn Ohrmann an. Ihre Miene sagt *Ich habe es Ihnen ja gesagt.* »Es gibt ein paar Lager für Kinder. Aber dort ist es genau wie hier – die Kinder kommen und gehen. Sie kommen, werden von ihren Verwandten abgeholt oder adoptiert oder weitergeschickt.«

»Trotzdem. In welches Lager könnten die Kinder aus Dachau gebracht worden sein?«

Frau Yost presst ihre Lippen zu einem schmalen Strich zusammen. Herr Ohrmann antwortet mir. »In der amerikanischen Zone gibt es mehrere Lager. Das nächste ist vierzig oder fünfzig Kilometer von hier.«

»Gut.« Ich nehme mir ein leeres Blatt Papier von dem überfüllten Schreibtisch und einen tintenverschmierten Füllfederhalter mit klecksender Spitze. »Sagen Sie mir bitte, wie das Lager heißt. Ich werde jemanden suchen, der mich heute noch hinbringt.«

»Sie können genauso gut auch Briefe an diese Lager schreiben.«

»Ich muss selbst dorthin.«

»Zofia, ich sage Ihnen doch, die meisten schreiben einfach Briefe.«

»Aber wenn die meisten Briefe schreiben, heißt das nicht gerade, dass ich persönlich hingehen sollte?«, bedränge ich sie. »Herr Ohrmann hat etwas über Alek

Federman ausfindig gemacht – hätte er sich diese Mühe gemacht, wenn ich einer von hundert Briefen gewesen wäre, die er heute Nachmittag gesichtet hat?«

Sie weiß, dass ich recht habe. Sie hat es bewiesen, indem sie mich zu dem Gespräch mit Herrn Ohrmann geholt hat und mich nicht auf eine der langen Listen gesetzt hat.

»Heute Abend werden Sie niemanden mehr finden. Wir haben im Moment nur ein funktionierendes Fahrzeug, und selbst wenn wir mehr hätten, sparen wir das Benzin für Notfälle.« Sie erstickt mit ausgestrecktem Zeigefinger meinen Protest. »Aber wenn Sie das immer noch wollen, können Sie übermorgen fahren. Da geht eins unserer Fuhrwerke auf Versorgungsfahrt. Manchmal tauschen wir Güter mit anderen Lagern. Sie werden zwei Tage warten müssen.«

»Ich –«

»Sie werden zwei Tage warten, Zofia«, sagt sie bestimmt. »Ich versichere Ihnen, das ist die schnellste Möglichkeit, die Sie haben.«

Mein Herz rast, seitdem Herr Ohrmann mir den Eintrag in seinem Buch gezeigt hat. Ich weiß, dass ich meine Erwartungen zügeln sollte. Aber die Hoffnung ist einfach stärker.

Als wir in Birkenau ankamen, waren noch weniger von uns übrig. Wir stanken nach Schweiß und Urin und auch nach Tod. Als der Zug hielt, sah ich durch die Schlitze, die in den Viehwaggons die Fenster ersetzten, große Mengen bewaffneter Soldaten. Sie räumten einen Waggon nach dem anderen aus. Sie schrien und hatten Hunde dabei, die an ihren Leinen zerrten und jeden bissen, der nicht schnell genug war. Sie zerrten Frauen an den Haaren heraus. Sie schlugen mit Peitschen auf Rücken und Beine, und sie rissen Familien auseinander, die sich in verschiedenen Schlangen anstellen mussten. Schlangen. Wir waren im Fußballstadion sortiert worden und wurden jetzt wieder sortiert.

»Alles wird gut«, sagte ich zu Abek. »Das hat mir der Soldat versprochen. Er hat mir versprochen, dass er voraustelegrafiert und dich als Laufbursche empfiehlt. Das sagst du ihnen, wenn wir vorne angekommen sind. Du sagst ihnen, dass du zwölf bist, sag nicht, dass du erst neun bist. Und du sagst, dass der Soldat in Sosnowiec gesagt hat, du sollst Laufbursche des Kommandanten werden.«

Während wir warteten, wurde in den Reihen gemunkelt: Wir müssten uns komplett ausziehen und unsere Kleider abgeben. Wir müssten uns duschen und danach andere Kleider anziehen, die nicht passten. Ein Mädchen fragte, warum wir uns ausziehen müssten. Ich nahm an, dass sie uns damit demütigen wollten, weil sie jede Gelegenheit nutzten, uns zu demütigen. Aber dann flüsterte eine andere Frau, das sei nicht der einzige Grund. Die Nazis würden die Kleider auftrennen, falls Wertsachen darin eingenäht wären. Das sei der Grund, warum wir unsere Kleider nicht behalten dürften.

Ich hatte weder Silber noch Schmuck in meine Kleider eingenäht, aber die Vorstellung, dass sie aufgetrennt werden würden, fühlte sich wie ein weiterer Tod an. Wenn ich an die vielen säuberlichen Stiche von Baba Rose und den anderen Näherinnen dachte. Die ganze Sorgfalt, die viele Arbeit, die Zeit und die wunden Finger – und jetzt wollte das jemand auftrennen, nur um ein bisschen Silber zu finden. Jedes Mal, wenn jemand in Kleidung aus unserer Fabrik ein Lager betrat, wurde der Name Lederman ein Stück weiter demontiert.

Später sollte ich das Auftrennen der Kleider als einen Glücksfall betrachten. Die Häftlinge, die die Kleiderberge sortierten, konnten die meiste Zeit innen arbeiten im Gegensatz zu den anderen, die draußen Schwerstarbeit verrichteten. Wenn ein Aufseher einmal wegsah, konnte man vielleicht einen Pulli einstecken oder die zugeteilten Schuhe gegen ein Paar eintauschen, das besser passte.

Wir müssen uns ausziehen, sagte ich zu Abek. Ich redete, so schnell ich konnte, weil es für Männer und Frauen getrennte Duschen gab, und ich nicht wusste, in welcher Schlange sich Jungen anstellen mussten.

Aber das ist nicht so wichtig, sagte ich ihm. Sie geben uns einfach neue Kleider.

Aber es war wichtig. Es war wichtig, denn wenn sie Abeks Kleider nahmen, würden sie auch seinen Mantel nehmen. Den Mantel mit dem Familienalphabet, das ich ins Futter eingenäht hatte, damit er sich an mich erinnern und mich nach dem Krieg wiederfinden würde. Aber das konnte ich ihm nicht sagen. Ich musste stark sein.

An all dies erinnere ich mich und fühle mich stark, bis zu dem Moment, als mir klar wird, dass es sich wieder nur um eine Traumvision des letzten Mals handelt, als ich Abek sah. Eine Traumversion, nicht die echte Version, und sobald mir das klar wird, schlage ich die Augen auf.

H

Ich wache von Geflüster auf. Esther und Breine gehen auf Zehenspitzen durch das Zimmer und ermahnen sich gegenseitig, mich nicht zu wecken. Mein Gesicht tut weh, drückt gegen etwas Hartes. Ich bin am Tisch eingeschlafen, mit dem Kopf auf den Armen und dem berauschenden Geruch von Tinte in der Nase.

Als ich am gestrigen Abend in das Haus zurückkam, hatte Breine ihren kleinen Bettvorleger näher an mein Bett geschoben, damit keine von uns am nächsten Morgen auf den kalten Fußboden würde treten müssen. Esther hatte mir einen Becher mit Kaffee gereicht, damit ich wach bliebe, wenn ich die Briefe schrieb. Beides so wohlbedachte und spontane Liebenswürdigkeiten von zwei Mädchen, die ich kaum kannte. Zuvor war ich bei Miriam im vorderen Zimmer vorbeigekommen, die mit einem Kaffeebecher neben sich über ihren Briefen saß.

»Viel Glück«, hatte ich zu ihr gesagt, und sie hatte mir in ihrem wunderbaren holländischen Akzent dasselbe gewünscht.

Ich hatte überlegt, ob ich mich entschuldigen sollte,

weil ich die anderen beim Abendessen über ihre Familien ausgefragt hatte, war mir aber nicht sicher gewesen, ob es dadurch nur noch schlimmer werden würde. »Hast du genug Papier?«, hatte ich Miriam stattdessen gefragt und auf den Blätterstapel gezeigt, den Frau Yost mir gegeben hatte.

Miriam hatte auf ihren eigenen Stapel gezeigt und wir hatten uns unmerklich angelächelt.

Nun liegen die fertigen Briefe neben mir. Ich sehe sie blinzelnd an, bis sich meine Augen scharf gestellt haben.

»Du bist wach«, sagt Breine, als mein Holzstuhl über den Fußboden kratzt. »Sie ist wach«, sagt sie überflüssigerweise zu Esther, und dann nehmen ihre Stimme wieder normale Lautstärke an.

Sie hatten nichts dagegen, dass ich die Lampe brennen ließ, bis das sanfte orangerote Morgenlicht ins Zimmer fiel. Sie brennt immer noch und Esther beugt sich über mich und löscht sie gekonnt aus. Bestimmt ist Kerosin rationiert. Es war egoistisch von mir, dass ich so viel verbraucht habe. Ich strecke meine Arme und Beine, die vom Schlaf im Sitzen ganz steif geworden sind. Breine und Esther gehen ihrer Morgenroutine nach. Breine kehrt den Fußboden, Esther macht die Betten. Sie waschen sich das Gesicht in der Waschschüssel, dann bürstet Esther Breine die Haare, während Breine den Tag durchspricht.

Berufsschule. Breine fragt mich etwas und ich versuche, sie durch den Nebel in meinem Kopf zu verstehen.

Ob ich einen neuen Beruf erlernen möchte?, wiederholt sie. Im Lager kann man eine Ausbildung machen.

»Es muss nicht unbedingt Landwirtschaft sein. Wenn du dafür nichts übrighast, gibt es auch andere Kurse«, erzählt Breine. »Buchführung, Nähen. Esther lernt Stenografie.«

»Nähen?«, wiederhole ich. Meine Stimme ist rau und belegt. Kaum war ich eingeschlafen, hatte ich wieder Albträume von Abek.

»Möchtest du nähen lernen? Das Material ist sehr dürftig.«

Ich verneine kopfschüttelnd. Seit Neustadt habe ich nichts mehr genäht. Nazi-Uniformen, grob und braun. Diese Arbeit hat mir vergiftet, was ich geliebt hatte. »Nein danke.«

»Es tut gut, sich zu beschäftigen«, sagt Esther behutsam. Ich sehe, dass Breine ihr zunickt, und frage mich, ob ich im Schlaf wieder geschrien habe und was sie verstanden haben. »Breine und ich waren auch einmal die Neuen hier, haben in einem neuen Bett geschlafen und nicht gewusst, wie es weitergeht. Das geht allen so. Und uns allen haben die geholfen, die schon vor uns da waren. Man fühlt sich hier erst einmal fremd, und es ist gut, wenn man etwas zu tun hat –«

»Ach, komm doch einfach mit uns mit«, unterbricht Breine sie. »Wenn du dich bei meiner Arbeit nicht dreckig machen willst, geh doch mit Esther in den Stenokurs. Einhundertsechzig Wörter pro Minute!«

Esther sieht sie an. Breines Direktheit entspricht nicht Esthers Art zu kommunizieren. Aber dann wendet sie sich wieder mir zu. »Ich könnte dir helfen, den versäumten Unterrichtsstoff nachzuholen.«

»Ich habe schon eine Beschäftigung«, sage ich. »Danke für euer Mitgefühl, aber ich habe genug zu tun.«

Breine sieht mich an, als wollte sie noch etwas sagen, aber dann schweigt sie.

Breine und Esther haben so viel Energie, ständig wirbeln sie durch unser kleines Zimmer. Es ist früh, noch nicht einmal richtig hell, aber auch aus dem anderen Zimmer höre ich die üblichen Morgengeräusche von Judith und Miriam, die wahrscheinlich auch bis in die Morgenstunden Briefe geschrieben hat.

Ich komme mir hundert Jahre älter vor als die anderen Mädchen. Die vier sind so anders als wir Gar-Nichts-Mädchen, die wir uns ausdruckslos und müde durch den Tag bewegten.

Aber wir waren auch drei Monate nach Kriegsende immer noch im Krankenhaus. Wir hatten Schwierigkeiten, die Tage durchzustehen, wir mussten manchmal freundlich darauf hingewiesen werden, nicht mit halb offenen Blusen durch die Flure zu wandern, wir lachten und weinten im unpassenden Moment.

Bissel, die Frau mit den entzündeten tiefen Wunden an den Beinen, die auch in Ravensbrück gewesen war, sprach immer davon, dass sie eines Tages zu ihrer Tochter gehen würde, die auf einem Bauernhof lebte. Eines

Morgens setzte sie sich auf die Fensterbank, lachte die ganze Zeit und stürzte sich plötzlich hinaus. Wir hörten die Schreie der Passanten, als ihr Körper auf dem Gehsteig aufschlug.

Aber gestern Abend beim Essen habe ich erfahren, dass Breine ebenfalls in Ravensbrück gewesen ist. Und Esther musste in einem Lager in Österreich mit bloßen Händen Batterien auseinandernehmen. Wieso sind manche von uns viel schneller wieder gesundet als andere? Wieso geht es manchen von uns schon wieder besser?

Esther hat Breines Haare jetzt genug gebürstet und teilt es in drei Stränge. Ich fürchte, ich habe sie gekränkt, weil ich nicht an ihren Ausbildungsprogrammen teilnehmen will.

»Hast du auch einen Stenokurs gemacht«, frage ich Breine, um höflich zu sein. »Den von Esther?«

Sie lacht. »Ich werde eine wunderbare, brave Bauersfrau werden. Ich werde Zwiebeln anpflanzen, Kuchen backen und Chaim bitten, mich sofort zu schwängern. Stenografie werde ich nicht brauchen.«

Esther lächelt nachsichtig und flicht Breines Haare zu einem Zopf. »Weiß Chaim von diesen Plänen?«

»Das ist der Vorteil, wenn du jemanden heiratest, der dich erst seit fünf Wochen kennt. Ich werde dafür sorgen, dass auch Chaim brav und zufrieden ist, bevor er etwas von meinen Plänen erfährt.«

»Fünf Wochen?«, platze ich heraus.

Breine streckt ihren Kopf in meine Richtung, während Esther um sie herumgeht, um den Zopf fertig zu flechten. »Morgen sind es fünf Wochen.«

Ich versuche zu verbergen, wie geschockt ich bin. Ich habe angenommen, dass sich Breine und Chaim schon als Kinder kannten und sich dann nach dem Krieg irgendwie wiedergefunden hatten. Oder sogar, dass sie sich in einem Lager kennengelernt hätten. Es gab Liebesbeziehungen in den Lagern. Das klingt unmöglich, aber ich habe es selbst gesehen. Ich habe Liebesgedichte gesehen, die in verlausten Baracken entstanden sind. Fünf Wochen sind gar nichts. Vor fünf Wochen lag ich noch im Krankenhaus.

»Wir haben uns hier kennengelernt«, erzählt Breine weiter. »Beim Pflügen. Ist das nicht romantisch?«

»Aber – ich will das nicht verurteilen – aber ihr kennt euch doch kaum.«

Ich habe Angst, dass Breine mir böse ist, weil ich ihr Glück infrage stelle. Doch sie beugt sich einfach nach vorn und streckt ihre Hand aus, bis ich sie ergreife. »Chaim und ich kennen uns seit fünf Wochen. Wolf, meinen letzten Verlobten, kannte ich zwei Jahre. Wir haben nicht geheiratet, weil wir warten wollten, bis der Krieg zu Ende ist. Und jeden Tag denke ich daran, dass wir nicht hätten warten sollen. Diesmal wird es eine Hochzeit geben, mit Chaim und nicht mit Wolf. Und ich bin sicher, dass Chaim sich in einer Ecke seines Herzens wünscht, dass die Hochzeit mit dem ungarischen Mädchen stattfände, das er geliebt hat, bevor er mich kannte, und dessen Foto er immer noch bei sich trägt, obwohl er denkt, dass ich nichts davon weiß.«

Ich fange an, mich zu entschuldigen, aber sie unterbricht mich. »Ich habe beschlossen, den Menschen zu lieben, der jetzt vor mir steht. Verstehst du? Einfach weil er hier ist, ich hier bin, und wir bereit sind, gemeinsam nicht einsam zu sein. Chaim ist ein guter Mann. Ich werde nicht noch eine Hochzeit verpassen.«

Nachdem sie gegangen sind, mache ich mein Bett und wasche mir das Gesicht. Dann nehme ich meinen Stapel Briefe. Ich möchte Frau Yost fragen, wie ich sie abschicken kann. Sie sitzt mit dem Telefonhörer am Ohr in ihrem Büro und drückt immer wieder die Gabel herunter, um die Vermittlung zu bekommen.

»Verflixt. Fast hätte ich es – hallo? Hallo? – *Verflixt noch mal.*«

Vor ihr liegt das Zugangsbuch von Föhrenwald. Oben auf einer leeren Seite steht *Feldafing.* Anscheinend bereitet sie die Neuzugänge vor. Frau Yost sieht mich an, dann bemerkt sie den Packen von Briefen in meiner Hand.

»Legen Sie sie hier hin«, weist sie mich an und deutet nickend auf einen Drahtkorb auf ihrem Schreibtisch, der schon übervoll von den Problemen anderer Menschen ist.

»Hallo?« Das gilt nicht mir, sondern dem Telefonhörer. »Hallo?«, versucht sie es noch einmal. Dann legt sie eine

Hand auf die Sprechmuschel und sieht wieder zu mir. »Und vergessen Sie nicht, Josef an morgen zu erinnern.«

»Josef?«

»Er soll die Vorräte holen. Der andere Wagen fährt immer noch nicht und er kennt sich am besten mit Pferden aus.«

»Aber«, setze ich an.

»Aber?«

Nichts aber. Was soll ich ihr schon sagen? Dass ich diesem Mann erst einmal begegnet bin und überzeugt war, dass ich ihn schon einmal gesehen habe? Dass ich mich von seinem Lachen habe hinreißen lassen, obwohl ich nur meinen Bruder suchen und an nichts anderes denken sollte? Dass ich ihn beim Abendessen heimlich angesehen habe und mich gefragt habe, warum er allein sitzt und ob ich mich zu ihm setzen soll?

Soll ich ihr sagen, dass Josef sich in meiner Gegenwart so unwohl gefühlt hat, dass er ohne einen Gruß gegangen ist?

Frau Yost drückt immer wieder hektisch die Gabel herunter und ich höre eine schwache, ferne Stimme am anderen Ende der Leitung. Ihre Augen leuchten auf.

»Ich gehe zu ihm«, forme ich lautlos mit den Lippen und schließe die Tür hinter mir.

Ich finde ihn bei den Pferden, im weiß gekalkten Stallgebäude am Rand des Lagers. Es riecht nach Staub und dem sauberen Heu, das auf dem Boden festgetreten ist.

Er sitzt auf einem niedrigen, dreibeinigen Hocker und kümmert sich um eines der Pferde, eine beigebraune Stute mit nahezu weißer Mähne. Ein zweites Pferd, kastanienbraun mit tiefschwarzer Mähne, steht in einer Box und schlägt mit dem Schweif hin und her. Das Pferd, an dem Josef gerade arbeitet – ich glaube, man sagt Palomino dazu –, steht mit seinen Hufen in flachen Wasserschalen. Als ich zur Tür hereinkomme, hebt Josef gerade das rechte Vorderbein des Pferdes hoch, klemmt den Huf zwischen seine Knie und beginnt, die Unterseite mit einem Gerät auszukratzen, das wie eine lange Nagelfeile aussieht. Das Pferd zuckt mit dem Schwanz, lässt aber ansonsten alles über sich ergehen.

»Putzt du ihm die Hufe?«, frage ich. Josef muss gehört haben, dass jemand gekommen ist, aber er dreht sich nicht um, sondern konzentriert sich ganz auf seine akkurate Arbeit.

»Ich feile die Hufe zurecht. Sie wachsen wie Fingernägel.«

»Tut das dem Pferd weh?«

»Nicht, wenn man es richtig macht.« Seine Stimme klingt nicht gerade freundlich, aber auch nicht so barsch wie gestern. Doch dann sieht er auf und merkt, dass ich es bin. Er sieht mich finster an und fährt dann mit seiner Arbeit fort.

»Und das Wasser ist dazu da, um die Hufe einzuweichen?«, haspele ich weiter, als hätte ich seinen Stimmungswandel nicht bemerkt.

»Damit sie weicher werden, dann lassen sie sich leichter bearbeiten. Warum bist du hier, Zofia?«

Ich erschauere leicht, als er meinen Namen ausspricht. Es gefällt mir, ihm bei der Arbeit zuzusehen. Seine Bewegungen sind so ruhig, so anmutig. Mir gefällt, wie er der Stute über den Rücken streichelt und leise schnalzt, als er mit den Vorderhufen fertig ist und sich an die Hinterhufe macht. So weiß sie immer, wo er ist. Mir gefällt, wie er mit einer sanften Bewegung des Fußes den Hocker in seine neue Position schiebt. Mir gefällt die leichte Ungleichheit seiner Schultern, dass die eine ein kleines bisschen höher ist als die andere.

»Kann ich was helfen?«, frage ich statt einer Antwort. Denn sobald ich antworte, habe ich keinen Grund mehr, hierzubleiben.

Josef presst seine Lippen zusammen und nickt zur Hintertür. »Kannst du tatsächlich. Du kannst für Feder einen Apfel holen, als Belohnung, wenn ich fertig bin. Da draußen steht ein Sack mit angeschlagenen Äpfeln.«

Auf einer Bank ein paar Meter weiter liegt ein Leinenbeutel. Ich trage ihn hinein und Josef bedeutet mir, ihn an einen Nagel zu hängen. Aber erst hole ich einen Apfel heraus, damit ich mit meinen Händen etwas zu tun habe. Der Apfel ist weich und warm. Ich rieche daran und atme den mostigen Duft ein. »Frau Yost hat gesagt, du könntest mich morgen mitnehmen, wenn du die Vorräte holst«, sage ich. »Deshalb bin ich hier. Um dir das zu sagen.«

Er fragt gar nicht, warum ich mitfahren will, sondern zögert nur kurz, zuckt dann aber mit den Schultern und sagt: »Wenn sie das gesagt hat. Aber ich fahre sehr früh.« Er hat sich wieder Feders Hufen zugewandt und ich höre nur noch ein leises Kratzen und dann und wann ein Schnippen, wenn das Pferd mit dem Schweif die Fliegen fortwedelt.

Mein Vater, der die Fliegen von Abek fortwedelte, als wir im Stadion darauf warteten, getrennt zu werden.

Meine Schlafgenossinnen, die in der Textilfabrik die Fliegen von mir fortwedelten, als ich mich einmal verletzt hatte und zu schwach war, um weiterzuarbeiten, und wusste, dass man mich umbringen würde, wenn ich nicht wieder gesund würde.

»Josef. Diese Schlägerei gestern. Worum ging es da?«

»Warum willst du das wissen?«

Weil ich ständig an dich denken muss, aber nicht weiß, warum.

»Weil ich morgen allein mit dir in einem Fuhrwerk fahre und gern wüsste, ob ich mit jemand wegfahre, der gefährlich ist.«

Er macht den Mund auf, zögert aber mit einer Antwort. »Nun, das ist … das klingt vernünftig.«

»Finde ich auch.«

»Ich bin nicht gefährlich«, sagt er.

»Warum hast du dich dann geprügelt?«

Feder stampft mit einem Huf in die Wasserschale. Ein leichtes Stampfen, es spritzt nur ein bisschen. Josef unterbricht seine Arbeit und sieht nach, ob alles in Ordnung ist. »Es ging um dich.«

Röte überzieht mein Gesicht, teils aus Verwirrung, teils aus Freude. »Um mich?«

»Ja. Rudolf hat etwas gesagt.«

»Was denn?«

»Ich will, dass du das verstehst – ich habe schon drei Mal gehört, dass er so etwas sagt«, sagt er. »Beim letzten Mal war das Mädchen erst vierzehn.«

Er will damit sagen, dass er es nicht für mich getan hat, denke ich. Er will damit sagen: *Du musst dich nicht geschmeichelt oder beunruhigt fühlen. Du warst eigentlich nur ein willkommener Anlass.* »Was genau hat er denn gesagt?«

Josefs Kiefer mahlen. Ich denke einen Moment lang, dass er es mir nicht sagen will.

»Rudolf sagte: *Du brauchst sie nur in ein nettes Kleid zu stecken, dann taugt sie noch zum Ficken.* Er sagte: *Im Krieg haben sich die Jüdinnen für einen Kanten Brot ficken lassen.*«

»Im Krieg waren die dreckigen Männer froh, dass wir hungern mussten«, fauche ich reflexhaft. Rudolfs abscheuliche Bemerkung macht mich wütend. »Weil sie das ausnutzen wollten, damit wir sie ficken.«

Erst nachdem die erste Wut verflogen ist, werde ich rot vor Überraschung, weil ich so etwas laut ausgesprochen habe. Vor nicht einmal einem Tag hatte ich auch *Pisse* gesagt.

Josef lacht. Es ist das gleiche scharfe, erstaunte Lachen, das ich gestern gehört habe. Vielleicht habe ich nur deshalb schmutzige Wörter gesagt, weil ich ihn wieder lachen hören wollte. Und plötzlich lache ich ebenfalls. Über etwas Dunkles und Schreckliches, über das man eigentlich nicht lacht, aber ich lache trotzdem.

»Das stimmt doch?«, sage ich. »So ein schrecklicher Kerl wie Rudolf würde sonst gar nicht zum Zug kommen.«

»Ich glaube, dass ein schrecklicher Kerl wie Rudolf auch unter anderen Umständen nie zum Zug gekommen ist«, sagt Josef. »Er ist ein echter Latrinendrescher.«

»Eine Pissziege«, ergänze ich.

»Eines kann ich dir sagen – es gibt wenige Leute hier, denen leidgetan hat, dass Rudolf etwas abgekriegt hat.«

»Dann bist du also ein – der Rächer des Lagers?«

»Nein.« Josef lächelt immer noch, aber sein Blick ist jetzt weniger fröhlich. »Ich bin nur der, dem es nichts ausmacht, wenn Rudolf zurückschlägt.«

»Was meinst du damit? Wieso nicht?«

»Ach nichts. Nur ein Witz.« Er dreht sich abrupt wieder seiner Arbeit zu und redet auf Feder ein, damit sie den letzten Huf aus der Wasserschale hebt. Sie wiehert leise, es klingt fast wie ein Lachen.

»Josef«, sage ich leise. »Warum hast du mir das gestern nicht gesagt, als ich dich gefragt habe?«

Er dreht mir wieder den Rücken zu, als er antwortet. »Weil ich nicht wollte, dass du mich für einen Helden hältst«, sagt er. »Und ich wollte nicht, dass wir uns gegenseitig etwas schuldig sind.«

»Ach.«

Ich hatte erwartet, dass es mit den anstößigen Wörtern zu tun hatte, dass er mich vor diesen Obszönitäten schützen wollte. Mich schützen – das hätte Dima getan. Galant wie ein Ritter. Auf Josefs Erklärung – geschäftsmäßig nüchtern – war ich nicht gefasst. Das ist keine gewöhnliche Erklärung. Sie bringt mich aus dem Gleichgewicht.

Josef macht den letzten Huf fertig, geht zu dem anderen Pferd und sagt mir, ich könnte Feder jetzt den Apfel geben.

Ich bemerke erst jetzt, dass er dasselbe Hemd trägt wie bei der Schlägerei. Es ist gewaschen, die Blutflecke sind kaum noch zu sehen und die beiden Knöpfe sind wieder angenäht. Unbeholfen angenäht, das sehe ich sogar aus dieser Entfernung, aber immerhin. Die abgerissene Tasche schlackert aber immer noch lose herab.

»Ich könnte die Hemdtasche für dich ausbessern«, biete ich an. »Die, die dir bei der Schlägerei abgerissen ist.«

»Nein danke. Wie gesagt, ich will nicht, dass wir einander zu irgendetwas verpflichtet sind.«

»Das heißt nicht, dass du mir etwas schuldig bist. Ich will nur, dass wir quitt sind. Wegen Rudolf. Außerdem ist es doch nur eine Tasche. Es sähe aus wie vom Schneider genäht. Ich nähe, seit ich sechs bin.«

Ich sehe an seinen Schultern, dass er zögert, aber dann zieht er sie schützend nach vorn. »Nein.«

Die Atmosphäre hat sich etwas verändert. Sie ist unangenehm geworden.

Aber ich versuche, es nicht persönlich zu nehmen. In den Lagern hätte ich meine Kleider auch keinem Fremden gegeben. Die Chancen, dass ich sie nie wiedergesehen hätte, hätten fünfzig zu fünfzig gestanden.

»Dann bis morgen?«, sage ich bemüht. »In aller Frühe? In alter Frische?«

Diesmal macht er sich nicht einmal Mühe zu antworten. Er nickt nur kurz, als wäre ich kaum anwesend.

Sobald Feder den Apfel von meiner Hand gefressen hat, wische ich mir die Hände am Kleid ab und gehe zur Tür.

I

Unser Haus ist leer, als ich zurückkomme. Still und stickig, es ist mitten am Tag. Der Füller liegt noch da, wo er war, als ich gegangen bin, neben den wenigen Blättern, die ich für meine Briefe an die Hilfsorganisationen nicht gebraucht habe.

Ich müsste aber auch noch andere Briefe schreiben. Am schwersten liegt mir der Brief an Dima auf der Seele. Ich müsste ihm mitteilen, dass ich wohlbehalten in Föhrenwald angekommen bin. Ich müsste mich ordentlich dafür entschuldigen, dass ich das Geld aus seiner Tasche genommen habe, und müsste mich ordentlich für seine Hilfe bedanken. Doch als ich den Füller auf das Papier setze, kommen keine Wörter heraus. Mir ist klar, dass es eine nette Geste wäre, ihm zu schreiben, aber ich frage mich gleichzeitig, ob es vielleicht unredlich wäre, dass er den Eindruck bekommen könnte, ich würde mehr von ihm wollen oder er sollte auf mich warten.

Lieber Dima,

Will ich ihm wirklich sagen, er soll auf mich warten? Ich möchte, dass unsere Wohnung sicher ist, wenn ich mit Abek zurückkomme, aber will ich wirklich, dass Dima dort auf mich wartet? Im Augenblick kommt er mir weit weg vor. Wenn ich jetzt versuche, mir sein Gesicht vorzustellen, fällt mir ein, wie er mir gesagt hat, dass er mir Informationen vorenthalten hat, weil er dachte, er müsste mich schützen.

Ich streiche seinen Namen mit dicken schwarzen Strichen aus und fange von Neuem an.

Liebe Gosia,

Bevor ich mir überlegt habe, was ich als Nächstes schreiben soll, geht die Tür auf. Breine stürmt herein und rettet mich vor mir selbst. Sie ist außer Atem und von der Arbeit im Freien sonnenrot im Gesicht. Sie sieht sich in dem kleinen Zimmer um und fragt: »Ist Esther nicht hier?«

»Ich bin gerade erst zurückgekommen und habe sie nicht gesehen. Ist alles in Ordnung?«

»Dann suchen wir sie auf dem Weg.« Sie flitzt zum Schreibtisch und wirft einen kurzen Blick auf meine Füße, um zu sehen, ob ich Schuhe anhabe. »Beeil dich!«, sagt sie und streckt ihre Hand nach mir aus.

Würde sie nicht lachen, würde ich mir Sorgen machen. Ich weiß nicht, wohin sie so schnell will, aber es kann nichts Schlimmes sein. Langsam, viel zu langsam für ihren Geschmack, drehe ich meinen Füller zu und schiebe den Stuhl zurück.

»Breine, wohin gehen wir?«

»Spendenkisten! Ein ganzer Laster voll. Beeil dich, bevor die guten Stücke alle weg sind.«

Sie zerrt mich hinter sich her aus dem Haus und quer durch das Lager bis in den Speisesaal.

Innen sehe ich eine Traube von Menschen, die genauso aufgescheucht und aufgeregt sind wie Breine. Und es strömen immer mehr herbei. Sie drängen sich um die Esstische in der Saalmitte, auf denen offene Holzkisten stehen, aus denen Kleidung und Bücher hervorquellen.

»Schnell, nimm dir ein paar Sachen, auch wenn sie dir nicht gefallen«, empfiehlt Breine, während wir uns zu einem der Tische vorarbeiten. »Dann hast du wenigstens was zum Tauschen, auch wenn du nichts anderes findest.«

Wir quetschen uns zwischen zwei Frauen durch, die sich besitzergreifend über den Tisch beugen und sich so hingestellt haben, dass wir nicht an die vor ihnen stehenden Kisten kommen. Doch als die eine Frau Breine erblickt, macht sie sofort Platz und fordert die anderen auf, dasselbe zu tun.

»Breine heiratet bald«, ermahnt sie lautstark die anderen. »Alles, was irgendwie als Hochzeitskleid durchgehen könnte, darf sie zuerst ansehen.«

Die anderen Frauen machen Breine Platz und sie zieht mich mit nach vorn.

»Was stellst du dir vor?«, frage ich sie. »Wenn du freie Wahl hättest?«

»Weiß«, sagt sie. »Lange Ärmel. Und ein Ausschnitt, der –« Sie deutet eine kurvige Linie um ihr Dekolleté an.

»Ein Herzausschnitt«, rate ich.

»Ja, genau. Sag mir, wenn du so etwas entdeckst.«

Ich stelle mich neben Breine und greife in die Kiste. Das vertraute Gefühl schießt wie ein elektrischer Schlag durch meine Finger.

Baumwolle. Wolle. Gabardine. Köper. Raues Metzgerleinen für Küchenschürzen, genoppter, texturierter Shetland-Wollstoff für Winterkleidung. Meine Hände verlieren sich in den Stoffen. Ich erkenne sie beim Anfassen. Wenn ich sie nicht anfassen könnte, würde ich sie wahrscheinlich am Geruch erkennen. Der verhaltene Moschusgeruch eines Flanellanzugs. Die hektische Röte eines Tafts, der in das erste Tanzkleid einer jungen Frau verwandelt wurde. Die Puppenkleider, die ich als Kind genäht habe, Dutzende, aus Stoffresten, die mein Vater aus der Fabrik nach Hause gebracht hatte. Die Taschentücher, die Münztäschchen.

Mehr als die Ankunft in unserer verlassenen Wohnung in Sosnowiec hat die Vertrautheit dieser Stoffe etwas Tröstendes. Es fühlt sich an wie zu Hause.

Die Frauen neben mir ziehen Oberteile und Röcke aus den Kisten, halten sie sich gegenseitig an den Körper, um die Größe zu prüfen, oder ziehen sie gleich über ihre Kleidung. Die aussortierten Stücke liegen verstreut auf den Tischen, ein chaotisches Kaleidoskop von Farben.

»Ach, kann ich das anprobieren, wenn es Ihnen nicht passt?«, fragt eine Frau und zeigt auf einen Rock, den eine andere mühsam über ihre Hüften zieht. »Türkis ist meine Lieblingsfarbe.«

»Nehmen Sie nur«, sagt die andere Frau und zieht den Rock wieder aus. »Aber helfen Sie mir etwas mit Blumenmuster suchen. Ich habe immer Blumenmuster getragen.«

Es hat etwas Zärtliches an sich, wie die Frauen mit wachen, kritischen Blicken die Kleider durchsehen. Sie grabschen nicht einfach danach, weil sie wärmen oder die richtige Größe haben könnten. Sie suchen nach Kleidern, die ihnen ein Stück ihres gestohlenen Selbst wiedergeben.

Das ist auch unserem Familienbetrieb manchmal gelungen. Zayde Lazer war Geschäftsmann, Papa ebenfalls, als Zayde ihn zuerst einstellte. Aber Baba Rose war diejenige, die begriff, dass Kleidung nicht nur ein Geldgeschäft war. Kunden kaufen Dinge, in denen sie sich mehr wie sie selbst fühlen.

Eine junge Frau stößt mich aus Versehen an, als sie sich in ein eng geschnittenes Wolljackett zwängt. »Ich finde es so schön, aber ich kann meine Arme nicht mehr hochheben«, sagt sie jammernd zu ihrer Freundin und demonstriert den engen Sitz, die angespannten Nähte.

»Sie müssen nur ein Stück Stoff unter den Achseln einsetzen«, sage ich automatisch.

Sie dreht sich zu mir um. »Ist das schwierig?«

»Eigentlich nicht. Sie müssen nicht einmal den ganzen Ärmel abtrennen. Nur unten aufschneiden und ein ovales Stück einsetzen, ungefähr so groß wie ein Ei.«

Sie sieht mich skeptisch an. »Wirklich?«

»Sonst passt das Jackett perfekt. Sehen Sie? Es spannt nicht an den Schultern, nur unter den Achseln.« Ich raffe den Stoff, um ihr zu zeigen, was ich meine.

Die Ratschläge kommen aus einem Teil meines Kopfes, den ich schon lange nicht mehr benutzt habe, wie ein Bär, der aus dem Winterschlaf erwacht. Die junge Frau sieht mich dankbar an und fängt sofort an, Pläne für das Jackett zu schmieden. Sie möchte es bei einem Vorstellungsgespräch tragen, erzählt sie ihrer Freundin. Sie hat erfahren, dass einer der Lagerverwalter eine Schreibkraft sucht. Das Jackett ist genau das, wonach sie gesucht hat.

Ich sonne mich noch in dem beinahe vergessenen Gefühl, nützlich zu sein, als Breine mir auf die Schulter tippt.

»Ich hab's gefunden!«, quiekt sie und zieht ein zerknittertes Kleid aus einer Kiste.

Gelbe Seide, blassgelb, nicht sonnengelb, das Mieder mit winzigen Perlen besetzt. Sie hält sich das Kleid vor den Körper, wiegt sich vor und zurück, sodass der Stoff über ihre Waden wippt. »Es ist einfach perfekt, nicht wahr?«

Dieses Kleid hat nicht die entfernteste Ähnlichkeit mit dem Kleid, das Breine sich wünscht, und es wird unmöglich an ihr aussehen. Es ist für jemanden geschnitten, der viel größere Brüste und breitere Schultern hat als sie. Und für jemanden, der älter ist. Die Farbe ist jugendlich, aber der Schnitt ist matronenhaft. So ein Kleid würde sich eine ältere Frau machen lassen, die ihr Alter kaschieren will.

»Fühl mal, die Seide, so fein«, sagt sie. »Ich glaube, das wird Chaim sehr gefallen.«

Ich lasse meinen Blick rasch über das bunte Stoffgemisch auf dem Tisch schweifen. Vielleicht finde ich etwas Besseres für sie. Aber die meisten Kleider sind Hemdblusenkleider oder praktische Kittelschürzen, jedenfalls nichts, was eine Frau zu ihrer Hochzeit tragen wollte. Die einzige mögliche Alternative ist ein dunkles, schulterfreies Samtkleid, das eher nach amerikanischer Cocktailparty als nach Hochzeit aussieht.

Außerdem hat Breine ein Leuchten in den Augen. Sie hat das Kleid aus der Kiste gezogen und für perfekt erklärt, aber ich weiß, dass sie das auch gesagt hätte, wenn es grün oder braun gewesen wäre und statt Perlen einen Spitzensaum gehabt hätte. Sie möchte heiraten.

Die anderen Frauen sehen dasselbe wie ich – das Leuchten in ihren Augen –, und sie sagen, es sei perfekt. Die Stimmung ist heiter, es wird viel gelacht, wie damals, wenn die Frauen meiner Familie alle gemeinsam in die Fabrik gingen, um die Frühjahrskollektion zu besichtigen. Oder bei einer Einkaufstour zu besonderen Anlässen, wenn meine Mutter, Tante Maja und ich nach Krakau fuhren und man uns im Kaufhaus ein Glas Champagner ausschenkte.

»Ist es nicht perfekt?«, fragt Breine noch einmal.

»Wenn das hier das Kleid ist, das du dir wünscht, dann wirst du die schönste aller Bräute sein«, erwidere ich lächelnd.

Breine bewundert weiter ihr Kleid, während ich mich wieder den Haufen auf dem Tisch zuwende. Breine hat recht gehabt. Noch mehr Frauen, die gerne etwas Neues möchten, kommen herein und nehmen sich Kleider. Bald wird der Tisch leer sein. Wenn ich nicht zugreife, wird nichts mehr für mich übrig sein.

Ich nehme mir ein kariertes Kleid, dann noch eins in Pflaumenblau, einen robusten Pullover, Socken und ein Paar Handschuhe. Die Handschuhe sind unpraktisch – sie sind aus weichem Ziegenleder, fließend wie Seide. Mein Vater hatte meiner Mutter einmal solche Handschuhe geschenkt. Sie trug sie zum Einkaufen, aber nur, wenn sie keinen Käse oder irgendetwas, was einen Geruch hinterlassen könnte, nach Hause tragen musste. Nur wenn sie schöne Dinge einkaufte.

»Zofia?« Breine sieht mich neugierig an. Ich habe die Handschuhe an meine Wange gedrückt. Wie eine Erinnerung, die ich festhalten muss.

Meine Mutter trug die Handschuhe, als wir ins Fußballstadion gingen. Ich sehe es genau vor mir. Und sie trug sie, als wir das Fußballstadion verließen. Sie strich meine Haare mit ihnen zurück und strich Abeks Augenbrauen damit glatt. Ich weiß, dass das so war. Ich weiß, dass diese Erinnerung echt ist.

Was geschah dann?

Ich arbeite mich etwas weiter vor. Meine Hände fangen an zu zittern. Mein Kopf dröhnt. Das Monster an der Tür regt sich. Ich will nicht weiter daran rühren.

J

Es ist noch dunkel, als ich am nächsten Morgen aus dem Haus gehe. Breines Bettdecke ist zerwühlt und hängt halb über die Bettkante. Sie stößt leise pfeifende Schnarcher aus. Ein paar Schritte weiter schläft Esther mit dem Kissen über dem Kopf.

Als ich am Stallgebäude ankomme, spannt Josef gerade die Pferde an ein Fuhrwerk, das mindestens zwanzig Jahre alt ist. Seine gelockten Haarspitzen sind noch nass von der Morgentoilette. Ein einzelner Wassertropfen in seinem Nacken löst sich und kullert langsam nach unten, rinnt über die bei der Arbeit hervortretenden Muskeln und Sehnen und verschwindet schließlich im offenen Kragen seines Hemdes. Ich stelle mir vor, wie er am Schlüsselbein herabrinnt. Über seine Brust und seinen Bauch rinnt.

»Morgen«, sagt er, aber es klingt ein wenig überrascht. Vielleicht hat er gar nicht geglaubt, dass ich wirklich kommen würde. Obwohl ich sehr pünktlich bin, ist er beinahe startbereit. Wahrscheinlich hätte er nicht lange auf mich gewartet, wenn ich mich verspätet hätte.

»Guten Morgen«, sage ich. »Danke noch mal, dass du mich fährst.«

»Genau genommen fahre ich dich gar nicht«, sagt er und lädt eine mit Konserven gefüllte Kiste hinten auf den Karren. Es ist dieselbe Art von Kiste, in der gestern die gespendeten Kleider waren. »Du kommst einfach mit dorthin, wo ich sowieso hingefahren wäre.«

»Falls das Fuhrwerk also zu voll wird, lässt du mich wahrscheinlich einfach am Straßenrand stehen und nimmst lieber die C-Rationen mit.«

»Na ja«, brummt er und schiebt die Kiste nach hinten, »dich kann ich im Notfall nicht essen.«

Jetzt hat er Feder und das andere Pferd angeschirrt und nickt zum Kutschbock. Ich klettere hinauf. Ich hatte im letzten Augenblick noch meine ganzen Habseligkeiten zusammengepackt für den Fall, dass ich nicht zurückkommen sollte. Es ist etwas mehr als auf der Zugfahrt, aber es passt alles noch in die Reisetasche, die ich mir unter den Arm geklemmt habe.

Josef zeigt auf den Holzboden, wo ein Kübel mit Proviant steht, und versinkt in Schweigen. Die Sonne steht noch nicht hoch, aber unsere Fahrt wird ein paar Stunden dauern. Die Pferde trotten geduldig vorwärts. Josef hält die Zügel mit einer Hand, sein Rückgrat ist leicht nach vorne gebeugt, sein magerer Körper gibt sich dem Rhythmus des Fahrens hin. *Ein paar Stunden, die ich neben Josef sitze.*

»Frau Yost sagt, dass du Vorräte besorgst«, versuche ich nach ein paar Kilometer Schweigen ein Gespräch.

»Föhrenwald handelt mit anderen Lagern?«

»Manchmal. Die Verwaltung macht sich Sorgen wegen der vielen Leute, die aus Feldafing kommen sollen.«

»Wie oft fährst du?«

»Alle paar Wochen.«

»Sie hat gesagt, wir bräuchten Decken. Und wir bringen dafür Lebensmittel?«

Er nickt, ergeht sich aber nicht weiter in Erklärungen. Das Gesprächsthema scheint ohnehin erschöpft zu sein. Ich suche nach einem neuen Thema und betrachte die Zügel, die locker in Josefs Hand liegen. »Wie heißt das andere Pferd?« Ich stelle mir vor, dass der Name zu Feder passt, etwas wie Rauch oder Kohle.

Aber Josefs Mundwinkel zucken und er sagt: »Franklin Delano Roosevelt.«

Ich lache. »Wie der amerikanische Präsident?«

»Der Präsident hat das Pferd gestiftet.«

»Franklin Delano Roosevelt«, wiederhole ich.

Und so plötzlich wie ein Tritt in den Magen bringt dieser Name eine Erinnerung hervor: ein dunkles Kino, die Wochenschau, körnige Filmaufnahmen, eine Sprecherstimme, die sagt, die Amerikaner hätten ihren Präsidenten für eine weitere Amtszeit wiedergewählt.

K für KinoTeatr. Dorthin gehe ich mit dir, wenn Mama Ruhe braucht. Wir sitzen oben auf den Rängen und zählen die Hüte der unter uns sitzenden Männer. Dort haben wir auch die Amtseinführung von Franklin Delano Roosevelt gesehen, weil Mama Ruhe braucht, deshalb gehen wir ins

KinoTeatr, weil es eine Empore hat, und da haben wir die Amtseinführung von Franklin Delano Roosevelt gesehen, weil Mama Ruhe brauchte.

»KinoTeatr?«, wiederholt Josef.

Ich schnappe in die Gegenwart zurück.

Verdammt. Verdammt noch mal. Scheiße. Ich werde knallrot, als mir voller Schrecken klar wird, dass ich manches laut ausgesprochen habe. Ich überlege, was er gehört haben könnte.

»KinoTeatr?«, fragt er noch einmal.

»Tut mir leid«, flüstere ich.

»Was hast du da aufgesagt?«

»Nichts.« Aber natürlich war es nicht nichts. »Es ist nur ein Alphabet-Spiel, das ich mit meinem Bruder immer gespielt habe. Ein Name für jeden Buchstaben. Ich weiß nicht, warum ich das laut gesagt habe. Manchmal spielt mein Kopf einfach verrückt.«

»Das hast du auch gesagt, als ich dich zum ersten Mal getroffen habe. Es war beinahe das Erste, was du gesagt hast – dass dein Gedächtnis dir Streiche spielt.«

Ich werde noch röter als vorher, wenn das überhaupt möglich ist. »Es ist – ich kann es nicht gut erklären«, stottere ich. »Manchmal komme ich im Kopf mit den Zeiten durcheinander. Oder ich meine, mich an etwas zu erinnern, das gar nicht passiert ist, oder ich vergesse etwas, was passiert ist. Aber es ist besser geworden. Sonst hätten sie mich nicht aus dem Krankenhaus entlassen. Und es wird mit jedem Tag besser.«

Auch wenn ich Josef nur beruhigen möchte, wird mir mit einem Funken Stolz klar, dass ich recht habe. Es ist wirklich besser geworden. Ich bin vor zwei Tagen in Föhrenwald angekommen und bis jetzt hat mein Kopf erst einmal verrückt gespielt: als ich Josef bei der Prügelei zugesehen habe. Ich weiß nicht, woran das liegt. Vielleicht weil ich mich an einem Ort befinde, der nicht von Erinnerungen heimgesucht wird, oder weil ich auf mich allein gestellt bin. Jedenfalls ist es mir bis jetzt gelungen, in Gegenwart von Josef – und auch von anderen – nicht verrückt zu spielen. Ich habe ihn zum Lachen gebracht. Er hat gesehen, dass ich schlagfertig reagieren kann. Er hat mich als menschliches Wesen gesehen. »Es wird mit jedem Tag besser«, wiederhole ich.

»Du schuldest mir keine Erklärung«, unterbricht er mich gleichgültig.

Ich zucke zusammen ob seiner Ungerührtheit. »Tut mir leid. Entschuldige, dass ich dich mit meiner Gesundheit gelangweilt habe.«

»Ich habe nur gesagt, dass du mir keine Erklärung schuldest.«

»Gut, ich schulde dir also nichts.« Das ist als Scherz gemeint, kommt aber ziemlich bissig heraus. Er sieht mich fragend an. »Was du gestern gesagt hast«, erkläre ich. »Das du nicht willst, dass wir uns gegenseitig etwas schuldig sind.«

»Das stimmt.«

Seine Antwort klingt nicht nach einem Witz. Sein Ton

ist ernst, was ich beruhigend und gleichzeitig frustrierend finde, warum, kann ich nicht genau sagen. Ich brauche mich ihm gegenüber zu nichts verpflichtet zu fühlen, ich sollte froh sein, dass er das klargestellt hat. Und doch habe ich mich in seiner Gegenwart seltsam verhalten – ich habe merkwürdige Dinge über ein altes Kino erzählt – und ich habe ihm erzählt, dass ich im Krankenhaus war. Warum will er keine Erklärung hören? Selbst wenn ich ihm keine geben wollte, müsste er sich doch Sorgen machen oder wenigstens neugierig sein?

»Die Pferde. Wann hast du gelernt, so gut mit Pferden umzugehen?«, frage ich nun, und versuche, an das vorherige Gespräch anzuknüpfen.

»Ich bin mit Pferden aufgewachsen«, sagt er.

»Bist du auf einem Bauernhof groß geworden?«

»Nein, in einer Stadt.«

»Einer Stadt in Deutschland?«

Er zögert ein wenig mit der Antwort. »Du stellst viele Fragen.«

»Da, wo ich herkomme, waren die Leute, die solche Fuhrwerke fuhren, meistens Bauern, die zum Markt in die Stadt kamen.«

»Es war kein Bauernhof.« Ich höre aus seiner Antwort heraus, dass er nicht mehr darüber sagen will. Er sieht wieder auf die Straße, und ich versuche herauszufinden, warum mich Josef und diese Unterhaltung so aus dem Gleichgewicht bringen.

»Es tut mir leid, wenn ich – ich bin nicht richtig verrückt«, sage ich zu ihm.

»Das hast du bereits gesagt. Ich bin einfach lieber allein.«

»Ich weiß, dass ich komisch war, als wir uns das erste Mal gesehen haben, und wenn du jetzt Angst vor mir hast –«

»Meine Familie besaß Stallungen«, unterbricht er mich. »Klar? Deshalb kenne ich mich mit Pferden aus. In den Ferien sind wir immer in unser Sommerhaus gefahren. Ich habe Reitstunden genommen und der Verwalter hat mich den Karren fahren lassen, wenn er Erledigungen machen musste.« Er sieht mich von der Seite an und hebt eine Augenbraue. »Zufrieden? Ich habe keine Angst vor dir und mache mir auch keine Sorgen um dich. Ich glaube nicht, dass du dir die Kleider vom Leib reißt und kreischend über die Straße läufst oder sonst etwas Verrücktes tust. Meine Familie hatte Stallungen und ich habe dem Verwalter öfter geholfen.«

Soweit ich mich erinnere, ist das die erste Unterhaltung seit Monaten, wo jemand mich nicht fragt, ob mit mir alles in Ordnung ist. Das hat mich so verwirrt. Deshalb habe ich mich so komisch gefühlt. Josef reagiert auf meine neugierigen Fragen, als seien neugierige Fragen das normalste der Welt und nicht ein Symptom dafür, dass mein Kopf nicht richtig arbeitet.

Josef tut nicht, als wäre ich jemand, um den man sich Sorgen machen müsste.

Im Geist ergänze ich, was er nicht gesagt hat. Dass das »Haus«, in dem er seine Ferien verbracht hat, ein großes Anwesen sein muss. Nur sehr reiche Familien besitzen Stallungen und beschäftigten einen Verwalter. Und seine Familie besaß auch ein Haus in der Stadt.

»Ein Sommerhaus. Das klingt schön«, sage ich.

»Es *war* schön. Sommer war meine Lieblingsjahreszeit.«

»Warum bist du nicht –«, beginne ich meine nächste Frage.

»Warum was?«

Warum bist du nicht wieder nach Hause zurückgegangen, wollte ich fragen. Die Nazis haben keine Landhäuser niedergebrannt. Sie haben sie beschlagnahmt und erhalten. Sie liebten Kunst. Josef hätte doch versuchen können, nach Hause zu gehen. Aber seine Gegenfrage klingt so abweisend, dass ich meinen Satz nicht beende. »Warum willst du beim Essen nicht mit den anderen zusammensitzen?«

Er zuckt die Achseln. »Habe ich doch schon gesagt. Ich bin lieber allein. Nicht alle in Föhrenwald suchen neue Freunde. Manche wollen so schnell wie möglich wieder fort. Wie du. Du holst deinen Bruder ab, und dann geht ihr wahrscheinlich wieder nach Hause und versucht, den Betrieb eurer Eltern in Schuss zu bringen.«

Ich beiße mir auf die Lippen, um ein Lächeln zu unterdrücken. Ich habe ihm nichts von der Fabrik meiner

Familie erzählt. Er muss Chaim oder Frau Yost danach gefragt haben.

»Ihn suchen«, verbessere ich.

»Was?«

»Du hast gesagt, wir würden meinen Bruder *abholen.* Aber ich fahre mit dir mit, weil ich ihn *suche.*«

»Du weiß gar nicht, ob er im Kloster Indersdorf ist?«

»Ich habe Grund zur Annahme, dass es sinnvoll ist, dort mit der Suche zu beginnen.«

»Dann hoffe ich nur, dass er auch da ist«, sagt Josef. »Und dass er auch gefunden werden will.«

Der letzte Satz trifft mich völlig unvorbereitet. »Wieso sollte er nicht gefunden werden wollen?«

Josef sieht starr auf die Straße. »Da gibt es viele Gründe. Er könnte schmerzhafte Erinnerungen an die Vorkriegszeit haben. Er könnte noch mal ganz von vorn anfangen wollen. Er könnte der Meinung sein, dass das ohne dich einfacher ist.«

In meinem Nacken stellen sich die Haare auf. Ich rutsche unruhig auf der Holzbank hin und her. »Natürlich will er gefunden werden. Er ist ein kleiner Junge.«

Josef presst seine Lippen aufeinander.

»Josef, natürlich will er gefunden werden«, wiederhole ich. »Warum sagst du so etwas?«

»Hast du wenigstens an diese Möglichkeit gedacht?«

»Daran gedacht, ob mich mein kleiner Bruder nicht sehen will? Nein, daran habe ich nicht gedacht, Josef. Ich denke, es gibt kaum jemanden, der so etwas vermuten würde.«

»Wie du meinst.«

»Und ich denke, dass ich dieses Gespräch nicht fortsetzen möchte.«

»Also gut«, sagt er wieder. »Ich wollte nur –«

»Ich sagte, dass ich dieses Gespräch nicht fortsetzen will«, fauche ich ihn an. »Er war ein kleiner Junge – und ist es immer noch.«

Ich weiß nicht, was mich mehr wütend macht – das, was Josef gesagt hat, oder der Ton, in dem er es gesagt hat. Und dass er mich nicht einmal ansieht. Und dass er gerade schreckliche Sachen zu mir gesagt hat, aber jetzt leise zu den Pferden spricht.

»Du bist ein Arsch, Josef.« Er zuckt zusammen und sieht mich ganz kurz an, dann konzentriert er sich wieder auf die Straße. »Sieh mich an, Josef. Du bist ein Arsch. Du weißt wohl immer genau, was die Leute wollen? Als ich dich kennengelernt habe, bist du auf einen Mann losgegangen.«

Er reagiert immer noch nicht. Sein Mund ist ein dünner Strich.

Wieso bin ich so dumm gewesen? Habe ich mich über Josefs schroffe Art gefreut, weil sie mir vermittelt, dass ich normal bin? Habe ich mich mit ihm unterhalten wollen, weil ich die Farbe seiner Augen und den Schweißfilm in seinem Nacken mag? Habe ich mir eingeredet, er sei geheimnisvoll, obwohl ich hätte merken müssen, dass er einfach ungehobelt war?

»Halt an«, befehle ich. »Ich brauche eine Pause.«

Er zögert und reckt sein Kinn. »In ungefähr einem Kilometer kommt ein kleines Dorf. Normalerweise lasse ich die Pferde dort trinken.«

»Ich möchte auf der Stelle anhalten.«

»Es ist nur ein Kilometer.«

»Also gut, dann bleibst du eben nicht stehen. Ich werde jetzt allein absteigen und zu Fuß weitergehen.« Schon stehe ich und wackele auf meinem schlimmen Fuß hin und her. Als ich den Abstand zum Boden abschätze, schlage ich mir am Sitz das Knie an. »Ich möchte keine Sekunde länger mit dir fahren –«

Aber dann zieht er plötzlich an den Zügel und hält an – ich fliege nach vorn und muss mich an der Seitenwand festhalten, um nicht zu fallen. Halb wütend, halb beschämt streiche ich mein Kleid glatt und klettere auf die unbefestigte Straße hinunter. Mit schmerzendem, steifem Knie gehe ich los, will unbedingt einen Abstand zwischen mir und Josef herstellen.

Aus den Augenwinkeln sehe ich, dass er eine Weile überlegt, ob er hinter mir herfahren soll. Aber dann spannt er die Pferde ab und führt sie, in jeder Hand eine Trense, zum Trinken an den kleinen Bach, dessen Lauf wir gefolgt sind.

Josef kennt meinen Bruder gar nicht, sage ich mir, als ich die Straße entlanghumple. *Auch mich kennt Josef nicht. Josef hat keine Ahnung von nichts. Josef ist ein Arsch.*

Josef ist ein Arsch. Aber wenn er recht hat, gibt es keine Hoffnung für mich.

Ich bleibe unvermittelt stehen und krümme mich vor lauter Verzweiflung. Mir wird übel bei dem Gedanken, vielleicht keine Hoffnung zu haben. Mein Wunsch, Abek zu finden, einen Menschen unter Millionen von Menschen zu finden – hängt an einem hauchdünnen Faden. Wenn Abek nicht gefunden werden will, muss er nur seinen Namen nicht auf die Listen setzen.

Diese Gedanken sind nicht gut für mich. Diese Gedanken wollen sich wie ein Wurm durch meinen Kopf winden. Das haben sie schon getan. Meine Hände zittern. Es kommt mir vor, als würde ich die Knochen unter meiner Haut klappern hören. Wenn Abek nicht gefunden werden will, werde ich ihn nicht finden können, weil er nicht gefunden werden will, und wenn ich ihn nicht finde, dann finde ich ihn nicht, weil er nicht gefunden werden will, und ich werde ihn nie mehr wiedersehen und habe versagt, versagt, versagt.

Ich falte meine Hände, damit sie nicht so zittern, und versuche, an etwas Konkretes zu denke, etwas, was ich tun könnte, etwas, was meinen Kopf irgendwie beschäftigt. Josef hat gesagt, es gäbe etwas zu essen. *Geh zum Wagen zurück und hol Essen,* befehle ich mir. *Einen Fuß vor den anderen.*

Der Blechkübel steht immer noch auf dem Boden des Fuhrwerks, wo Josef hingedeutet hat. Das Essen ist ordentlich eingepackt, von allem gibt es zwei. Ich teile es auf und lasse Josefs Portion auf dem Fahrersitz. Dort wird er sie finden, wenn er wieder zurückkommt. Meine eigene Portion trage ich zu einem Baumstumpf neben der Straße, zwinge mich zum Sitzen und dazu, mir das Brot in kleinen Stücken in den Mund zu schieben.

Von Weitem sehe ich ihn beim Bach mit den Pferden. Er redet ihnen zu, damit sie die steile Böschung hinuntergehen, und als sie trinken, taucht er eine Bürste ins Wasser und striegelt ihnen den Schweiß vom Rücken. Josef ist zu dünn. Es ist leichter, daran zu denken, was mir nicht an ihm gefällt, wenn ich wütend auf ihn bin. So wie jetzt. Josef ist zu dünn und seine Augen stehen etwas zu nah beieinander und sehen müde aus, wie die Augen eines alten Mannes, mit dunklen Ringen und Falten.

Josef ist gebrochen. Genau wie ich.

Ich habe keine Beweise dafür. Das entschuldigt auch nicht alles. Aber der Gedanke kommt mir ganz plötzlich, als ich beobachte, mit welcher Hingabe er sich den Pferden widmet.

Josef ist gebrochen. Genau wie ich.

Als er fertig ist, bindet er die Pferde an einen Pfosten und geht zum Wagen zurück. Dort nimmt er schweigend das Essen, das ich ihm hingelegt habe, und isst mit dem Rücken zu mir. Nach ein paar Minuten kommt er herüber. Er hat den Arm ausgestreckt. Auf seiner Hand liegt eine reife blaurote Frucht.

»Da ist noch eine Pflaume«, sagt er. »Sie ist auf den Wagenboden gekullert. Aber nur eine. Die Hälfte davon gehört dir.«

»Brauch ich nicht.«

Er hat bereits ein kleines Messer aus der Tasche gezogen und schneidet die Pflaume rund um den Stein auf. »Also, die Hälfte ist für dich. Du kannst sie essen oder nicht. Ich werde jedenfalls nichts nehmen, was dir gehört.«

Er legt meine Hälfte neben mich auf dem Baumstumpf, lässt sie auf der saftigen lilafarbenen Schale hin und her schaukeln und geht dann zu den Pferden zurück, um sie loszubinden. Aber auf halbem Weg bleibt er stehen und dreht sich zu mir um. Er hat die Hände in die Hosentaschen gesteckt und fühlt sich offenbar nicht wohl in seiner Haut.

»Das hätte ich nicht sagen sollen. Über deinen Bruder.«

»Stimmt, das hättest du nicht sagen sollen«, sage ich steif.

Er zieht wieder seine Augenbrauen hoch und sieht auf den Baumstumpf und fragt, ob er sich setzen darf. Ich zucke die Achseln.

»Vielleicht hast du recht«, sagt er, nachdem er sich gesetzt hat.

»Damit habe ich mehr mich selbst gemeint als dich. Es ist nur, dass du auf einmal so –«

»Durchgedreht bist«, vervollständige ich seinen Satz. »Ich bin dir verrückt vorgekommen.«

»Dass du so voller Hoffnung warst.« Er sieht mir zum ersten Mal richtig in die Augen. »Du warst so voller Hoffnung, und wenn wir zum Kloster Indersdorf kommen und dein Bruder ist nicht da – du warst so voller Hoffnung, und ich wollte nicht, dass es dir das Herz bricht.«

Sein Hemdärmel streift mein Kleid. Er riecht nach Gras und sauberem Schweiß. Ich nehme meine Hälfte der Pflaume vom Baumstumpf. Ich halte sie in der Hand. Ich habe keinen Hunger mehr, ertrage es aber nicht, dass Essen weggeworfen wird.

»Ich habe gesagt, dass ich ihn finden würde«, sage ich zu Josef. »An dem Tag, als ich von meinem Bruder getrennt wurde, sagte ich ihm, dass wir uns in Sosnowiec wiedersehen werden. Als ich ihn das allerletzte Mal sah, sagte ich ihm, wenn du nicht dort bist, werde ich dich finden, wo du auch sein magst.«

»Ich verstehe.«

»Ich glaube nicht, dass du das verstehst. Ich habe nicht gesagt, *wenn ich Lust dazu habe.* Ich habe nicht gesagt, *bis ich müde werde,* und ich habe auch nicht gesagt, *falls du überhaupt gefunden werden willst.* Ich habe gesagt: *Ich werde dich finden.*«

»Wann hast du ihn zum letzten Mal gesehen?«, fragt Josef. »Das allerletzte Mal.«

Ein Lachen, ein bitteres, raues Lachen löst sich aus meiner Brust.

»Was ist daran komisch?«

»Hunderte Male habe ich gedacht, ich würde ihn sehen. Durch einen Zaun oder aus der Ferne oder wenn einer von uns in ein anderes Lager kam. Einmal meinte ich ihn zu sehen, als ich im Blumenbeet des Kommandanten Unkraut jäten musste, außerhalb des Lagerzauns. Ich hatte für Abek eine Arbeit als Laufbursche für den Kommandanten organisiert. Ich glaubte ihn hinter einem Fenster zu sehen. Ich ließ ihm eine Rübe da. Buddelte sie für ihn in die Erde. Aber als ich ein paar Tage später wieder dort war, war der Boden nicht umgegraben, also hatte er sich wohl nicht hinausstehlen und sie holen können.«

»Aber *wann* hast du ihm gesagt, dass du ihn finden würdest?«, fragt Josef. »Was ist deine Erinnerung an das letzte Mal?«

»Ich weiß es nicht.« Aus meinem Mund kommt ein kehliges, wildes Lachen. Ich habe Angst, ihn anzusehen. Es ist das erste Mal, dass ich davon spreche. Ich habe es weder den Schwestern gesagt noch den Gar-Nichts-Mädchen. Ich habe niemandem gesagt, dass ich den ganzen Krieg über geschworen habe, meinen Bruder zu finden, mich aber nicht daran erinnere, wann wir uns das letzte Mal gesehen haben.

»Ich kann deine Frage nicht beantworten. Weil ich mich nicht daran erinnere, wann ich Abek das letzte Mal gesehen habe. Ich habe es versucht. Monatelang habe ich es versucht. Aber irgendwie will mein Kopf nicht. Ich erinnere mich an Abschiede, aber ich glaube, ich bilde sie mir nur ein. In meinen Träumen sehe ich ständig neue Abschiede. Ich erfinde sie. Da ist eine Blockade. Dort, wo die Erinnerung sein sollte, ist eine große Wand.«

»Hast du eine Ahnung, warum diese Blockade da ist?«, fragt er. »Warum gibt es diese Blockade in deinem Gedächtnis?«

Ich schlucke. Meine Hände fangen an zu zittern. »Als wir ins Lager kamen – man konnte die Schornsteine sehen, den Tod sehen. Verstehst du? Ein Soldat riss einer Mutter das Baby aus den Armen und knallte es gegen einen Lastwagen, weil es nicht aufhörte zu schreien. Es wurde ganz schlaff und fiel wie ein Stück Stoff in sich zusammen. Ich glaube – ich kann mich nicht an den Abschied von Abek erinnern, weil ich es nicht aushalte, an diesen Tag zu denken. Ich halte es nicht aus, mich auch nur an eine weitere Minute dieses Tages zu erinnern.«

Ich berühre mein Gesicht mit den Händen. Es ist nass. Ich weine. Die Erinnerung, die ich laut ausgesprochen habe, hat etwas gelöst, und jetzt habe ich keinen Nebel mehr im Kopf, sondern ich heule Rotz und Wasser, als würde ich auslaufen.

»Aber was, wenn ich etwas Wichtiges vergessen habe, was an diesem Tag passiert ist, etwas, was mir helfen würde, meinen Bruder wiederzufinden? Wenn wir einen neuen Plan gemacht haben oder einen neuen Treffpunkt vereinbart haben, den ich vergessen habe? Vielleicht kann ich meinen Bruder bloß nicht finden, weil ich mich nicht daran erinnere. Und wenn ich eine ganz schreckliche Schwester bin?«

Josef reicht mir schweigend ein Taschentuch und dreht sich zur Seite, während ich mein Gesicht säubere.

Und er sieht immer noch weg, als er als Nächstes sagt: »Ich glaube nicht, dass das, was du im Krieg getan hast, um zu überleben, dich zu einem schlechten Menschen macht.«

Seine Stimme klingt heiser und sehr bewegt. Bewegter als alles, was er bisher gesagt hat. Bei den letzten Worten bricht seine Stimme und er wischt sich hastig über seine Augen. Bestürzt erkenne ich, dass er weint oder kurz davor ist. Zum ersten Mal reißt mich der Kummer eines anderen Menschen aus meinem eigenen Schmerz heraus.

»Josef. Hast du … ähnliche Erfahrungen gemacht?« Ich weiß nicht, wie ich es anders ausdrücken soll. Ich weiß nicht genau, was ich fragen möchte.

Er holt Luft, ein langer, bebender Atemzug. »Ich weiß, wie es ist, sich schuldig zu fühlen für etwas, was man getan hat, um zu überleben.«

Ein Herzschlag, noch einer. Wir sitzen nebeneinander auf dem Baumstumpf, am Rand dieser Schotterstraße mitten in Deutschland.

»Wir müssen los«, sagt er schließlich. »Du willst bestimmt so schnell wie möglich zum Kloster Indersdorf.«

Josef stemmt die Hände auf die Knie, und unter seinen Füßen knirscht Sand, als er aufsteht. Wie ich ihn jetzt vor mir sehe, wirkt er kleiner als noch vor wenigen Stunden, und als er mir die Hand reicht, um mir beim Aufstehen zu helfen, komme auch ich mir kleiner vor.

K

Die Sonne hat ihren höchsten Stand erreicht, Schweiß sammelt sich in der Kuhle meines Schlüsselbeins. Josef sagt, es sei nicht mehr weit. Die Häuser stehen jetzt näher beieinander und wir sind nicht mehr das einzige Fuhrwerk auf der Straße. Josef hat mir erzählt, dass das Kloster mitten im Dorf läge, aber als wir vor einem Gebäude am Marktplatz halten, staune ich doch, *wie* zentral es liegt: Das Displaced-Persons-Lager für Kinder ist in einem alten, weiß getünchten, dreistöckigen Gebäude untergebracht, das einen ganzen Häuserblock einnimmt. Am uns gegenüberliegenden Ende ragen zwei eckige Türme hoch.

Die Fenster sind nicht durchsichtig, sondern aus buntem Glas, und auf der Kirchturmspitze sehe ich ein Kreuz.

»Sind wir hier richtig«, frage ich unsicher. »Das sieht aus wie eine Kirche.«

»Es ist ein Frauenkloster. Das Lager wird nicht von den Schwestern geleitet, aber sie wohnen hier noch. Geh du doch schon mal rein. Ich mache die Pferde fest und komme dann nach.«

Ich klettere vom Wagen, glätte mein Kleid und streiche mir über die Haare. »Zofia?«, ruft Josef mir nach. Ich drehe mich nach ihm um. Er lächelt ein wenig. »Ich hoffe, er ist da. Ich hoffe wirklich, dass er da ist.«

Das prunkvolle Hauptportal schüchtert mich ein, deshalb gehe ich um das Gebäude herum, bis ich zu einer kleineren, schlichteren Tür komme. Auf einem Messingschild steht BÜRO. Ich klopfe zweimal, keine Antwort, aber als ich gerade die Hand hebe, um ein drittes Mal zu klopfen, geht die Tür auf. Eine Frau in schwarzer Ordenstracht und weißem Schleier öffnet mir.

»Entschuldigen Sie«, sage ich zu der Nonne. »Ich möchte zur Direktorin.«

»Die haben Sie leider gerade verpasst. Ich bin Schwester Therese. Haben Sie einen Termin?«

»Nein, aber ich kann warten. Kommt sie bald wieder zurück?«

Die Frau schüttelt bedauernd den Kopf. »Ein familiärer Notfall. Sie bleibt mindestens ein paar Tage weg.«

Nicht weit von der Schule, in die ich als Kind gegangen bin, gab es auch ein Nonnenkloster. Damals kamen mir die Schwestern uralt und verschrumpelt wie Rosinen vor. Aber unter dem Schleier von Schwester Therese lugt eine braune Locke hervor und sie hat rosige Wangen. Und kaum zu glauben, die Schnürsenkel ihrer Schuhe, die unter ihrer Tracht hervorstehen, sind nicht zugebunden.

»Vielleicht können Sie mir helfen«, sage ich. »Ich suche nach –«

Bevor ich zu Ende sprechen kann, unterbricht mich ein Klopfen. Ich sehe mich verwirrt um. Wieso klopft es, obwohl ich noch in der Tür stehe? Aber dann begreife ich, dass an der Rückwand des Büros, hinter Schwester Therese, noch eine andere Tür ist, die vermutlich ins Innere des Klosters führt.

Sie winkt mich herein und zeigt auf einen Stuhl. »Einen Moment«, ruft sie zur anderen Tür hinüber. Der Türgriff ist schon nach unten gedrückt. Auf der anderen Seite kichert jemand. Schwester Therese schiebt seufzend den Riegel zurück. »Sie wissen genau, wann ich Dienst habe, und dass ich ein weiches Herz habe. Also gut, ihr Krawallmacher. Was wollt ihr?«

Die Tür fliegt auf. Zwei Jungen, aufgeschossen und ungefähr zwölf oder dreizehn Jahre alt, stürmen herein. Ich starre sie sprachlos an.

Abek ist nicht dabei. Das sehe ich sofort. Keiner von beiden hat auch nur die leiseste Ähnlichkeit mit Abek. Die Haarfarbe stimmt nicht. *Das ist er nicht,* sage ich mir sofort. Aber er hätte es durchaus sein können.

»Schwester«, sagt der vordere, dem ein dicker Haarschopf in die Stirn hängt. »Entschuldigung Schwester, wir wussten nicht, dass Sie Besuch haben. Im Schreibtisch von Frau Fischer ist ein Flaschenöffner, den wir uns bitte ausleihen möchten.«

»In welcher Schublade?«

»In der obersten.«

Schwester Therese öffnet die Schublade, kramt durch

Tintenfässer und Büroklammern und zieht schließlich einen kleinen Öffner aus Metall hervor. Erst als sie ihn dem Jungen reicht, zögert sie. »Wofür brauchst du ihn denn, Lemuel?«

Die Jungen tauschen einen verschwörerischen Blick, und dann holt der, der bisher geschwiegen hat, eine Flasche hervor. Sie ist aus geschwungenem Glas und mit einer dunklen Flüssigkeit gefüllt, die ein wenig zu sprudeln scheint.

»Das heißt Coca-Cola«, erklärt er. »Wir haben es von einem amerikanischen Soldaten geschenkt bekommen. Wenn man nur einen einzigen Schluck davon trinkt, hat man den ganzen Tag keinen Durst mehr.«

»Hat er es euch geschenkt wie der Soldat, der euch die Zeichentrickhefte geschenkt hat, oder wie der Soldat, der euch seine Uhr geschenkt hat?«

»Wie der mit den Zeichentrickheften«, sagt Lemuel. »Ich schwöre, dass es kein Glückspiel war.«

»Wie viel Alkohol ist da drin?«

»Gar kein Alkohol.«

Schwester Therese hebt mit dem Flaschenöffner die Metallkappe ab und schnuppert daran. Nachdem sie sich davon überzeugt hat, dass die Jungen nicht lügen, gibt sie ihnen die Flasche zurück. »Teilt es mit euren Zimmerkameraden. Und wenn ihr euren Durst gestillt habt und noch etwas übrig ist, bringt mir auch einen Schluck.«

»Danke, Schwester!«, ruft Lemuel im Hinausgehen. »Sie sind unsere Lieblingsschwester.«

»Und wenn das Schlagballspiel im Klosterhof noch nicht zu Ende ist, hat jede Mannschaft noch einen Schlag und dann gibt's Abendbrot«, ruft sie ihm hinterher.

Die Jungen ziehen übermütig ab und Schwester Therese wendet sich wieder mir zu. »Tut mir leid. Was haben Sie gesagt? Sie suchen etwas?«

Aber ich finde keine Worte und starre immer noch den beiden Jungen hinterher. Vielleicht ist einer ihrer Zimmerkameraden Abek? Vielleicht wartet er direkt hinter der Tür oder am Ende des Flurs, um auch einen Schluck von dem Coca-Cola zu probieren? Eine dumme, dumme Hoffnung wächst in meinem Herzen.

Wieder geht die Tür auf, und diesmal ist es wirklich die Tür, durch die ich gekommen bin, diesmal ist es Josef, der mich anblickt, die Mütze in der Hand, und nicht einmal Guten Tag sagt.

»Ist er hier?«

»Ist wer hier?«, fragt Schwester Therese und sieht von einem zum andern.

»Ihr Br–«

»Nein, er ist nicht hier«, unterbreche ich ihn schnell und hoffe, dass Schwester Therese nicht merkt, dass meine Stimme unnatürlich laut ist, nur Josef soll es merken. »Außerdem ist es eine *sie.* Der Direktor ist eine Frau, aber wir haben sie verpasst. Sie ist heute nicht da.« Ich drehe mich wieder zu Schwester Therese um und plappere weiter. »Josef und ich sind aus Föhrenwald. Er wollte Frau Fischer sprechen, um Lebensmittel zu tauschen.«

Josef sieht mich verwirrt an. Ich blicke zur Seite, weil ich selbst nicht verstehe, was mit mir los ist. Ich weiß, dass es keinen Sinn ergibt, was ich mache.

Ich weiß nur, dass ich möchte, dass mein Bruder hier ist. Hier an diesem Ort mit dem Schlagballspiel im Klosterhof, den rotwangigen Jungen, die wegen eines Flaschenöffners ins Büro stürmen. Aber wenn er nicht hier ist, will ich lieber noch zwanzig Minuten weiterhoffen.

»Es tut mir leid, dass Sie Frau Fischer verpasst haben«, sagt Schwester Therese besorgt. »Sie hat mir nicht gesagt, dass sie jemanden erwartet. Ich kann Sie aber zu dem Mann bringen, der unser Vorratslager verwaltet. Er kann Ihnen auch sagen, worauf wir verzichten können.«

»Sehr gut«, sagt Josef langsam, weil er immer noch nicht weiß, was mit mir los ist.

»Und wenn Sie wollen, können Sie zum Essen dableiben. Ich wollte gerade los, um bei den Vorbereitungen zu helfen.«

»Natürlich«, sage ich. »Wir bleiben gern zum Essen – und sehen uns auch gern das ganze Lager an. Und die Kinder natürlich.«

Schwester Therese geht mit uns durch die hintere Tür hinaus und während sie das Büro abschließt, nimmt Josef mich beiseite und sieht mich fragend an.

»Es war einfach nicht der richtige Zeitpunkt, es ihr zu sagen«, flüstere ich. »Ich wollte einfach nicht –«

»Hier, wir nehmen die Abkürzung durch den Kreuzgang«, sagt Schwester Therese und versenkt den Schlüssel in einer versteckten Tasche.

Wir befinden uns in einem von niedrigen Türbögen gesäumten Flur. Sie geht auf eine schwere Eichentür zu, und noch bevor sie sie geöffnet hat, höre ich auf der anderen Seite Jubel und Geschrei von den letzten Runden des Schlagballspiels. Und nicht nur Schlagball wird hier gespielt. Das ganze Kloster wimmelt von Kindern. Drei Mädchen mit Zöpfen haben mit Kreide ein Hüpfspiel auf den Boden gemalt. Zwei ältere Buben werfen einen Ball zwischen die Mädchen. Mein Atem stockt bei ihrem Anblick.

Abek ist auch hier nicht dabei. Sobald wir den Hof betreten haben, sehe ich mir sämtliche Kinder genau an. Ich mache das ganz automatisch, denke gar nicht darüber nach. Keines der Kinder sieht ihm ähnlich.

Aber wann habe ich das letzte Mal so viele glückliche Kinder gesehen? War es vor fünf Jahren, als wir im Flüsterton Gerüchte über Auschwitz austauschten? War es, bevor die Nazis die jüdischen Kinder aus den Schulen ausschlossen, sodass wir zu Hause Privatstunden nehmen mussten? Kleine Gruppen am Küchentisch, die heimlich lernten. War es, bevor der Krieg begann?

»Wie viele sind hier?«, flüstere ich. »Woher kommen sie alle?«

»Zurzeit sind es ungefähr dreihundert.« Schwester Therese betrachtet die Gruppe mit Wohlgefallen. »Aber das ändert sich täglich. Eltern kommen oder wir erhalten Telegramme. Oder neue Kinder werden gebracht. Gestern ein Neunjähriger. In dieser Altersgruppe gibt es nicht viele. Er ist mit den englischen Soldaten gereist. Sie hatten ihn quasi adoptiert. Er war eine Art Maskottchen für sie. Aber dann haben sie kapiert, dass das kein Leben ist für ein Kind.«

»Neun Jahre alt«, wiederhole ich. »Dann sind die meisten Kinder also –«

»Die meisten Kinder aus den Lagern sind zwischen zwölf und siebzehn Jahren«, sagt sie. »Die Jüngeren …« Ihre Stimme verliert sich, aber ich weiß, wie der Satz weitergeht. Alle Jüngeren hatten so gut wie keine Überlebenschance in einem Konzentrationslager.

»Haben Sie viele Zwölfjährige hier?« So alt ist Abek jetzt beinahe.

»Mindestens zwanzig. Die Geschichten, wie sie überlebt haben, grenzen an Wunder.« Schwester Therese schließt die Augen und hebt ihren Rosenkranz an die Lippen. Ich bin von dieser Zurschaustellung ihres Glaubens etwas irritiert. Es erinnert mich daran, dass es Leute gibt, die den Krieg erlebt haben und trotzdem noch glauben, dass Gott über die Welt wacht.

Dann schlägt Schwester Therese wieder die Augen auf und klatscht munter in die Hände. Die Spiele im Hof hören nicht auf, aber ein paar Kinder blicken bei dem Geräusch wenigstens auf. »Das ist jetzt wirklich die letzte Runde Schlagball. Habt ihr gehört? In fünfzehn Minuten gibt es Abendessen.«

Der Speisesaal ist viel kleiner als in Föhrenwald und die aufgereihten Tische sind nicht rund wie bei uns, sondern rechteckig, mit Bänken zu beiden Seiten. Die Fenster darüber sind aus buntem Glas. Ein paar Kinder decken gerade die Tische. Sie werden von erwachsenen Frauen unterstützt, von denen die meisten keine Ordenstracht, sondern gewöhnliche Kleidung anhaben. Aus der Küche kommen Helferinnen mit großen Schüsseln. Es riecht nach Eintopf.

»Ihr Ehrenplatz.« Schwester Therese weist Josef und mir Plätze an der Stirnseite des Saals zu. »Aber ich fürchte, Ihre Teller werden genauso angeschlagen sein wie die anderen.«

Ich setzte mich auf den Platz, von dem ich die Tür genau im Auge behalten kann. Ein sommersprossiges Mädchen. *Das ist er nicht.* Ein Junge, der hinkt. *Das ist er nicht.* Ein einbeiniger Junge mit Krücken. *Das ist er nicht,* denke ich erleichtert, denn der Gedanke, dass Abek so leiden musste, ist mir unerträglich. Aber dann denke ich, natürlich wäre ein Bruder mit nur einem Bein oder Fuß oder Arm auch ein willkommener Anblick, wenn er nur durch diese Tür hereinkäme. Natürlich würden wir darüber sprechen, was er alles durchleiden musste. Die Kinder kommen zuerst in großen Schüben, dann in kleineren Gruppen und dann einzeln. Die so spät dran sind, hasten herein und quetschen sich zwischen ihre Freunden auf die Bank.

Das ist er nicht. Das ist er nicht. Das ist er nicht.

»Wie lang waren Sie unterwegs?«, fragt Schwester Therese. Sie sitzt am Kopfende des Tisches und reicht mir einen Brotkorb.

»Fast den ganzen Tag, aber wir haben eine Essenspause gemacht«, antworte ich abwesend.

Er ist es nicht.

Er ist nicht dabei. Das weiß ich spätestens, nachdem über eine Minute niemand mehr hereingekommen ist und die Tische voll besetzt sind und meine Ohren vom Klirren der Löffel rauschen. »Sind das alle?«

»Zwei Mädchen sind auf der Krankenstation. Sie bekommen ihr Essen gebracht.«

»Und außer den zwei Mädchen – ist sonst niemand krank oder mit Frau Fischer unterwegs?«

»Nur die beiden Mädchen. Sonst, doch, sonst sind alle da.«

Ich blinzele meine Tränen fort. Warum habe ich mir solche Hoffnungen gemacht? Wieso habe ich mir eingebildet, ich würde heute früh aufwachen und meinen Bruder aus einem Meer von Waisenkindern herausfischen?

»Sie sollten ihre Suppe essen, bevor sie kalt wird.« Die Stimme von Schwester Therese holt mich wieder zurück in den Speisesaal. »Wenn sie heiß ist, schmeckt sie einigermaßen, danach nicht mehr so richtig.«

Ich nehme meinen Löffel und tauche ihn in die fettige braune Brühe.

Mir gegenüber sitzt einer der kleineren Buben. Er ist

höchstens zehn oder elf Jahre alt, er hat eine spitze Nase und ein kantiges Gesicht.

Er macht sich nicht die Mühe, mit dem Löffel zu essen. Mit den Fingern häuft er sich Brocken aus dem Eintopf direkt auf sein Brot. Mit den Ellbogen schirmt er schützend den Teller ab. Neben seinem Teller liegen bereits zwei Brötchen, aber als er glaubt, dass niemand hinsieht, grabscht er sich noch ein Brötchen aus dem Brotkorb in der Tischmitte und lässt es in seinem Ärmel verschwinden. Sobald er bemerkt, dass ich ihn beobachte, sieht er mich so lange an, bis ich wegsehe.

Er ist zu klein. Er müsste größer und dicker sein. Seine Augen sollten nicht so alt aussehen. Er sollte nicht hier sein müssen. Er sollte nicht wie ein Tier essen müssen.

Auch ich habe so gegessen. Ich saß mit anderen halb verhungerten Menschen in einem Kreis und hätte zugeschlagen, wenn mir jemand mein Essen hätte wegnehmen wollen.

Auch Schwester Therese sieht den Jungen. Ob er bestraft werden wird? Oder ob sie ihm sagt, er müsse aufessen, was auf dem Teller ist, bevor er sich mehr nehmen darf? Aber sie schiebt ihm stattdessen den Brotkorb näher heran. »Nimm dir noch eins«, sagt sie. »Aber versuch bitte, mit dem Löffel zu essen. Wir haben wichtige Gäste.«

Diese freundlichen Worte geben mir den Rest. Als würde das ausreichen. Als gäbe es genug freundliche

Worte, um die Grausamkeiten, die diese Kinder erleiden mussten, wiedergutzumachen.

Ein Geräusch löste sich aus meiner Kehle, ein erstickter, unbändiger, gequälter Ton. Ich möchte hier am Tisch nicht weinen, aber ich weiß nicht, ob ich die Tränen zurückhalten kann. Ich stopfe ein Stück Brot in meinen Mund, doch es gelingt mir nicht, es hinunterzuschlucken. Es bleibt in meinem Rachen kleben.

Ein paar Meter weiter ertönt ein Scheppern: Ein anderer Junge hat aus Versehen seinen Suppenteller umgeworfen. Der Löffel schlittert über den Boden und sein Gesicht verzieht sich zu einer traurigen, entschuldigenden Grimasse.

»Das macht doch nichts«, sagt Schwester Therese fröhlich. »Das passiert mindestens einmal pro Mahlzeit.« Sie dreht sich zu mir um. »Zofia, könnten Sie sich als unser Ehrengast um Simon kümmern?«

»Kümmern?«, stottere ich.

»Ihm beim Saubermachen helfen«, erklärt sie und macht mit den Händen Waschbewegungen. »Ihn beaufsichtigen. Der Waschraum ist gleich hinter dem Speisesaal.«

Simon rutscht von seiner Bank und kommt erwartungsvoll auf mich zu. Er streckt seine Hand aus. Ich erstarre.

Meine Hände sind nicht imstande, sich zu rühren, auch meine Beine nicht. Sie zittern. Meine Unterarme sind schweißnass. »Ich kann nicht«, flüstere ich.

»Wie bitte?« fragt Schwester Therese verwirrt.

Nimm seine Hand, befehle ich mir. *Geh mit ihm zum Waschraum. Das ist nicht so schwer.*

»Ich kann mich nicht um ihn kümmern«, sage ich lauter, verzweifelter.

Und ich kann auch nicht erklären, dass sich bei dieser Bitte eine irrsinnige Angst in meinem Bauch zusammenballt. Ich weiß nur, dass ich es nicht kann. Ich kann den kleinen Jungen nicht zum Waschraum bringen. Ich kann mich nicht um diesen Jungen kümmern. Ich kann nicht mit ihm zum Waschraum gehen, ich kann ihm nicht beim Saubermachen helfen, weil ich nicht mit ihm zum Waschraum gehen kann, weil ich mich nicht um ihn kümmern kann.

»Ich mache das.« Josef. Seine Hand unter dem Tisch hat mein Knie gefasst, er versteht, dass etwas nicht stimmt. »Simon ist schon viel zu groß, um Hilfe von einem Mädchen anzunehmen. Stimmt doch, Simon?«

»Genau«, sagt der Junge, der Simon heißt, unsicher. Er weiß nicht, warum er weitergereicht wird.

»Na, dann los. Wir waschen deinen Pullover aus, und du zeigst mir, wo wir etwas Trockenes für dich zum Anziehen finden.«

Nach dem Essen sitze ich stumm da und sehe zu, wie die Teller abgeräumt werden und ein älterer Mann hereinkommt und sagt, er sei für das Lager zuständig. »Gute Neuigkeiten«, sagt Josef und versucht, mich in das Gespräch einzubeziehen. »Sie haben fünfzig Decken für uns.«

»Das ist prima«, antworte ich mit Mühe.

»Ernst kann euch beim Aufladen helfen«, sagt Schwester Therese.

»Sie haben auch gefragt, ob wir vor der Abfahrt noch etwas brauchen«, wirft Josef ein. »Brauchen wir noch etwas?«, fragt er betont deutlich und auch etwas verwirrt. *Es ist deine letzte Gelegenheit,* scheint er sagen zu wollen. *Warum hast du nicht nach deinem Bruder gefragt?*

»Etwas Proviant«, sagt Schwester Therese. »Während Ernst und Josef die Decken laden, gehen wir in die Küche und suchen für Sie ein paar Reste für die Reise.«

»Ich möchte Ihnen nichts wegnehmen. Das Essen ist doch für die Kinder.«

»Ich packe Ihnen wenigstens ein paar Äpfel ein und eine Thermoskanne mit Wasser. Aber vielleicht finde ich auch Lemuels Coca-Cola-Flasche.« Sie zwinkert spitzbübisch. »Ich würde gern ein Schlückchen probieren. Sie nicht?«

Josef ist mit Ernst zum Lager gegangen. Ich weiß, dass er recht hat. Dies ist meine letzte Chance, nach meinem Bruder zu fragen. Schwester Therese geht in Richtung Küche. Ich renne hinter ihr her und packe sie an dem groben Stoff ihres Umhangs. »Bitte.«

»Ja?« Sie sieht mich verdutzt an.

»Ich suche meinen Bruder. Ich habe ihn seit über drei Jahren nicht mehr gesehen.«

»Ach Gott.« Sie nimmt meine Hand, ihre Finger fühlen sich erstaunlich kräftig an. »Ich hoffe, dass Sie bald wieder mit ihm vereint sein werden. Ich werde ihn in meine Gebete einschließen, wenn Sie nichts dagegen haben.«

»Nein, also ich meine, ja , wenn Sie das tun möchten. Aber was ich sagen wollte – er ist zwölf, genauso alt wie einige der Kinder hier. Ich glaube, er war in Dachau. Wie manche Kinder hier.«

Verständnis zeichnet sich in ihrer Miene ab. »Oh. *Oh.* Sind Sie etwa den ganzen Weg gekommen, um ihn hier zu suchen? Deshalb haben Sie gefragt, ob heute Abend ein paar Kinder fehlen?«

»Er war nicht beim Essen. Aber es wäre doch möglich, dass er später kommt. Sie haben doch immer noch Neuzugänge?«

»Aber sicher. Jeden Tag. Für manche Kinder ist das hier die zweite oder dritte Station.«

»Oder eins der Kinder hat ihn woanders schon einmal getroffen? Und erinnert sich an ihn?«, sage ich voller Hoffnung.

»Sagen Sie mir doch einfach, wie er heißt und wie er aussieht«, sagt Schwester Therese. »Ich könnte eine Vermisstenanzeige an unser Schwarzes Brett hängen. Vielleicht liest sie jemand, der ihn getroffen hat.«

Wir drehen um und gehen nicht Richtung Küche, sondern Richtung Büro. Dort öffnet Schwester Therese dieselbe Schublade, in der der Flaschenöffner gelegen hat. Sie streicht ein cremefarbenes Blatt Papier auf dem Schreibtisch glatt und schreibt in die obere Ecke das Datum. »Fangen Sie damit an, wie er aussieht. Schließen Sie die Augen. Manchmal hilft das.«

Wenn ich die Augen schließe, sehe ich Abeks Gesicht besser als mein eigenes, trotzdem fällt es mir schwer, sein Aussehen in Worte zu fassen. *Dicke Backen?* Hatte er früher, aber jetzt sicher nicht mehr. *Ein loser Zahn?* Der ist bestimmt längst ausgefallen. Seine Haare sind wahrscheinlich geschoren worden. Seine blauen Flecken sind entweder abgeheilt oder es sind noch mehr geworden. Ich könnte Schwester Therese sagen, dass er so groß war wie das Schränkchen an der Wand, an dem unsere Eltern uns immer gemessen haben. Aber sicher ist er inzwischen gewachsen.

»Er hat …«, beginne ich unsicher. »Er hat braune Augen. Eigentlich nussbraun, mit ein paar grünen Sprengseln. Seine Haare sind gewellt. Eine Braue ist in der Mitte vielleicht ein bisschen unterbrochen. Kurz bevor wir abtransportiert wurden, kämpfte er mit einem anderen Jungen mit seinem Holzschwert. Es kann sein, dass ihm davon eine Narbe geblieben ist.«

»Er wird nur nach mir suchen, nach Zofia«, fahre ich fort. »Er weiß, dass unsere Eltern beide tot sind. Sie wurden direkt in die Gaskammer geschickt, nachdem wir aus Sosnowiec in Birkenau ankamen.« Ich erzähle und erzähle, aber irgendwann schreibt Schwester Therese nicht weiter. Es sieht aus, als hörte sie gar nicht zu. Ein merkwürdiger Ausdruck zeigt sich auf ihrem Gesicht, eine Mischung aus Beklemmung und Ärger.

»Was ist los?«, frage ich sie.

»Wollen Sie mich veralbern?«, fragt sie. »Denn das wäre überhaupt nicht witzig.«

L

»Was meinen Sie?«, frage ich Schwester Therese. »Veralbern?«

»Hat Lemuel oder einer der anderen Jungen Ihnen das aufgeschwatzt?«

»Lemuel oder – natürlich nicht.«

»Das wäre gemein. Warten, bis Frau Fischer fort ist, und mich dann reinlegen.«

»Schwester Therese«, sage ich aufgeregt, »ich schwöre Ihnen, ich habe keine Ahnung, wovon Sie reden. Ich will sie wirklich nicht veralbern.«

Ihr Gesichtsausdruck ist jetzt nicht mehr von Ärger, sondern von Sorge und Mitgefühl geprägt. »Sie sagten Sosnowiec? Die ganze Strecke von Polen bis hierher?«

»Ja.«

»Wir hatten tatsächlich jemanden hier.«

»*Jemanden?* Hieß er Abek?«

Sie presst ihre Lippen aufeinander. »Ich weiß seinen Namen nicht mehr. Ich erinnere mich an den Namen der Stadt. Ich erinnere mich an einen Jungen, der in Birkenau war. Zu dieser Zeit kamen die meisten Kinder aus

Flossenbürg. Das Rote Kreuz brachte uns eine Gruppe von Kindern und ich machte jedes Mal, wenn jemand aus einem anderen Lager kam, einen Vermerk.«

»Musste er sich bei Ihnen irgendwo eintragen?«

»Das war ganz am Anfang. Das ist Monate her. Damals musste sich niemand eintragen. Wir waren noch nicht einmal ein offizielles Lager. Ich bin mir nicht einmal sicher, ob das UNRRA Frau Fischer schon eingesetzt hatte.«

»Sie haben keine Aufzeichnungen darüber.« Meine Stimme kippt, obwohl ich mich um einen gefassten Ton bemühe.

Schwester Therese hebt ihre Hand, eine Geste, die mich beruhigen soll. »Sie müssen verstehen. Die Kinder kamen in Massen an. Sie hatten keine Schuhe. Wir haben ihnen Schuhe besorgt. Sie kamen verhungert an. Wir haben sie gespeist. Manche blieben, andere zogen weiter. Aber ich erinnere mich an einen Jungen – ich erinnere mich, dass er sagte, er suche seine Schwester. Er ging wohl davon aus, dass die übrige Familie nicht mehr lebte. Aber er sagte, seine Schwester hätte Birkenau vielleicht überlebt. Das ist mir in Erinnerung geblieben, weil ich, wie gesagt, kaum Menschen getroffen habe, die dort gewesen sind. Er sagte, seine Familie besitze eine Fabrik in Niederschlesien. Er blieb nur ein paar Tage.«

»Eine Textilfabrik? Hieß sie vielleicht Chomicki & Lederman?«

»Davon hat er nichts gesagt. Ich erinnere mich nicht

genau. Ich weiß nur noch, dass er seine Schwester finden wollte und wieder ging, als er erfuhr, dass wir nur Kinder unter siebzehn Jahren aufnehmen. Deshalb nahm ich an, dass seine Schwester schon älter war.«

»War er gesund?«, frage ich verzweifelt. »Sah er gesund aus?«

»Ja, ich hatte den Eindruck.« Eine tiefe Erleichterung durchströmt mich. »Er war gesund. Es ging ihm gut.«

»Aber Sie haben nicht – Sie konnten nicht –«

»Ich konnte ihn nicht zum Bleiben zwingen.« Schwester Therese sieht mich gequält an. »Und auch nicht mehr Informationen aus ihm herausholen. Bitte glauben Sie mir, Zofia, wir tun hier unser Bestes. Es waren einfach so viele Menschen, die hier durchkamen.«

»Aber warum erinnern Sie sich dann überhaupt an ihn?«, bohre ich weiter. »Wenn so viele Menschen hier durchkamen … Sie haben mich gefragt, ob Lemuel Sie veralbern wollte, als ich Sie nach ihm fragte. Wieso war er so interessant, dass die Buben ihn für einen Scherz benützen würden, aber so *unbedeutend,* dass Sie sich nicht einmal an seinen Namen erinnern können?«

Sie windet sich etwas, als ich das sage. »Kein Kind ist unbedeutend.«

»Aber *dieser Junge hatte einen Namen.*«

»Ich erinnere mich an ihn, weil – weil es einen Vorfall gab.«

Ich lehne mich erschrocken zurück. »Was für einen Vorfall?«

»Das spielt keine Rolle.«

»Was für ein *Vorfall*?«

Sie seufzt. Ihre nächsten Worte kommen nur schleppend. »Er hat mich bestohlen. Verstehen Sie?« Unter ihrem Schleier senkt sie die Augen.

»Wir hatten nicht genügend Betten, deshalb ließ ich ihn in meinem Zimmer übernachten«, sagt sie. »In meinem Nachttischchen war das Einkaufsgeld – das Geld, das für alle Kinder gebraucht wird. Als ich am nächsten Morgen nach dem Jungen sehen wollte, war er fort und das Geld ebenfalls. Ich erinnere mich an den Jungen, weil die anderen Kinder am nächsten Tag nicht genug zum Frühstück hatten und alle wussten, warum.«

Er hat gestohlen? Ich zucke vor Verwirrung und Scham zusammen. Abek hat Schwester Therese das Einkaufsgeld gestohlen? »Ich verstehe.«

Schwester Therese wollte mir diesen Teil der Geschichte nicht erzählen. Sie stopft sich eine lose Locke unter ihren Schleier und sieht älter aus als während des ganzen Nachmittags. »Ich habe ihm das nicht übel genommen, natürlich nicht. Ich wusste ja, was er alles durchgemacht hatte, und er ist ja noch ein Kind.«

Mein Herz macht einen riesigen Sprung und sinkt im gleichen Moment in sich zusammen. Ich weiß nicht, was ich von der Geschichte halten soll. Ist dieser ausgehungerte Junge Abek gewesen? Dieser Junge, der kam und ging, ohne einen Namen zu hinterlassen, nur hungrige Mäuler? Habe ich die Gelegenheit verpasst, ihn zu finden, weil ich in der Zeit, als ich ihn hätte suchen sollen, im Krankenhaus gelegen habe?

»Wir sollten trotzdem einen Aushang machen«, sagt Schwester Therese. »Vielleicht kommt er zurück. Oder es kommt jemand vorbei, der ihn getroffen hat.«

»Ja, wir sollten einen Aushang machen«, bestätige ich, aber meine Stimme klingt dumpf wie in einer Höhle.

Ich beginne mit der Beschreibung wieder von vorn und Schwester Therese schreibt alles pflichtbewusst auf. Als ich fertig bin, ist die ganze Seite vollgeschrieben. Sie steckt die Kappe wieder auf ihren Füller. »Es tut mir wirklich leid, dass ich nicht –«

»Schon gut. Das lässt sich jetzt auch nicht mehr ändern.«

Sie nimmt das Papier und geht auf den Flur, wo das Schwarze Brett hängt. Wie Schwester Therese gesagt hat, ist es an einem zentralen Ort angebracht, genau am Haupteingang, wo fast alle Besucher vorbeikommen. Aber als ich es sehe, schwindet meine Hoffnung noch mehr, denn von dem ganzen Brett ist nicht der kleinste Quadratzentimeter sichtbar. Es ist in mehreren Schichten mit Aushängen bedeckt. Beschreibungen von Familienmitgliedern und Verlusten anderer. Auf manchen Aushängen sind Bilder angebracht – alte, runzlige Großeltern, strahlende Verlobte und zahnlückige Töchter.

Schwester Therese pinnt die Beschreibung von Abek in eine Ecke. In spätestens einer Woche wird sie überklebt sein.

»Ich kann noch ein paar Abschriften machen«, schlägt sie vor. »Die kann ich dann den Arbeitern mitgeben, die in die anderen Lager fahren. Dort können sie sie aufhängen.« Sie kaut auf ihrer Lippe. »Ich weiß, dass Sie jetzt enttäuscht sind, aber trotzdem ist es doch eine gute Nachricht. Sollte er es gewesen sein, würde das doch bedeuten, dass er nach dem Krieg noch gesund war. Ich habe ihn mit eigenen Augen gesehen.«

Ich versuche zu lächeln. »Kann ich sehen, wo er geschlafen hat?«

»Ich habe Ihnen doch gesagt, dass er nichts hiergelassen hat. Sie werden nichts finden.«

»Das erwarte ich auch nicht. Es ist nur, dass ...« – es klingt vielleicht komisch, aber das ist mir egal. »In Birkenau haben wir auf überfüllten Holzpritschen geschlafen, ohne Matratzen. Ich möchte mir vorstellen können, dass er in einem warmen Bett übernachtet hat.«

»Natürlich.«

Sie führt mich eine schmale Stiege mit quietschenden Holzstufen hinauf zu dem Gebäudeteil, wo die Kinder bereits schlafen. Bei der zweiten Tür senkt sie ihre Stimme und flüstert: »Hier war damals mein Zimmer. Jetzt ist es eine Schlafstube für die Kinder.«

Sie öffnet die Tür gerade so weit, dass wir hindurchschlüpfen können. Blinzelnd versuche ich, mich an die Dunkelheit zu gewöhnen. An den Wänden stehen viele Einzelbetten. Sie sind einfach, aber sauber, und jedes Kind hat eine eigene Bettdecke, die am Fußende umgeschlagen ist. Ein schöner Platz zum Schlafen, warm und ordentlich. *Warum ist er nicht geblieben und hat auf mich gewartet?* Oder warum ist er nicht nach Hause gekommen, wie ich ihm gesagt habe?

Im Dämmerlicht erkenne ich den Jungen, der in dem Bett neben der Tür schläft. Es ist der Kleine vom Abendessen, der etwas vom Brot stibitzt hat. Er hat seine Arme um seine Knie geschlungen, die er bis zum Kinn hochgezogen hat.

Leise, um das schlafende Kind nicht zu stören, hebt Schwester Therese die Bettdecke an einer Ecke hoch und zeigt auf die Matratze. Jemand hat sie aufgeschlitzt und in dem Loch steckt etwas, das auf den ersten Blick aussieht wie Kieselsteine, tatsächlich aber Brotklumpen sind.

»Er hat Angst, dass es nichts mehr gibt«, flüstert sie. »Sie haben immer Angst, dass es nichts mehr geben könnte.«

Ł

Als Josef und ich das Heim verlassen und durch eine dunkle Straße am Dorfrand fahren, bohrt sich die Holzbank in mein mageres Gesäß. Jeder Stoß jagt mir einen höllischen Schmerz durch den Rücken, der bis in meine Phantomzehen ausstrahlt.

»Denkst du, er war es?«, fragt Josef ruhig, nachdem ich ihm die ganze Geschichte erzählt habe. »Dieser Junge, der in das Kloster gekommen ist?«

»Ich weiß nicht.«

»Aber es klingt doch ganz gut, oder?«

Ich antworte ihm nicht und er sieht zu mir herüber. »Klingt doch gut, oder? Wenn er es war, habt ihr euch nur um ein paar Monate verpasst. Oder meinst du, er war es nicht?« Er dreht seinen Kopf, um mir direkt in die Augen zu sehen. »Zofia?«

»Ich will nicht darüber sprechen«, sage ich, unfähig, ihm meine komplizierten Gefühle zu erklären.

Denke ich, dass er es war? Ein Junge aus der Gegend von Sosnowiec, der in Birkenau gewesen ist und seine Schwester sucht. Könnte es viele solche Jungen geben?

Aber … ich kann mir nicht vorstellen, dass Abek Geld von Leuten stiehlt, die es dringend benötigen und die so nett zu ihm waren.

Ich habe Dima bestohlen. Ich habe Geld von jemandem gestohlen, der sehr nett zu mir gewesen ist, weil ich keine andere Möglichkeit gesehen habe, nach meinem Bruder zu suchen. Das ist die einzige Situation, in der ich mir vorstellen kann zu stehlen. War es für Abek auch so? Ist der Diebstahl vielleicht gerade ein Zeichen dafür, dass es wirklich Abek war?

Ich habe keine Ahnung, wie ich alles, was in meinem Kopf vor sich geht, in Worten ausdrücken soll. Dass meine Hoffnung von Schuldgefühlen aufgezehrt wird, weil ich nicht früher hier sein konnte. Dass es etwas anderes ist, von jemandem zu erfahren, der Abek sein könnte, als Abek zu finden. Dass ein paar Monate zu spät zu kommen sich genauso anfühlt, wie gar nicht zu kommen.

Bei der Suche nach Abek geht es nicht um Kompromisse oder Halbwahrheiten. Entweder es ist Abek oder er ist es nicht. Entweder es ist mir gelungen, ihn nach Hause zu bringen oder nicht.

»Aber sie hat vor ein paar Monaten jemanden gesehen, der es sein könnte – das ist doch absurd«, hakt Josef nach und unterbricht meinen Gedankenfluss. »Ist dir überhaupt klar, wie glücklich manche Leute über so eine Nachricht wären?«

»Glücklich werde ich dann sein, wenn die Person

neben mir im Wagen mein Bruder ist und nicht du«, platzt es aus mir heraus.

Das war gemein von mir, aber ich bin so erschöpft und so durcheinander. Und außerdem finde ich, es steht mir zu, gemein zu ihm zu sein, nach allem, was er auf der Hinfahrt zu mir gesagt hat. Er zuckt bei meinen kränkenden Worten zusammen und fast entschuldige ich mich bei ihm. Aber ich will das Gespräch nicht fortführen. Mir ist lieber, er ist gekränkt und hält den Mund.

Keiner sagt ein Wort. Er fährt und ich sitze stocksteif da. Die Straße zieht sich dahin und niemand kommt uns entgegen. Das einzige Geräusch ist das Klappern der Hufe. Als es nach einer Stunde so dunkel ist, dass wir den Weg nicht mehr erkennen können, lenkt Josef das Fuhrwerk zu einem Haus, in dem Licht brennt.

»Ich glaube, wir müssen uns einen Schlafplatz suchen«, sagt er. Ich widerspreche nicht. »Ich frage hier mal, ob es in der Nähe eine Möglichkeit zum Übernachten gibt.«

Josef lässt mich beim Wagen zurück. Feder wiehert leise, bis Josef nach ein paar Minuten zurückkommt. »Wir können hierbleiben, wenn wir ihnen morgen ein bisschen zur Hand gehen«, sagt er. »Du schläfst bei der Tochter im Zimmer und ich in der Scheune.«

Josef nimmt meine Tasche, in der alle meine Habseligkeiten sind, die ich am Morgen gepackt habe, weil ich gehofft hatte, gar nicht mehr nach Föhrenwald zurückkehren zu müssen. Bevor wir zur Haustür kommen, dreht er sich zu mir um und macht den Mund auf, als wollte er etwas sagen. Aber dann lässt er es bleiben und ich schweige ebenfalls.

Das Ehepaar, das uns im Licht einer Lampe erwartet, ist schon älter, der Mann hat einen weißen Bart und die Frau geht leicht gebeugt. Sie waren gerade dabei, ins Bett zu gehen, als wir gekommen sind. Die Frau – sie stellt sich mit Frau Wölflin vor – ist schon im Nachthemd, ihr ergrauendes Haar hängt in einem losen Zopf über ihren Rücken. Es macht ihnen offenbar nichts aus, dass wir mitten in der Nacht bei ihnen aufgetaucht sind. Frau Wölflin sagt, sie ließen die Lampe aus genau diesem Grund immer brennen. Sie bräuchten Unterstützung auf ihrem Hof und gäben Reisenden gegen ein bisschen Hilfe Kost und Logis. Sie drückt Josef einen Stapel Decken in die Hand, und während ihr Mann mit ihm zur Scheune hinübergeht, schenkt sie mir ein Glas Milch ein. Ich halte mich daran fest und versuche, ihre höflichen Fragen nach unserem Woher und Wohin und dem Zustand der Straße zu beantworten.

»Der Tag war sicher lang?«, fragt sie.

»Ja, es war ein langer Tag, Baba R–« Ich verstumme beschämt. Fast hätte ich diese Frau wie meine Großmutter angesprochen. Es ist nicht so wie neulich bei Gosia. Jetzt gibt es keinen Grund dafür. Ich kenne diese Frau doch kaum. Ich bin einfach vollkommen erschöpft.

Frau Wölflin hat den Versprecher nicht bemerkt. Und wenn, geht sie darüber hinweg. »Ich wollte sagen, dass es wirklich ein langer Tag war«, korrigiere ich mich. »Danke der Nachfrage.«

»Sie müssen das nicht trinken.« Sie deutet mit einem Nicken auf das unberührte Glas Milch in meinen Händen. »Wenn Sie müde sind, können Sie auch gleich schlafen gehen.«

»Ich möchte nicht unhöflich sein, aber vielleicht wäre es das Beste. Wir waren sehr lange unterwegs.«

Ich weiß nicht, was ich mir vorgestellt hatte, als Josef sagte, ich könnte im Zimmer der Tochter übernachten. Aber bei dem Alter der Wölflins hatte ich angenommen, dass das Mädchen mindestens in meinem Alter wäre. Als ich aber mit Frau Wölflin die schmale Stiege hinaufgehe und warte, bis sie ihrer Tochter ins Ohr geflüstert hat – *Hannelore, wir haben einen Gast. Zofia schläft heute Nacht bei dir* –, wühlt sich ein blondbezopfter Kopf unter der Decke hervor, der zu einem höchstens acht- oder neunjährigen Mädchen gehört.

»Keine Sorge«, sagt Frau Wölflin zu mir und lächelt, »Lore weiß, dass hier Gäste ein und aus gehen. Sie wird nicht erschrecken, wenn sie Sie morgen früh zu Gesicht kriegt.«

Als Frau Wölflin gegangen ist, schlüpfe ich aus den Schuhen, merke aber erst jetzt, dass ich meine Tasche unten gelassen habe. Ich möchte im Dunkeln nicht mehr durchs Haus irren. Ich löse nur die Schleife hinten an meinem Kleid und lege mich, so leise es geht, angezogen unter die Daunendecke.

Es gibt so viele Gründe, warum ich müde bin, dass ich sie kaum noch auseinanderhalten kann. Ich bin vor Hoffnung erschöpft. Ich bin erschöpft, weil ich heute so früh aufgestanden bin. Ich bin von diesem Land erschöpft. Ich bin manchmal auch von meinem eigenen Körper erschöpft, der sich anfühlt, als würde er nie mehr so stark und widerstandsfähig werden, wie er einmal war.

Ich bin von meinen Gedanken erschöpft. Das erschöpft mich vielleicht am meisten. Mein eigener Kopf, der eine Bäuerin mit meiner Großmutter verwechselt und der mir nicht sagt, was ich glauben und für richtig halten soll. Könnte ich doch den Kriegszustand in meinem eigenen Kopf beenden. Das Monster zähmen. Die Träume vergessen.

M

Am nächsten Morgen ist Hannelore vor mir auf. Anscheinend sind alle vor mir auf. Ich höre Geräusche aus der Küche und rieche Haferbrei. Durch das leicht gewellte Fensterglas sehe ich zwei Gestalten. Es sind Josef und Herr Wölflin, die einen Zaun reparieren. Die Sonne steht schon weit über dem Horizont.

Hastig schlüpfe ich in die Schuhe, die ich in der vergangenen Nacht unter das Bett gestoßen habe, und eile hinunter. Frau Wölflin räumt gerade das Geschirr vom Frühstück weg. Der lange Zopf der vergangenen Nacht ist jetzt akkurat zu einem Kranz aufgesteckt.

»Ich weiß nicht, warum ich so lange geschlafen habe«, entschuldige ich mich und nehme den Tellerstapel von dem grob gehobelten Tisch. »Josef hat Ihnen doch zugesagt, dass wir Ihnen zur Hand gehen.«

Frau Wölflin bedeutet mir, die Teller stehen zu lassen, und zeigt auf ein Schüsselchen, das auf einem Platzdeckchen aus Stoff in der Mitte des Tisches steht. »Ich habe Ihnen ein paar gekochte Eier aufgehoben. Wenn Sie aufgegessen haben, binden Sie sich eine Schürze um und helfen mir draußen mit der Wäsche. Hannelore hat sich schon so auf Sie gefreut.«

Wie auf ein Stichwort geht die Türe auf und Hannelore kommt herein. Sie trägt die gleiche Frisur wie ihre Mutter, ihr Näschen ist von Sommersprossen übersät. »Bist du endlich wach?«, fragt sie vorwurfsvoll. »Ich musste mich in der *Küche* anziehen, um dich nicht zu wecken.«

»Das tut mir sehr leid.« Ich versuche möglichst ernst auszusehen, als ich mich für dieses Verbrechen entschuldige, aber ihr Kinderstimmchen klingt so empört, dass ich das Lachen kaum unterdrücken kann.

»Schon gut. Jetzt bist du ja auf«, sagt sie gnädig. »Ich darf dir zeigen, wie der Brunnen draußen funktioniert, und wenn vor eurer Abfahrt noch Zeit ist, darf ich dir meine Puppen zeigen.«

»Du hast dir für eure Besucher ja ein richtiges Programm ausgedacht.«

»Wir haben oft Besuch«, seufzt sie. »Lange Zeit haben wir nie Besuch bekommen, aber jetzt andauernd.«

»Warum habt ihr früher nie Besuch bekommen?«

Frau Wölflin antwortet. Sie streicht ihrer Tochter über den Kopf und sagt: »Das war im Krieg. Wir wollten keinen Besuch während des Krieges.«

Ich ahne, dass sie damit etwas andeuten will, bin mir aber nicht ganz sicher, was sie meint. Vor wem hatten sie Angst im Krieg? Vor Plünderern oder vor Juden, die ein Versteck suchten? Entweder das eine oder das andere.

»Kommst du?« Hannelore hat die Hände in die Seiten gestemmt. Ich sehe ihr an, dass sie mein ganzes Frühstück überwachen möchte. Ich lasse es lieber stehen und hole mir eine Schürze aus dem Schrank, den Frau Wölflin mir gezeigt hat, und stecke die gekochten Eier in die Tasche.

Wir gehen nach draußen. Das Anwesen der Wölflins sieht ziemlich verwildert aus. Der Gemüsegarten vor dem Haus müsste dringend gejätet werden, ein Fensterladen ist kaputt. Kein Wunder, dass sie gern Übernachtungsgäste aufnehmen. Dieser Hof ist einfach zu viel für ein älteres Paar.

Hannelore zeigt mir, wie man draußen am Brunnen Wasser holt. Sie erklärt mir, dass wir eine Waschschüssel für das Geschirr und eine für die Kleiderwäsche brauchen und dass mit dem Restwasser später der Garten gegossen wird.

»Dein Freund Josef hat erzählt, dass du aus der Stadt kommst«, bemerkt sie. »Ich wusste nicht, ob du dich mit so einer Wasserpumpe auskennst.«

»Ursprünglich komme ich aus einer Stadt«, sage ich. »Aber wir haben lange Zeit … woanders gelebt. Dort gab es nur Pumpenwasser. Manchmal nicht einmal das.«

»Ist das Wasser im Winter eingefroren? Das passiert hier manchmal.«

»So ähnlich. Gehst du heute nicht zur Schule?«, frage ich, um das Thema zu wechseln.

»Ich lerne zu Hause. Meine Stiefmutter wollte nicht,

dass ich allein den langen Weg gehe, solange Soldaten hier waren. Vielleicht darf ich jetzt zur Schule gehen.« Stiefmutter. Das würde erklären, warum Frau Wölflin so alt aussieht, aber ein so kleines Kind hat.

»Das wird dir gefallen. Ich bin gern zur Schule gegangen, als ich so alt war wie du.«

Die Küchentür geht auf und Frau Wölflin kommt heraus. Sie geht zum anderen Ende des Hofs, wo Josef Herrn Wölflin beim Reparieren des Zauns hilft. Ich sehe, wie Josef sich mit der Schulter gegen einen vermoderten Pfosten stemmt und seine Füße in den Boden presst. Die Vorderseite seines Hemdes – seines verblichenen Hemdes mit den verblassten Blutspuren und der immer noch eingerissenen Brusttasche – ist feucht vom Schweiß. Die dunklen Locken kleben ihm an der Stirn.

Ich sollte mich bei ihm entschuldigen, weil ich gestern Abend so schroff zu ihm war. Ich sollte ihn auch nicht so anstarren. Ich kann mich weder zum einen noch zum anderen aufraffen.

Frau Wölflin hat sich überzeugt, dass die Zaunreparatur gut vorangeht, und kommt zu Hannelore und mir herüber. Sie gibt Hannelore einen flüchtigen Kuss auf den Kopf. »Bring ihm bald etwas Wasser«, weist sie sie an und nickt zu ihrem Mann hinüber. »Er ist nicht mehr so jung, wie er sich einbildet.«

Eine Familie. Ganz anders als meine Familie, aber doch eine Familie. Kein Wunder, dass ich Frau Wölflin beinahe mit Baba Rose angesprochen habe. Während ich beobachte, wie sie sich um ihre Familie kümmert, wird mir klar, dass ich nie wieder jemanden haben werde, der sich so um mich kümmert. Selbst wenn ich Abek finden sollte, werde immer ich diejenige sein, die sich kümmert.

Ich versuche, mich auf den Abwasch zu konzentrieren. Als wir fertig sind, das Geschirr abgetrocknet und die Kleider auf die Wäscheleine gehängt haben, nimmt Hannelore mich an der Hand.

»Wir haben noch ein bisschen Zeit, der Zaun ist noch nicht fertig!«, strahlt sie. »Ich kann dir jetzt meine Puppen zeigen und wir können etwas malen.«

Josef sieht vom Hof aus, dass wir wieder ins Haus gehen. Er sieht mich fragend an und ich winke ihm zu, es ist alles in Ordnung. Aber dann zeigt er auf sein Armgelenk, als trüge er eine Uhr, obwohl er gar keine hat. Er möchte andeuten, dass wir nicht mehr lange bleiben können. In Föhrenwald werden unsere Vorräte dringend benötigt.

Wir sind jetzt wieder oben im Schlafzimmer. Auf dem Fußboden liegt Sägemehl und an der Decke sind dicke Holzbalken. Ich sitze an einem Platz, den Hannelore mir zugewiesen hat, und nehme brav eine Puppe in die Hand. Sie möchte mit mir Schule spielen, sie ist die Lehrerin und die Puppen sind die Schüler. Manche Sachen, die sie sich ausdenkt, sind lustig, aber das meiste ist richtig. Frau Wölflin hat sie offenbar schon auf die Schule vorbereitet.

Alle Schüler müssen ein Lied singen und eine Arbeit schreiben. Nachdem wir dann noch ein Buchstabierspiel gemacht haben, sagt Hannelore, es sei Zeit, die Puppen wieder wegzuräumen, und ob ich Lust hätte, ein Bild zu malen.

»Ich fürchte, dafür habe ich keine Zeit mehr«, sage ich bedauernd. »Mein Freund hat gesagt, dass wir bald gehen müssen. Aber danke, dass du mir alles gezeigt hast.«

Sie sieht mich spitzbübisch an. »Ich kann dir aber ein Bild geben. Ich habe dich nämlich gemalt, als du geschlafen hast.«

Ich lächele. »Du kleine Spionin.«

»Ich habe es aber nicht gemalt, als ich dich beim Schlafen beobachtet habe. Ich habe es gemalt, als wir gefrühstückt haben. Dein Gesicht war vom Kissen verdeckt, als du geschlafen hast, deswegen hab ich es nicht richtig malen können, aber Josef sagt, das macht nichts.«

»Also, ich würde es schrecklich gern sehen.«

Sie holt ein Blatt Papier von ihrer Kommode und gibt es mir. Ich bewundere das Bild und sie zieht währenddessen eine Puppe um. Das Bild zeigt eine Gruppe von Menschen, die vor einem Bauernhaus stehen, offensichtlich das Haus, in dem wir uns befinden.

»Ein schönes Bild. Lass mal sehen. Bist du das?« Ich zeige auf die kleinste Gestalt. »Und das sind Josef und ich und die beiden auf der anderen Seite müssen deine Eltern sein.«

»Stiefmutter und Stiefvater«, sagt sie.

»Du Dummerchen«, sage ich, »sie können nicht beide deine Stiefeltern sein.«

»Doch.«

Ich schüttele den Kopf, sicherlich hat sie etwas verwechselt. »Ist deine Mutter mit deinem Stiefvater verheiratet oder ist dein Vater mit deiner Stiefmutter verheiratet?«

Sie blickt auf ihre Puppe und bindet ihr eine Schürze um. »Mami ist nicht da. Sie hat gesagt, sie würde mich später wieder abholen.«

»Wo ist deine Mami jetzt?«

Hannelore knöpft länger als nötig die Schürze zu und sieht plötzlich viel älter als acht aus. »Ich weiß nicht, wo sie ist. Sie ist noch nicht zurückgekommen. Ich durfte vorher nichts sagen, aber Stiefmutter hat gesagt, dass ich jetzt darüber reden darf, weil die Nazis verloren haben.«

Ich schlucke. »Hat deine Mutter dich hiergelassen, weil es sicherer war? Hat sie dir das gesagt?«

»Ja. Sie wollte nicht, dass mich jemand wegnimmt. Und ich habe helle Haare, deshalb war es leichter, mich zu verstecken.«

Hätten wir das auch mit Abek tun sollen? Ein kinderloses Ehepaar bitten, ihn aufzunehmen? Hätten wir das getan, hätte ich dann nur an ihre Tür klopfen müssen und ihn in einem gemütlichen Dachzimmerchen mit seinen Zeichnungen an den Wänden gefunden?

»Ich habe ein Foto von ihr«, sagt Hannelore. Sie ist wieder bei ihrer Kommode und holt aus der untersten

Schublade eine Schachtel. Aus der Schachtel holt sie ein Buch, blättert durch die Seiten und zieht ein darin verstecktes Foto hervor. »Ich erinnere mich nicht mehr genau an sie, aber sie war so hübsch wie ein Filmstar. Findest du nicht?«

Sie reicht mir das Foto. »Sie ist wunderschön«, sage ich und betrachte die junge Frau mit den großen Augen.

»Sie heißt Inge. Ist das nicht ein schöner Name?«

»Sehr hübsch«, krächze ich. Ich möchte das Foto plötzlich nicht mehr anfassen und gebe es Hannelore hastig zurück, ohne mir richtig klarzumachen, dass ich das kleine Mädchen verängstigen könnte.

»Hannelore, es war sehr schön, mit dir zu spielen, aber ich muss jetzt gehen.«

»Niemand hat gesagt, dass wir aufhören müssen.«

»Ja, aber – mein Freund wollte pünktlich aufbrechen und wir haben noch einen langen Weg vor uns!«

Schon bin ich aufgestanden und an der Tür und haste die Stufen hinunter. Ich packe meine Tasche, die seit gestern Abend noch am Fuß der Treppe steht. Herr und Frau Wölflin bewundern den Zaun, der jetzt wieder ganz und gerade ist, und Josef wäscht sein Gesicht an der Pumpe.

Hannelores Mutter war schön wie ein Filmstar. Aber als ich das Foto betrachtete, musste ich an eine andere Frau denken, die Inge hieß, an eins der Gar-Nichts-Mädchen aus dem Krankenhaus, das nicht wunderschön war. Das von Schorf bedeckt war und fast keine Zähne und Haare mehr hatte.

Das ist nicht dieselbe, sage ich mir. Du weißt, dass sie es nicht ist. Die Geschichten passen nicht zusammen.

Aber es gibt so viel, was zusammenpasst. So viele unserer Geschichten gleichen sich. Die Inge, die ich gekannt habe, hat immer von ihrer Tochter gesprochen, die sie bei einem netten deutschen Ehepaar versteckt hatte. Sie saß auf der Fensterbank und sang Lieder in den Nachthimmel, und eines Abends beugte sie sich hinaus, es sah wie eine anmutige Geste aus, es sah fast wie ein Unfall aus. Sie beugte sich weiter hinaus, bis sie von der Fensterbank hinabstürzte.

Ihr richtiger Name war Inge, aber wir nannten sie alle Bissel. *Bissel.* »Ein bisschen« auf Jiddisch. Denn eine der Schwestern wollte uns immer einreden, dass wir nicht verrückt seien. Aber dann sah sie auf Bissel und sagte. »Sie vielleicht. Ein bisschen. Sie ist vielleicht ein bisschen verrückt.«

N

»Ich bin so weit«, sage ich zu Josef. Er richtet sich von der Pumpe auf und rubbelt sich mit einem verblichenen Handtuch die Haare. Er sieht mir an, dass etwas nicht stimmt.

»Ich hole nur noch unsere Taschen«, sagt er.

»Ich habe sie schon.« Ich zeige zu unserem Fuhrwerk, wo ich unser Gepäck hingestellt habe.

»Wir können nicht gehen, ohne uns zu verabschieden.«

»Mach du das. Ich warte hier.«

Gestern auf der Fahrt wollte ich Josef dauernd davon überzeugen, dass ich nicht verrückt bin, und jetzt mache ich das mit jedem Satz wieder kaputt. Mit meiner Schroffheit und mit meiner seltsamen Art, wie ich auf das Fuhrwerk steige, ohne seine Hilfe abzuwarten.

Josef verabschiedet sich für uns beide. Er geht ins Haus und bedankt sich bei der Familie Wölflin und sagt ihnen – ich weiß nicht, was er ihnen sagt. Dass mir schlecht geworden ist, dass wir spät dran sind oder dass ich unsagbar unhöflich bin. Ich sehe ihre Handbewegungen, mit denen sie sagen: *Müsst ihr wirklich schon gehen? Können wir euch nichts mitgeben?* Und Josef, der höflich ablehnt. *Nein danke. Sehr freundlich von Ihnen, aber wir brauchen wirklich nichts.*

Als wir im Wagen sitzen, die Pferde angespannt sind und loszuckeln, sehe ich mich um zu dem kleinen weißen Bauernhaus, bis es so klein wie auf einer Postkarte aussieht. Erst als es am Horizont verschwunden ist, sieht er mich an. »Ist etwas passiert?«

»Alles«, platze ich heraus.

»Alles?«

»Alles ist passiert«, sage ich noch einmal, denn das ist im Moment die einzige Art, wie ich es beschreiben kann. Schwester Therese und ein rätselhafter Junge, der Geld aus einem Kloster gestohlen hat. Inge, die aus dem Fenster gefallen ist, und eine andere Inge, die ihre Tochter zurückgelassen hat, und Hannelore, die mir ein Foto zeigt, und die Ähnlichkeit der beiden Geschichten und die Ähnlichkeit aller Geschichten. Es ist alles zusammengekommen.

»Zofia, ich habe dir gestern schon gesagt, dass ich dich nicht für verrückt halte. Willst du mir nicht erzählen, was passiert ist?«

Ich verdrehe den Henkel meiner Reisetasche. Die Schnallen sehen noch kaputter aus als damals, als ich sie gefunden habe. »Dieses Mädchen, Hannelore. Sie ist nicht die richtige Tochter der Wölflins. Sie haben sie versteckt.«

Josef ist überrascht, dass mich dieser Umstand so umtreibt. »Ich weiß. Herr Wölflin hat es mir erzählt. Ihre Mutter war die Tochter guter Freunde. Das Ehepaar, dem die Viehfutterhandlung gehörte. Sie wurden deportiert.«

»Inge«, sage ich. »Inge ist tot.« In diesem Moment holpert der Wagen über einen Stein, sodass das Wort wie ein Pfeil herausschießt. *Tot.*

»Zofia.« Er bringt die Pferde zum Stehen. »Was sagst du da? Hast du die Mutter des Mädchens gekannt?«

»Nein. Ich weiß nicht. Ich glaube nicht. Ich habe eine Inge gekannt, aber wir nannten sie Bissel.«

Ich erzähle Josef von ihr, ziemlich wirr und mit vielen Pausen. Ich erzähle ihm, dass ich Bissel kaum gekannt habe, dass niemand von uns sie richtig kannte, außer dass sie zwei Monate lang im Bett neben mir schlief und die ganze Zeit von ihrer Tochter sprach, die sie nach dem Krieg abholen wollte. Aber dazu kam es nicht mehr. Sie hat sich aufs Fensterbrett gesetzt und nach draußen gelehnt.

»Und ihre Tochter wartet auf sie«, sage ich. »Bissels Tochter wartet irgendwo genau wie Hannelore, und denkt, dass sie kommen wird. Aber sie wird niemals kommen. Sie wartet und wartet, aber Bissel wird niemals kommen. Ich weiß das, aber sie weiß es nicht.«

»Auch Hannelores Mutter wird nicht kommen«, sagt Josef. »Hannelore glaubt vielleicht, dass ihre Mutter sie holt, aber die Wölflins wissen, dass sie nicht kommen wird. Herr Wölflin hat mir erzählt, dass sie Briefe schreiben, aber sie vermuten, dass sie tot ist.«

»Sie vermuten es, aber sie wissen es nicht«, sage ich. »Und das ist das Allerschlimmste. Die schlimmste aller Möglichkeiten.«

»Das Nichtwissen?«

In meinem Kopf dreht sich alles. »Stell dir vor, du hättest die Möglichkeit, die Antwort auf ein Rätsel zu erfahren, das du unbedingt lösen willst. Aber von allen schrecklichen Antworten, die du dir überlegt hast, wäre die richtige die allerschlimmste. Würdest du sie dann immer noch wissen wollen?«

»Zofia, ich verstehe nicht ganz«, sagt Josef verwirrt, aber nicht ungeduldig. »Hannelores Mutter erinnert dich an eine andere Frau, die Inge hieß, und beide haben ihre Töchter bei Familien untergebracht, die nicht wissen, was mit ihnen geschehen ist? Worauf willst du hinaus?«

Worauf ich hinauswill?

Darauf will ich hinaus: Wenn ich wählen könnte, was mir lieber wäre, meinen Bruder nie zu finden, oder mit Sicherheit zu wissen, dass ihm etwas Schreckliches zugestoßen ist, wie würde ich mich entscheiden? Wo liegt die Grenze zwischen dem Maß an Informationen, das dir Hoffnung gibt, und dem, das dich verzweifeln lässt?

Würde ich mich für die tröstende Fantasie entscheiden? Oder den realen Schmerz wählen?

Nein, das frage ich mich nicht wirklich. Das habe ich mich noch nie gefragt.

Von dem Moment an, als ich im Krankenhaus aufgewacht bin, von dem Moment an, als der Krieg vorbei war und ich versuchte, wieder klar zu denken, habe ich mir eigentlich nur eine Frage gestellt.

»Josef.« Meine Stimme ist kaum mehr als ein Flüstern. »Und wenn mein Bruder tot ist?«

Ich habe es ausgesprochen. Diese Frage, die ich mir nie auszusprechen erlaubte und auch niemanden zu sagen erlaubte. Dies ist die eigentliche Frage, auf die ich eine Antwort suche.

Ich habe Hunderte von Menschen sterben sehen. Erschossen. Erhängt. Verhungert. Erschlagen. Zerbrochen.

Ich bin auf der Jagd nach Hoffnungen und Zufällen hierhergekommen. *Der Junge in dem Verzeichnis aus Dachau, dessen Name wie Alek Federman aussieht. Der Junge, der zu Schwester Therese gekommen ist.* Und wenn keiner dieser Zufälle zu einem Ziel führt, weil mein Bruder längst tot ist?

Die Zügel zucken in Josefs Hand. Ich warte darauf, dass er mir versichert, dass Abek nicht tot ist. Ich warte darauf, dass er mir wieder versichert, dass mich Schwester Therese auf eine vielversprechende Spur gebracht hat, an die ich mich halten soll.

Alle Menschen, die ich getroffen habe, haben mir Geduld und Zuversicht geschenkt: Gosia. Dima. Die Schwestern. Sie alle haben gesagt, es könnte lange dauern und ich sollte die Hoffnung nicht aufgeben. Oder sie haben meinen Arm getätschelt und sind meinem Blick ausgewichen. Oder sie haben nach Bergen-Belsen geschrieben und mir nicht erzählt, dass sie eine Antwort erhalten haben. Sie alle haben es irgendwie verstanden, mit meinem Kummer umzugehen. Mit meiner Zerbrechlichkeit, mit meinem Schmerz, mit meiner starrsinnigen Hoffnung.

Josef starrt mich an. Seine Augen sind wie Kieselsteine. Noch nie habe ich sie so tief und klar gesehen. »Wenn er tot ist?« Er lässt die Zügel fallen und stützt sich schwer auf seine Knie auf.

»Und wenn er tot ist, Zofia? Glaubst du, dass du damit weiterleben könntest?«

Ich möchte wütend werden, weil er das gesagt hat. Ich möchte, dass die Wut sich wie ein schützender Panzer um mein Herz legt.

Ob ich weiterleben könnte, wenn Abek tot wäre?

Doch statt rasender Wut macht sich eiskalte Ruhe in mir breit.

Was wäre, wenn? Wenn es wahr wäre? Was wäre, wenn das, wogegen ich mich die ganze Zeit geschützt habe, tatsächlich passiert ist? Und was wäre, wenn ich meine Seele nicht mehr dafür bräuchte, mir Sorgen darum zu machen, sondern dafür, damit weiterzuleben?

Wäre ich dazu in der Lage? Gäbe es einen Weg, damit weiterzuleben?

In solche Gedanken versunken, merke ich kaum, dass Josef mich nicht mehr ansieht. Er sieht starr in die Ferne, in seinen eigenen Gedanken verloren.

»Ich hatte eine Schwester, die gestorben ist«, sagt Josef leise. »Vor dem Krieg. Vor langer Zeit. Sie war zehn Jahre alt. Zuerst war sie krank.«

Er schrumpft ein wenig in sich zusammen, als er das sagt. Er schrumpft wie ein Luftballon zusammen und seine Stimme klingt rau, als sei er es nicht gewohnt, darüber zu sprechen. »Ich weiß, dass das nicht dasselbe ist«, fährt er fort. »Ich möchte nur damit sagen, dass ich weiß, wie Trauer aussehen kann, wenn sie lange anhält. Meine Familie konnte sich lange darauf vorbereiten, wie das Leben ohne sie weitergehen würde. Wie man das schafft.«

»Und wie habt ihr es geschafft?«

»Schlecht«, sagt er und verzieht sein Gesicht. »Meine Eltern sind daran zerbrochen. Es hat andere Menschen aus ihnen gemacht. Uns war damals nicht klar gewesen, wie sehr Klara die Familie zusammengehalten hat.«

»Erzähl mir von deiner Schwester. Von Klara.«

Er zieht scharf die Luft ein. »Sie war witzig. Dickköpfig. Einmal, als sie ungefähr acht war, war sie wütend auf mich, weil ich sie nicht mit meinen Freunden mitspielen ließ. Sie feilte den Absatz von meinem Schuh ab. Nur den linken. Jeden Tag ein Stückchen mehr. Eine Woche lang. Ich dachte, ich werde verrückt. Oder ich hätte eine schlimme Krankheit, weil ein Bein kürzer war als das andere. Ich glaube nicht, dass es viele Achtjährige gibt, die so viel Geduld haben oder, ich weiß auch nicht, so hinterhältig sind.«

»Wart ihr euch sehr nahe?«

Er schüttelt den Kopf. »Eigentlich nicht. Ich fand sie kindisch. Aber ich ging wahrscheinlich auch davon aus, dass wir uns besser verstehen würden, wenn wir beide älter wären. Aber dann wurde sie krank.«

»Das tut mir so leid, Josef.«

Unwillkürlich habe ich meine Hand auf seinen Arm gelegt. Er sieht sie an, zieht den Arm aber nicht zurück. Er neigt sich sogar ein wenig zu mir herüber, fast unmerklich. Als er die Pferde wieder antreibt, spüre ich unter seinem Ärmel die Bewegung seiner Sehnen und Muskeln. Behutsam legt er beide Zügel in seine linke Hand, seine rechte ruht auf seinem Schoß, die Handflächen nach oben. Langsam gleite ich mit meiner Hand an seinem Arm hinab und verschränke meine Finger in die seinen. Dieser Vorgang dauert eine Ewigkeit, mindestens eine Minute. Aber erst, als er ein bisschen Luft ausstößt und ich sicher bin, dass er es will, und erst als sich seine Finger dankbar und wie ausgehungert um die meinen schließen, als bedeuteten sie Sicherheit, merke ich, dass er Angst gehabt hat, ich könnte es bleiben lassen. Seine Finger sind kühler als meine und sie fühlen sich fest und lebendig an.

»Josef«, sage ich leise, »was wäre, wenn mein Bruder tot ist – aber *was wäre, wenn er nicht tot ist?* Ich kann jetzt noch nicht aufgeben. Findest du das unvernünftig?«

Er seufzt. »Ich weiß nicht. Mich kannst du nicht fragen, ob etwas unvernünftig ist. Ich schlage mich mit Leuten, die viel größer sind als ich, das weißt du doch.«

»Ich steige in Züge und fahre durch halb Europa«, sage ich.

»Das ist nicht unvernünftig. Das ist mutig.«

Die Wortwahl überrascht mich. Ich selbst würde mich nicht als mutig beschreiben. Was ich getan habe, habe ich nicht aus Mut getan, sondern aus Notwendigkeit.

»Ich glaube, ich mache nur, was jeder tun würde, um seine Familie zu finden«, sage ich. »Das würdest du doch auch tun, wenn deine Schwester noch am Leben wäre? Oder deine Eltern, wenn sie noch am Leben wären.«

Seine Hand zuckt und er rutscht ein wenig auf seinem Sitz hin und her. »Ich glaube, sie leben noch.«

Ich sehe ihn verblüfft an. »Wirklich?«

»Soweit ich weiß. Ich glaube schon. Aber lass uns von etwas anderem reden.«

Sein Gesicht erstarrt zu einer Maske. Genauso sah er aus, als ich ihm anbot, sein Hemd zu flicken. Ausweichend und abweisend.

Die Enthüllung über seine Eltern ist für mich unbegreiflich. Wie ist es möglich, lebende Verwandte zu haben und nicht zu tun, was ich die ganze Zeit tue oder was Miriam tut? Nämlich jede wache Sekunde darauf zu verwenden, sie zu finden?

»Aber du suchst sie doch, oder?«, frage ich ihn. »Du suchst sie doch noch, Josef?«

Statt einer Antwort hustet Josef und lässt abrupt meine Hand los, um sie sich vor den Mund zu halten. Aber der Husten klingt unecht, kommt nicht aus der

Brust. Dann nimmt er die Zügel wieder in beide Hände und rückt ein wenig von mir ab. Ich spüre eine Lücke aus kalter Luft an meinen Beinen.

»Ich wollte nicht neugierig sein«, sage ich. »Ich habe mir nur Gedanken über deine Eltern gemacht.«

»Das ist es nicht«, entgegnet er. »Wir sind nur spät dran. Wir sind länger bei den Wölflins geblieben, als ich wollte. Wir sollten uns jetzt auf die Fahrt konzentrieren.«

»Ja, in Ordnung.«

Nichts, was er sagt, ist grob oder unhöflich. Aber er ist distanziert, seine Stimme klingt, als wäre sie kilometerweit entfernt. Ich weiß nicht, was ich gesagt oder getan habe, aber ich bin wieder eine Fremde für ihn.

Wir kommen spätabends in Föhrenwald an. In den meisten Häusern ist es schon dunkel. In der Nähe des Eingangs stehen einige Fahrzeuge. Sie sind kakifarben und sehen offiziell aus. Als wir losgefahren sind, waren sie noch nicht da. Wahrscheinlich sind es die Autos, von denen Frau Yost gesprochen hat, die, die repariert werden mussten.

Am Stallgebäude verabschiede ich mich von Josef und gehe zu meinem Haus. Als ich näher komme, sehe ich, dass es zu den wenigen gehört, die noch erleuchtet sind. Ein warmer Schein dringt durch die Vorhänge meines Schlafzimmers. Ich zögere und kämpfe mit mir, ob ich warten soll, bis die Lichter ausgegangen sind. Ich bin nicht in der Stimmung, mit irgendjemandem zu sprechen. Am liebsten möchte ich mich einfach hinlegen, mich zusammenrollen und schlafen.

Auf Zehenspitzen gehe ich durch das vordere Zimmer, wo Judith und Miriam schlafen, und hoffe, dass das Licht in unserem Zimmer nur aus Versehen an ist. Vielleicht haben Breine und Esther es brennen lassen, damit ich bei meiner Rückkehr nicht durchs Dunkle tapsen muss. Doch als ich die Türklinke anfasse, höre ich einen Stuhl über den Boden scharren und dann ein schrilles Kichern. Ganz offensichtlich sind meine Zimmergenossinnen noch wach.

Ich öffne die Tür und muss zweimal hinsehen, bis ich begreife, was ich sehe: Breine steht in ihrem Hochzeitskleid auf einem Stuhl, damit sie sich in dem kleinen Wandspiegel in voller Größe betrachten kann. Esther steht neben ihr auf dem Bett und hält ein Taschentuch hoch, das einen Schleier darstellen soll. Beide lachen hysterisch.

»Es ist einfach grauenhaft«, prustet Breine und wischt sich eine Träne aus dem Auge.

»Psst.«

»Es ist einfach grauenhaft«, flüstert Breine diesmal und schnappt sich den Taschentuchschleier, knüllt ihn zusammen und schmeißt ihn Esther lachend ins Gesicht.

Das Kleid passt Breine ungefähr so gut, wie ich es mir vorgestellt habe, nämlich überhaupt nicht. Die Abnäher, die ihre Brüste betonen sollen, hören nicht bei den

Brustwarzen auf, sondern verlaufen quer über den Bauch und staksen obszön in Hüfthöhe hervor. Der Ausschnitt sitzt zu hoch, die Taille zu tief und der Saum endet an der ungünstigsten Stelle ihrer Waden.

»So schlecht ist es gar nicht«, sagt Esther treu ergeben und bauscht eine Handvoll Stoff an der Hinterseite zusammen und zieht sie ein wenig nach vorne. Dasselbe macht sie mit auf der anderen Seite. Aber ihre Versuche, einen etwas schmeichelhafteren Sitz zu finden, sind vergebens. »Du bist wunderschön.«

»Also – wie konnte ich nur annehmen, dass ich darin heiraten kann?«

»Das kannst du auch«, sagt Esther optimistisch, verstummt jedoch, als sie Breines Blicke sieht. »Ach Breine, warum hast du das Kleid nicht anprobiert, bevor du es mitgenommen hast?«

»Ich dachte, das macht nichts. Ich dachte, Hauptsache, es stinkt nicht nach Schweinemist.«

Die beiden bemerken mich erst, als ich die Tür hinter mir zumache.

»Ach Zofia, komm und sieh dir diese Abscheulichkeit an«, fordert Breine mich auf. Sie winkt mich zu sich und dabei löst sich ein Perlenband vom Ärmel und fällt über die Lampe. Esthers und Breines Blicke treffen sich im Spiegel. Esther gelingt es für ungefähr zwei Sekunden, ihre Beherrschung zu bewahren, doch als die Perlen gegen das Lampenglas klirren, prusten beide wieder los.

»Komm runter da.« Esther hält Breine ihre Hand hin. »Zieh das Kleid aus, bevor es jemanden umbringt.«

»Ja, wir ziehen es aus und bringen es selbst um«, ergänzt Breine.

»Wartet!« Beide schauen mich an und verharren wie ein lebendes Bild in ihrer jeweiligen Pose, Breine schon halb vom Stuhl gestiegen. »Darf ich es mir mal ansehen?«, frage ich leise.

»Das Kleid? Von mir aus kannst du es nehmen und verbrennen.«

»Könntest du dich bitte wieder auf den Stuhl stellen?«

Breine und Esther sehen sich an. Sie finden meine Bitte seltsam, trotzdem steigt Breine wieder brav auf den Stuhl.

Zuerst gehe ich um sie herum und registriere, wo das Kleid zu groß und wo zu eng ist, wo die Nähte schief sind und wie viel aufgetrennt werden muss, ohne gleich ein neues Kleid nähen zu müssen. Sie sehen ein Kleid, aus dem nichts zu machen ist, ich sehe ein Kleid, das Hilfe benötigt. Die Art von Hilfe, die ich beherrsche … oder einmal beherrscht habe.

Nachdem ich ganz um sie herumgegangen bin, trete ich näher heran und reibe den Stoff zwischen Daumen und Zeigefinger, prüfe die Stärke der Seide und überlege, welche Nadelgröße ich für den dünnen Stoff brauche. Ich raffe die Seide zusammen und versuche, mir vorzustellen, wie es aussehen könnte, wenn es enger gemacht oder anders zusammengenäht würde. Ich mache dasselbe wie Esther, nur dass es bei mir besser aussieht, weil ich darin geübt bin.

Kleider sind etwas anderes als Soldatenuniformen. Es ist lange her, dass ich etwas Schönes genäht habe.

Breine und Esther lachen nicht mehr. Sie sehen einander an und richten dann ihren Blick auf mich. In ihren Gesichtern zeigt sich Überraschung und Ehrfurcht. Es stimmt, in der kurzen Zeit, die sie mich kennen, haben sie mich noch nie etwas machen sehen, was ich wirklich gut kann. Oder überhaupt etwas von dem, was mich einmal ausgemacht hat.

Die sich bauschende Taille könnte mit einer Schärpe zusammengerafft werden. Die Vorbesitzerin des Kleids war offensichtlich viel breiter um die Taille gewesen als Breine. Wenn ich das Kleid so abnähen wollte, dass es Breine passt, müsste man fast alle Nähte auftrennen, und ich glaube nicht, dass der dünne Stoff das aushalten würde. Aber mit einer Schärpe könnte ich die Mitte ohne viel Näherei zusammenfassen.

Als Nächstes sehe ich mir den unteren Teil des Kleides an und taste den Saum ab, um zu sehen, ob er genug Stoff für eine Schärpe abwirft. Das ist der Fall. Und es wäre sogar noch mehr Stoff übrig, wenn ich den Saum ein paar Zentimeter höher setzen würde, was das Kleid insgesamt jugendlicher machen würde. Das wäre für Breine, eine Frau von zweiundzwanzig Jahren, viel passender. Hätte ich nur eine Nähmaschine. Aber vielleicht wäre es bei dem dünnen Stoff sowieso besser, alles mit der Hand zu nähen. Ich wünschte, ich hätte wenigstens Baba Roses gute Nähnadeln und eine Rolle gelbe Nähseide.

Meine Finger kribbeln und fühlen sich wieder lebendig an, genau wie vor einigen Tagen, als sie sich durch die Spendenkisten wühlten. Ich komme mir nützlich vor. Es gibt ein Problem, und ich bin diejenige, die es lösen kann.

»Ich krieg das hin«, sage ich.

»Wirklich?«, fragt Breine.

»Der Stoff ist zu zart, um es komplett umzuarbeiten, aber ich könnte es ein bisschen kürzen und die Taille raffen, vielleicht den Ausschnitt umarbeiten und die Perlen anders aufnähen, damit es ein bisschen moderner aussieht.«

»Und du kannst so was?«

»Ja. Wir hatten eine Textilfabrik.«

»Du hast nie erwähnt, dass ihr Kleider hergestellt habt«, sagt Breine. »Meine Mutter hat mir beigebracht, wie man einen Knopf annäht, mehr habe ich nie geschafft. Sie sagte, alles andere würden die Dienstmädchen machen.«

»Ich kann nicht einmal einen Knopf annähen«, sagt Esther. »Mein Vater wollte, dass ich in seinem Zeitungsverlag mitarbeite. Er sagte, Verleger müssten nichts von Hauswirtschaft verstehen.«

»Für private Kunden haben wir besonders ausgefallene Modelle genäht, manchmal auch mit der Hand«, sage ich. »Ich habe so etwas schon lange nicht mehr gemacht.«

»Aber früher hast du so etwas gekonnt?«, fragt Breine.

Ich nicke. »Wenn du mir vertraust, kann ich es ja versuchen. Zumindest könnte ich es verbessern.«

»Ach Zofia, du bist ein Schatz. Wenn du es wenigstens so ändern könntest, dass es nicht aussieht, als hätte ich vier Brüste statt zwei.«

Esther gibt mir einen Bleistift, damit ich an den Stellen, die geändert werden sollen, ein paar Striche ziehen kann, dann streifen wir Breine das Kleid über den Kopf, während diese versucht, mit erhobenen Armen stocksteif dazustehen. Aber der Stoff ist alt und empfindlich. Jedes Mal, wenn eine Perle auf den Boden rollt, kichert sie und entschuldigt sich dann. Aber dann fängt auch Esther an zu kichern und ich schließlich auch.

»Weißt du was, das macht überhaupt nichts«, sage ich. »Wir nehmen sowieso die meisten Perlen ab.«

»Wirklich? Die Perlen weg?«

»Genau. Sie stehen dir nicht und dem Kleid auch nicht.«

»Perlen, ihr seid frei!« ruft Breine und wackelt mit den Schultern, bis mindestens ein Dutzend Perlen gleichzeitig abspringen, und dann lachen wir wieder.

Als wir endlich das Licht löschen, ist es schon zwei oder drei Uhr morgens. Ich sinke ins Bett. Nie hat sich mein Kissen wohliger angefühlt.

Dann denke ich über alles nach. Über Hannelore und

Inge. Über Josef und seine Schwester. Über unser Gespräch auf dem Nachhauseweg, über Hoffnungen, glückliche und traurige Ausgänge von Geschichten. Und über Abek, immer wieder Abek und die vielen letzten Male, die ich im Traum gesehen habe.

Ich wünschte, es wären schönere Geschichten, glücklichere Geschichten über das letzte Mal. Das Problem ist nur, dass meine letzten Male zwangsläufig traurig sind. Das letzte Mal, als ich meinen Bruder sah. Das letzte Mal, als meine Familie zusammen war. Das letzte Mal, als meine Stadt Sosnowiec hieß und nicht Sosnowitz.

Wahrscheinlich haben auch böse Dinge ihre Geschichten vom letzten Mal. Zum Beispiel die letzte deutsche Uniform, die ich nähen musste. Das letzte Mal, als ich verfroren in der eiskalten Baracke schlafen musste, bevor die Rote Armee uns befreite. Das letzte Mal, als ich mit bloßen Händen eine rohe Kartoffel aß, so ausgehungert, dass ich sie fast im Ganzen verschlang. Zählt so etwas als ein glückliches letztes Mal? Ich weiß es nicht. Die Abwesenheit von Qual ist nicht dasselbe wie die Anwesenheit von Glück.

Und wenn diese letzten Male in Wirklichkeit gar nicht vorbei sind? Manche letzten Male haben ein offenes Ende. Wenn ich Abek gefunden habe, dann wird unsere Trennung nicht mehr »das letzte Mal, als ich Abek sah« sein. Dann heißt es nur noch: »Das letzte Mal vor dem Krieg, als ich Abek sah.«

Alle diese Gedanken gehen mir durch den Kopf, während Breine und Esther im Dunkeln noch ein bisschen kichern und dann einschlafen.

Aber ich denke auch an ein Kleid. Ein Kleid und ein Maßband und spitze Nadeln, die Stiche an meinem Zeigefinger hinterlassen. An das methodische Vorgehen, um etwas wieder in Ordnung zu bringen. Das ist wie Balsam, Balsam für meine Seele, einzuschlafen und an ein Kleid zu denken.

Sein verschwommenes Gesicht taucht wieder vor mir auf. Seine Stimme ist so traurig. Und diesmal befinden wir uns nicht in einer Erinnerung, jedenfalls erkenne ich sie nicht. Wir sitzen in einem dunklen Raum, es könnte mein Zimmer sein oder Vaters Büro oder einfach irgendein dunkler Raum. Und diesmal weiß ich von Anfang an, dass es ein Traum ist. Selbst während ich mich darin befinde, weiß ich, dass es ein Traum ist.

»Ist es so weit?«, fragt er. »Ist es so weit, an das letzte Mal zu denken, als du mich gesehen hast?«

»Ich versuche es«, sage ich zu ihm. »Ich versuche es.«

»Du bist schon nah dran«, sagt er. »Du bist nah dran, deshalb musst du mir etwas versprechen, Zofia. Versprich mir, dass es das letzte Mal ist, dass du lügst, was das letzte Mal angeht, als du mich gesehen hast.«

»Wieso lügen. Ich weiß doch gar nicht, was die Wahrheit ist?«, sage ich. »Die Abwesenheit von Wahrheit ist nicht die Anwesenheit von Lüge. Ich versuche es. Ich versuche es. Ich versuche es.«

Ń

Zwei Wochen danach sind die Menschen aus Feldafing alle eingetroffen. Das war auch der Grund für die zusätzlichen Autos am Eingang gewesen, die wir bei unserer Rückkehr gesehen hatten – sie hatten die erste Ladung aus Feldafing gebracht. In den darauffolgenden Tagen fuhren die Autos und mehrere Lastwagen hin und her und brachten Hunderte neue Displaced Persons in das Lager.

Das vordere Zimmer unseres kleinen Hauses wurde umgeräumt und neben dem Waschbecken Platz für ein drittes Bett geschaffen. Jetzt wohnt dort eine junge Österreicherin. Sie zieht immer die Schuhe aus, wenn sie ins Haus kommt. Ich staune, wie geräuschlos sie auf ihren Zehenballen geht. Später erzählt mir jemand, dass sie im Krieg in einem niedrigen Zwischenboden unter dem Dielenboden ihrer Nachbarn versteckt war. Sie hat über drei Jahre lang die Sonne nicht gesehen und konnte nicht aufrecht stehen. Jetzt ist ihr Rückgrat wie bei einer alten Frau nach vorne gekrümmt und sie flüstert, weil sie das Sprechen nicht mehr gewöhnt ist. Ich habe ihr ein

Paar Socken auf das Kissen gelegt, denn ich dachte daran, wie Breine mir an meinem ersten Abend den Bettvorleger so hingeschoben hatte, dass wir ihn beide benutzen konnten, weil wir uns alle gemeinsam durchkämpfen müssen, wie sie sagte.

Josef ist wieder weggefahren. Zwei Tage nach unserer Rückkehr aus dem Kloster Indersdorf habe ich gesehen, wie er weggefahren ist, diesmal in einem Auto und mit einem Mitarbeiter der Lagerverwaltung. Beim Abendessen deutete Chaim an, Josef habe sich gemeldet, bei irgendeiner Sache an der Grenze zur britischen Besatzungszone zu helfen. Aber Chaim sagte nichts Genaueres und ich war so gekränkt, dass Josef mir nicht Bescheid gesagt hatte, dass ich keine weiteren Fragen stellte.

Das Lager nimmt langsam Gestalt an. Neulich beim Abendessen kündigte Frau Yost an, dass in einem der ungenutzten Büros eine Bibliothek eingerichtet werden soll, um für die vielen Bücherspenden Platz zu schaffen. Das nächste Mal sagte sie uns, dass das Telefon wieder funktioniert. Nur zeitweise, aber immerhin.

Für ein paar Stunden am Tag können wir uns jetzt in eine Schlange stellen, die sich aus ihrem Büro bis durch den Flur windet, um einen geliebten Menschen oder eine Hilfsorganisation anzurufen oder eine eigene Wohnung zu suchen. Wir sprechen schnell und versuchen, möglichst wenig Zeit mit Höflichkeitsfloskeln zu verschwenden, bevor die Leitung wieder tot ist.

»Fräulein Lederman?«, fragt undeutlich eine Stimme.

»Ja?«, schreie ich den Mitarbeiter des American Jewish Joint Distribution Committee am anderen Ende der Leitung an. »Ich bin noch da! Hören Sie mich?«

»Bitte warten Sie einen Augenblick. Ich sagte, ich bin gerade dabei, die Unterlagen zu sichten.« Er ist wieder fort, im Telefon knistert es, was normalerweise ein Zeichen dafür ist, dass die Leitung gleich zusammenbricht. *Komm zurück, komm zurück*, bete ich leise.

Ich höre ein Knacksen, der Mitarbeiter der Hilfsorganisation hat den Hörer wieder aufgenommen. »Fräulein Lederman? Ich habe Ihren Brief vorliegen. Leider haben wir keinen passenden Eintrag für einen Abek Lederman.«

Ich schließe meine Augen und versuche, das Stimmengewirr der vor der Tür Wartenden auszuschalten. »Und einen Alek Federman? Haben Sie das auch geprüft?«

»Dieser Name taucht bei uns auch nicht auf. Es tut mir leid.«

»Ich rufe auch deshalb an, weil ich noch etwas hinzufügen möchte«, sage ich schnell, bevor er aufhängt. »Es könnte sein, dass er auch im Kloster Indersdorf war. Nur ein paar Tage, direkt nach der Befreiung. Könnten Sie das bitte aufnehmen?«

»Ich nehme das in die Akte auf.«

Ich höre ein leichtes Kratzgeräusch wie von einem Füller, er schreibt es also wirklich auf. »Melden Sie sich in einigen Wochen wieder bei uns«, sagt er, als er fertig ist. »Wir hören jeden Tag von neuen Fällen.«

Gerade als ich mich verabschieden möchte, höre ich hinter mir ein Klopfen, der Nächste in der Schlange, der telefonieren möchte. Ich lege meine Hand auf den Hörer. *Ich bin gleich fertig*, sage ich unhörbar. Aber dann sehe ich, es ist nicht irgendjemand, der geklopft hat. Es ist Miriam. Ihr Gesicht ist totenbleich.

»Miriam?«

»Meine Schwester«, flüstert sie wie betäubt und gleichzeitig voller Freude. »Ich glaube, ich habe das richtige Krankenhaus gefunden.«

»Du hast … oh Miriam, das ist wunderbar!«

»Kann ich, wenn du fertig bist?« Sie streckt ihre Hand nach dem Telefon aus. »Die anderen haben mich vorgelassen.«

»Ja, ja, natürlich!«, rufe ich »Ich lege sofort auf!« Ich strecke ihr meine Hand hin, sie nimmt sie und schwenkt sie aufgeregt.

»Meine Schwester!«, sagt sie noch einmal und hält meine Hand mit beiden Händen fest und wir springen vor Freude in die Luft.

»Fräulein Lederman?« Die dünne, ferne Stimme des Mitarbeiters in Berlin erinnert mich daran, dass ich immer noch den Hörer an mein Ohr gepresst habe. »Fräulein Lederman, sind Sie noch da?«

»Ja, doch, ich bin noch da«, antworte ich ihm. »Ich versuche, nächste Woche wieder anzurufen, wie Sie gesagt haben. Vielen Dank.«

Ich lege auf und lasse Miriam ans Telefon. Sie holt tief

Luft, bevor sie den Hörer abnimmt, zur Beruhigung streicht sie ihr rotes Haar glatt. Ihr Zeigefinger zittert beim Wählen. Ich überlege, ob ich bei ihr bleiben soll, aber dann erinnere ich mich daran, dass ich bei meiner Rückkehr nach Sosnowiec für das Wiedersehen mit Abek auch lieber allein sein wollte. Miriam sieht mich noch einmal voller Angst und Freude an, dann nimmt jemand am anderen Ende der Leitung den Hörer ab.

»Viel Glück«, flüstere ich und schlüpfe zur Tür hinaus.

Als ich aus dem Büro von Frau Yost komme, gehe ich nicht gleich nach draußen. Ich gehe über den Flur in das leere Büro, wo die Bibliothek einziehen soll. Am liebsten hätte ich jetzt ein Modemagazin, ein richtig dickes Heft mit Anzeigen von Damenmodengeschäften, um mir für Breines Kleid Anregungen zu holen oder mich wenigstens zu versichern, dass meine Vorstellungen nicht völlig überholt sind. Ich habe seit fünf Jahren kein neues Kleid mehr getragen. Noch länger ist es her, dass ich einen anständigen Laden betreten habe. Seit die Deutschen unsere Fabrik übernommen hatten. Ich würde mich so gern einfach hinsetzen, wie damals mit meinem Vater, und in Ruhe die Seiten durchblättern. Damals lernte ich, neue Modetrends zu erkennen, und von welchen Stoffen wir mehr bestellen sollten.

Aber die Bibliothek ist noch nicht fertig. Auf dem Boden liegt eine Abdeckplane, der säuerliche Geruch frischer Farbe hängt in der Luft. In der Mitte des Raums stapeln sich Kisten, wahrscheinlich mit Büchern, aber ich traue mich nicht, sie zu öffnen.

Ich gehe hinaus und höre das Trappeln von Füßen. Breine rennt auf mich zu. »Da bist du ja!«, ruft sie und nimmt meine Hand. Sie hat immer noch Schmutz unter den Fingernägeln, sie war noch nicht in unserem Haus, um sich zu waschen. »Ich habe gute Neuigkeiten. Der Zug meines Onkels verspätet sich doch nicht so sehr wie befürchtet. Ich habe gerade ein Telegramm erhalten. Morgen müsste er hier sein!«

»Morgen?«

»Ist das nicht fantastisch? In ein paar Tagen werde ich verheiratet sein!«

»Breine, dein Kleid«, rufe ich aufgeregt. »Ich bin noch nicht weit gekommen. Ich wollte gerade nach Modemagazinen suchen, um mir Anregungen zu holen, aber ich muss noch Stunden daran arbeiten.«

»Ich weiß, dass du viel zu tun hattest.«

Das stimmt, aber das ist nicht der einzige Grund, warum ich noch nicht so weit bin. Jedes Mal, wenn ich mich zum Nähen hingesetzt habe, waren meine Hände zu nichts zu gebrauchen. Ich glaube, das liegt daran, dass ein Teil von mir das nicht möchte. Ein Kleid zu nähen ist, als würde ich mit dem Leben weitermachen. Ein Kleid zu nähen wäre eine Art Selbstheilung, und deshalb versuchten die Schwestern auch, mich zum Nähen zu bringen, als ich in meinem Krankenhausbett saß. Ein

Kleid zu nähen wäre Verrat. *Oder? Darf ich einen Neuanfang wagen, bevor ich meinen Bruder gefunden habe?*

»Ich mache mich gleich an die Arbeit«, sage ich zu Breine.

»Das muss nicht jetzt sofort sein. Komm erst einmal mit zum Essen.«

»Nein, ich möchte das nicht länger aufschieben, außerdem wollte ich mich umhören, ob jemand eine bessere Nadel hat.«

»Wir fragen die anderen Mädchen beim Essen«, beharrt sie und zieht mich zur Tür. »Auch wenn du noch so gut nähen kannst, ich werde nicht zulassen, dass du mit nüchternem Magen nähst.«

Unsere angestammte Sitzecke im Speisesaal sieht ganz anders aus als sonst: Statt des einen kleinen Tisches sind mehrere Tische zu einer großen Tafel zusammengeschoben worden, an der dicht gedrängt zwölf oder vierzehn Leute sitzen.

»Heute ist Versammlung«, entschuldigt sich Breine. »Habe ich ganz vergessen. Tut mir leid. Du musst nur ein paar Minuten warten, die Besprechung dauert nicht lang.«

Ein paar der neuen Leute am Tisch erkenne ich dunkel wieder, es sind die, mit denen Breine und Chaim jeden Tag auf den Feldern arbeiten. Sie haben alle eine gesunde Gesichtsfarbe. Ravid, der Zimmergenosse von Chaim, ein kräftiger, sonnengebräunter Bursche, steht am Kopf der Tafel und bittet, an sein Wasserglas klopfend, um Aufmerksamkeit.

»Ich möchte mich nicht dazwischendrängen«, flüstere ich Breine zu. Alle Plätze sind besetzt, nur Chaim hat einen Platz für Breine freigehalten, aber für mich müssten die anderen zusammenrücken.

»Ach, das macht doch nichts.«

Breine setzt sich auf den Platz, den Chaim ihr freigehalten hat, und stößt ihren Nebenmann auf der anderen Seite scherzhaft mit dem Ellbogen an, bis dieser ein Stück rutscht und mir Platz macht. Ravid kommentiert Breines Unterbrechung mit einem strengen Blick – das Quietschen des Stuhls, das Klappern des Bestecks, als sie dem Mann, der für mich aufgerückt ist, Gabel und Löffel weiterreicht. »Darf ich jetzt weitermachen, Breine?«, fragt Ravid trocken, woraufhin Breine ihm eine Grimasse zieht.

»Wie ich bereits gesagt habe«, fährt Ravin fort, »sind wir beinahe so weit, in die nächste Phase von Alija Bet überzugehen.«

Ich bin offenbar die Einzige am Tisch, die mit diesem Begriff nichts anfangen kann. *Alija* bedeutet die Auswanderung nach Eretz Israel, das weiß ich, das bedeutet es schon seit Jahrhunderten. Aber den Begriff *Alija Bet* habe ich noch nie gehört.

»Breine«, flüstere ich, »was ist Alija Bet?«

Ravid unterbricht sich und sieht diesmal direkt mich an. »Hat jemand eine Frage?«

Ich werde knallrot, aber er klang nicht verärgert, nur sehr bestimmt. »Ich weiß nicht, was Alija Bet bedeutet«, gestehe ich.

»Hast du von den Einwanderungsquoten der britischen Regierung nach Palästina gehört?«, fragt er und holt zu einer Erklärung aus. »Die wenigen Juden, die auf legalem Weg hineingelassen werden, sind Teil von Alija Alef, Plan A«, fährt Ravin fort. »Alija Bet jedoch ist nach dem Gesetz illegal. Plan B.«

»Illegale Einreise?«, frage ich.

»Plan B«, korrigiert mich Breine. Ich staune, dass Breine sich daran beteiligt. Vor dem Krieg hatte sie nie auf dem Feld gearbeitet. Sie hat mir erzählt, dass ihr Vater Präsident einer Versicherungsgesellschaft war. Sie hat mir erzählt, dass sie gelernt hatte, wie man einen Haushalt organisiert, gutes Personal einstellt und einen Tisch dekoriert. An jedem Tag der Woche ein anderes Kleid. Für jedes Kleid einen anderen Hut und andere Handschuhe.

»Und was passiert, wenn ihr aufgehalten werdet?«, frage ich. »Das ist doch illegal. Was passiert, wenn sie euch erwischen?«

»Wir haben gehört, dass die Passagiere der Schiffe, die angehalten werden, erst einmal in Flüchtlingslager kommen«, sagt Ravin. »Aber in einem Flüchtlingslager sind wir ohnehin schon.«

»Möchtest du auch mitkommen, Zofia?«, neckt mich Breine.

»Mit euch? Ich will wieder nach Hause.«

»Wir gehen alle nach Hause«, sagt sie. »Nur in ein neues Zuhause.«

»Ich werde heim nach Polen gehen«, sage ich bestimmt. »Es war das Zuhause von Abek und mir, und wenn ich ihn gefunden habe, wird es wieder unser Zuhause sein.« Ich zwänge mich wieder aus dem engen Platz heraus. »Und jetzt werde ich mich an dein Kleid machen.«

Q

Eine Stunde lang habe ich mich ohne viel Erfolg mit Breines Kleid abgemüht. Aber in unserem kleinen Haus gibt es einfach keine passende Arbeitsfläche für mein Vorhaben. Also beschließe ich schließlich, im Speisesaal weiterzuarbeiten, und trage den unmöglich aussehenden gelben Stoffhaufen wieder hinüber. Die Tische sind jetzt fast leer, nur die freiwilligen Putzhelfer sind noch zugange. Ich breite den Stoff auf einem Tisch aus, der schon abgewischt ist. Mit der flachen Hand glätte ich die Seide, setze mich hin und überlege mir noch einmal, wie ich vorgehen muss.

Vor mir: behelfsmäßiges Nähzeug, das ich mir überall im Lager zusammengesucht habe. Nähgarn zu finden, war nicht das Schwierigste, aber die richtige Farbe – von den beiden Garnen, die am ehesten infrage kommen, ist das eine zu orange für den Stoff und das andere zu weiß. Ich habe auch ein ausgefranstes Maßband, ein paar Nähnadeln, die unbedingt geschärft werden müssten, ein Sammelsurium von Knöpfen und ein paar Stecknadeln in einer Butterdose. Alles sieht gebraucht aus, das bedeutet, dass alles, was vor mir auf dem Tisch liegt, in einem Lager versteckt oder direkt danach mitgenommen wurde. In Taschen versteckt, in Strohmatratzen vergraben. Kleine Gesten des Widerstands – einen nutzlosen Knopf zu besitzen, von dem die Nazis nichts wussten, in einer eiskalten Nacht eine Garnrolle in den Händen zu halten. Doch jetzt hatten mir die Frauen bereitwillig ihre Schätze überlassen.

Normalerweise würde ich eine Lage Musselin unterlegen, damit sich die Seide besser schneiden lässt. Aber so etwas habe ich hier nicht. Stattdessen habe ich einen Stapel alter Zeitungen zusammengetragen. Ich habe mich daran erinnert, dass meine Mutter diesen Trick manchmal anwandte, wenn sie einen neuen Schnitt ausprobierte und dafür nicht unnötig teures Material verschwenden wollte. Ich selbst habe aber noch nie damit gearbeitet und mache mir Sorgen, dass die Druckerschwärze auf den hellen, zarten Stoff abfärben könnte.

Meine Hände sind rau und rissig, schon seit Jahren. Aber als ich mich jetzt an die Arbeit mache, stelle ich erstaunt fest, dass sie keine Schwielen mehr haben, wenigstens nicht an den Stellen, wo früher welche waren.

Baba Rose erlaubte mir nie, mit Fingerhut zu nähen. Sie sagte, dass darunter die Genauigkeit litte und gerade die feinen Stickarbeiten mit Fingerhut nicht zu bewerkstelligen seien. Unter ihrer Aufsicht wurde mein Zeigefinger erst wund und blutig, dann aber so verhornt, dass ich fast nichts mehr spürte, wenn ich eine Nadel selbst durch den dicksten Wollstoff schieben musste. Aber jetzt habe ich keine Näherinnenhände mehr. Mein Zeigefinger ist nicht mehr oder weniger zerschunden als mein übriger Körper.

»Breine hat gesagt, du bräuchtest eine Schere?«

Ich blicke auf. Josef steht ein paar Schritte von mir entfernt.

Sein Hemd ist oben offen, die Vertiefung an seinem Hals zieht meine Aufmerksamkeit so sehr an, dass es mir fast unangenehm ist. Wie er jetzt vor mir steht, merke ich, dass ich gar nicht gewusst hätte, was ich ihm hätte sagen sollen, selbst wenn er in den vergangenen Wochen hier gewesen wäre. Ich weiß nicht, warum er sich immer vor mir zurückzieht, aber ich weiß, dass es mich mitnimmt und mir peinlich ist.

»Schere?«, fragt er noch einmal, und jetzt erst sehe ich, dass er eine Schere in der Hand hat.

»Du bist zurück«, sage ich.

»Ja. Seit heute Morgen.«

»Ich hoffe, du hattest eine angenehme Reise«, sage ich steif und bemühe mich, nicht mehr zu sagen, vor allem nichts, was ihm verraten könnte, wie sehr mir seine Abwesenheit aufgefallen ist. »Eine Schere habe ich schon. Ich habe eigentlich eine Zickzackschere gesucht.«

»Was ist das?«

»Eine Schere mit gezackten Klingen, damit die Seide nicht ausfranst.«

»Ach so«, sagt er. »Das hat sie mir nicht gesagt.« Jetzt

sehe ich mir seine Schere genauer an. Sie ist silbern und hat schmale, spitz zulaufende Klingen. »Die ist für Pferdemähnen, wenn sie verfilzt oder verknotet sind. Ich habe sie gewaschen. Aber du suchst wohl was anderes.«

»Lass mal sehen.« Ich nehme die Schere und fahre mit den Fingern über die Schneide und wiege sie in der Hand. »Die ist tatsächlich schärfer als meine. Wenn du nichts dagegen hast, würde ich sie gerne nehmen.«

»Natürlich. Dafür habe ich sie dir gebracht.«

Aber dann geht er nicht. Er setzt sich an den Tisch. In respektvollem Abstand, aber immerhin auf den Stuhl neben mir. Ich versuche, nicht darauf zu achten, und fange an zu arbeiten. Zuerst trenne ich mit einem kleinen Gemüsemesser, das ich mir ausgeliehen habe, den unteren Saum auf. Eine mühsame, heikle Aufgabe, die mich ins Schwitzen bringt, weil ich sie auf keinen Fall vermasseln darf. Ich arbeite ganz langsam, meine Nase nur wenige Zentimeter über dem Stoff. Aus dem Augenwinkel bemerke ich, dass Josef aufsteht, aber nach ein paar Minuten wiederkommt. Er hat eine Lampe geholt, damit ich mehr Licht habe.

Und dann spüre ich, wie er mich ansieht. Nicht mein Gesicht, sondern meine Hände, was mir irgendwie noch intimer vorkommt.

Die Pferdeschere, die er mir gebracht hat, ist zuerst etwas unhandlich. Die Klingen sind nicht abgewinkelt, sodass ich den Stoff nicht direkt auf dem Tisch schneiden kann. Dadurch wird es schwieriger, in einer geraden

Linie zu schneiden. Hätte ich gewusst, dass Josef mir zusieht, hätte ich die Schnittlinien mit Lineal und Bleistift vorgezeichnet. Aber ich schaffe es trotzdem ganz rundum, auf der Höhe, die ich an Breine abgesteckt habe. Auf diese Weise bekomme ich genug Material für die Schärpe, die ich mir ausgedacht habe, und um fleckige, abgewetzte Stellen im Stoff zu kaschieren. Nachdem ich das Kleid gekürzt habe, geht es ans Säumen. Bevor ich nach einer Stecknadel greife, hat Josef mir schon eine gereicht. Und dann reicht er mir noch eine und noch eine. Meine Hände hantieren routiniert mit der Seide, und ich erinnere mich, wie sich so ein teures Material anfühlt, wie es sich anfühlt, etwas zu tun, das ich gut kann und ungezählte Male getan habe.

Mit der Zeit füllt sich der Speisesaal wieder – Kartenspieler, Briefschreiber und andere, die einfach eine Weile ihren engen Behausungen entkommen wollen. In dem bis dahin mucksmäuschenstillen Saal macht sich ein leises, freundliches Summen breit.

Als er mir wieder eine Nadel reicht, berühren sich unsere Hände kurz. Ich sehe heimlich zu ihm hinüber, ob er es absichtlich getan hat. Bei mir war es Absicht: Ich habe die Hand zu weit ausgestreckt, sodass sich meine Finger nicht um die Nadel, sondern um seine kantigen Knöchel gelegt haben. Aber schon zuckt Josefs Hand zurück. Ich werde puterrot vor Verlegenheit. Und dann schiebt er die Butterdose zu mir herüber, sodass er mir nichts mehr reichen muss.

»Hast du von Miriam gehört?«, fragt er leise.

Ich nicke. Meine Wangen brennen noch von seiner unterschwelligen Zurückweisung. »Ich habe sie im Büro von Frau Yost getroffen. Sie hat das Krankenhaus gefunden. Ist das nicht wunderbar?«

Aber Josef schüttelt den Kopf und sieht finster vor sich hin. *Nein,* heißt das. Nein, das ist es nicht.

»Josef, was ist mit Miriam? Hat sie ihre Schwester doch nicht gefunden?«

Er schluckt. »Sie hat sie gefunden. Aber es war zu spät.«

Der Stoff rutscht mir aus der Hand. »Was soll das heißen, es war zu spät? Ist ihre Schwester … *tot?*«

»Sie hat es heute Nachmittag erfahren.«

»Aber heute Nachmittag habe ich sie doch gesehen? Sie wollte telefonieren.« Ich spreche nicht weiter. Jetzt begreife ich erst. Als ich sie traf, war sie gerade im Begriff, das richtige Krankenhaus anzurufen. Nur wenige Minuten später bekam sie die schlimmste Nachricht ihres Lebens.

Gelbe Seide verschwimmt vor meinen Augen. Das ergibt alles keinen Sinn. Miriam mit ihren Briefen. Ihren Hunderten und Aberhunderten von Briefen. Miriam und die Hoffnung auf ihrem Gesicht, als sie wenige Stunden zuvor in Frau Yosts Büro schaute. Hätte ich ihr anbieten sollen zu bleiben? Nun hatte sie die Nachricht ganz allein entgegennehmen müssen.

»Aber ihre Schwester hat noch gelebt«, widerspreche

ich. »Sie hat nach dem Krieg noch gelebt. Sie wurde in ein Krankenhaus gebracht.«

»Es ging ihr zu schlecht«, sagt Josef. »Es ist schon wenige Wochen nach der Befreiung passiert. Sie konnte nicht geheilt werden.«

»Trotzdem. Miriam hätte wenigstens ein paar Wochen mit ihr gehabt. Ein paar Extrawochen mit einem Menschen sind ein ganzes Leben.«

»Ich weiß.«

»Und der einzige Grund, warum sie diese Zeit nicht hatte, ist, dass irgendein Schreibfehler sie zum falschen Krankenhaus geführt hat.«

»Ich *weiß*«, wiederholt Josef.

Ich bin zornig und wütend. Sie hat den Krieg überlebt. Miriams Schwester hat die Folter überlebt, sie war am Leben, sie war gerettet und ist trotzdem gestorben. Und die ganze Zeit über saß Miriam in ihrem Zimmer und schrieb Hunderte von Briefen.

»Also, ich wusste nicht, ob es dir jemand erzählt hat«, sagt Josef. »Und ich dachte, du solltest es wissen. Sie wird ein paar Tage nicht in euer Haus kommen. Sie hat in der Verwaltung um ein eigenes Zimmer auf der Krankenstation gebeten, wo sie für sich trauern kann.«

Ich nicke und finde nicht die richtigen Worte. Stattdessen konzentriere ich mich auf die Stecknadeln und dann auf die Nähnadel, die durch den Stoff sticht. Ein Stich nach dem anderen. Wenigstens etwas, was ich reparieren kann, wenigstens etwas, was ich wieder ganz machen kann. Winzige, gleichmäßige Stiche. Ich schaue nur auf meine Arbeit und bleibe fest in der Gegenwart. Das gelingt mir seit ein paar Wochen besser und das Nähen hilft mir dabei. Es ist für mich einfacher, wenn ich Stoff in der Hand habe.

»Du kannst sehr gut nähen«, flüstert Josef schließlich und steht auf.

»Du musst nicht gehen.«

»Ich möchte dich nicht stören.«

»Aber ich habe dich doch gerade gebeten zu bleiben«, widerspreche ich.

»Ich weiß, dass du Breines Kleid bis morgen fertig haben musst.«

»Josef, das ist Unsinn.« Jetzt lege ich meine Arbeit zur Seite und funkele ihn wütend an. Das Schicksal von Miriam und ihrer Schwester und die Ungerechtigkeiten, denen wir immer noch täglich ausgesetzt sind, stacheln mich weiter an. »Wenn du gehen willst, dann geh. Gut. Aber du kannst mir nicht sagen, dass du wegen mir gehst, wenn ich dir gerade gesagt habe, du sollst bleiben. Du kannst nicht auf dem Wagen meine Hand halten und mir von deiner Familie erzählen und mich dann ignorieren. Das ist gemein. Ich weiß nicht, ob du mich überhaupt magst oder nicht oder ob du mein Freund oder sonst was sein willst – ich habe überhaupt keine Ahnung, was du empfindest.«

Er steht reglos vor mir. »Das ist nicht so einfach.«

»Aber es ist auch nicht so kompliziert.« Von der gebückten Arbeitshaltung schmerzt mein Nacken. Ich habe vergessen, dass Baba Rose uns alle fünfzehn Minuten aufstehen und Dehnübungen machen ließ. Ich knete mir wütend den Hals.

»Zofia«, sagt er bittend.

»Josef.«

Meine Stimme klingt etwas unsicher, ich weiß nicht einmal, was ich ihn fragen will, was ich überhaupt von ihm will. Wenn er in diesem Moment sagen würde, dass er mich mag, würde ich das überhaupt wollen? Und was würde es bedeuten? Würde ich so etwas wie Breine wollen – einen Heiratsantrag von einem Menschen, den ich kaum kenne?

Nein, das wäre nichts für mich, das weiß ich. Ich würde kein Brautkleid wollen, ich würde nicht noch einmal mit einem fremden Mann nach Sosnowiec zurückwollen wie damals mit Dima. Aber wenn ich Dimas Hand berührte, war es mehr aus Dankbarkeit als aus Begehren. Dima wollte ich nie in die Augen blicken, dabei ein wenig zu lange verweilen und hoffen, dass er sich langsam zu mir herabbeugen würde.

»Was ist nicht so einfach, Josef?«, frage ich. »Wenn du mich nicht magst, dann sag es doch einfach.«

Josef öffnet seinen Mund, er scheint mit sich zu kämpfen. »Es wäre einfacher, wenn ich dich nicht – aber eigentlich …«

»Wovon redest du eigentlich?«, falle ich ihm ins Wort, aber dann werde ich unterbrochen.

Hinter Josef ertönt ein Klappern – jemand hat die schwere Tür zum Speisesaal aufgemacht und etwas fallen lassen. Es sieht aus wie ein Rucksack oder wie ein halb gefüllter Kissenbezug. Ich kann nur die Umrisse erkennen. Ein paar Leute sehen kurz auf, dann wenden sie sich wieder ihrem Kartenspiel zu. Nur Josef sieht übertrieben besorgt hinüber. *Er tut nur so.* Er sucht nur eine Ausrede, das Gespräch zu beenden.

Der Neuankömmling hat seine Habseligkeiten wieder eingesammelt und in seiner Tasche verstaut, bleibt aber weiter bei der Tür stehen und sucht den Saal ab. Ein Nachzügler aus Feldafing, der wahrscheinlich das letzte Auto verpasst hat.

Einer der Helfer geht zu ihm hinüber und fragt, ob er ihm behilflich sein kann. Nachdem sich ganz offensichtlich jemand um den Neuankömmling kümmert, wird sich Josef hoffentlich wieder mir zuwenden, aber er tut, als sei er ungemein interessiert daran, was dort an der Tür gesprochen wird. Frustriert versuche ich, mich wieder auf meine Arbeit zu konzentrieren. Ich rede mir ein, dass sein Unvermögen, mir eine Antwort zu geben, auch eine Antwort ist.

»Es tut mir leid, aber wir haben hier nur Plätze für Erwachsene und Familien«, sagt der Helfer gerade zu dem Neuankömmling. Ein Junge – an der Art, wie er schwungvoll die Tasche über die Schulter wirft, merke ich, dass es ein Junge ist. »Du kannst natürlich hier übernachten, aber morgen müssen wir mit der Lagerleitung sprechen und überlegen, wo wir ein Heim für Kinder in deinem Alter finden. Das nächste ist keine Tagesreise von hier entfernt und wir haben –«

»Von dort komme ich gerade«, unterbricht der Junge.

»Haben sie gesagt, sie haben keinen Platz mehr?«, unterbricht der Helfer ungehalten. »Sie wissen, dass sie das nicht dürfen.«

Der Junge schüttelt den Kopf. Er kramt in seinem Beutel und zieht ein zusammengefaltetes Blatt Papier hervor. »Dort hat jemand einen Brief für mich hinterlegt.« Er fährt mit dem Finger bis zum unteren Rand und zeigt auf die Unterschrift. »Ich bin hergekommen, weil ich *sie* finden will.«

Ich bin aufgestanden, ohne es zu merken. Ich lasse die Nadeln fallen, ohne es zu merken. Breines Kleid klebt an meinem Rock. Der dünne Stoff hat sich aufgeladen. Ich reiße es vom Tisch, ebenso die Schere und das Maßband.

Ich komme mir vor wie in einem Traum, denn es stellt sich heraus, dass nichts, aber auch gar nichts in meinem Leben mich auf diesen Moment vorbereitet hat.

Die Schere ist klappernd zu Boden gefallen, der Junge sieht mich an.

»Zofia, bist du das?«, fragt er.

»Abek?«, sage ich und meine Welt fügt sich wieder zusammen.

Teil 3

Ó

Föhrenwald, Oktober

Mein Bruder lebt. Er lebt und er hat mich erkannt. Er hat meinen Namen laut ausgesprochen.

Andere haben ihn auch gehört. Dies ist mein nächster Gedanke. Ein so merkwürdiger Gedanke in dieser Situation, dass ich zuerst nicht weiß, warum er mir gekommen ist.

Weil es bedeutet, dass du dir das nicht bloß einbildest, beantworte ich meine eigene Frage. Wenn andere Menschen in diesem Raum ebenfalls mit Abek gesprochen haben, heißt das, dass ich nicht verrückt bin und keine Gespenster sehe. Gespenster sind Geister und mein Bruder ist ein Mensch aus Fleisch und Blut und er lebt.

Abek ist schneller als ich. Er rennt durch den Raum, während ich mich kaum von Tisch wegbewegt habe. Und jetzt wirft er seine Arme um meine Taille. Genau wie früher, als er noch zu klein war, mich weiter oben zu umarmen. Jetzt ist er gewachsen. Ich bin immer noch größer als er, aber nicht mehr viel. Sein daunenweiches Haar berührt meine Nase und nicht meinen Brustkorb.

Meine Arme hängen seitlich herab, auch das fällt mir nicht auf. Erst als Abek leise etwas sagt.

»Was?«, frage ich. Meine Stimme klingt hohl, als käme sie von weit weg.

»A bis Z«, wiederholt er. »Abek und Zofia, A bis Z.«

Erst da schlinge ich meine Arme um ihn und beginne zu schluchzen.

Wir stehen mitten im Speisesaal von Zuschauern umringt. Jemand hat Frau Yost herbeigerufen und sie ist hier und weint. Ich sehe Esther und Ravid und die anderen von unserem Esstisch. Und dann kommen Menschen, die ich noch nie gesehen habe, zu uns und berühren meine Haare oder Abeks Haare, als ließen sich gute Nachrichten durch Nähe aufsaugen.

Es ist möglich, sagen ihre Berührungen. Alles ist möglich. Jemand drückt mir eine Tasse Tee in die Hand. Ein anderer kommt mit einer Dose Fleisch für Abek, einer Extraportion vom Abendessen. Mein Bruder klemmt sie unbeholfen unter den Arm, weil er immer noch seinen Beutel in der einen Hand hat und ich seine andere nicht loslasse.

Josef. Gerade noch stand er hier. Ich sehe mich suchend um, er muss doch hier bei den anderen sein. Aber als ich ihn entdecke, dreht er sich gerade um und schlüpft aus der Tür.

»Setz dich, Abek. Hast du Hunger? Setz dich«, brabbele ich, viel zu aufgewühlt, um über Josef nachzudenken. »Oder bleib stehen, wenn du den ganzen Nachmittag in einem Wagen gesessen bist. Oder vielleicht gehen wir woandershin?«, frage ich. »Frau Yost, darf er mit in mein –«

»Natürlich, das ist doch keine Frage.«

Ich möchte ihm den Beutel abnehmen, aber er lässt mich nicht. Er drückt ihn an seine Brust und geht an den glücklichen, neidischen Lagerbewohnern vorbei hinter mir her.

Im Haus merke ich, wie unvollständig meine Fantasie gewesen ist. Jener Teil, den ich mir Tausende Male ausgemalt hatte, dieser Teil ist schon vorbei: die ersten Minuten, nachdem wir uns wiedergefunden haben, die ersten Freudentränen.

Ich habe mir auch immer die Teile ausgemalt, die viel später kommen: ein zukünftiges Leben, wenn wir wieder in Sosnowiec wohnen, unsere alten Freunde wiedertreffen und unsere Leben wieder zusammenstückeln.

Aber die Minuten dazwischen, auf die war ich nicht vorbereitet. Die Minuten, in denen wir uns als blutsverwandte Fremde begegnen, die seit Jahren nicht mehr miteinander gesprochen haben. Die Minuten, in denen ich darauf warte, dass mein Kopf verarbeitet, was passiert, und begreift, dass es mir wieder gut geht.

Mein Bruder steht abwartend in der Tür unseres Zimmers, während ich in einem fort plappere, nur um die Stille auszufüllen. Ich erzähle ihm unwichtige Einzelheiten über den quietschenden Schreibtischstuhl und den kalten Fußboden. Ich erzähle ihm, dass eine meiner Zimmergenossinnen schnarcht. Ich überlege mir, ob ich ihm noch einmal anbieten soll, seinen Beutel zu nehmen, sehe aber, wie er sich daran festklammert. Der einzige vertraute Gegenstand in einer fremden Welt.

Und ich. Ich bin auch vertraut für ihn.

»Hast du Hunger?«, frage ich wieder, als hätte ich ihn nicht erst vor zehn Minuten gefragt. Er zeigt mit dem Kopf auf die Dose in seiner Hand, die immer noch geschlossen ist. Er will damit sagen, dass er das essen könnte, wenn er Hunger hätte.

»Soll ich dir eine Gabel bringen?« Er schüttelt den Kopf. Er hat keinen Hunger.

Ich mache ihn nervös. Ich mache mich selbst nervös. Ich zwinge meine Hände, nicht zu flattern. Schließlich bedeute ich ihm, sich auf mein Bett zu setzen, während ich ihm gegenüber auf Breines Bett Platz nehme.

Sein Gesicht. Ich versuche, es mit dem Gesicht aus meiner Erinnerung in Einklang zu bringen, so wie ich es mit den Häusern in Sosnowiec gemacht habe. Ich lege Abeks Aussehen über das Aussehen, das in meiner Erinnerung existiert. Die braunen Augen, an die ich so oft gedacht habe. Die braunen Haare, die ein bisschen dunkler sind als beim letzten Mal, so wie auch meine Haare mit den Jahren nachgedunkelt sind. Und auch auf seinem Gesicht sind Haare, stelle ich verblüfft fest – ein leichter Flaum auf seiner Oberlippe.

Der größte Unterschied ist natürlich, dass er beinahe

ein Mann geworden ist. Ich habe die ganzen Übergänge zwischen dem Abek meiner Erinnerung und dem Abek, der vor mir sitzt, verpasst. Als hätte mir jemand die erste Seite und die letzte Seite eines Buchs gegeben und ich müsste daraus die Geschichte ermitteln.

Was ist seine Geschichte? Was habe ich verpasst? Was hat er alles allein durchstehen müssen?

Während ich weiterplappere, sieht sich Abek im Zimmer um, genau wie ich, als ich ankam. Seine Augen schweifen über die Betten, den Schreibtisch, das Waschbecken. Doch als seine Augen zu mir zurückkehren, ist sein Blick misstrauisch und er sieht sofort wieder weg. Er ist scheu mir gegenüber. Das kann ich ihm nicht verdenken. Die Art, wie ich ihn ständig anstarre, muss ihm schrecklich auf die Nerven gehen.

Nach einer gefühlten Ewigkeit weiß ich nicht mehr, was ich ihm noch erzählen könnte, und verstumme. Und erst, als ich die Stille zulasse, merke ich, warum ich sie so verzweifelt füllen wollte. Erst jetzt wird mir klar, warum ich vorher so flatterig war: Es gibt Dinge, die ich in den vergangenen drei Jahre hätte sagen sollen. Die Monster, die ich gefangen gehalten habe, die Gedanken, die ich nicht zulassen wollte. Die Entschuldigungen, die ich zu meiner Schande nicht hatte aussprechen können.

»Abek«, setze ich unsicher an, denn mir fällt nichts Alltägliches mehr zu sagen ein.

»Du sollst wissen, dass ich dich nicht alleinlassen wollte«, fahre ich fort. »Das schwöre ich. Eines Tages suchten sie Mädchen, die nähen konnten. Ich dachte, es sei nur eine kleine Arbeit und ich wäre am Abend wieder zurück. Ich dachte, wir würden vielleicht besseres Essen bekommen oder es wäre näher beim Männerlager.« Ich rutsche von Breines Bett und knie mich vor ihn hin. Die Entschuldigung schwappt unschön und unbeholfen aus meinem Mund. Jeder Satz fühlt sich wie eine aufbrechende Wunde an, eine Erinnerung an alle großen und kleinen Momente des Scheiterns. »Ich wusste nicht, dass wir woanders hinkommen würden. Hätte ich gewusst, was alles passiert, hätte ich nicht – ich habe dich alleingelassen. Ich habe dich im Stich gelassen. Es tut mir so leid, so leid, so schrecklich leid.« Tränen fließen aus meinen Augen und meine Stimme zittert.

Als ich zum Ende komme, zum schrecklichen Ende, zwinge ich mich, mich darauf vorzubereiten, was nun kommen könnte: dass Abek mir nicht verzeiht. Vielleicht wusste er gar nicht, dass ich mich freiwillig für die Arbeit gemeldet habe, die mich von ihm getrennt hat. Vielleicht ist er wütend, dass ich nicht nach einer Möglichkeit gesucht habe, ihn mitzunehmen?

Er sieht jetzt auf seine Hände, räuspert sich, bevor er spricht.

»Es ist in Ordnung, Zofia.«

»Das ist es nicht. Du hast mich bestimmt im Lager gesucht. Du musst dich doch gefragt haben, warum ich nicht heimlich Essen für dich auftreibe oder –« Meine

Stimme versagt. »Du hast vielleicht gedacht, ich sei tot.«

»Es ist in Ordnung, Zofia«, sagt er noch einmal. »Ich wusste nicht einmal, dass du nicht nach Birkenau zurückgekommen bist. Ich war auch nicht viel länger dort.«

»Wo warst du denn?«

Er schluckt. »In fünf verschiedenen Lagern. Ich wurde ständig verlegt, aber am Schluss war ich in Buchenwald. Das ist hier in Deutschland. Die Amerikaner haben das Lager im April befreit.«

»Du warst hier in Deutschland?«, wiederhole ich und versuche zu verstehen.

Er war gar nicht dort. Die ganze Zeit habe ich mir Vorwürfe gemacht, dass ich nach Neustadt gegangen bin, und habe überlegt, wie ich wieder zurückkommen könnte. Aber er wäre gar nicht da gewesen. Er war schon fort. Er wusste nicht, dass ich nicht zurückgekommen bin.

»Aber die Arbeit, die ich für dich organisiert habe? Die Arbeit beim Kommandanten?«

Abek sieht zu Boden. »Das hat nicht geklappt. Er wurde in ein anderes Lager versetzt, und wahrscheinlich dachte er, er würde dort einen Laufburschen finden, den er lieber mag.«

Diese Ausdrucksweise – den er lieber mag – klingt so kindlich, dass es mir beinahe das Herz bricht. Ich knie immer noch vor ihm und nehme seine Hand, kann es kaum fassen, dass seine Hand wirklich hier ist und ich sie nehmen kann.

»Abek. Warum bist du nicht nach Hause gegangen? Nachdem es vorbei war? Ich war monatelang im Krankenhaus, aber ich bin nach Sosnowiec zurückgekehrt, sobald ich konnte. Wenn Buchenwald im April befreit wurde, hast du versucht, einen Zug zu bekommen? Wo warst du die ganze Zeit?«

Er schreckt bei meinen Fragen ein wenig zurück. Ich habe sie ihm an den Kopf geschleudert, ohne ihm Zeit für eine Antwort zu geben. Aber ich bin so begierig darauf, alles zu erfahren, was ich verpasst habe.

»Da war eine alte Frau«, fängt er mit meiner letzten Frage an. »Direkt vor dem Lager. Sie sagte, sie könnte uns während der Pflanzzeit Unterkunft und Verpflegung geben. Ich habe für Ladna gearbeitet und am Wochenende bin ich zu verschiedenen Lagern gefahren, um dich zu suchen.«

»Ladna!«, rufe ich überrascht.

Er sieht mich fragend an. »Ja. So hieß die alte Frau.«

»Ich weiß, aber – Ladna, wie im *Wirbelwind*«, erkläre ich und bin gespannt, ob er sich an unser Lieblingsmärchen erinnert. Die Tochter des Königs und der Königin, die so wunderschön war, dass ein Prinz nach dem anderen kam, um sie zu freien. »Wie in dem Märchen *Der Wirbelwind*«, wiederhole ich. »Wo die liebliche Prinzessin Ladna an ihrem Hochzeitstag von einem Zwerg entführt wird.«

Er lacht, nur ganz kurz, aber mein Herz zerspringt fast vor Freude bei diesem unglaublichen Ton. »Ich glaube nicht, dass diese Ladna jemals einen Hochzeitstag gehabt hat. Sie war sehr … besonders. Sie war wie Frau Schulman.«

»Was, du erinnerst dich an Frau Schulman?« Als wir nicht mehr in die Schule gehen durften, hatten unsere Eltern Frau Schulman engagiert, um Abek und mich zu unterrichten. Sie war sehr streng und wir mussten unsere Aufgaben immer so lange wiederholen, bis sie ihren Perfektionsansprüchen genügten. Wir hassten sie, aber Mama redete uns zu, nett zu ihr zu sein. Sie hatte sonst niemanden.

»Arme Frau Schulman«, sage ich.

»Wir waren die Armen«, widerspricht Abek. »Unsere armen Knöchel. Wir hatten immer blaue Flecken an den Knöcheln, da konnte unsere Handschrift doch gar nicht perfekt sein.«

»Trotzdem. Vielleicht wartete sie wie die Ladna im *Wirbelwind* einfach auf einen Prinzen in goldener Rüstung, der um sie freit. Wie hieß der Prinz in dem Märchen?«

»Ach, ich weiß nicht mehr«, sagt Abek.

»Er kroch in das Ohr des Riesen und kam auf der anderen Seite wieder heraus und dann … Abek? Wir haben das Märchen hundertmal gehört. Der Name des Prinzen, er fing mit einem D an. Bestimmt fällt er dir wieder ein.«

»Nein, wirklich nicht.« Mein Bruder rutscht unbehaglich auf dem Bett hin und her. Er ist rot geworden. Ich habe ihn in Verlegenheit gebracht, er schämt sich, dass er sich nicht erinnern kann. Aber das muss er nicht. Ich kann mich selbst nicht mehr daran erinnern. Ich wollte nur weiter mit ihm lachen können. Aber ich habe genau das Gegenteil bewirkt und das Gespräch ist in ein Verhör ausgeartet.

Abek sieht kurz zur Tür und ich bekomme eine ganz unsinnige Angst, dass ihm meine Fragerei so unangenehm ist, dass er bereut, gekommen zu sein, und lieber wieder gehen möchte.

Unwillkürlich strecke ich meine Beine aus, sodass der Weg zur Tür abgeriegelt ist. *Was tue ich da?* Das ist doch eine völlig groteske, verzweifelte Gebärde, aber genauso fühle ich mich. Grotesk und verzweifelt.

»Du bist so groß«, sage ich nach ein paar Minuten. »Es ist so lange her. Ich muss mich erst daran gewöhnen, dass du nicht mehr der kleine Bruder bist, den ich in Erinnerung habe.«

Nur wenige Schritte von mir entfernt zupft Abek an einem losen Faden meines Bettüberwurfs und ich mache dasselbe mit Breines Bettüberwurf.

Ich warte noch einen Augenblick und gebe dem Schweigen Raum, dann spreche ich wieder. »Es ist merkwürdig, oder? Es ist natürlich wunderbar, aber es ist auch merkwürdig.«

Abek nickt, bevor ich zu Ende gesprochen habe. Er ist erleichtert, dass ich es zuerst ausgesprochen habe. »Ja. Ich konnte es mir nicht richtig vorstellen. Aber es ist ein bisschen merkwürdig.«

»Wir müssen nicht alles sofort klären.«

»Ich weiß.«

»Du bist sicher sehr müde«, sage ich. Er hat dunkle Ringe unter den Augen. »Ich werde auf dem Boden schlafen und morgen leihen wir uns –«

»Ich will nicht, dass du auf dem Boden schläfst«, unterbricht er mich empört. »Bestimmt gibt es hier auch Männerunterkünfte.«

»Nein«, protestiere ich. »Es ist schon spät. Wir müssten die Leute aus der Verwaltung stören und andere aufwecken. Mir macht es nichts aus, auf dem Boden zu schlafen, oder ich könnte bei Breine unterschlüpfen oder Breine bei Esther. Das sind meine Zimmergenossinnen. Ich sitze auf Breines Bett. Sie sind wahrscheinlich irgendwohin gegangen, damit wir allein sein können.«

Ich plappere wieder wie vorhin, als wir ins Zimmer kamen. Aber diesmal nicht aus Nervosität. Ich möchte meinen Bruder einfach nicht aus den Augen lassen. Heute Nacht möchte ich einschlafen und wissen, wo meine Familie ist. Und meine Familie besteht nur aus uns zweien.

»Abek«, sage ich, weil mir plötzlich noch etwas anderes eingefallen ist. »Wie bist du eigentlich nach München gekommen? Ich bin hierhergekommen, weil ich dachte, alle Häftlinge aus Birkenau seien nach Dachau verlegt worden. Aber Buchenwald – ich weiß, wo das ist. Das sind doch bestimmt Hunderte von Kilometern von hier. Wie bist du auf Föhrenwald gekommen?«

»Weil ich ebenfalls gehört hatte, dass man die Birkenau-Häftlinge nach Dachau geschickt hat.« Er sieht, dass ich immer noch nicht begreife und erklärt: »Ich wusste nicht, dass du nie nach Birkenau zurückgekommen bist, deshalb dachte ich, du müsstest in Föhrenwald sein.«

»Bist du der Junge, von dem Schwester Therese mir erzählt hat?«, frage ich. »Der Junge, der das Essensgeld aus ihrem Zimmer gestohlen hat?«

Er läuft tiefrot an und nickt. »Ich weiß, dass das falsch war«, fängt er an.

»Es war nicht falsch. Es hat dir geholfen, mich zu finden! Also, natürlich war es falsch, aber …«

»Aber ich habe es trotzdem getan«, beendet er meinen Satz. »Weil du gesagt hast, dass wir uns finden würden. Du hast gesagt, wir finden uns, egal was passiert.«

In dieser Nacht hängt mein Arm aus dem Bett auf die Matten und Decken herab, die wir für Abek hergerichtet haben. Ich möchte sicher sein, dass – ich weiß nicht was. Dass er mir nicht wieder weggenommen wird, nehme ich an. Dass er sich nicht in Luft auflöst.

Es kommt mir immer noch wie ein Märchen vor. Wie der Staub, den die Märchenfee ausstreut, damit alle schön schlafen. Etwas, was zu schön ist, um wahr zu sein, etwas, was sich jeden Augenblick in Luft auflösen könnte. Aber es löst sich nicht auf. Und diesmal habe ich beim Einschlafen keine Angst vor meinen Albträumen. Diesmal weiß ich, dass sie nicht kommen werden. Das letzte Mal, als ich Abek sah, spielt keine Rolle mehr, denn jetzt gibt es ein erstes Mal: das erste Mal, als wir uns wiedersahen.

Ich wache mehrmals auf in der Nacht, einmal, weil mein Arm, der aus dem Bett hängt, kalt geworden ist, einmal, weil er eingeschlafen ist, und einmal, weil Abek sich umdreht und seine Haare meine Finger kitzeln. Aber er ist da, das ist die Hauptsache. Jedes Mal, wenn ich aufwache, ist er noch da.

Beim dritten Mal sehe ich, dass er ebenfalls wach ist. Seine Augen glitzern im Dunkeln und sehen zu mir herüber.

»Kannst du nicht schlafen?«, flüstere ich. »Hast du Durst?«

Er schüttelt den Kopf.

»Soll ich dir eine Geschichte erzählen? Soll ich dir unsere Geschichte erzählen?«

Ganz leise erzähle ich die Alphabet-Geschichte. Ich beginne mit dem Buchstaben *A*, mit seinem Namen, mit dem Namen des Großonkels Abek, der wenige Tage vor seiner Geburt starb. Dann erzähle ich von Baba Rose, gehe weiter zu Chomicki & Lederman, dem emsigen Schnurren der Nähmaschinen. Ich flüstere und flüstere, bis mir der Hals wehtut.

»*O* für –«, spreche ich weiter, doch dann verstumme ich, denn ich kann mich nicht mehr daran erinnern, wofür das *O* steht. So weit bin ich lange nicht mehr im Alphabet gekommen. Ich bin aus der Übung und habe lauter Lücken. Ich sehe, dass Abek sich unter seiner Bettdecke regt. »*O* für –«, setze ich wieder an.

»*O* für Morskie Oko«, flüstert Abek. »Den See, wo wir das Ferienhaus hatten.«

»Oko«, staune ich. »Das stimmt! Unser Ferienhaus. Das Wasser war sehr tief und grün.«

Dort waren wir jeden Sommer. Auch in dem Sommer, bevor die Deutschen kamen. Das klare, eiskalte Wasser. Papa, der im Unterhemd herumläuft. Mama, die auf der Veranda liegt und in Romanen schmökert, einen angebissenen Apfel auf dem Bauch. Die Essenszeit verstreicht, ohne dass sie etwas gekocht hat. Das hatte ich völlig vergessen. Welch ein Geschenk, dass Abek mich daran erinnert hat. Das Geschenk der Erinnerung, der Erinnerung an unsere Vergangenheit. Er hat mir etwas geschenkt, das ich selbst nicht hatte vervollständigen können.

Ich mache mit dem Alphabet weiter, aber schon nach wenigen Buchstaben höre ich Abeks gleichmäßigen Atemzüge. Er ist eingeschlafen.

»Gute Nacht«, flüstere ich.

P

Am nächsten Morgen wachen wir von einem Klopfen auf. Zuerst klopft es an der Haustür, die Judith öffnet, dann an unserer Zimmertür. Esther schlüpft benommen in ihren Bademantel und geht zur Tür, während wir anderen verschlafen blinzeln. Mein Arm hängt immer noch über die Bettkante und Abek schaut mit verquollenen Augen um sich und begreift erst langsam, wo er ist.

Es ist Breines Onkel, ein zierlicher Mann namens Świętopełk, dem Breine wie aus dem Gesicht geschnitten ist. Sein Auftreten ist altmodisch und vornehm – die elegante Art, wie er den Hut abzieht, wirkt in diesem Lager einerseits deplatziert, andererseits passt sie zu seinem Namen, denn es ist ein alter Name, den ich sonst nur aus Geschichtsbüchern kenne.

Breine springt aus dem Bett und dann klammern sich die beiden aneinander fest. Sie hat mir erzählt, dass sie den Onkel vor dem Krieg erst zwei Mal gesehen hatte. Er lebte weit weg und stand seinem Bruder nicht besonders nah. Jetzt haben sie niemanden mehr aus der Familie und die alten Zwiste sind nicht mehr von Belang.

»Unsere Hochzeit«, verkündet sie und wischt sich die Freudentränen vom Gesicht. »Wir können heute Abend heiraten.«

Mir ist es eigentlich nicht recht, dass es an Abeks erstem Tag so einen Trubel geben wird. Er sollte sich ausruhen und nicht in chaotische Hochzeitsvorbereitungen gestürzt werden. Wir sollten jetzt Zeit füreinander haben. Ich beobachte seine Reaktion, bin besorgt, dass es ihm zu viel wird. Aber ich meine fast, Erleichterung auf seinem Gesicht zu sehen.

»Mach dir wegen des Kleids keine Gedanken. Ich heirate auch in einem Kartoffelsack«, sagt Breine. Aber ich habe Abeks Gesicht noch im Blick und widerspreche ihr.

»Natürlich werde ich das Kleid fertig machen. Niemand in meiner Familie würde es dulden, dass eine Braut nicht so schön wie möglich aussieht. Stimmt doch, Abek? Kannst du dir vorstellen, wie sauer Baba Rose wäre?«

Er lächelt und schüttelt den Kopf. Ich beschließe, dass uns beiden diese Ablenkung guttun wird. Beschäftigung kann vieles leichter machen: Trauer, Verlegenheit, Verwirrtheit. Eine Hochzeit ist also genau das Richtige.

Die Nachricht über die Ankunft von Breines Onkel verbreitet sich wie ein Lauffeuer und den ganzen Tag ist das halbe Lager auf den Beinen, um bei den Vorbereitungen für die Hochzeit zu helfen. Die Männer sammeln Holz und bauen eine Chuppa, die Frauen in der Küche versuchen, aus den Essensrationen ein Festmahl zu zaubern. Eine Freundin von Breine, deren Vorfahren aus Spanien stammen, bringt ein Säckchen mit Walnüssen, das sie während der gesamten Besatzungszeit für eine besondere Gelegenheit versteckt hatte. Es ist für mich wie ein Wunder, dass sie auf der Schwelle von Tod und Verhungern diese Walnüsse aufbewahrt hat. Und nun mahlt sie sie, um damit Hochzeitsplätzchen zu backen.

Während um mich Esstische gerückt und neu angeordnet und ungleiche Tischtücher aufgelegt und glatt gestrichen werden, breite ich Breines Kleid auf demselben Tisch aus, an dem ich zuvor gearbeitet habe. Dieselben Stecknadeln, derselbe Faden, nur ist jetzt nicht Josef, sondern Abek bei mir.

»Komm, hilf mir«, sage ich und deute mit dem Kopf auf den Stuhl neben mir.

Wir gehen zuerst etwas steif miteinander um. Bei Tageslicht ist es doch etwas anderes, mit meinem Bruder – *meinem Bruder* – zusammen zu sein, als zu wissen, dass er neben mir im Dunkeln auf einer Matratze schläft. Wir verhalten uns höflich distanziert zueinander, wie früher, wenn wir Gäste hatten. Wenn ich ihn bitte, mir ein Stück Stoff, einen Knopf oder einen Faden zu reichen, füge ich jedes Mal aufmerksam ein *Bitte* hinzu und am Schluss ein *Danke.* Und er sagt dann genauso gekünstelt: »Gern geschehen.« Nach ungefähr fünfzehn oder zwanzig solcher Wortwechsel kommt mir das ziemlich absurd vor.

Bevor wir getrennt wurden, hätte ich einfach mit dem Kopf auf etwas gedeutet und gegrunzt, und er hätte es mir gegeben und dabei kaum von seinen Spielzeugautos aufgeschaut.

»Langweilst du dich?«, frage ich ihn schließlich. »Vielleicht ist die neue Bibliothek schon fertig. Du könntest mal schauen, ob sie schon offen ist. Vielleicht findest du etwas Interessantes, das du hier lesen kannst.« Ich habe meine Worte sorgfältig gewählt. Ich möchte nicht, dass er länger fortbleibt. »Hast du überhaupt einmal etwas lesen können? Liest du gern?«

»Es macht mir nichts aus hierzubleiben«, sagt Abek und reicht mir eine Stecknadel. »Manchmal lese ich ganz gern. In einem der Lager hatte jemand ein Buch hereingeschmuggelt. Eine Übersetzung von Charles Dickens. Ich habe versucht, sie zu lesen. Aber im Moment muss ich mir kein Buch holen.«

Charles Dickens. Ich kann kaum glauben, dass mein Bruder schon so groß ist, dass er selbstständig einen komplizierten Roman lesen kann. Er hat so viel durchgemacht ohne mich. Es gibt jetzt so vieles an ihm, das *ohne mich* ist.

Ich habe den Ausschnitt fertig und mache mich an den Saum. Ich zeige auf eine Falte im Stoff. Abek nimmt die Seide genau an der richtigen Stelle und spannt sie auf dem Tisch aus.

»Nachdem ich jetzt weiß, wo du wirklich gewesen bist«, sage ich ein klein wenig befangen, »muss ich meine

Vorstellungen korrigieren. Zum Beispiel habe ich mir dich nie auf einem Bauernhof vorgestellt. Und mir wird klar, wie oft mir mein Gedächtnis einen Streich gespielt haben muss, wenn ich dich an Orten zu sehen meinte, an denen du überhaupt nicht sein konntest.«

»Was meinst du? An was für Orten?« Er strafft den Stoff gehorsam an der nächsten Stelle, auf die ich zeige. Ich überlege mir meine Antwort genau, weil ich nicht will, dass er erschrickt oder sich Sorgen macht.

»Also, es – es ging mir nicht gut. Über eine lange Zeit. Mein Kopf funktionierte nicht richtig. Ich wurde immer verwirrter. Es gibt viele Lücken, die ich gefüllt habe, und manches, was ich mir wahrscheinlich nur eingebildet habe. Aber ich habe immer gedacht, dass ich dich sehe.« Ich lache etwas verkrampft. Jetzt, wo Abek vor mir sitzt, erscheint es mir einfacher, so zu tun, als sei ich nur etwas durcheinander gewesen, ein bisschen diffus wie eine schrullige Tante. Ich möchte ihm nicht sagen, wie krank ich war.

»Einmal dachte ich, ich hätte dich hinter einem Fenster in Neustadt gesehen«, erzähle ich. »Und ein anderes Mal dachte ich, ich hätte dich in der Suppenschlange in Groß-Rosen gesehen, und dann, wie du in die Männerbaracke gegangen bist. In Birkenau bildete ich mir ein, dich zu sehen, als ich in einem Garten arbeitete. Ich vergrub eine Steckrübe für dich, aber nachdem du sie nicht geholt hattest, dachte ich, du hättest keine Gelegenheit dazu gehabt oder ich hätte dich eben doch nicht gesehen. Ich war so enttäuscht. Es war so schwierig gewesen, eine ganze Rübe aufzutreiben.«

Abek sieht mich genau an, als ich das erzähle. Ich fürchte, dass er Angst vor mir bekommen oder sich Sorgen um mich machen könnte, aber es scheint ihn eher zu beruhigen, dass ich so viel an ihn gedacht habe.

Und als ich das von der Rübe erzähle, schüttelt er den Kopf. »Nein. Nein, ich habe sie gefunden. Die Rübe.«

»Wirklich?«

»Weißt du noch?«, sagt er aufgeregt. »Du hattest die Rübe vergraben und ein Stöckchen in die Erde gesteckt, damit ich sie finde.«

»Wirklich?« An den Stock kann ich mich nicht erinnern, aber es klingt ganz plausibel. Wie hätte er die Stelle sonst finden sollen?

»Ich hatte nichts, was ich dir dafür dalassen konnte, deshalb ritzte ich mit dem Stock meine Initialen in die Erde, damit du wüsstest, dass ich sie gefunden hatte.«

Ich schließe die Augen und versuche, Ordnung in meinen Kopf zu bekommen. Ich verstehe, was er erzählt, aber ich kann mich selbst kaum daran erinnern. Als wäre Abeks Version ein loses Stück Stoff, das erst Teil meiner Erinnerung werden würde, wenn ich es in eine Flickendecke eingenäht hätte.

Das letzte Mal, als ich Abek sah, probe ich lautlos. *Das letzte Mal, als ich Abek sah, aß er eine Rübe, die ich für ihn organisiert hatte. Er hinterließ mir ein Zeichen, das er in die Erde geritzt hatte.*

»Regnete es an diesem Tag?«, frage ich.

»Ich glaube ja.«

Das letzte Mal, als ich Abek sah, regnete es. Ich konnte nicht mit ihm sprechen, aber später kehrte ich an die Stelle zurück, wo ich eine Rübe vergraben hatte. In die Erde war ein A geritzt. Ich betrachtete den Buchstaben, bis der Regen ihn weggewaschen hatte.

Ich sitze hier in Föhrenwald am Tisch und eine zaghafte Stimme in mir fragt: *Ist es wirklich so gewesen?*

Ich kenne diese Stimme, bin gewöhnt, mir selbst zu misstrauen. Es wird noch eine Zeit lang dauern, bis ich weiß, was ich glauben kann.

»Ich bin fast fertig«, sage ich zu ihm und deute auf Breines Kleid. »Du kannst dich waschen gehen.«

»Soll ich dir nicht helfen, das fertig zu machen? Ich muss mich nicht waschen.«

»Oh doch, das musst du. Wir gehen heute Abend auf eine Hochzeit. Und schau auch mal in die Spendenkisten, vielleicht findest du dort ein sauberes neues Hemd.« Ich nehme mir fest vor, dass es mir nichts ausmacht, wenn er jetzt geht und ich ihn eine Stunde lang nicht sehe. »Aber komm bitte direkt zu unserem Haus, wenn du fertig bist. Hast du verstanden? Warte auf mich vor der Tür. Wir können später weiterreden. Wir haben jetzt jede Menge Zeit.«

Das Kleid ist fertig. Ich gehe damit zur Gemeinschaftswaschküche und lege es auf ein Bügelbrett. In unserer

Textilfabrik gab es nur elektrische Bügeleisen. Sie wurden eingesteckt und die Temperatur wurde mit einem Rädchen eingestellt. Hier sind sie aus schwerem Gusseisen und werden über glühenden Kohlen erhitzt. Ich habe fast noch nie mit so einem Bügeleisen gearbeitet. Es kann leicht zu heiß werden und Brandflecken auf dem Stoff hinterlassen. Zuerst überlege ich, ob ich Breines Kleid lieber ungebügelt lasse.

Aber es ist ihre Hochzeit. Es ist ihre Hochzeit und meine Näharbeit, und ich kann nicht zulassen, dass sie in einem zerknitterten Kleid heiratet. In der Waschküche ist eine Wäscheleine gespannt, von der ich ein halb trockenes Handtuch nehme. Ich lege es als Schutzschicht zwischen dem heißen Bügeleisen und der zarten Seide auf das Kleid.

Q

Das Glätten mit dem altmodischen Bügeleisen dauert länger, als ich dachte. Aber als ich schließlich außer Atem zu unserem Haus zurückrenne, weil ich fürchte, dass Breine wegen meiner Verspätung die Nerven verliert, bin ich sogar vor ihr da. Sie stürzt wenige Minuten später herein, ihre Haut rosig, ihre Finger schrumpelig vom Baden. Sie lacht und entschuldigt sich.

Die Hochzeit ist für den frühen Abend angesetzt, weil Breine und Chaim vor der Zeremonie unbedingt ihr tägliches Arbeitspensum absolvieren wollten. Esther sagte, sie sei verrückt, am Hochzeitstag Unkraut zu jäten, sei wirklich übertrieben, aber Breine bestand darauf. Ihre Beziehung mit Chaim gründe sich darauf, Neues aufzubauen, sagte sie. Und gäbe es einen besseren Weg, Neues zu schaffen, als zarte Schösslinge zu pflegen?

Esther kommt kurz nach Breine. Sie hat jede Menge silberner Tuben und Döschen dabei. Schminke, die sie überall im Lager zusammengeliehen haben muss.

»So etwas brauche ich nicht«, protestiert Breine. »Chaim erkennt mich sonst womöglich nicht mehr.

Ohne Dreck unter den Fingernägeln erkennt er mich vielleicht jetzt schon nicht.«

»Breine«, protestiert Esther.

»Esther.«

Während die beiden über Rouge und Lippenstift streiten, packe ich das Kleid aus dem großen Handtuch aus und breite es über Breines Bett aus. Ich halte den Atem an. Breine hat bisher keine Zeit gehabt, meine Arbeit zu sehen, und schon gar nicht, das Kleid anzuprobieren. Jetzt bricht sie mitten im Satz ab. Sie sieht zu mir herüber und sperrt den Mund auf.

»Oh, Zofia.«

»Gefällt es dir?«

»Ob es – ich kann kaum glauben, dass es dasselbe Kleid ist. Unfassbar! Es ist fantastisch. Es ist völlig, völlig –« Sie dreht sich wieder zu Esther um. »Vielleicht doch ein wenig Lippenstift.«

»Sehr gut«, sagt Esther.

»Aber nur ganz wenig. Nur damit mein Gesicht von dem Kleid nicht völlig überstrahlt wird.«

Esther zeigt auf den Schreibtischstuhl und endlich setzt sich Breine gehorsam hin. Dann hält sie eine Reihe verschiedener Lippenstifte an Breines Gesicht, um zu prüfen, welche Farbe ihr am besten steht. »Ich glaube, dieser hier«, sagt sie schließlich und wählt ein zartes Rosa. »Mach den Mund ein bisschen auf. Nein – etwas natürlicher, schau, so.«

Nachdem Esther den Lippenstift aufgetragen hat,

tupft sie ein wenig auf ihre Fingerspitzen als Rouge für Breines Wangen. »Ich nehme nur ein kleines bisschen«, verspricht sie, als Breine das Gesicht verzieht. »Du siehst immer noch genauso aus wie sonst. Nur ein bisschen Farbe, falls du vor Nervosität erbleichst, wenn du vor uns stehst und wir alle zusehen.«

»Also, du hast mich jetzt schon nervös gemacht«, sagt Breine lachend.

Ich beobachte die Szene und plötzlich fällt mir etwas ein. »Mach drei Punkte«, sage ich zu Esther.

Diese schwebt mit ihren Fingerspitzen über Breines Wangen. »Drei Punkte?«

»Das hat meine Tante Maja immer gesagt: ein Punkt Rouge in gerader Linie unter dem Augapfel, einen ungefähr zwei Zentimeter tiefer auf Höhe der Nasenspitze und ein dritter auf die Wangenknochen. Man bildet ein Dreieck aus den Punkten und verwischt sie dann, was einen strahlenden Teint ergibt.« Ich lache. »Ich fasse es nicht, dass ich mich plötzlich daran erinnere.«

»So machen wir es.«

Esther hat Breine fertig geschminkt und macht sich jetzt an ihre Haare. Zuerst flicht sie einen Zopf, wie Breine ihn normalerweise trägt, steckt ihn dann aber im Nacken zusammen. Als sie fertig ist, hält sie einen Handspiegel hoch, damit wir ihre Arbeit bewundern können.

Breine berührt vorsichtig ihr Gesicht und ihre elegante Frisur.

»Es ist nicht zu viel, oder?«, fragt Esther. »Wie ich dir gesagt habe. Breine? Sag, dass es dir gefällt.«

»Es ist nicht zu viel«, sagt Breine leise. »Genauso habe ich früher ausgesehen. Meine Mutter hat immer gesagt, eine Frau sollte niemals ungeschminkt aus dem Haus gehen, und sie sorgte immer dafür, dass meine Haare schön frisiert waren.« Jetzt lächelt sie wehmütig und ihre Augen blicken ein wenig verloren. »Sie hätte sich eine ganz andere Hochzeit für mich gewünscht. Sie hätte sich ein ganz anderes Leben für mich gewünscht.«

Esther und ich sehen uns an. Breine ist normalerweise so zuversichtlich. Ich weiß nicht recht, was ich darauf sagen soll. Esther berührt sie an der Schulter. »Ich hoffe, sie würde sich trotzdem für dich freuen. Chaim ist ein wunderbarer Mann.«

Breine zieht scharf die Luft ein, dann gibt sie Esthers Hand einen kurzen Klapps. »Und jetzt helft mir beim Ankleiden«, sagt sie. Wir reichen ihr ein Handtuch, mit dem sie ihr geschminktes Gesicht abdeckt. Dann hält Esther Breines Steckfrisur fest, während ich ihr das Kleid überstreife und am Rücken zuknöpfe.

Als ich damit fertig bin, breitet Breine ihre Hände aus und sieht mich fragend an. »Und?«

Esther fasst sich ans Herz. »Breine, du siehst perfekt aus.«

Breine strahlt sie an und winkt nach dem Stuhl, damit sie sich im Wandspiegel in voller Größe betrachten kann.

Ich gebe noch keinen Kommentar ab, sondern umkreise sie, zupfe da und dort am Saum und überprüfe kritisch meine Arbeit.

Die neue Schärpe in der Taille macht eine weiblichere Figur und der neue Herzausschnitt betont ihren hübschen Nacken und das Dekolleté. Die unzähligen kleinen Perlen, diese höllisch kleinen Perlen, habe ich um den Ausschnitt gruppiert. Auf diese Weise fangen sie das Licht ein und funkeln, als trüge Breine einen Sonnenkranz.

Ich habe eine gute Arbeit abgeliefert. Vielleicht nicht ganz dem Niveau von Chomicki & Lederman entsprechend, aber wirklich eine gute Arbeit, vor allem, wenn man meine eingeschränkten Mittel und die kurze Zeit bedenkt. Mit diesem Kleid müsste ich mich vor meinem Vater oder Baba Rose nicht schämen.

Und am frühen Nachmittag, kurz bevor ich zum Bügeln ging, habe ich noch eine letzte Änderung angebracht, weil es mir irgendwie nicht vollständig erschien. Am Ausschnitt, fast genau oberhalb von Breines Herz, habe ich den Saum noch einmal ein wenig aufgetrennt, ein kleines Stück Seide hineingestopft und wieder zugenäht.

Ich habe beschlossen, ihn zu lieben, habe ich darauf geschrieben. Das hat Breine gesagt, als sie mir zum ersten Mal von Chaim erzählt hat. Sie hatte beschlossen, den zu lieben, der jetzt bei ihr war.

Sie hat beschlossen zu lieben.

R

Wir reichen Breine noch ein Tüchlein, das sie in den Ärmel stecken kann, und als wir wirklich nichts mehr an ihr verbessern können, werfen Esther und ich uns in unsere eigenen Spendenkleider – ihres mit rosa Rüschen und meins in einem tiefen Pflaumenblau. Es ist ein bisschen kurz, sitzt sonst aber perfekt. Die Kleider riechen schwach nach Mottenkugeln und Breine sprüht sie reichlich mit Parfüm ein.

Wir sind gerade fertig, als Breines Onkel an die Tür klopft. Er trägt einen geliehenen Anzug und hat die Haare tadellos gekämmt. Esther und ich gehen, damit die kleine Restfamilie vor der Zeremonie noch ein wenig unter sich sein kann.

Vor dem Haus wartet Abek auf mich. Seine Haare sind noch feucht und er sieht frisch gewaschen aus. Er hat auch ein neues Hemd gefunden, das nur am Hals etwas zu weit ist. »Bist du zufrieden?«, fragt er.

»Soll ich noch fragen, ob du dich hinter den Ohren gewaschen hast?«, scherze ich und tue, als würde ich nachsehen. »Alles ist gut. Ich bin so froh, dass du da bist.«

Auf dem Weg zum Festplatz treffen wir Josef. Auch er hat ein neues Hemd aus der Spendenkiste an. Es ist beinahe haselnussbraun, eine Nuance heller als seine Augen. Ich habe ihn bisher nur in dem grauen Hemd vom ersten Tag gesehen. Dieses sitzt besser. Dieses liegt an Brust und Bauch enger an. Dieses ist ein bisschen zu kurz an den Ärmeln, aber so, dass es die Handgelenke betont. Er hat schöne Handgelenke.

»Hallo«, sage ich leise.

»Hallo«, antwortet er, und ich bin froh, dass ich das Kleid angezogen habe, das meinen warmen Hautton unterstreicht.

»Ich habe dir noch gar nicht meinen Bruder vorgestellt«, sage ich und beobachte stolz, wie Abek wie ein Erwachsener seine Hand ausstreckt, um Josef zu begrüßen. »Mein Bruder Abek. Und das ist Josef Müller.«

Josef erwidert den Händedruck, seine Augen sind aber weiter auf mich gerichtet. Was wohl hinter ihnen vorgeht? Eine Entschuldigung? Reue? Ich spüre einen scharfen Stich in der Brust und versuche immer noch, seinen Blick zu deuten, als wir von den lachenden Hochzeitsgästen getrennt werden, die an uns vorbeiströmen, und der Menge folgen.

Das ganze Lager hat für die Hochzeit Kerosinzuteilungen angespart. Der Hof ist von Laternen erhellt, und als Abek und ich näher kommen, teilen Ravid und seine Verlobte gerade Kerzen an die Gäste aus.

Der Hof selbst ist noch genauso staubig und hässlich

wie zuvor. Sollte es hier einmal Blumen gegeben haben, so mussten sie dem Kräutergarten weichen, der zur Versorgung des Lagers angelegt wurde. Zum Glück sieht man das im Dämmerlicht nicht so genau.

In der Mitte steht die Chuppa, ein schlichtes weißes Tuch, das auf einer grob gezimmerten Holzkonstruktion befestigt ist. Darunter steht Chaim und wartet. Sein Anzug ist etwas zu groß und seine Haare sind etwas zu kurz geschoren.

Hinter mir verstummen die Gespräche. Die Braut erscheint. Ihr rotbraunes Haar glänzt in der untergehenden Sonne.

Sie ist schön, so wunderschön, diese Hochzeit der munteren Breine mit dem schüchternen Chaim. In einer anderen, perfekteren Welt wäre der Traubaldachin aus feinem, mit Stickereien verziertem Stoff, und Breine würde von ihren Eltern begleitet werden. Aber sie hat keine Eltern mehr und wird auf ihrem Weg zur Chuppa von ihrem strahlenden Onkel und einer alten Frau begleitet, einer Frau Van Houten, wie ich erfahren habe.

»Auf den Fotos wird es weiß aussehen, so wie sie es sich gewünscht hat«, sagt Frau Yost, die jetzt neben mir steht, und zeigt mit dem Kopf auf Breines Kleid.

»Ich glaube, ihr Kleid könnte auch wie Spülwasser aussehen«, flüstere ich zurück. »Sehen Sie nur ihr Gesicht.«

Es ist wahr. Als Breine näher kommt, betrachte ich sie zum ersten Mal nicht als Mannequin für eine Näharbeit, sondern als Braut. Sie strahlt. Sie ist viel schöner, als jedes noch so schöne Kleid sein könnte.

»Aber auf den Fotos sieht es weiß aus«, wiederholt Frau Yost. »Wenn sie in fünfzig Jahren ihren Enkeln ein Bild von diesem Tag zeigen, muss niemand wissen, dass es in einem Lager aufgenommen wurde.«

Breines Onkel und Frau Van Houten führen Breine zur Chuppa. Gemeinsam umkreisen sie sie, während Chaim, das Gesicht der Menge zugewandt, ihnen mit den Augen folgt.

Ein ungarischer Mann heiratet eine tschechisch-polnische Frau, die von einer holländischen Frau, die ihre Mutter ersetzt, und einem unbekannten Onkel, der ihren Vater ersetzt, begleitet wird, und sie alle wissen, was zu tun ist, weil ihr Glaube dieselbe Sprache spricht.

Ich war seit Jahren auf keiner Hochzeit mehr, das letzte Mal als Kind. Seit dem Einmarsch der Deutschen nicht mehr. Aber als der Rabbi zu den Sieben Segnungen kommt, spreche ich die hebräischen Worte mit, als hätte ich sie nie vergessen.

Gelobt Du – EWIGER unser Gott – der erfreut Bräutigam und Braut!

Salzige Tränen steigen mir in die Augen und rinnen mir über die Wangen. Frau Yost, die gewöhnlich gereizt und ungeduldig ist, zieht ein Taschentuch aus ihrem Ärmel. Esthers Brille ist fast von der Nase gerutscht, weil sie von der Zeremonie so gefangen ist, dass sie vergisst, sie wieder nach oben zu schieben.

Ich sehe Josef, der bei den Männern steht. Im Kerzenlicht wirkt seine Gestalt kantig, seine Haare sind immer noch widerspenstig, aber sein Gesicht ist glatt, frisch rasiert, so nackt. Als ich ihn ansehe, entfernt sich sein Blick vom Brautpaar und trifft, im Schatten verborgen, meine Augen. Er muss gespürt haben, dass ich ihn anstarre.

Ich müsste eigentlich verlegen sein, aber ich sehe nicht weg. Ich weiß nicht, woher mein plötzlicher Mut kommt, ob es an dem freudigen Augenblick liegt oder an meinem neuen Kleid oder am Glück der letzten paar Tage, aber ich möchte von ihm gesehen werden. An diesem Tag, mit geschminkten Lippen und frisch gewaschenen Haaren möchte ich als hübsches Mädchen gesehen werden.

Ich beschließe, seinem Blick so lang standzuhalten, bis er wegsehen muss. Aber er sieht mich weiter an. Wir starren uns durch die Pfosten der behelfsmäßigen Chuppa an, während Wachs über meine Fingerspitzen tropft und die Zeremonie im Hintergrund ihren Lauf nimmt. Unsere Blicke trennen sich erst beim Geräusch von klirrendem Glas und den darauffolgenden Jubelrufen.

Erschrocken reiße ich mich von Josefs Blick los. Unter Chaims Füßen liegt ein loses Tuch, in dem sich jetzt Scherben befinden. Das Zerbrechen von Glas ist der letzte Teil der Zeremonie. Es symbolisiert alles Mögliche. Mein Vater sagte einmal, es erinnere ihn an die Zerbrechlichkeit des Lebens. Inzwischen haben wir am eigenen Leib gespürt, wie zerbrechlich das Leben ist, wir müssen nicht daran erinnert werden. Aber Breine wollte eine richtige Hochzeit, deshalb klatsche ich wie alle anderen, bis mir die Hände wehtun.

S

Nach der Trauung gehen wir alle in den Speisesaal, wo ein paar Männer auf irgendwo aufgetriebenen Instrumenten während des Essens schwungvolle Melodien spielen. Ein paar Tische sind an die Wand geschoben und über und über mit Platten und Schüsseln beladen – Gerichte aus Breines und Chaims Heimatländern und aus vielen anderen der im Lager vertretenen Nationalitäten.

Ich lasse Abek vor mir in der Essensschlange anstehen und fordere ihn auf, sich von all seinen Lieblingsspeisen die doppelte Portion aufzutun. Dann gehe ich mit ihm an unseren angestammten Tisch, wo Esther und andere Freunde bereits Platz genommen haben. Alle aus unserer Tischrunde sind da, nur auf Miriams Platz sitzt jetzt Breines Onkel. Ich bin froh, dass die Krankenstation nicht in Hörweite ist. Miriam hat immer gern zugehört, wenn Breine von ihren Hochzeitsplänen erzählte, aber es wäre einfach zu grausam, wenn sie einen Tag, nachdem sie vom Tod ihrer Schwester erfahren hat, den ausgelassenen Hochzeitsfeierlichkeiten zuhören müsste.

Ich habe plötzlich ein schlechtes Gewissen, als Abek mit seinem Teller Platz nimmt. Dieses Fest findet für sie zum denkbar schlechtesten und für mich zum allerglücklichsten Zeitpunkt statt.

»Und – hat es dir gefallen?«, frage ich Abek, nachdem ich ihn den anderen vorgestellt habe.

»Ja«, sagt er, errötet aber dabei.

»Wirklich?«, hake ich nach. »Ganz sicher?«

»Es war schön«, sagt er. »Es ist nur, dass …«

»Was? Wieso wirst du so rot?«

»Onkel Świętopełk«, murmelt er schließlich, flüstert er fast, und schielt zu Breines Onkel hinüber, der pedantisch sein Essen in kleine Stücke zerteilt und nach jedem Bissen seinen Mund mit einer Serviette abtupft.

»Onkel Świętopełk?«, wiederhole ich irritiert. »Was ist mit ihm?«

»Ich stand während der Zeremonie hinter ihm«, flüstert Abek. »Und er …« Er fängt an zu kichern, bevor er zu Ende gesprochen hat.

»Was denn? Was hat er denn getan?«

»Er hat *gefurzt.*« Abek kann kaum zu Ende sprechen und krümmt sich vor Lachen. »Die ganze Zeit. Es hat so gestunken. *Die ganze Zeit.*«

»Das gibt's doch nicht.«

»Und – und manchmal waren sie leise, aber …«

»Nein.«

»Aber an einer Stelle waren sie wie, wie …«

»Wie eine kleine Trompete?«

»Wie eine Trompete! Es klang wie *tä, tä, tä! täteltätä.*«

Abek vergräbt sein Gesicht in der Serviette, um sich sein Lachen nicht anmerken zu lassen. Ich schiele zu Onkel Świętopełk hinüber, der gerade wieder ein Häppchen in seinen Mund schiebt.

»Abek. *Abek!*« Ich gebe meinem Bruder einen Stoß in die Seite. Er lässt die Serviette gerade so weit sinken, dass ich ein tränennasses Auge erkennen kann. »Schau mal auf seinen Teller. Er isst die ganze Zeit nur *Kohl.* Auf seinem Teller sind Berge von Kohl.«

Ich baue den Witz noch aus, weil es so lustig ist, weil die Stimmung so unbeschwert ist, dass an diesem Abend alles ein bisschen lustiger erscheint. Aber auch, weil Abek und ich diese Art von Scherzen früher auch gemacht haben. Weil ich ihn, als er acht Jahre alt war, immer besonders zum Lachen brachte, wenn ich die Hände vor den Mund legte und so hineinblies, dass ein richtig unanständiger Ton herauskam.

»Kohl«, wiederholt Abek in gespieltem Entsetzen. »Oh nein. Wo schläft er heute Nacht? Wir müssen die anderen warnen –«

»Alle?«, ergänze ich.

»Jemand muss das ganze Lager warnen, sofort.« Er legt die Hände wie ein Megafon um seinen Mund. »Achtung! Achtung! Hier ist eine wichtige Mitteilung, Onkel Tüt-tüt betreffend.«

»*Pschschscht.* Er hört dich sonst noch.«

»Onkel Tüt-tüt sorgt heute Abend für die Musik.«

Ich stoße ihn unter dem Tisch an. Es ist eine so vertraute Geste, dass es mir beinahe den Atem nimmt. Abek kaut auf der Innenseite seiner Wangen herum, um sein Lachen zu unterdrücken.

»Abek.«

»Ich versuche es ja«, prustet er.

»Sieh dich doch ein bisschen um«, schlage ich vor. »Hol dir einen Nachschlag und schau, ob du noch eine Flasche Wein für unseren Tisch auftreiben kannst. Und wenn du zurück bist, haben wir uns beide wieder beruhigt.«

Gehorsam schiebt er seinen Stuhl zurück. Ich sehe ihm nach, wie er zum Büfett geht. Gelegentlich zucken seine Schultern.

Esther hat uns beobachtet. Sie sieht mich mit einem klugen, prüfenden Blick an. »Euer Lachen ist genau gleich«, sagt sie.

»Wirklich?« Ich lächle stolz.

»Du musst unendlich glücklich sein«, sagt sie. Ich strecke meinen Arm über den Tisch und drücke ihre Hand.

Als Abek wieder zurück ist, hat sich die Situation etwas entschärft, denn Onkel Świętopełk hat sich erhoben und sich einigen der Älteren angeschlossen, mit denen er sich in einer Ecke leise unterhält.

Abek hat sich nicht noch mal Essen geholt, stellt aber eine offene Weinflasche auf den Tisch. Er schenkt mir ein Glas ein und dann, obwohl ich die Augenbrauen hochziehe, schenkt er auch sich etwas ein.

»Weißt du, woran ich denken muss?«, frage ich ihn. »An Papa. Dieses Fest erinnert mich irgendwie an ihn.«

»Und an seine Hochzeit mit Mama?«

»Nein, eigentlich nicht. Obwohl ich wahrscheinlich auch daran gedacht habe. Aber vor allem habe ich daran gedacht, dass Papa ein guter Mann war. Als er Mama heiratete, wäre er vielleicht lieber in ein eigenes Haus gezogen und nicht mit seinen Schwiegereltern und deren jüngster Tochter zusammengezogen. Aber so war es damals – und er hat Tante Maja fast wie ein eigenes Kind aufgezogen.«

»Er hat immer versucht, das Richtige zu tun«, fahre ich fort. »Auch an jenem Tag im Stadion, als er den alten Apotheker verteidigte, obwohl er wusste, dass –« Ich spreche nicht weiter. »Also, als Breine von ihrem Onkel zu Chaim geführt wurde, musste ich an Papa denken.«

»Weil Papa Tante Maja zur Chuppa geführt hat?«

»Weil – aber nein, Abek. Tante Maja hat nie geheiratet. Hast du das vergessen?«

»Mhmm. Möchtest du noch ein Glas?«, fragt er und hebt die Flasche hoch.

Ich winke ab. »Erinnerst du dich daran, was sie immer gesagt hat, was der Mann, den sie einmal heiraten würde, alles haben müsste?«

»Ja. Ich habe *Ja* gesagt.«

Jetzt bemerke ich, dass mein Bruder etwas rot im Gesicht ist und glasige Augen hat und dass sein Weinglas schon leer ist, wogegen meins noch fast voll ist. Die

Flasche war schon offen, als er sie an den Tisch gebracht hat. Ich habe den leisen Verdacht, dass dies nicht sein erstes Glas gewesen ist. Als er wieder zur Flasche greifen will, nehme ich schnell den Wasserkrug, der in der Tischmitte steht und gieße ihm ein.

»Es ist eine Hochzeit, Zofia«, beschwert er sich. »Ein besonderer Anlass!«

»Und ich habe den Eindruck, du hast heute schon genug gefeiert. Du bist erst zwölf.«

»Du hast doch gesagt, ich soll noch Wein holen!«

»Ich habe aber nicht gesagt, dass du ihn *trinken* sollst«, sage ich lachend.

»Du musst mir keine Vorschriften machen«, blafft er zurück.

Auf der anderen Seite des Tisches ist unser Gespräch nicht unbemerkt geblieben, aber alle tun so, als würde sie nicht hinsehen. Abek lehnt sich zurück und verschränkt seine Arme vor der Brust. Es ist ihm offenbar peinlich, von mir als Kind bloßgestellt zu werden. Alle anderen am Tisch haben Wein getrunken, ich selbst auch mehrere Gläser. Ich frage mich plötzlich, was daran so schlimm gewesen wäre, wenn er sich noch einen Schluck genehmigt hätte und sich dafür vor den anderen, die er gerade erst kennengelernt hatte, nicht hätte schämen müssen.

»Vielleicht, wenn du ihn mit Wasser verdünnst«, biete ich als Kompromiss an.

»Verdünnen?«

»Oder du könntest in ein paar Stunden noch einmal –«

»Darum geht es nicht.«

Aber ich weiß nicht, worum es geht. Ich wundere mich, dass er sich wegen eines Schlucks Wein so aufregt. Ich weiß wirklich nicht, warum er plötzlich so mürrisch und abweisend ist.

Esther sieht mich mitfühlend an. Sie hat die ganze Auseinandersetzung mitbekommen. Sie fasst einen Entschluss, legt ihre Serviette beiseite und kommt um den Tisch herum.

»Abek, würdest du mit mir tanzen? Ich bin eine fürchterliche Tänzerin«, entschuldigt sie sich, »aber wenn dir eine tollpatschige Partnerin nichts ausmacht, können wir es mal versuchen.«

Ich sehe sie dankbar an, als sie Abek die Hand reicht, Er nimmt sie und die beiden schieben sich zur Tanzfläche durch und wippen dabei unbeholfen zur Musik.

Viele andere Paare haben sich ebenfalls gefunden. Ich bin die Einzige, die an unserem Tisch noch übrig ist. Dort stehen lauter Tassen und Gläser, die nicht zusammenpassen, und zerknüllte Servietten. Ich kippe den restlichen Wein hinunter und beobachte die Tanzfläche.

Wir hatten Flaschen mit gutem Wein, die jetzt alle sind, und wir hatten Flaschen mit schlechtem Schnaps, die ebenfalls alle sind. Ich selbst habe so viel getrunken, dass mir beim Stillsitzen schummerig wird, also mache ich mich daran, das schmutzige Geschirr zu stapeln und in die Küche zu bringen.

Josef steht an dem großen weißen Spülbecken, die Arme bis zu den Ellbogen im Wasser.

»Du tanzt ja gar nicht!« Ich setze das Geschirr ab. Er zeigt auf das Seifenwasser. »Die Teller sind ausgegangen.« Als wollte er seinen Worten mehr Gewicht geben, nimmt er einen schmutzigen Teller von dem Stapel, den ich gerade gebracht habe und versenkt ihn ins Spülwasser.

Aber auf der anderen Seite des Beckens steht ein fast ebenso großer Stapel mit sauberen Tellern.

»Meinst du nicht, dass die reichen?«, frage ich. »Die meisten haben schon gegessen. Komm doch wieder mit raus. Wir können die sauberen Teller mitnehmen.«

Er schüttelt den Kopf und nimmt den nächsten Teller. »Ich bin sowieso kein großer Tänzer«, sagt er.

»Esther auch nicht, aber du solltest mal sehen, wie sie Abek das Tanzen beizubringen versucht.«

»Ich mach das hier noch fertig. Irgendjemand muss es ja am Ende machen.«

Er lässt sich offenbar nicht umstimmen, also kremple ich meine Arme hoch und nehme mir ein Geschirrtuch.

»Das musst du nicht«, protestiert er, als ich mir eine behelfsmäßige Schürze umbinde. »Vor allem nicht jetzt, wo dein Bruder da ist.«

»Ich möchte ihn nicht übermäßig betütteln. Ich glaube, ich habe ihn heute Abend sowieso schon in Verlegenheit gebracht. Komm, du spülst, ich trockne ab. Zu zweit geht es schneller.«

Wir arbeiten uns schnell durch die Geschirrstapel, aber ich merke an seinem gelegentlichen tiefen Luftholen, dass er etwas sagen will. Als er wieder einen Teller aus dem Wasser zieht und ihn mir reicht, lässt er nicht los, als ich danach greife. Der Teller schwebt zwischen uns, Wasser tropft auf den Boden.

»Ich habe dir noch gar nicht gratuliert, dass du ihn gefunden hast«, sagt er. »Und ich habe mich auch nicht dafür entschuldigt, dass ich gesagt habe, du würdest ihn nicht finden.«

»Du warst einfach vernünftig«, erwidere ich großmütig. Das fällt mir natürlich nicht schwer, da mein Bruder nur ungefähr fünfzig Meter von mir entfernt ist. »Die meisten hätten mich für verrückt gehalten.«

Er packt den Teller noch fester an. »Und wenn du auf mich gehört hättest? Wenn du auf mich gehört hättest und nicht diese ganzen Briefe geschrieben oder –«

»Josef, wir sind auf einer Hochzeit«, seufzte ich. »Ich habe seit ewigen Zeiten kein hübsches Kleid mehr angehabt und jetzt steh ich damit in der Küche und spüle. Jetzt beeil dich, damit wir fertig werden und ich die Schürze abbinden kann. Und dann kannst du mir sagen, dass ich in dem Kleid wunderschön aussehe.« Zweifellos sind meine Worte auch ein wenig dem Alkohol geschuldet, aber ich hätte sie nicht unterdrücken können, auch wenn ich gewollt hätte.

»Und das ist übrigens, was jemand hören möchte, der ein neues Kleid anhat und zur Tür hereinkommt«, fahre ich fort. »›Du siehst wunderschön aus‹, und nicht ›Die Teller sind ausgegangen.‹«

Ich habe Josef einen solchen Schrecken eingejagt, dass er den Teller loslässt. Dieser dreht sich in Richtung meines Kleids, mit dem ich gerade angegeben habe. Ich meine zuerst, ich könnte ihn festhalten, aber dann rutscht er mir aus der Hand – und dann durch Josefs Hand, der versucht hat, ihn aufzufangen – und landet schließlich krachend auf dem Boden, wo er in tausend Stücke zerspringt.

»Oh«, rufe ich hilflos, als mir die Scherben um die Füße springen.

»Ich hole einen Besen«, sagt er.

Verdammt.

Wir kehren die Scherben auf, die großen schmeißen wir in einen Mülleimer, die kleineren nehmen wir mit einem Lappen auf. Die einzigen Sätze, die wir austauschen – *Siehst du das Stück dort unter der Spüle* – sind praktischer Natur.

Ich habe die Chance vertan, wenn es überhaupt eine Chance gegeben hat. Auf allen vieren wische ich den Boden mit einem nassen Handtuch, damit ich auch die kleinsten Splitter erwische. Der Saum meines Kleides ist feucht und schmutzig geworden und meine Achseln sind schweißnass. Als ich wieder aufstehe, wische ich mir mit dem Handrücken den Schweiß von der Stirn.

Josef kehrt methodisch weiter, die Borsten kratzen über den Boden, sein Blick ist nach unten gerichtet.

»Ich glaube, wir haben es geschafft«, sage ich. »Meinst du, wir sollten das Handtuch mit den Splittern noch retten, oder können wir es einfach in den Müll schmeißen? Josef?«

Er hat mit dem Kehren aufgehört und sieht mich an. »Du siehst wunderschön aus in dem Kleid.«

Ich zucke zusammen. »Du musst das nicht *jetzt* sagen.«

»Du hast bei der Hochzeit in dem Kleid wunderschön ausgesehen, und als du in der Schürze die Scherben aufgelesen hast, hast du noch schöner ausgesehen. Das solltest du wissen.«

Er streckt seine Hand aus und ich erröte. Aber dann begreife ich, dass er nicht meine Hand, sondern das Handtuch mit den Scherben nehmen will, um es in den Müll zu werfen. »Wir schmeißen es weg.«

»Josef.«

»Ich mache den Rest allein sauber.« Er versenkt seine Hände wieder im Spülwasser.

»Nein.«

»Schon gut.«

»Nein«, sage ich entschlossen. »Wir tanzen jetzt.« Er will schon wieder protestieren, aber ich binde schon meine Schürze ab. »Es ist genug, Josef. Genug.«

Ich sage, es ist genug mit dem Abwasch, aber ich meine auch, es ist genug, dass du ständig einen Rückzieher machst. Genug, dass immer du entscheidest, wann wir miteinander reden und wann du es vorziehst zu schweigen und wann du mir sagen willst, dass ich schön aussehe. Genug damit. Ich mach das nicht mehr mit. Ich strecke entschieden meine Hand aus und sage: »Das ist deine letzte Chance, mit mir tanzen zu gehen. Wenn ich meine Hand sinken lassen, werde ich dich nicht noch einmal fragen. Nie mehr. Dann werde ich dich nie mehr etwas fragen.«

Er muss darüber nachdenken. Ich sehe ihm an, wie er abwägt, was er tun soll. Erst als ich meine Hand einen Zentimeter nach unten sinken lasse, zieht er die seine aus dem Spülbecken und ergreift, seifig und tropfend, meine ausgestreckte Hand.

Das Wasser tröpfelt von seiner Hand auf meine Fingerknöchel und über mein Handgelenk, aber ich glaube nicht, dass es dieses Tröpfeln ist, was mich erschaudern lässt.

Im Festsaal haben die Musiker ihre Instrumente fortgeräumt und jemand hat einen Plattenspieler angestellt. Jetzt werden keine traditionellen Hochzeitsweisen mehr gespielt. Jetzt wird Musik von unterschiedlichen Bands mit dem fröhlichen, quirligen Quäken von Trompeten gespielt. Ich weiß nicht, wie man darauf tanzt, aber die meisten anderen scheinen es auch nicht zu wissen. Zwei kanadische Mitarbeiter führen in der Mitte des Saals vor, wie es geht, und einige folgen mehr schlecht als recht ihrem Vorbild. Josef sieht erleichtert aus. Er ist also nicht der einzige Anfänger auf dem Tanzboden.

Er legt einen Arm um meine Taille, wie die Kanadier es vorgemacht haben. Meine Haut kribbelt, doch gleichzeitig ist es auch eine peinliche Vorstellung, dass unsere Körper inmitten der vielen Leute und der schreienden Musik miteinander harmonieren könnten. Es wird schnell klar, dass Josef keinerlei Rhythmusgefühl besitzt. Die Schritte sind nicht kompliziert, aber er kann einfach nicht beim richtigen Takt loslegen. Ich versuche, nicht zu lachen, aber dann kann ich es nicht mehr unterdrücken. Aber er ist mir nicht böse, sondern lacht ebenfalls, wirft seine Arme in die Luft und macht übertrieben tollpatschige Schritte.

Hätte so ein Rendezvous ausgesehen? Wäre es so gewesen, wenn ich Josef in der Schule oder in einem Jugendklub kennengelernt hätte? Könnten wir trotzdem eine Beziehung haben, die nicht von meinem und seinem Schmerz überschattet ist?

»Komm hier herüber.« Ich ziehe ihn in einer Ecke hinter ein Gestell, wo die Gäste ihre Jacken aufgehängt haben und wo wir niemanden stören. »Sieh auf meine Füße«, sage ich. »Schritt drei und vier sind schneller. Es geht langsam, langsam, schnell-schnell.«

Er sieht nach unten auf meine Füße und dann sehe auch ich nach unten, damit ich ihm besser helfen kann, und dann stoßen unsere Köpfe zusammen.

Und dann küssen wir uns plötzlich.

Ś

Kaum treffen unsere Lippen aufeinander, macht mein Herz einen Sprung und mir wird schwindlig.

Und dann zieht Josef seinen Kopf ruckartig zurück. Im ersten Augenblick überlege ich, ob ich einen fürchterlichen Fehler gemacht habe. *Möchte er das nicht?* Aber dann spüre ich seinen Herzschlag an meiner Brust und merke, dass sein Herz ebenso einen Sprung gemacht hat und dass wir beide überwältigt sind. Dann beugt er sich wieder zu mir vor, diesmal gezielt. Er legt seine Hände hinter meinen Kopf und streichelt mit dem Daumen über meine Wange. Ich beuge mich weiter vor. Unsere Lippen berühren sich diesmal zarter, nicht mehr so unbeholfen. Es ist, als wäre die Zeit stehen geblieben.

Ich habe schon einmal jemanden geküsst. Das erste Mal auf einem Geburtstag mit dreizehn, als ein Junge namens Lev und ich uns hinter einem Vorhang im Esszimmer verstecken sollten. Lev und ich trafen uns dann zwei Monate lang ab und zu heimlich. Er wartete nach der Schule mit einem halb verwelkten Strauß selbst gepflückter Blumen auf mich. Aber das hier ist anders. Es fühlt sich nicht wie das Küssen von damals an. Mit Lev war es eher eine Art Pantomime gewesen, eine Probe fürs richtige Küssen. Dieser Kuss rast durch meinen ganzen Körper.

»Huch!« Das Garderobengestell bewegt sich - ein Mann sucht seinen Hut - und wir springen schnell auseinander. »Huch!«, ruft der Mann wieder. Er ist betrunken und fröhlich. »Heute Abend amüsiert sich jeder!«

Der Betrunkene stöbert durch das Gestell, und das gibt mir genug Zeit, wieder zur Vernunft zu kommen und mir über die Situation klar zu werden. Ich müsste jetzt vorschlagen, dass wir wieder auf den Tanzboden gehen oder einen Schluck Wasser trinken sollten. Josef sieht mich an und wartet auf genau diesen Vorschlag. Auch er weiß, dass sich das jetzt so gehören würde.

»Möchtest du woandershin?«, frage ich stattdessen. »Irgendwohin, wo es nicht so laut ist?«

Er zögert nur eine Sekunde. »Ja.«

»Wohin willst du?«

»Wohin willst du, Zofia?«

»Wir könnten in deine Unterkunft gehen.«

Dieser eine Satz sagt sehr viel. Ich hätte auch sagen können: Wir könnten in die neue Bibliothek im Verwaltungstrakt gehen. Ich hätte sogar sagen können: Wir könnten zu mir gehen, wo Abek irgendwann auftauchen wird, und Esther auch, mit den Schuhen in der Hand und leicht beschwipst. Aber ich weiß, dass Josef sein Zimmer nur mit Chaim teilt, und dass Chaim, genau wie Breine, am Nachmittag seine Habseligkeiten in ein Ehezimmer gebracht hat, in dem sie zukünftig wohnen werden. Josefs Zimmer wird also die ganze Nacht leer sein.

Ich sehe mich im Speisesaal um. Esther und Abek tanzen nicht mehr. Sie sitzen wieder am Tisch, wo Ravid und ein paar andere jetzt Karten spielen. Ich fange Esthers Blick auf und nickte in Richtung Abek. Sie nickt zurück. *Es ist alles gut. Ich habe ein Auge auf ihn.*

Ich zögere noch, die Vorstellung, meinen Bruder aus den Augen zu lassen, lähmt mich für einen Augenblick. Aber Abek lacht, er amüsiert sich.

Außerhalb des Speisesaals sind wir plötzlich befangen und gehen wie Fremde nebeneinanderher. Josef entschuldigt sich, dass er beim Gehen meine Hüfte streift und ich rede lauter dummes Zeug über die Sterne. Ich sage: »Die Sterne scheinen heute Nacht wirklich sehr hell«, obwohl sie aussehen wie immer. Als wir in Josefs Zimmer kommen – als wir durch das vordere Zimmer von Ravid gehen und nach hinten in Josefs Zimmer gehen und als ich das akkurat gemachte Bett sehe – wird mir erst richtig klar, was ich hier mache.

»Das ist das Bett von Chaim«, sagt er überflüssigerweise und zeigt auf die nackte Matratze. »Ich kann mich hier hinsetzen oder ich kann einen Stuhl für dich auftreiben, wenn dir das lieber ist.«

»Nein.«

»Möchtest du einen Schluck Wasser?«

»Nein.«

»Ich war bisher nie in den Mädchenhäusern. Sehen sie –«

Ich schneide ihm das Wort ab, bevor er weitersprechen kann, schlinge meine Arme um seine Taille und presse meine Lippen auf seinen Mund. Wir küssen uns, doch diesmal geht unser Atem schwer, und ich spüre, wie sein Körper auf meinen Körper reagiert, spüre meine bebenden Hände, die immer sicherer werden und dann so sicher sind wie nie zuvor. Ich schiebe meine Hände unter sein Hemd, dann an seiner nackten Haut hinauf bis zur Brust, wo sein Herz wild gegen meine Handflächen schlägt. Er keucht auf und fingert an den Knöpfen meines Kleides und verweilt kurz am obersten Knopf hinten im Nacken.

»Darf ich –«

»Ja«, sage ich, aber dann muss ich es selbst machen, weil er den Knopf nicht durch das Knopfloch bekommt. Dann legt er sanft seine Fingerspitzen auf mein Kinn und hebt es an, und dann berührt er mit seiner Zunge die Mulde an meinem Hals.

Ich zittere am ganzen Körper, als er den nächsten Knopf selbst aufbekommt und dann einen Knopf nach dem anderen.

Ich hatte vergessen, wie intensiv man Freude empfinden kann. Über Jahre hinweg habe ich nichts als immerwährende, unaufhörliche Qualen empfunden, auf die mein Körper sich wie ein Instrument eingestellt hat. Als müsste er sich vor allem abkapseln und würde sich allen Empfindungen verschließen. Und als der Krieg dann vorbei war, als ich im Krankenhaus und in Sicherheit war, spürte ich meist nur eine dumpfe Taubheit, die mich vor meinen eigenen Gefühlen bewahrte. Ich hatte vergessen, wie es ist, einen Wunsch zu haben, einfach weil man etwas will, und nicht, weil man kurz davor ist, zu verhungern oder zu erfrieren.

»Zofia«, flüstert Josef und holt mich wieder in die Gegenwart zurück, in die ungeschminkte Wirklichkeit dieses Augenblicks und meines Körpers. Die Tür ist dünn und kann jeden Moment aufgehen. Tante Maja hat mir erzählt, was in der Hochzeitsnacht geschieht, aber es hieß immer, *was in der Hochzeitsnacht geschieht*, und nicht, wie es mit einem Jungen ist, den du erst ein paar Wochen kennst.

Ich schließe meine Augen und versuche, das Gesicht von Tante Maja wegzuschieben, aber jetzt kämpft mein Körper mit sich selbst.

»Warte.«

»Was?«, sagt Josef zwischen den Küssen auf meinen Hals, sanfte Küsse, die mich zum Schmelzen bringen.

»Josef, warte.«

Diesmal handeln meine Hände vor meinen Gedanken und ich stoße Josef zurück. Er sieht mich an, hebt verwirrt seine Hände hoch.

»Es tut mir leid. Ich dachte, du wärst damit einverstanden – ich habe das wohl missverstanden.«

»Ich habe nur noch acht Zehen«, platzt es aus mir heraus.

»Was?«

»Acht. Sie waren so erfroren, dass sie im Krankenhaus nicht mehr gerettet werden konnten. Wenn ich meine Schuhe ausziehe – ich wollte nicht, dass es dich abstößt, wenn du meine Füße siehst.«

Josef tritt einen Schritt zurück und blickt mich an, dann dreht er sich um. Ich sehe das als ein Zeichen für seinen Widerwillen, aber dann streicht er die Haare auf seinem Hinterkopf zur Seite. »Siehst du das?«, fragt er. Und ich sehe es, es ist kaum zu übersehen, eine kahle Stelle, so groß wie eine Aprikose. »Es war Winter und ich wurde krank. Meine Haare fingen an auszufallen und an dieser Stelle sind sie nicht mehr nachgewachsen«, erzählt er. »Und ich glaube auch nicht, dass sie je wieder wachsen werden. Ich werde dort immer kahl sein, bis irgendwann auch die übrigen Haare ausfallen werden.«

»Ist das der Grund, warum du dich nie richtig kämmst?«, frage ich und fange an zu lachen.

»Ganz genau. Wenn ich mich ordentlich kämmen würde, könnten alle sehen, wie wenig Haare ich habe.«

Ich kremple einen Ärmel hoch. Über meinen Vorderarm bis oberhalb des Ellbogens zieht sich spinnenartig eine Narbe. »Im zweiten Lager flog ein Schiffchen vom Webstuhl«, erzähle ich. »Es ist nie richtig verheilt. Ich traute mich nicht, die Verletzung zu melden, weil sie mich sonst in die Krankenbaracke gebracht hätten und ich vielleicht nie mehr herausgekommen wäre.«

»Mir fehlen zwei Backenzähne.« Er hält mit den Fingern seinen Mund auf und fordert mich nickend auf, hineinzusehen. Dort, wo früher die Zähne waren, sind jetzt zwei schwarze Löcher. »Ein Soldat schlug mich mit seinem Gewehrkolben und da sind sie rausgeflogen.«

»Ich habe Narben von den Flohstichen«, sage ich.

»Du meinst, du hast ein paar Flohstiche? Ich habe meine immer blutig gekratzt, ich konnte einfach nicht aufhören. Jetzt habe ich die ganzen Beine voller Pockennarben.«

Er schiebt das eine Hosenbein hoch. Es ist zu dämmerig, als dass ich die angeblichen Pockennarben sehen könnte, aber ich lache, ich lache und weine, während wir diese Reise über unsere Körper fortsetzen und uns die heimlichen, verborgenen Mängel zeigen. Auch Josef lacht, lässt sein Hosenbein los und fasst an seinen Hemdsärmel.

»Meine Schulter wurde ausgekugelt und ist nicht mehr richtig eingerenkt«, sagt er. »Ich bringe keinen einzigen Liegestütz mehr hin. Ich kann mich in einer bestimmten Position nicht mehr auf den Armen abstützen. Wenn ich …«

Er verstummt. Er lacht nicht mehr. Ich merke, dass er rot wird und dann merke ich, dass ich auch rot werde, weil ich weiß, was er sagen wollte: Wenn ich auf dem Rücken läge und er über mir wäre, könnte es nicht funktionieren, weil er sich vielleicht nicht halten könnte.

»Das macht mir nichts aus«, sage ich.

Josef zögert. »Muss ich … soll ich –«

Er spricht nicht zu Ende, aber ich weiß, was er sagen will. *Soll ich ein Kondom holen? Könnte es Folgen haben?*

»Nein.« Eine Welle von Zärtlichkeit überschwemmt mich und dann werde ich doch noch nervös. »Ich habe – ich habe seit ewigen Zeiten nicht mehr geblutet. Josef, wenn ich ausgezogen bin, kannst du meine Rippen zählen. Auch nach Monaten im Krankenhaus sehe ich nicht sehr … weiblich aus.« *Meine Brüste sind verschwunden,* das möchte ich eigentlich sagen. Mein Zyklus ist ausgeblieben, ich bin ausgedörrt. Ich bin ein Gar-Nichts-Mädchen.

»Das macht nichts«, sagt er und knipst die Lampe aus.

Mein letztes Geständnis und die Dunkelheit haben eine befreiende Wirkung auf mich. Er kennt jetzt alle peinlichen Dinge über meinen Körper.

Von draußen, weit weg, ist immer noch Musik von der Hochzeit zu hören.

Ich denke an Breine, die jetzt geheiratet hat, um sich zu beweisen, dass sie lebt, um sich daran zu erinnern, dass sie nie mehr auf ihr Glück warten möchte. Ich denke an Tante Maja und ihre Ratschläge für die Hochzeitsnacht. Aber Tante Maja ist nicht da und kann mir keinen Rat mehr geben.

Ich möchte Josefs Hose aufknöpfen, aber er hält meine Hände fest.

»Lass«, sagt er. »Es gibt noch etwas.« Seine Stimme klingt belegt.

»Das sind genug körperliche Mängel.«

»Es geht nicht um eine Verletzung. Es geht um mich. Ich habe nicht gewusst, wie ich es dir –«

»Bitte hör auf zu reden«, sage ich bestimmt. Er gehorcht. Er sitzt auf der Bettkante und legt seine Hände auf meine Hüften, während ich die restlichen Knöpfe meines neuen violetten Kleides öffne. Es gleitet auf den Boden und ich nehme seine Hände und lege sie auf meine flachen Brüste. An seiner scharfen Atmung erkenne ich, dass ich nicht zu flach für ihn bin.

Er presst seine Lippen auf meinen Bauch und ich fahre mit meinen Händen durch seine Haare. Ich küsse seinen Scheitel und wir wissen wieder, dass wir leben.

Hier ist ein Stück meiner Erinnerung, meiner grausigen Erinnerung, die mich überkommt. Ich sollte eigentlich an etwas Schöneres denken, denn wenn man etwas Schönes tut, sollte das auch schöne Erinnerungen auslösen. Aber so funktioniert es anscheinend nicht. Wie bei einem Puzzle, dessen Teile nicht in der richtigen Reihenfolge folgen. Jedes Teil schwimmt in meinem Erinnerungsmüll herum, bis es an irgendetwas Obskurem festmacht.

Sie schickten meinen Vater nicht nach links, als wir nach Birkenau kamen. Mein Vater war bereits tot. Mein Vater war tot, denn als er sah, wie die deutschen Soldaten den alten Apotheker traten, kam er ihm zu Hilfe und deshalb erschossen sie ihn. Zuerst schlug ein Soldat mit der Faust brutal auf seine Kehle, dass ihm die Luft wegblieb, und dann erschossen sie ihn. Beiläufig, als wären ihre Gewehre Fliegenklatschen. Er fiel auf den Boden. Sein Arm war wie bei einer Stoffpuppe nach hinten verdreht. Ich dachte noch, dass er sich die Schulter ausgerenkt hatte.

Er war nicht der Einzige, der an diesem Regentag im Fußballstadion starb. Die Soldaten erschossen auch an-

dere, die ihren Befehlen nicht folgten. Menschen, die heimlich von einer Schlange in die nächste wechseln wollten. Eine Frau schrie, ihr Sohn sei bei der Arbeit und er hätte eine Befreiung. Wenn sie gewusst hätte, dass sie nicht zurück nach Hause dürfte, hätte sie sich von ihm verabschiedet. Sie versuchte zu gehen und da erschossen sie sie.

An diesem Tag gab es so viel Blut, so viele Tote, und alles passierte gleichzeitig. Den Rest meiner Familie verlor ich, als wir in Birkenau ankamen, und vielleicht war es einfacher für mich, mir vorzustellen, dass ich meinen Vater ebenfalls dort verlor, nach links, alle auf einmal. Mir vorzustellen, dass ich ihn schon Tage zuvor verloren hatte, hätte bedeutet, von zwei Schmerzhämmern niedergeschmettert zu werden statt nur von einem.

Spielt das überhaupt noch eine Rolle? Er ist tot, so oder so.

T

Als ich aufwache, liegt Josef neben mir auf dem Bauch und schläft. Seine Haare sind zerzaust wie Strandhafer. In dieser Position ist er auch eingeschlafen, wir beide sind so eingeschlafen. Nebeneinander auf dem Bauch, die Hände brav neben dem Kinn gekrümmt, als wären wir uns plötzlich der Privatsphäre des anderen bewusst und dass es unhöflich wäre, sie zu verletzen. Meine letzte Erinnerung vor dem Einschlafen ist, dass ich ihn fragte, ob seine Schulter wehtäte, er mich fragte, ob es mir zu kalt sei, ich ihm sagte, dass mir nicht kalt sei, aber da ich fast nackt sei, ich meine Arme weiter so halten würde, um meine Nacktheit zu bedecken. Und dass er lachte.

Ich wollte nur kurz meine Augen schließen und dann wieder zu Abek gehen. Aber ganz offensichtlich bin ich richtig eingeschlafen. Draußen ist es noch dunkel, aber der Himmel ist dunkellila und nicht tintenschwarz. Dem Sonnenaufgang näher als der Mitternacht. Ich taste nach der Lampe neben Josefs Bett und knipse sie an. Ihr Schummerlicht reicht gerade aus, um sich zu orientieren. Ich bin halb angezogen. Josef hatte sich vorhin eine Decke umgeschlungen und im Dunkeln unserer Unterwäsche zusammengesucht. Erst reichte er mir meine Stücke, dann drehte er sich weg, um seine anzuziehen – eine nachträgliche Keuschheit, die mich belustigte. Während ich schlief, muss er noch einmal aufgestanden sein, denn unter dem Türknauf steht ein Stuhl, der die Tür vor Eintretenden sichert. Und als ich einschlief, lag mein Kleid unordentlich auf dem Boden. Jetzt liegt es zusammengelegt auf dem Nachttisch und meine Schuhe stehen darunter. So hätte ich die Sachen gleich gefunden, wenn ich im Dunkeln gegangen wäre.

Seine eigenen Kleidungsstücke hängen an einer Holzstange in einem offenen Kleiderkasten, der in der Mitte von einer Schnur unterteilt ist, wahrscheinlich um seine Seite von Chaims Seite abzutrennen. Chaims Seite ist leer und auf Josefs Seite hängt nur ein einziges Hemd, nämlich das, das er an dem Tag trug, als ich ihn zum ersten Mal gesehen habe, und das er seitdem immer getragen hat. Er scheint sich aus den Spendenkisten, die von Wäschestücken und Mottenkugeln überquellen, nicht zu bedienen, außer dem neuen Hemd, das er zur Hochzeit getragen hat.

Ich gehe auf Zehenspitzen zum Schrank und nehme das Hemd ab. Die Kleiderbügel klappern und ich zucke erschreckt zusammen, aber Josef schläft tief und fest. Das Hemd ist von einem verwaschenen Grau, vielleicht war es einmal weiß oder blau. Jetzt ist es von der Sonne verblichen, ist hundertmal gewaschen worden und hat sich dazwischen ebenso oft an Josefs Haut geschmiegt. Es riecht nach sauberem Gras und Sonne, doch darunter riecht es nach Josef, nach der rauchig-süßen Würze seiner Haut. Bei genauem Hinsehen bestätigt sich mein Eindruck, den ich zuvor schon von Josefs Nähkünsten gewonnen habe. Die Knöpfe sind wieder angenäht und sitzen fest. Aber schön kann man das nicht nennen. Die Tasche ist immer noch halb abgerissen. Er scheint sie nicht unbedingt zu brauchen.

Leise gehe ich zu meinem Kleid und taste in der Tasche nach Nadel und Faden, die ich eingesteckt hatte, falls bei Breines Kleid im letzten Augenblick etwas gerissen wäre. Ich glaube nicht, dass Josef sich an der unpassenden Farbe des Fadens stören wird.

Ich setze mich auf Chaims leeres Bett, stelle die Lampe so, dass ich etwas sehen kann, und mache mich zuerst an die Knöpfe. Ich reiße die schief sitzenden ab und nähe sie auf Höhe der Knopflöcher wieder an. Die Tasche nähe ich mit Überwendlingstichen an, einfachen Saumstichen. Das sind die ersten Stiche, die ich gelernt habe. Baba Rose führte vorsichtig meine Hand und ich zog die Nadel durch zwei aufeinanderliegende Stoffstücke, die sie mir zum Üben gegeben hatte. Das ist keine höhere Nähkunst, wie es in unserer Fabrik Standard war. So habe ich nur zu Hause genäht, wenn ich die Hose meines Vaters umsäumte oder auf den Ärmel von Baba Rose einen Flicken setzte.

»Was tust du da?« Josef ist noch ganz verschlafen, seine Stimme ist leise und rau, das Kissen hat einen Abdruck auf seiner Wange hinterlassen.

»Geh wieder schlafen«, sage ich.

»Flickst du mein Hemd?«

»Warum hast du nur dieses eine?«

»Ich habe zwei«, murmelt er.

»Seit gestern hast du zwei, weil du dir für die Hochzeit ein neues ausgesucht hast. Warum hast du dir nicht schon vorher eins geholt?«

»Andere brauchen sie dringender als ich.«

»Josef. Du hattest nur *ein Hemd.*«

»Ich sehe dir gern beim Nähen zu. Du bist sehr gut darin.«

»Woher weißt du das? Wenn ich mir die Knöpfe ansehe, die du angenäht hast, muss ich sagen, dass du sehr schlecht im Nähen bist.«

»Ich sehe dir gern dabei zu.« Er dämmert wieder weg, seine Wörter verwischen.

»Schlaf ruhig weiter, Josef.«

Ich warte, bis sein Atem wieder gleichmäßig ist, dann mache ich einen zusätzlichen, kleinen Falz in die Hemdtasche. Von einer Stelle, wo niemand es sieht, schneide ich einen schmalen Streifen Stoff ab und fange schnell an zu sticken.

Z für Zofia, 1945, die eins deiner Hemden geflickt und dir das andere vom Leib gerissen hat.

Ich zwirbele den Stoffstreifen zwischen meinen Fingern zu einer winzigen Rolle zusammen und schiebe sie in den Falz an der Tasche, dann nähe ich ihn zu. Es würde mich beschämen und gleichzeitig freuen, wenn er ihn jemals entdeckt. Meine Familie hat sich immer darüber gefreut, wenn ich solche Botschaften einnähte. Aber meinen Freundinnen habe ich nie etwas davon erzählt, obwohl ich es ein paarmal auch für sie gemacht hatte. Ich war mir nie sicher gewesen, ob sie sich gefreut oder es befremdlich gefunden hätten. Vielleicht ist es jetzt auch befremdlich. Ich kenne Josef doch kaum.

Heute habe ich beschlossen, den Menschen zu lieben, der jetzt vor mir steht, hatte Breine gesagt, als sie mir erzählte, dass sie einen Mann heiraten wolle, den sie seit nicht einmal zwei Monaten kannte. Ich sage ja nicht, dass ich ihn heiraten will. Ich sage ja nicht, dass ich ihn liebe.

Aber die vergangene Nacht haben wir zusammen verbracht, und selbst, wenn Josef diese Botschaft nie entdeckt, gefällt mir die Vorstellung, dass er meinen Namen so dicht an seinem Körper trägt. Noch mehr gefällt mir die Vorstellung, dass die letzte Nacht dokumentiert ist, und selbst, wenn mir oder Josef etwas zustoßen würde, gäbe es immer noch diesen Beweis, weil ich ihn niedergeschrieben habe.

Als ich fast schon bei unserem Haus angekommen bin, huscht eine Gestalt daraus hervor. Es ist Breine. Sie trägt einen Morgenmantel und drückt etwas an ihre Brust. Als sie meine Schritte hört, bleibt sie erschrocken stehen, dann erkennt sie mich und lacht.

»Wieso kommst du jetzt erst nach Hause?«, fragt sie erstaunt. »Hier hat jemand wohl auch sein Vergnügen gehabt.«

»Und was machst du hier?«, ziehe ich sie auf. »Solltest du nicht mit Chaim zusammen sein?«

Sie zeigt mir den Gegenstand in ihrer Hand. »Meine Zahnbürste. Habe ich vergessen. Chaim meinte, das macht doch nichts, aber wer möchte schon am ersten Morgen ohne Zahnbürste neben seinem frisch angetrauten Ehemann aufwachen?« Sie errötet beim letzten Wort. »Ehemann! Kaum zu glauben.«

»Die Hochzeit war wunderschön, Breine.«

»Nicht wahr? Fand ich auch.«

»Wirklich. Und jetzt lasse ich dich zu deinem *Ehemann* gehen. Wenn du so lange fortbleibst, denkt er womöglich, du hättest deine Meinung geändert.«

»Ja.« Sie macht einen kleinen, albernen Knicks und hält dabei die Seiten ihres Morgenmantels. »Aber ich bin froh, dass ich dich getroffen habe. Ich wollte mich morgen sowieso mit dir treffen, weil ich dir etwas erzählen muss – Ravid kommt nicht mit.«

»Nicht zu euch ins Bett oder was? Das will ich doch hoffen.«

Sie lacht. »Nach Eretz Israel. Ravid kennt jemanden, der ein Boot besitzt. Es kann von Italien aus auslaufen.

Aber er und Rebekka werden nicht mitkommen. Das haben sie uns nach der Hochzeit gesagt.«

»Aber warum? Er hat doch alles für euch organisiert?«

»Genau deshalb. Ravid bleibt hier, um weitere Überfahrten zu organisieren. Er glaubt, dass er hier nützlicher ist.«

»Es ist bestimmt schwer für euch, euren Freund zurückzulassen.«

Ich weiß eigentlich nicht, warum wir uns ausgerechnet jetzt darüber unterhalten. Ich kenne Ravid nicht gut genug, um beurteilen zu können, ob er mitgehen sollte oder nicht.

Breine sieht mich listig an. Irgendetwas scheint ihr durch den Kopf zu gehen. Sie ergreift meine Hände. »Genau darüber wollte ich mit dir sprechen, Zofia. Willst du nicht mit uns kommen?« Sie hält einen Finger hoch, bevor ich protestieren kann. »Ich weiß, du hast gesagt, dass du eigene Pläne hast, aber jetzt hättest du eine reale Chance. Es sind zwei Plätze frei geworden. Du musst sie nicht nehmen, aber – hör mich an. Ich bin dir dankbar, dass du mein Kleid genäht hast, und ich bin froh, dass du deinen Bruder wiedergefunden hast und, also, ich bin ein bisschen älter als du und will wirklich nicht überheblich klingen, aber – für mich war es sehr tröstlich, nach vorne zu blicken und nicht zurück. Wenn wir die Ersten sind, die mit Ravid sprechen, gibt er ganz bestimmt dir die freien Plätze. Dir und Abek.«

»Ich kann nicht einfach … weg.«

»Warum nicht? Du bist hergekommen, um Abek zu suchen, und du hast ihn gefunden. Du hast getan, was du wolltest. Denk darüber nach, was als Nächstes kommt, ja? Es ist nur ein Vorschlag.«

Ich ziehe meine Hände zurück, als ob mir kalt wäre. Stecke sie unter meine Arme und blicke zu Boden. »Ich bin noch nicht so weit, eine Entscheidung zu treffen. Abek ist gerade erst angekommen. Ich habe ihn gerade erst gefunden. Es ist erst ein paar Tage her.«

»Hat es etwas mit Josef zu tun?«

Mein Gesicht wird heiß und rot bei dieser Frage, weil sie anzunehmen scheint, dass ich eine so wichtige Entscheidung von einem Jungen abhängig machen könnte, den ich erst wenige Wochen kenne.

»Verzeih mir«, sagt sie auf mein Schweigen. »Ich habe euch tanzen sehen und jetzt kommst du um vier Uhr morgens nach Hause.«

»Es geht nicht um Josef. Ich habe einfach schon etwas anderes geplant. Sobald ich Abek gefunden habe, wollte ich wieder nach Hause zurück. Das war der Plan.«

»Zofia«, sagt sie sanft. Sie nimmt diesmal nicht meine Hände, macht sich aber irgendwie kleiner, sodass sie zu mir aufschaut. »Was gibt es dort? Sag es mir, Zofia. Was erwartet dich dort zu Hause?«

»Meine Freundin Gosia«, setze ich an, aber ich weiß, dass das keine Antwort ist. Gosia würde mir sagen, ich solle dahin gehen, wo ich glücklich bin, wo immer das sei, und ihr von unterwegs Postkartengrüße schicken.

Was noch? Die Wohnung meiner Familie? Aber die könnte ich auch Gosia überlassen. Dieses Zuhause ist Teil meiner Vergangenheit, aber irgendwann einmal war es auch neu. Einmal waren Baba Rose und ihr Mann jung und frisch verheiratet. Sie zogen in eine leere Wohnung, stellten Möbel hinein und begannen ein neues Leben.

Was war das Besondere an der Wohnung, bevor sie dort einzogen? Nichts. Besonders wurde sie durch die Familie, die sie mit Leben erfüllte. Es hätte auch jede andere Wohnung sein können.

Ich denke an das letzte Mal, als ich die Wohnung meiner Familie verließ. Es war mitten in der Nacht, der gute Dima schlief. Es war der Tag, an dem im Blumentopf der Nachbarin eine Nazi-Flagge steckte, und der Abend, an dem mich eine Gruppe von Männern bedroht hatte. Mein Zuhause war bereits geplündert und zerstört worden, es war nur noch die Hülle dessen, was es einmal gewesen war. Ich sagte mir, dass der Ort, an dem ich aufgewachsen war, sich deshalb nicht mehr richtig anfühlte, weil meine Familie nicht mehr da war. Und wenn es sich nicht mehr richtig anfühlte, weil es nicht mehr der richtige Ort war?

Abek hat nichts davon gesagt, dass er nach Sosnowiec zurückwill. Er hat nur gesagt, er wolle nach Hause.

»Ich glaube eben, dass es für uns alle besser ist, wenn wir zu etwas Neuem aufbrechen«, wiederholt sie. »Das ist alles.«

»Ich werde darüber nachdenken«, sage ich. »Ich werde mit Abek darüber sprechen.«

»Beeil dich aber«, sagt sie. »Wenn ich Ravid sage, dass ihr interessiert seid, kann er vielleicht andere Interessenten noch eine Woche oder so hinhalten. Also überleg es dir genau, aber mach schnell.«

U

Wieder im eigenen Bett – Esther schläft auf der anderen Seite des Zimmers und Abek hat sich in Breines ehemaligem Bett zusammengekuschelt –, wälze ich mich schlaflos hin und her. Ich zähle Schäfchen, sage das kleine Einmaleins auf und versuche, die Länder der Welt aufzusagen. Das Kissen ist mir zu warm und unbequem, und ich muss die ganze Zeit daran denken, dass ich noch vor einer Stunde auf Josefs Kissen gelegen habe. Es ist kurz vor Sonnenaufgang und das Zimmer leuchtet erst violett, dann in einem flammenden Orange. Schließlich finde ich mich damit ab, dass ich in dieser Nacht nicht mehr schlafen werde.

Vom anderen Bett höre ich ein Murmeln. Abek. Ich erstarre und habe Angst, dass ich ihn mit meiner Unruhe geweckt habe, aber dann wird er lauter und schlägt im Schlaf um sich. Ein Albtraum: Es sind keine Wörter, es ist ein Jaulen, ein verzweifeltes, angsterfülltes Jaulen. Ich steige sofort aus dem Bett und gehe zu ihm hinüber. Zuerst streichele ich seine Stirn und versuche ihn mit einem *Schsch* zu beruhigen, aber als das nichts hilft, schüttele ich ihn heftig an der Schulter. »Abek. Wach auf. Wach sofort auf.« Er schlägt die Augen auf, kann sich nicht gleich orientieren, sucht in dem dämmrigen Zimmer nach irgendeinem Halt und krallt sich an meiner Hand fest. »Du träumst. Du hast nur geträumt.«

Er richtet sich abrupt auf und zieht die Luft ein. »Habe ich dich gestört? Habe ich irgendwas gesagt?«

»Ich habe kaum einen Laut von dir gehört«, lüge ich. Mein Herz krampft sich zusammen, wenn ich an sein schwaches Wimmern und Jaulen denke. »Ich war nämlich schon wach. Und Esther –« Ich nicke zum anderen Bett, wo Esther wie immer im Schlaf ihren Kopf unter das Kissen begraben hat.

»Oh.«

»Weißt du was – wo du eh schon wach bist, können wir auch aufstehen und einen Spaziergang machen.«

»Einen Spaziergang?«, wiederholt er immer noch benommen. »Jetzt?«

»Ja, hatte ich sowieso vor«, behaupte ich, gehe wieder auf meine Seite und suche meine Schuhe. Ich möchte nicht, dass er wieder einschläft und ich hören muss, wie er diese Laute von sich gibt. »Komm, hier sind deine Schuhe.«

Ich weiß, dass Föhrenwald zu einer Stadt namens Wolfratshausen gehört. Esther hat mir erzählt, dass es dort ein paar offene Geschäfte gibt, wo man trockene Brötchen oder eine Suppe kaufen kann. Ich habe bisher keine Gelegenheit gehabt, mir das Städtchen anzusehen, doch jetzt scheint ein guter Tag dafür zu sein. Wir müssen heute keine Hochzeit vorbereiten. Ich muss heute kein Kleid nähen. Ich muss heute keinen Bruder suchen. Wenn ich mit Abek nichts unternehme, wird sich der Tag unendlich lang hinziehen.

Als wir aus dem Haus treten, ist die Sonne immer noch nicht ganz aufgegangen. Abek geht hinter mir und reibt sich mit den Fäusten den Schlaf aus den Augen.

»Ist das nicht schön?«, sage ich, als wir an den Ställen und dem Teich vorbeikommen. »Ganz allein draußen herumspazieren? Ich dachte, wir könnten heute mal nicht im Speisesaal frühstücken, sondern in ein Lokal gehen und eine Tasse Kaffee trinken. Und ich glaube, dass es in der Nähe eine Burgruine gibt. Wir könnten auch zuerst dort hinauf.«

Aber als wir zu der Ruine kommen, von der Esther erzählt hat, sehe ich, dass sie etwas übertrieben hat. Ein Schild informiert uns, dass die Burg vor zweihundert Jahren zerstört wurde. Damals schlug der Blitz in einen Turm ein, in dem Schießpulver gelagert worden war. Jetzt liegen nur noch ein paar Steinbrocken herum.

»Kaffee«, sage ich verbissen. »Mal sehen, ob wir echten Kaffee bekommen. Das ist ein besonderer Anlass, dieses eine Mal leisten wir uns das. Und vielleicht auch ein süßes Teilchen?«

Aber dieser Plan geht auch nicht auf. Es ist viel zu früh, alles ist noch geschlossen. Die Straßen sind beinahe menschenleer. Außerdem habe ich mir einen Pulli übergezogen, weil es in der vergangenen Nacht sehr frisch war. Aber jetzt scheint der Sommer unerwartet noch einmal zurückzukehren. Obwohl es früh am Morgen ist, bin ich klitschnass unter den Armen, als wir uns entmutigt auf den Rückweg zum Lager machen. Mein Kleid klebt mir unangenehm am Körper.

»Ich frage mich, was Onkel Tüt-tüt jetzt wohl macht«, sage ich gekünstelt munter zu Abeks gebeugten Schultern, als er den schmalen Schotterweg entlangschlurft.

»Hä? Ach so. Genau. Ha.«

Aber bei Tageslicht klingt es nicht mehr so komisch. Das merke sogar ich. Ich hatte nur gehofft, ein Stück der gestrigen Albernheit wiederaufleben zu lassen.

»Zofia.« Er bleibt stehen und stopft seine Hände in die Hosentaschen. »Wegen dem Wein gestern. Das tut mir leid. Dass ich so wütend geworden bin.«

»Du musst dich nicht entschuldigen«, sage ich und winke ihm weiterzugehen. »Es ist ein langer Tag gewesen und in dieser Woche ist so viel passiert.«

»Trotzdem. Ich hätte das nicht tun sollen.«

»Schon gut«, sage ich. »Und jetzt habe ich dich auch noch beim ersten Sonnenstrahl für nichts und wieder nichts aus dem Bett geschmissen und es ist schrecklich heiß. Aber wir sind fast schon wieder im Lager. Dort können wir uns ein paar nasse Lumpen holen und zur Abkühlung auf die Stirn legen.«

»Oder«, setzt er zögernd an, »oder wir könnten etwas anderes machen.«

»Zum Beispiel?«

»Wir könnten eine kleine Fahrradtour machen.«

»Aha«, sage ich – jetzt ebenfalls ein wenig belustigt. »Hast du in den Spendenkisten ein Fahrrad entdeckt?«

»Nein, aber hast du sie nicht gesehen? Vor den Ställen standen ein paar.« Wir befinden uns jetzt am Rand des Lagers. Abek zeigt zu dem weiß gekalkten Stallgebäude, wo zwei rostige Gestelle an der Wand lehnen.

Er hat es also ernst gemeint. Er freut sich richtig. So habe ich ihn seit seiner Ankunft nicht mehr erlebt.

»Aber«, protestiere ich lachend, »wir können doch gar nicht Fahrrad fahren.« Ich wollte es in jenem Sommer lernen, als die Deutschen kamen. Dann erließen sie ein Gesetz, das den Juden verbot, Fahrräder zu besitzen.

»Ich schon.«

»Du kannst Fahrrad fahren? Wo hast du denn das gelernt?«

»Bei Ladna«, sagt er. »Auf dem Bauernhof, wo ich gewohnt habe. Sie hatte eins. Ich könnte es dir beibringen.«

Erst möchte ich ihm sagen, dass er sich irrt. Dass er nicht weiß, wie man Fahrrad fährt. Als er mir erzählte, dass er versucht hatte, Charles Dickens zu lesen, ging es mir ähnlich: Ich bin traurig und bestürzt, dass es für ihn ein Leben gab, von dem ich nichts weiß.

»Es ist viel zu heiß.«

»Das schon, aber der Fahrtwind würde uns kühlen. Bitte?« Er ist plötzlich verlegen. »Wir beide auf dem

Fahrrad. Das wäre so lustig. Etwas Neues zusammen machen. Etwas, was wir noch nie zuvor gemacht haben.«

»Wie eine neue Erinnerung?«, frage ich.

Sein Gesicht hellt sich auf. »Genau. Etwas total Neues.«

»Das ist es wohl.«

Die Fahrräder neben dem Stall sind völlig verrostet. Die Mäntel sehen rissig und brüchig aus und die Bremsen quietschen. Abek zieht eine richtige Schau ab, als er sie inspiziert – wahrscheinlich für mich, eine liebenswerte, ritterliche Geste – und erklärt sie dann für fahrtüchtig. »Solange wir nicht zu weit fahren.«

»Schwing dein Bein hinüber«, weist er mich an und hält den Sattel fest.

»Ich werde runterfallen.«

»Nein, wirst du nicht.«

Er hat es mir bereits vorgeführt und ist mit seinen dünnen, schlaksigen Beinen in die Pedale getreten. Er hat mir erklärt, dass man nur hinunterfällt, wenn man stehen bleibt. Je schneller du fährst, desto sicherer bist du, hat er gesagt.

»Passt du überhaupt auf, Zofia? Du wirst nicht runterfallen«, beruhigt er mich. »Am Anfang steht das eine Pedal nach oben und das andere nach unten, ungefähr bei elf Uhr und bei fünf Uhr. Und dann drückst du das obere Pedal runter und stößt dich gleichzeitig mit dem anderen Fuß vom Boden ab und stellst ihn auf das untere Pedal. Hast du das verstanden?«

»Können wir nicht erst auf der Wiese üben?«

Abek schüttelt den Kopf. »Auf einem festen Untergrund ist es besser, auch wenn es gefährlicher aussieht. Aber du kannst besser beschleunigen, und dadurch ist die Chance hinzufallen geringer.«

Die Lenkstange wackelt unter meinen Händen. Ich weiß, dass ich sie nur gerade halten muss, aber sie hat anscheinend ihren eigenen Kopf, als ich mich vom Boden abstoße und mein Bestmögliches gebe, um Abeks Vorbild nachzueifern. Ich merke auch, dass er recht hat. Würde ich schneller fahren, könnte ich das Gleichgewicht besser halten. Aber ich bringe es einfach nicht fertig, mich mit den Beinen vorwärtszubewegen. Es ist, als würden die alten, platten Reifen sich an jedem einzelnen Kieselstein festklammern.

Wir versuchen es wieder und wieder, immer nur in kurzen Abschnitten. Fünf Meter, dann fünfzehn, dann zwanzig. Abek hilft mir jedes Mal beim Stehenbleiben, muss die Kette immer wieder neu montieren und bespricht mit mir, was ich beim nächsten Mal anders machen soll: dass ich mich richtig auf den Sattel setzen soll, dass ich versuchen soll, mit dem rechten und nicht mit dem linken Pedal anzufahren. Er ist ein guter Lehrer, stelle ich nicht ohne Stolz fest. Obwohl er noch so jung ist. Er ist geduldig und gründlich, und er besteht darauf, es mir beizubringen, obwohl ich ihm sage, es würde mir reichen, ihm zuzusehen, wenn er allein fährt.

Er ist ein netter Junge, das ist es, was ich eigentlich ausdrücken will. Er ist ein anständiger, netter Junge geworden.

Wir üben bestimmt schon eine Stunde. Abek läuft neben mir her, eine Hand an meinem Sattel, die andere an der Lenkstange, und sorgt dafür, dass ich nicht umkippe oder vom Weg abkomme. Ich sehe, wie die Muskeln in seinen dünnen Armen vor Anstrengung zittern. Seine Fingerknöchel sind weiß und er keucht mehr als ich und kann kaum noch mithalten.

»Wir können aufhören«, rufe ich ihm zu.

»Nein, ich lass dich nicht fallen.«

»Aber du wirst mü–«

»Zofia, pass auf die Straße auf.«

Aber es ist zu spät. Als ich mich nach Abek umdrehe, vergisst mein Körper, dass er mit der Lenkstange verbunden ist, dass, wenn ich mich umdrehe, sich das Fahrrad mitdreht. Abek versucht noch, meinen Lenker wieder gerade zu richten, schafft es aber nicht. Einen unheilvollen Augenblick lang bleibt das Fahrrad noch im Gleichgewicht, als wollte es entscheiden, in welche Richtung es umfallen will. Und dann packt mich Abek um die Taille und zieht mich auf seine Seite, sodass wir auf die Böschung fallen und nicht in den Graben.

Meine Knie schürfen über das Gras, aber für Abek ist es schlimmer. Ich bin auf ihm gelandet, und der Absatz meines Schuhs bohrt sich in sein Schienbein.

»Alles in Ordnung?«, frage ich und rolle mich auf die Knie. Ich habe Angst, ihn verletzt zu haben.

»Das wollte ich nicht«, entschuldigt er sich und rappelt sich auf. »Ich habe gesagt, ich lass dich nicht fallen. Ich habe es dir versprochen.«

»Das hast du doch nicht mit Absicht gemacht«, beruhige ich ihn, erleichtert, dass er nicht verletzt ist. »Außer es war doch absichtlich, weil ich dich so früh aus dem Bett geschmissen habe.«

Er schüttelt gekränkt den Kopf. »Es war wirklich keine Absicht.«

»Abek, das war ein Scherz. Natürlich hast du es nicht absichtlich gemacht. Es hat mir Spaß gemacht.«

»Wirklich?«

»Ganz bestimmt. Du bist ein guter Lehrer.«

Er reicht mir galant die Hand und hilft mir hoch, und dann nähern sich Schritte aus dem Stallgebäude.

»Die Pferde sehen wenigstens schuldbewusst aus, wenn sie einen abwerfen«, ruft die Stimme. Ich drehe mich um und sehe Josef mit Händen in den Taschen. »Dem Fahrrad ist das schnurzegal.«

Er trägt das Hemd, das ich erst wenige Stunden zuvor geflickt habe. Ich habe ein warmes Gefühl im Bauch, wenn ich daran denke. Ich überlege, ob ich etwas hätte machen sollen, als ich ging – ihm eine Nachricht hinterlassen oder ihn aufwecken. Ich weiß nicht, was man üblicherweise macht, wenn man mitten in der Nacht das Bett eines Mannes verlässt.

»Die Pferde sehen nie schuldbewusst aus«, sage ich und taste nach restlichen Grashalmen in meinen Haaren.

»Du bist eben noch nicht so vertraut mit ihnen.«

Abek sieht von einem zum anderen. Zum Glück habe ich sie gestern einander vorgestellt, denn jetzt wüsste ich nicht, was ich sagen sollte. Mein Freund Josef? Mein Liebhaber? Wahrscheinlich hat er uns gestern zusammen weggehen sehen.

»Die Bremsen quietschen, oder?«, sagt Josef jetzt zu Abek. »Das hat gestern irgendwer gesagt.«

»Sie quietschen. Und die Kette springt immer ab.«

Josef geht in die Hocke und Abek kniet neben ihm. Sie stecken die Köpfe zusammen und untersuchen die Kette. Ihre Hände werden schmierig und schwarz.

»Eigentlich verstehe ich nichts von Fahrrädern«, sagt Josef zu Abek. »Aber was hältst du davon, wenn wir die Kette erst einmal sauber machen? Die Schmiere hat sich richtig festgesetzt.«

»Das hätte ich versuchen sollen, bevor wir damit gefahren sind«, sagt Abek.

»Das hätte wohl kaum einen Unterschied gemacht. Diese Fahrräder sind der letzte Schrott.«

Die beiden wirken so unbeschwert miteinander. Ich mag es, wie Josef mit Abek spricht und ihn beruhigt, dass es nicht seine Schuld ist, wenn die Fahrräder nicht funktionieren. Ich mag es, wie Abek zuhört.

Familie? Mein Herz stellt diese Frage, bevor mein Kopf sie abwehren kann. Könnte so oder so ähnlich die Zukunft aussehen?

»Im Stall liegen ein paar saubere Lumpen«, sagt Josef

zu Abek. »Ich mache jetzt mit der Kette weiter und dann gehen wir an die Bremsen. In der Berufsschule gibt es vielleicht ein geeignetes Öl. Frag bitte dort nach. Sie ist in dem Giebelhaus hinter dem Speisesaal.«

Abek wischt sich die schmierigen Hände im Gras ab, verschwindet dann Richtung Stall und erscheint gleich wieder mit ein paar weichen Flanelllappen. »Die hier?«, fragt er und reicht sie Josef. Dann macht er sich zu dem Gebäude auf, das Josef ihm beschrieben hat, sieht mich vorher aber kurz an, um sicherzugehen, dass ich nichts dagegen habe.

Nachdem Abek verschwunden ist, setzt Josef sich ins Gras und versucht, die Kette vom Zahnkranz zu lösen. »Versuch es hier mal«, sage ich und zeige auf eine bestimmte Stelle.

»Ach, du kennst dich mit Fahrrädern aus?«, neckt er mich. »Willst du das vielleicht übernehmen?«

»Ich weiß, wenn eine Maschine kaputt ist. Ich habe schon Nähmaschinen repariert und Webstühle wieder zusammengebaut.«

Er wird rot – genau das habe ich ihm in der letzten Nacht erzählt. Ich habe ihm erzählt, dass die Narbe an meinem Arm von einem Weberschiffchen stammt, das vom Webstuhl gefetzt ist. Ich habe ihm das erzählt, als ich mich in seinem Zimmer ausgezogen habe.

Nach meinen Anweisungen löst er die Kette und legt sie vor sich ins saubere Gras.

»Ich – äh – ich wollte später sowieso nach dir sehen«,

sagt er, nimmt einen weichen Lumpen und beginnt, die Kette Glied für Glied von der festgebackenen Schmiere zu befreien. Ich nehme fast an, dass sich Josef genauso unbehaglich fühlt wie ich und nicht weiß, wie er heute mit mir reden soll. »Du hast gestern Nacht etwas in meinem Zimmer vergessen.«

Im Geist gehe ich alles durch, was ich vergessen haben könnte, aber ich hatte doch nur meine Kleidung und meine Schuhe dabei und ich weiß, dass ich nicht nackt nach Hause gegangen bin. »Was ist es?«

»Fass bitte in meine Brusttasche«, sagt er und deutet mit einem Nicken auf seine schmierigen Hände.

Die Nachricht, die ich in sein Hemd genäht habe, denke ich beschämt. *Er hat sie irgendwie entdeckt und jetzt zieht er mich damit auf.* Josef sieht mein Gesicht, kann es aber offensichtlich nicht deuten. »Ein bisschen Nähgarn«, erklärt er. »Der Rest, der vom Knopfannähen übrig ist.«

»Nähgarn«, wiederhole ich erleichtert und schlüpfe mit meiner Hand in Josefs Brusttasche, taste an seiner Brust entlang, bis meine Finger ein kleines Seidenknäuel fassen. Die intime Berührung ist immer noch erregend, und ich merke verwirrt, dass ich meine Hand länger als nötig verweilen lasse. Schnell ziehe ich den Faden heraus, wickele ihn auseinander und entwirre die Knoten, die in Josefs Tasche entstanden sind.

Eigentlich war es unnötig, den Faden für mich aufzuheben. Es waren sowieso nur noch vier oder fünf Zentimeter übrig, nachdem die Flickerei fertig war. Ich kann mit fast jedem Stück Faden etwas anfangen, um einen einzelnen Knopf anzunähen oder als Zahnseide oder um die Haarschleife einer Puppe festzunähen. Aber dieser Faden ist so kurz, dass selbst ich nichts damit anzufangen weiß. Ich hatte ihn in den Abfalleimer geworfen in Josefs Zimmer. Und das bedeutet, merke ich erfreut, dass er ihn herausgefischt hat, um einen Anlass zu haben, mit mir zu sprechen.

»Es tut mir leid, dass ich so früh gegangen bin«, sage ich und streiche den entwirrten Faden auf meinen Oberschenkeln glatt. »Ich wollte zu Abek zurück, er und Esther sollten sich keine Sorgen machen und …«

Und ich hatte keine Ahnung, wie ich mich verhalten sollte, beende ich lautlos den Satz. Weil ich noch nie in so einer Situation war und auch nie damit gerechnet habe.

Josef unterbricht meine Entschuldigung. »Natürlich. Natürlich. Ich hatte mir das schon gedacht. Ich wollte dich heute Morgen auch allein lassen, damit du dich um Abek kümmern kannst.« Er reibt das nächste Glied der Kette ab, die in Teilen schon wieder hell glänzt. »Wie geht's Abek? Wie ist es so mit ihm?«

»Es geht ihm –« Ich unterbreche mich, weil ich sagen wollte *Es geht ihm gut,* aber das wäre eine viel zu unverbindliche Antwort in dieser Situation.

Josef sieht mich an und legt seine Arbeit beiseite. Er interessiert sich wirklich für meine Antwort, er erwartet keine oberflächlichen Floskeln. »Er hat über eine Stunde lang versucht, mir das Fahrradfahren beizubringen. Ich habe mich schrecklich dumm angestellt und auch das Fahrrad ist schrecklich. Es ist seltsam, weil …«

Ich spreche nicht weiter, weil ich etwas sagen will, was ich mir noch gar nicht richtig klargemacht habe. »Weil mir das alles fast wie ein Traum erschienen ist, seit er da ist. Dass er bei der Hochzeit dabei war, dass er neben mir im Zimmer schläft. Aber heute Morgen habe ich ihn irgendwie als Bruder wahrgenommen. Nicht nur als eine Erinnerung. Das klingt vielleicht komisch.«

Josef kaut auf seiner Lippe und nickt. »Gar nicht komisch. Bei meiner Schwester – es ist ein Unterschied, ob man jemanden liebt oder ob man die Erinnerung an jemanden liebt. Jemanden zu lieben, wie er ist, oder wie man ihn sich wünscht.«

»Esther sagt, wir würden genau gleich lachen.«

»Stimmt nicht.«

Seine Antwort trifft mich unvorbereitet, und ich balle das Fadenstückchen zusammen, um es ihm an den Kopf zu werfen. »Na, vielen Dank.«

Er hebt seine Hände als müsste er sich verteidigen. »Ich wollte dich nicht kränken. Ich finde nur nicht, dass sich euer Lachen gleicht. Dein Lachen klingt eher durchtrieben. Du schnaubst manchmal, habe ich beobachtet.«

»*Danke.*«

»Ich meine das nicht negativ. Du lachst, als wäre alles ein Geheimnis.« Er sieht zu mir hoch, ich glaube, er ist etwas verlegen. »Du lachst, und ich weiß nie, was als Nächstes aus deinem Mund kommt.«

Er ist jetzt beinahe fertig mit der Kette. Ich gehe zum Stall und hole das zweite Fahrrad. Dessen Kette sieht sogar noch verrotteter aus als die erste. Deshalb hatten Abek und ich es nicht zum Üben genommen. Ich lege es auf das Gras, schütze meine Hände mit einem sauberen Lappen und löse die Kette vom Zahnkranz.

»Breine möchte, dass wir mitkommen«, sage ich.

Seine Hände stocken.

»Sie haben Kontakt zu jemandem, der ein Boot hat. Es wird von Italien aus ablegen und es gibt noch ein paar freie Plätze. Sie werden bald aufbrechen.«

»Davon hast du nie etwas gesagt – ich dachte immer, du wolltest ...« Er fasst sich wieder und beginnt von vorn. »Möchtest du mit?«

»Ich weiß nicht genau. Ich hatte bisher kaum Gelegenheit, darüber nachzudenken. Möchtest du denn gehen?«

Er presst seine Lippen zusammen. »Ich gehöre nicht zu dieser Gruppe.«

»Ich auch nicht. Breine sagte nur, dass unerwartet ein paar Plätze frei geworden sind.«

Er schweigt so lange, dass ich schon glaube, er will überhaupt nicht antworten. Doch dann sagt er: »Ich werde nicht mitkommen.«

»Warum nicht?«

»Einfach so. Ich gehöre da nicht hin und will niemandem einen Platz wegnehmen, der ihn wirklich will.«

»Also gut. Und was willst du wirklich?«

Ich weiß, dass ich jetzt privates Terrain betrete, aber ich bedränge ihn dennoch. Ich war mit diesem Mann im Bett, so ungewöhnlich ist es nicht, solche Fragen zu stellen. »Also Breine und Chaim sind hier, um Ackerbau zu lernen. Esther lernt Stenografie. Und ich bin hier, weil ich meinen Bruder gesucht habe. Aber als wir zusammen zum Kloster Indersdorf fuhren, sagtest du, du wolltest so schnell wie möglich von hier weg. Nur habe ich bisher nicht feststellen können, dass du es überhaupt versuchst.«

Seine Muskeln spannen sich an. »Ich kümmere mich um die Pferde.«

»Ich sage ja nicht, dass du dich nicht nützlich machst. Ich sage nur, dass es klang, als wolltest du dich nur noch für die Abreise fertig machen. Aber du hast nie erwähnt, was du überhaupt vorhast. Ich weiß nicht einmal, was du *vorher* gemacht hast.«

»Vorher habe ich bei meiner Familie gelebt und gelernt, mit Pferden umzugehen.«

»*Während*, meine ich. Ich habe keine Ahnung, was während des Krieges mit dir geschehen ist.«

Er knirscht mit den Zähnen. »Während des Krieges verlor ich einen Zahn und bekam eine kahle Stelle am Kopf.«

»Josef. Du weißt, dass ich das nicht –«

»Ich wäre traurig, wenn du gingst«, unterbricht er mich.

»Was hast du gesagt?«

Er macht die Kette fertig und wischt seine Hände an dem Lumpen ab. »Wenn du mit Breine und Chaim gehen willst, dann geh. Ich weiß, dass wir uns gerade erst kennengelernt haben und ich will von dir nichts verlangen. Aber wenn du mir von Breines Einladung auch deshalb erzählt hast, weil du sehen wolltest, wie ich darauf reagiere, dann sage ich dir, ich wäre traurig.«

Ich beiße auf meine Wangen, um ein Lächeln zu unterdrücken. »Ich glaube, ich wäre auch traurig.«

»Bis du dich entschieden hast, kannst du ja immer mal wieder ein bisschen Nähgarn bei mir lassen, damit ich eine Ausrede habe, es dir zurückzubringen.«

Ich nehme den Faden auf, der im Gras gelandet ist. »Nimm doch erst einmal den hier, dann kannst du ihn mir morgen wiederbringen.«

»Mach ich.« Er sieht mich ernst an und nimmt den Faden. »Darf ich dich jetzt küssen?«

»Darfst du.«

V

Innerhalb weniger Tage haben Abek und ich uns eine Alltagsroutine zurechtgeflickt. Morgens gemeinsames Frühstück. Dann ein bis zwei Stunden, in denen er mir das Fahrradfahren beizubringen versucht, wobei ich mich hoffnungslos ungeschickt anstelle. Und danach – meine Änderungsarbeiten an Breines Hochzeitskleid haben unerwartete Folgen gehabt. Am Abend nach der Hochzeit kommt eine Frau, die ich noch nie gesehen habe, bei uns vorbei. Sie hat einen Rock in der Hand und fragt mich, ob ich ihn für sie umsäumen könnte. Am nächsten Tag bringt ihre Freundin ein Jackett, das in der Taille enger gemacht werden muss, und immer wieder schneien Männer herein, die mir Hemden mit losen Knöpfen, zerrissene Hosen oder Anzugjacken bringen, bei denen am Ellbogen ein Flicken aufgesetzt werden muss.

Die Arbeit ist weder schwierig noch besonders kreativ, aber es ist Arbeit. Es ist etwas Nützliches. Sie vermittelt mir das Gefühl, nützlich und normal zu sein. Die Menschen haben zum Bezahlen kaum Geld, weshalb sich alle möglichen Dinge bei mir ansammeln: neu besohlte Schuhe für Abek. Kerzen, Kerosin, eine geschnitzte Holzkiste, in der ich Sachen aufbewahren kann.

Und dann sitze ich eines Abends in meinem Zimmer und beende eine feine Stickarbeit an einem Taschentuch für ein Abschiedsfest, das an diesem Abend stattfinden soll. Miriam. Sie ist ein paar Tage nach der Hochzeit wieder in unser Haus gekommen, hat aber bald gemerkt, dass es für sie keinen Grund mehr gibt, in Föhrenwald zu bleiben. Nachdem sie begriffen hat, dass ihre Schwester nie mehr kommen wird, hat sie sich entschieden, nach Holland zurückzukehren, denn sie glaubt, dass dort noch Freunde von ihr leben. Breine und Chaim haben das Abschiedsessen organisiert und mich gebeten, das Geschenk für sie anzufertigen. Ich habe die Ränder mit Blumen bestickt und in die Mitte alle unsere Initialen eingestickt.

Der Abschied ist sehr bewegend. Das Fest soll vieles gleichzeitig erfüllen. Eigentlich seltsam, Miriam zu bitten, ihre Zeit in Föhrenwald nicht zu vergessen, denn es ist hier vieles geschehen, woran sie sich lieber nicht erinnert. Trotzdem gebe ich ihr das Taschentuch.

»Du weißt, dass meine Schwester Rose hieß?«, fragt sie und fährt traurig mit den Fingern über die Blumen. »Ich stelle mir vor, dass sie weiß, dass du es für mich gemacht hast.« Dann faltet sie es sorgfältig zusammen und steckt es ein.

Nach dem Essen gehe ich mit Abek in unser Haus zurück. Ich sinniere darüber, dass Miriam nach Holland zurückkehrt, und darüber, dass alles einen Anfang und ein Ende hat.

Eigentlich gibt es auch für mich keinen Grund mehr, in Föhrenwald zu bleiben. Näharbeiten kann ich überall machen. Auch in Sosnowiec. Und wenn wir gingen, würden zwei Betten für andere Flüchtlinge frei werden, die hier täglich eintreffen. Dieser Ort ist nicht für einen dauerhaften Aufenthalt gedacht.

»Willst du noch mal Fahrradfahren üben, bevor es ganz dunkel wird?«, fragt mich Abek. »Oder willst du lieber in den Speisesaal. Ich glaube, dort treffen sich nachher ein paar Leute zum Kartenspielen.«

Wir sind auf halben Weg stehen geblieben. Es ist ziemlich frisch. Herbstliche Temperaturen. Ich schlage die Arme vor die Brust. »Ich habe gedacht, wir sprechen heute mal über die Zukunft.«

»Die Zukunft?«

»Was wir jetzt machen wollen. Du bist jetzt schon eine Weile hier, und nachdem wir uns gefunden haben, sollten wir Pläne machen.«

»Also gut«, sagt er zustimmend. »Was für Möglichkeiten haben wir?«

»Nun, wir könnten sofort nach Sosnowiec zurück«, sage ich langsam. »Das wäre die erste Möglichkeit. Davon war ich bisher immer ausgegangen. Wir könnten in unserer alten Wohnung wohnen und versuchen, alte

Freunde zu finden. Erinnerst du dich an dein altes Zimmer? Gosia würde dich sicherlich gern wiedersehen und –«

»Und sonst?«, unterbricht er mich. »Du hast doch erzählt, dass wir mit Breine und Chaim aufs Boot könnten.«

»Wir könnten mit aufs Boot gehen«, rede ich weiter. Ich bin ein bisschen irritiert, dass er die Möglichkeit, nach Hause zu gehen, so schnell verworfen hat. »Und es gibt wahrscheinlich Schiffe in alle möglichen Länder der Welt. Wir könnten auch ganz woanders hingehen«, stoße ich hervor. »Wir könnten nach – nach Schweden. Oder nach Argentinien. Oder nach Amerika.«

»Ich wollte gern nach Norwegen.«

»Norwegen? Seit wann?« Ich lache. »Warum?«

Er sieht zu Boden. »Ein Mann aus Norwegen war sehr nett zu mir. Er erzählte, dass es dort solche – ich weiß nicht, keine Flüsse, aber so ähnlich, gibt. Und Berge.«

»Fjorde«, helfe ich. »Ich glaube, das sind Meeresarme. Also gut, dann nehmen wir Norwegen in die engere Wahl. Sonst noch etwas?«

Möchte Josef auch nach Norwegen? Fragt eine Stimme in meinem Hinterkopf, aber ich schiebe diesen Gedanken schnell weg. In diesem Gespräch geht es um Abek und mich, nicht um Josef. »Das Wichtigste ist, dass du bald wieder in die Schule gehst«, sage ich. Er verzieht das Gesicht. »Doch, du musst. Wahrscheinlich hast du seit den Stunden bei Frau Schulman keinen richtigen Unterricht mehr gehabt. Damals warst du acht. Du hast noch nie eine richtige Schule von innen gesehen.«

»Kannst du mich nicht unterrichten?«

»Aber das ist keine Lösung auf Dauer. Ich muss mir überlegen, wie ich Geld verdienen und uns versorgen kann.«

»Ich könnte auch arbeiten«, sagt er großzügig.

»Das möchte ich nicht. Du bist zu jung dafür. Du sollst noch eine normale Kindheit haben. Für Papa und Mama war die Schule immer sehr wichtig, das weißt du doch.«

Er verdreht die Augen. »Ich bin doch kein Kind mehr.« Seine Stimme klingt ähnlich gereizt wie bei der Hochzeit, als ich ihm den Wein verbieten wollte.

»Ich möchte, dass du ein normales Leben führst«, wiegele ich ab. »Normale Zwölfjährige gehen in die Schule.«

»Normale Zwölfjährige überleben auch nicht Birkenau, indem sie sich bei jeder Lagerselektion des Kommandanten in der Latrine verstecken. Es ist zu spät für mich, ich kann kein normaler Zwölfjähriger mehr sein.«

»Es ist mir egal, was normale Zwölfjährige machen«, erwidere ich verärgert. »Mir ist mein Bruder – warte. Moment, Abek, was hast du gerade gesagt?« In meinem Kopf rekonstruiere ich, was er gerade gesagt hat, und versuche herauszufinden, warum das so falsch für mich geklungen hat.

»Nichts. Egal.«

»Aber du solltest doch *für* den Kommandanten arbeiten. Das hatte ich doch für dich organisiert. Warum musstest du dich dann in der Latrine vor ihm verstecken?«

»Ich sagte, egal. Ich habe mich nur versprochen. Man darf sich ja wohl noch versprechen.«

»Natürlich, ich wollte nur …«

»Ich will nicht über die Vergangenheit reden«, sagt er mürrisch. »Und du willst ständig darüber reden.«

»Das stimmt doch nicht.«

»Doch, über Papa, wie er die Firma übernommen hat, oder was Mama immer sagte, wenn wir irgendwann irgendwo waren, oder warum Tante Maja nicht geheiratet hat, oder welche alten Freunde mich vielleicht wiedersehen möchten.«

Ein Paar kommt uns entgegen. Sie unterbrechen ihr Gespräch, als sie an uns vorübergehen. Wir sind, ohne es zu merken, laut geworden. Die Frau sieht zu uns hin, bis ich ihrem Blick begegne, dann nimmt sie abrupt ihr Gespräch wieder auf, diesmal in einem lauteren Ton als normal.

»Das wollte ich nicht«, sage ich leise.

»Ständig fragst du mich aus, woran ich mich erinnere oder nicht erinnere. Als würde mit mir etwas nicht stimmen.«

»Das stimmt nicht.«

»Aber mir kommt es so vor.« Abek wendet sich ab. Er hat seine Schultern abwehrend hochgezogen. »Warum spielt es eine Rolle, ob ich mich an deine Lügenmärchen erinnere?«

»Weil es unsere Geschichte ist. Weil es wichtig ist.«

»Weil es dir wichtig ist. Es ist dir wichtiger als ich.«

»Abek!« Ich bin schockiert über seine Worte und über die plötzliche Heftigkeit, mit der sie aus seinem Mund kommen. »Das ist überhaupt nicht wahr.«

Als erste Reaktion auf Abeks Unzufriedenheit will ich ihm sagen, dass er sich das nur einbildet. Natürlich verhalte ich mich nicht so, wie er behauptet. Aber ich bin erst einmal völlig verwirrt und beunruhigt.

Wieso ist dieses Gespräch so schnell aus dem Ruder gelaufen? Mir ist nicht klar, was Abek plötzlich so aufgebracht hat, und ich mache mir Sorgen, dass sein Ärger etwas anderes überdeckt. Ich mag die unguten Gefühle nicht, die dieses Gespräch in mir auslöst. Ich mag nicht, was es bei mir bewirkt, was es in meinem Kopf anstiftet.

Warum erinnert sich Abek nicht mehr an die Abmachung, die ich für ihn getroffen habe, dass er für den Kommandanten arbeiten kann? Das ist doch so grundlegend, so ein wesentlicher Bestandteil unserer Geschichte. Gibt es etwas, was er mir nicht erzählen will? Etwas so Schreckliches, dass er meint, ich könnte nicht damit zurechtkommen? Oder etwas, woran er sich nicht erinnert? So ein wichtiges Detail unserer Vergangenheit kann er doch nicht vergessen haben?

»Komm, wir gehen zurück«, sage ich erschöpft. »Wir gehen wieder in unser Zimmer.«

»Du bist in Gedanken.«

Sanft legt sich eine Hand auf meinen Arm. Ich zucke zusammen. Es ist Josef. Er hebt entschuldigend die Hände. »Ich habe schon ein paar Minuten lang deinen Namen gerufen. Ich wollte dich nicht erschrecken.«

»Hast du auch nicht – ich meine, du hast recht, ich war wirklich in Gedanken.«

Ich habe Abek gerade in meinem Zimmer zurückgelassen. Die Befangenheit zwischen uns ist nicht weniger geworden, und ich habe ihm gesagt, dass ich einen Spaziergang machen will. Meine Schritte haben mich unwillkürlich zum Stall geführt, wie so oft in den vergangenen Tagen. Ich stehe in der Tür und bin zu verstört, um hineinzugehen.

Josef geht zu seinem Dreibeinhocker und nimmt seine Arbeit wieder auf. Er säubert ein paar Bürsten und Kämme. Jedes Mal, wenn ich herkomme, ist er mit irgendetwas beschäftigt – den Stall ausmisten, ein Werkzeug reparieren – und immer begrüßt er mich, als sei er überrascht und gleichzeitig nicht überrascht, mich zu sehen. Am Anfang hielt ich das für Gleichgültigkeit, habe aber bald gemerkt, dass er sich einfach nicht zu viele Hoffnungen machen will. Beim Abendessen habe ich ihn nicht gesehen. Ich sehe ihn nie beim Abendessen.

Ich sehe ihn *nach* dem Essen. Ich sehe ihn bei mitternächtlichen Spaziergängen, bei denen er stehen bleibt und mich beim Küssen gegen die raue Wand des Stallgebäudes drückt. Ich sehe ihn in der Dunkelheit seines

Zimmers, wo seine Hände keine Schwierigkeiten mehr mit meinen Knöpfen haben. Aber danach schleiche ich mich immer in unser Haus zurück. Und ich esse mit Breine, Esther und Chaim zu Abend. Was Josef und mich miteinander verbindet, ist nicht klar definiert, aber es ist wichtig, doch meist meidet er andere Menschen, mich ausgenommen.

Heute hole ich einen Apfel aus dem Sack und halte ihn Feder unter die Nase. Ihr Mund fühlt sich warm und samtig auf meiner Handfläche an, als sie den Apfel nimmt und mich anstupst, damit ich ihr noch einen bringe.

»Macht dir irgendetwas Sorgen?«, sagt Josef und sieht von seiner Arbeit auf.

»Nein, nein, schon gut«, erwidere ich.

Aber ich habe wahrscheinlich einen Augenblick zu lang mit meiner Antwort gewartet, denn Josef nickt nicht einfach und spricht weiter, sondern sieht mich mit hochgezogenen Augenbrauen an. »Wolltest du über etwas Bestimmtes mit mir reden?« Seine Stimme klingt irgendwie beklommen, als fürchte er, dass meine Sorgen mit ihm zu tun haben könnten.

»Ich hatte gerade eine merkwürdige Unterhaltung mit Abek«, sage ich. »Er hat ein paar Dinge gesagt, die ich nicht verstehe.«

Josef sieht erleichtert und besorgt zugleich aus. »Was für Dinge?«

»Er war böse auf mich, weil er meint, dass ich mich zu sehr mit der Vergangenheit aufhalte. Ich frage mich aber, ob er nicht über die Vergangenheit sprechen will, weil er sich an manches nicht erinnern kann, Dinge, an die er sich meiner Meinung nach erinnern sollte, weil sie für die Familie wichtig waren.«

Es geht nicht nur um die Geschichte mit dem Kommandanten, merke ich jetzt. An unserem allerersten Abend konnte er die Lücken in dem Märchen, das ich ihm erzählte, nicht ergänzen. Und bei der Hochzeit fragte er, ob Papa Tante Maja zu ihrer Chuppa geführt habe, als wüsste er nicht mehr, dass Maja nicht verheiratet war. Ich hatte das auf den Wein zurückgeführt, aber vielleicht hatte es auch einen anderen Grund? Hätte ich mich darüber wundern sollen, dass er das verwechselt hat? Denn auch dies ist ein grundlegendes Detail unserer Familiengeschichte.

Aber er war erst neun Jahre alt, als wir getrennt wurden. Welche Erinnerungen habe ich an die Zeit, bevor ich neun war? Tante Maja war nicht unsere einzige Tante. Auch mein Vater hatte eine Schwester. Sie zog nach London, als ich sechs war, heiratete einen Engländer und konvertierte zum anglikanischen Glauben. Wir hatten keinen Kontakt mehr zu ihr. Ich weiß nicht einmal, wie sie danach mit Nachnamen hieß. Aber ich kann mich undeutlich daran erinnern, dass sie davor zu uns zum Abendessen kam. War sie damals schon mit dem Engländer befreundet? Waren sie bereits verheiratet? Kam sie allein zu uns? Ich weiß es wirklich nicht mehr.

»Wie zum Beispiel, Zofia?« Josef stößt mich mit dem Fuß an. Ich habe minutenlang ins Leere gestarrt, ohne weiterzudenken. Der zweite Apfel ist aus meiner Hand verschwunden, ich habe nicht einmal gemerkt, dass Feder ihn gefressen hat. »Du sagtest, dass er sich nicht erinnern kann.«

»An manches nicht«, verbessere ich ihn. »An bestimmte Dinge kann er sich erinnern … an andere nicht.«

Ich weiß nicht, warum ich so zugeknöpft bin. Ich stocke, als ich Josef ein paar Beispiele gebe, sie klingen so lächerlich, wenn sie ausgesprochen werden.

»Und manchmal ist er einfach böse auf mich. Aus heiterem Himmel. Aus Gründen, die ich nicht verstehe. Und da ich nicht verstehe, warum er sich ärgert, weiß ich auch nicht, ob ich mich entschuldigen soll. Es bringt mich so durcheinander.«

Josef hört mir zu, nimmt ein Werkzeug zur Hand, das er gerade gereinigt hat, ein Gerät mit einem Holzgriff und sägeartigen Eisenzacken. In einer anderen Umgebung hätte man es für eine Waffe oder ein Foltergerät gehalten, doch er fährt damit sanft über die Flanke von Franklin Delano Roosevelt und kämmt Kletten und Schmutzklümpchen heraus. Er streicht mit der Hand nach, um sicherzugehen, dass er alles entfernt hat.

»Nun?«, frage ich, als ich ihm alles erzählt habe. »Findest du, dass ich mir Sorgen machen muss?«

Er kaut nachdenklich auf seinen Lippen. »Ich glaube, du hörst dir selbst nicht richtig zu.«

»Wie meinst du das?«

»Du machst dir Sorgen, dass Abek sich an manches nicht erinnern kann. Aber hast du mir dasselbe nicht auch von dir erzählt, als wir uns das erste Mal getroffen haben? Dein Gedächtnis hat Lücken. Du erinnerst dich nicht an Dinge, an die du dich erinnern müsstest. Du bringst durcheinander, was passiert ist, und du bist dir nicht sicher, was wirklich geschehen ist und was nicht. Vielleicht ist er auch etwas durcheinander. So wie du es warst.«

»Du meinst, das könnte es sein?«

»Ich weiß nicht. Klingt es für dich einleuchtend? Das Gedächtnis von Menschen funktioniert nicht immer gleich. Nur weil seine Erinnerungslücken andere sind als deine, heißt es nicht, dass sie nicht echt sind.«

Josefs Überlegungen erklären vielleicht, was mit Abek los ist und warum ich instinktiv so besorgt bin. Leidet er wie ich unter Erinnerungslücken? Sind diese Erinnerungslücken und weißen Stellen etwas, was wir gemeinsam haben? Sind wir beide krank? Sind wir gebrochen?

Mein eigenes Gedächtnis hat Lücken. Warum sollte seins besser sein?

»Zofia, Buchenwald ist ein furchtbarer Ort!«, sagt Josef.

»Wir waren alle an furchtbaren Orten.«

»Ich weiß«, sagt Josef. »Aber Buchenwald – ich habe gehört, dass es dort ein kleines Waldstück gab. Es wurde der ›singende Wald‹ genannt, weil sie dort Menschen folterten. Sie banden den Häftlingen die Hände auf den Rücken und hängten sie dann an den Handgelenken auf. Vom Lager aus konnte man die Männer schreien hören. Der singende Wald.«

Mein Magen dreht sich um. Musste mein Bruder so etwas mit anhören? Waren das die Geräusche, die ihn allabendlich in den Schlaf begleiteten? Die Schreie von Gefolterten, die darum flehten, sterben zu dürfen?

Plötzlich schäme ich mich. Ich habe nur darüber gesprochen, ob Abek sich an die richtigen Dinge von vor dem Krieg erinnert, und dabei völlig ignoriert, was während des Krieges mit ihm passiert ist, was ihn möglicherweise zerbrochen hat.

»Ich glaube, du hast recht«, sage ich langsam. »Ich danke dir.«

»Wolltest du noch über etwas anderes mit mir sprechen?«

»Nein. Ich möchte zu Abek. Ich überlasse dich deiner Arbeit. Vielleicht sehen wir uns später?«

»Warte, ich wüsste auch gern etwas.« Josef hat seine Arbeit unterbrochen. Seine Hände hängen locker herunter und ich sehe, dass er am Hals errötet.

»Ach?«

»Ich wüsste gern … ob ich morgen mit dir zu Abend essen kann. Wenn du etwas dagegen hast, natürlich nicht, aber wenn ihr noch Platz habt, dann könnte ich mich vielleicht zu euch setzen.«

Seine Schüchternheit kommt mir vor wie ein Schritt

rückwärts, wie überhaupt alles an meinem Umgang mit Josef mir sehr zögerlich vorkommt. Kurz überlege ich, Nein zu sagen – ich möchte das, was uns verbindet, nicht aufs Spiel setzen. Aber es ändert sich sowieso ständig alles. Was soll da noch groß auf dem Spiel stehen?

»Wir treffen uns um halb sechs«, sage ich. »Und niemand wartet auf dich, wenn du später kommst.«

Abek ist noch nicht zurück. Ich finde ihn auf dem Hof hinter dem Verwaltungsgebäude. Er sieht ein paar Männern zu, die im Dämmerlicht Fußball spielen. Er hockt auf einer Bank und hat die Knie bis zum Kinn hochgezogen. Ich komme vorsichtig näher und will mich gleich bei ihm entschuldigen, aber er spricht mich zuerst an.

»Dobrotek.« Abek sieht mich nicht an, er muss mich aus den Augenwinkeln gesehen haben. Das Wort kommt wie ein patziges Bellen aus seinem Mund.

»Was?«

Jetzt sieht er mich voll an. »Die Geschichte, die du mir immer erzählt hast. Mit der Prinzessin Ladna. Er hieß Prinz Dobrotek.«

Ich brauche einen Moment, bis ich begreife, worüber er spricht: unser Gespräch am ersten Abend nach seiner Ankunft, als er mir erzählte, dass er bei einer alten Frau gewohnt hatte, die Ladna hieß, und als ich ihn daran erinnerte, dass der Name Ladna auch in dem Märchen vorkam, das wir uns immer erzählt hatten.

»Das stimmt«, sage ich. »Der König sagt zu dem Prinzen, wenn er seine entführte Tochter nicht findet, muss er sterben.«

»Aber Prinz Dobrotek fand sie«, ergänzt Abek. »Und sie erbten das Königreich und lebten glücklich bis an ihr Ende. Jetzt weiß ich es wieder.«

Er zieht die Augenbrauen hoch, als wollte er sagen: *Bist du jetzt zufrieden?*

Und das bin ich. Ich bin fast unerklärlich erleichtert. *Problem gelöst,* sagt mir mein Kopf. *Beruhige dich, du hast dir unnötig Sorgen gemacht.*

»Abek, es tut mir leid.« Behutsam setze ich mich zu ihm auf die Bank, achte aber darauf, einen Abstand zwischen uns zu lassen, mindestens zehn Zentimeter, denn er soll sich nicht von mir bedrängt fühlen. »Ich gebe mir wirklich Mühe. Es tut mir leid, wenn du das Gefühl hast, dass ich dich unter Druck setze. Es ist nur, dass ich dich schon so lange gesucht habe. Und in meiner Vorstellung warst du immer genau wie früher. Ich hätte mir klarmachen müssen, dass du dich verändert hast. Weil ich mich auch verändert habe.«

Er zupft verlegen an seinem Hosenaufschlag. Zwanzig Meter entfernt höre ich den Aufschlag des Balls und die Jubelschreie der Mannschaft, die ein Tor geschossen hat. »Ich weiß, dass du dir wünschst, alles könnte so sein wie früher«, sagt er. »Ich weiß, dass du enttäuscht bist.«

»Nein.« Ich möchte seinen Arm ergreifen, besinne mich aber eines Besseren. »Also, natürlich wünsche ich mir das. Ich möchte, dass die Welt so ist wie vorher. Aber nicht wegen dir. Ich bin so glücklich, dass du hier bist. Und du? Bist du nicht auch glücklich, hier zu sein?«

Er schweigt so lang, dass ich verunsichert bin, was er sagen wird. Ich habe Angst, dass er sagen wird, er sei *nicht* glücklich, oder dass er gehen wird oder dass ich ihn enttäuscht habe. Aber dann zieht er den Kopf ein und nuschelt in seinen Hemdkragen: »Doch. Ich glaube, ich bin glücklich.«

Siehst du, du hast dir wegen nichts Sorgen gemacht, wiederhole ich mir selbst. Siehst du, alles ist gut.

W

Am nächsten Morgen bringt mir ein Mitarbeiter des Lagers Föhrenwald eine Nachricht: Ich soll am Nachmittag in die Verwaltung kommen, um die Wohnsituation zu klären.

Ich kann mir vorstellen, worum es gehen wird. Miriam ist aus dem vorderen Zimmer ausgezogen. Der Platz wurde aber sofort wieder von zwei anderen Mädchen belegt. Jetzt ist es dort so voll, dass man sich kaum umdrehen kann. Das ganze Lager ist überfüllt. Esther und mir wurde die relativ großzügige Unterbringung nur wegen Abek zugestanden. Esther hat sich nicht darüber beschwert, dass sie ihr Zimmer mit einem Jungen teilen muss, aber neu ankommenden Frauen würde man so eine Situation nicht zumuten. Die Verwaltung will wahrscheinlich wissen, was wir weiter vorhaben, ob sie uns in ein Familienquartier stecken sollen oder eine andere Lösung ansteht.

Auf dem Weg zum Verwaltungstrakt sehe ich Breine, die am anderen Ende des Hofes ein paar Pflanzen aus dem Kräutergarten umtopft. Stolz trägt sie ihren neuen

Ring, selbst wenn ihre Hände und Fingernägel dreckverschmiert sind. Chaim ist eine Reihe weiter hinten, sie arbeiten im Gleichtakt. Sie sehen jetzt schon aus, wie wenn sie zusammengehörten. Sie winkt, als sie mich sieht.

Ich schulde ihr immer noch eine Antwort, ob Abek und ich mitkommen wollen. Sie sagte, ich müsste mir das bald überlegen. Sie sagte, wir hätten nicht unendlich viel Zeit.

Die Vorstellung, nicht unendlich viel Zeit zu haben, kommt mir verrückt vor. Jahrelang schien sich die Zeit unendlich hinzuziehen wie ein Albtraum. Tage waren wie Jahre, und wir beteten alle darum, dass es endlich ein Ende hätte und wir wieder mit unseren Lieben vereint würden. Es geschah überhaupt nichts und jetzt geschieht alles auf einmal.

Ich schulde Breine eine Antwort, aber ich kann sie ihr jetzt noch nicht geben. Deshalb bleibe ich nicht stehen, sondern erwidere nur ihr Winken und rufe: »Ich sag dir bald Bescheid, versprochen.«

Im Verwaltungsgebäude komme ich am Büro von Frau Yost vorbei. Ihre Tür steht offen. Drinnen raschelt Papier, und ich trete ein, um Hallo zu sagen, aber sie sitzt nicht an ihrem Schreibtisch. Das Rascheln kommt von Herrn Ohrmann, dem Mann mit den buschigen Augenbrauen von der Hilfsorganisation.

»Herr Ohrmann, Entschuldigung, ich wollte nicht

stören. Ich habe einen Termin bei jemand anderem und wollte Frau Yost nur kurz Hallo sagen.«

»Sie sagte, sie würde sich ein paar Minuten verspäten – sie muss mal wieder Feuerwehr spielen.«

»Dann komme ich ein anderes Mal vorbei«, sage ich und will schon wieder hinausgehen. »Ich wollte Sie nicht stören.«

»Fräulein Lederman – Sie sind doch Fräulein Lederman? Warten Sie einen Moment. Frau Yost hat mir erzählt, dass Sie Ihren Bruder gefunden haben.«

In seiner Stimme schwingt nicht der geringste Vorwurf mit, trotzdem fühle ich mich schuldig. Herr Ohrmann hat versucht, mir bei meiner Suche zu helfen, und ich kann mir vorstellen, mit wie vielen Fällen er zu tun hat. Er sieht erschöpft aus und hat Ringe unter den Augen. Ich hätte ihn irgendwie benachrichtigen müssen, dass er mich von seiner Liste streichen kann.

»Ich weiß, ich müsste die Hilfsorganisationen – vor allem Ihre – informieren, dass sie meine Akte schließen können«, entschuldige ich mich. »Es ist nur … es ist alles so schnell gegangen, nur knapp eine Woche her.«

Er winkt unbesorgt ab. »Ich höre leider viel zu selten von glücklichen Fällen, ganz zu schweigen davon, dass ich die Betreffenden persönlich kennenlerne«, sagt er. »Ich bin froh, dass Sie dazugehören. Haben Sie schon Pläne für die Zukunft?«

»Wir überlegen noch. Auch deshalb bin ich hergekommen.«

»Ich wünsche Ihnen viel Glück. Ich werde Frau Yost ausrichten, dass Sie hier waren.«

Ich bin schon wieder im Flur, als Herr Ohrmann meinen Namen ruft. Als ich wieder in das Büro trete, hält er ein einzelnes Blatt Papier in die Höhe, auf dem nur ein kurzer Text getippt ist.

»Fräulein Lederman? Wenn ich Ihre Akte schließen soll, heißt das vermutlich auch, dass Sie nicht mehr an Neuigkeiten zum Fall Alek Federman interessiert sind.«

»Alek Federman? Nein, ich glaube nicht. Danke für Ihre Mühe.« Ich möchte schon wieder gehen, bleibe aber doch wieder stehen. »Warum fragen Sie?«

Herr Ohrmann steckt den Brief gerade wieder in eine Mappe. »Wir haben etwas über ihn herausgefunden. Aber offensichtlich nichts, was für Sie relevant wäre. Die Namensähnlichkeit ist wahrscheinlich ein bürokratischer Zufall.«

»Nur aus Neugierde, was haben Sie denn herausgefunden? Ist er … am Leben?«

»Ich vermute, ja«, sagt Herr Ohrmann. »Wir wissen jetzt, warum er nirgendwo auftaucht – weder in einer Todesliste, noch in den Verlegungslisten oder unter den Befreiten. Er konnte ein paar Monate vor der Befreiung fliehen. Er und ein anderer Junge.«

»Dann haben Sie mit Alek gesprochen?«

»Mein Kollege hat mit dem anderen Jungen geredet. Sie sind nach der Flucht nicht zusammengeblieben – sie hatten es nicht gemeinsam geplant und kannten sich davor überhaupt nicht. Sie waren beide für einen Arbeitseinsatz außerhalb des Lagers eingeteilt worden, wo sie von einem Lastwagen abgesetzt wurden. Sie dachten, dass die Überlebenschancen größer wären, wenn sie sich trennten. Der andere Junge weiß nicht, wo Alek jetzt ist, aber das erklärt, warum er in keiner Liste auftauchte.«

»Ich wusste nicht, dass Häftlinge geflohen sind«, sage ich.

Herr Ohrmann nickt. »Es war auch eine absolute Seltenheit.«

»Und woher wissen Sie das alles?«

»Ich sprach zufällig mit einem Kollegen über Ihre Suche und er erinnerte sich an eine Befragung, die schon einige Monate zurücklag. Das Protokoll ist noch in der Akte. Der junge Mann – der Fluchtkamerad von Alek – erwähnte Aleks Namen. Der junge Mann suchte ihn ebenfalls.«

»Also hieß er wirklich Alek«, versichere ich mich. »Es war kein Schreibfehler. Er hieß wirklich Alek und nicht Abek?«

Herr Ohrmann sieht mich unglücklich an. »Wir gehen davon aus. Es ist etwas kompliziert. Das Gespräch wurde mithilfe eines Dolmetschers geführt. Der Junge kam aus Rumänien und niemand von uns beherrscht diese Sprache. Und der Junge kam mit den ausländischen Namen durcheinander. – Nun. Das muss jetzt nicht mehr Ihre Sorge sein«, sagt er fröhlich. »Ihre Akte kann ich jetzt schließen.«

»Aber für Alek Federman müssen Sie jetzt eine Akte anlegen? Werden Sie weiter nach ihm suchen? Sucht überhaupt jemand nach ihm?«

»Sie dürfen sich nicht noch andere Suchen aufhalsen«, mahnt Herr Ohrmann.

»Ich weiß, ich habe mich das nur gefragt. Wird man herausfinden, wo sich dieser Junge jetzt aufhält?«

»Glauben Sie mir, das ist eine Aufgabe, um die ich mich jetzt selbst kümmern muss.« Herr Ohrmann schiebt seine Papiere zu einem Haufen zusammen, der trotz seiner Bemühungen immer noch unordentlich aussieht. »Sie müssen sich einfach sagen: Ihre Akte kann jetzt geschlossen werden.«

X

Das Büro für Wohnungsangelegenheiten ist leer, als ich vorbeikomme. Ich könnte vor dem Abendessen noch einmal in unser Haus gehen, habe aber keine rechte Lust dazu. Nach dem Gespräch mit Herrn Ohrmann kann ich mich nicht mehr richtig konzentrieren und spüre eine innere Unruhe.

Zwei Mädchen kommen mir mit einigen Büchern aus dem Bibliothekszimmer entgegen, anscheinend ist es gerade offen. Das ist vielleicht ein Ort, wo meine Seele Ruhe findet – ein stiller Ort, an dem nur das Geräusch vom Umblättern der Seiten zu hören ist.

Selbst jetzt, wo alles ausgepackt ist, ist offensichtlich, dass der Begriff »Bibliothek« etwas übertrieben war. An zwei Wänden stehen ein paar windschiefe Regale mit gebundenen Büchern, die leicht nach Moder und Schimmel riechen. Jemand hat sie sogar nach Sprachen geordnet, aber sonst sind sie völlig durcheinander. Ein Buch über Vogelbeobachtung steckt neben einer historischen Biografie und einem Lexikon mit dem Buchstaben N. An einem einsamen Tisch stehen Stühle unterschiedlicher Form und Größe. Ich bin die Einzige hier im Raum.

Ich ziehe mir einen Stuhl heran und studiere die polnische Abteilung. Es sind lauter langweilige Titel, und ich vermute, dass sie lange ungelesen auf irgendwelchen Speichern verstaubten, bevor sie hier im Lager gelandet sind.

Trotzdem würde ich gern etwas finden. Früher habe ich gern gelesen, manchmal hat meine Mutter mir ihre Romane gegeben. Jetzt kann ich mich nicht mehr daran erinnern, wann ich das letzte Mal ein Buch von Anfang bis Ende gelesen habe. Im Krankenhaus verschwammen die Wörter vor meinen Augen. Die anderen Mädchen und ich legten uns während der Ruhezeiten manchmal hin und lauschten den Gedichten, die die Schwestern uns vorlasen.

Vielleicht finde ich etwas Einfaches für mich zum Lesen. Ich blättere durch die einzigen zwei Bücher, die infrage kommen. Das eine ist eine Liebesgeschichte, die aber langweilig und gestelzt daherkommt, das andere der zweite Band einer Abenteuerserie. Aber ohne den ersten Band sind Handlung und Personen zu verwirrend. Vielleicht bin ich einfach noch nicht bereit zum Schmökern.

Als ich den Stuhl wieder an seinen Platz stelle, sehe ich, dass auf dem Tisch noch ein anderes polnisches Buch liegt. *Der brave Fährmann und andere Klassische Märchen.* Es ist ein ziemlich zerfleddertes Kinderbuch mit vielen Illustrationen. Vielleicht die Spende einer Familie, deren Kinder erwachsen sind und keine Märchen mehr lesen. Ich schlage das Inhaltsverzeichnis auf.

»Die Prinzessin auf dem goldenen Berg.« »Der Bär im Försterhaus.«

Ich blättere durch die Bilder von Drachen und Kindern, die in Vögel verzaubert wurden. Der Beginn der nächsten Geschichte zeigt einen Mann, dessen Bart in einem Wirbelsturm weht. Ich beginne zu lesen.

In einem fernen Land, hinter Bergen und Meer, lebten einmal ein König und eine Königin mit ihrer schönen Tochter. Viele Prinzen kamen und warben um sie, aber sie wollte keinen von ihnen.

Ich überfliege gedankenlos die nächsten Sätze, bis ich langsam begreife, was ich da lese: es ist *Der Wirbelwind.*

Es hat eine Weile gedauert, bis ich das begriffen habe, weil ich das Märchen noch nie gedruckt gesehen habe. Als ich klein war, erzählten mir meine Eltern sie immer als Gutenachtgeschichte und so lernte ich sie auswendig. Die Einzelheiten änderten sich ein wenig, je nachdem, wer sie erzählte – Mama betonte eher die fantastischen Abenteuer, Papa den Sieg des Guten über das Böse, und im Lauf der Zeit veränderte sich die Geschichte so, dass eine ganz eigene Familienversion entstand.

Aber hier steht die offizielle Version. Gedruckt. In einer Bibliothek, die nur wenige Hundert Meter von dem Haus entfernt ist, in dem mein Bruder sich jetzt für das Abendessen fertig macht.

»Er hieß Prinz Dobrotek«, hatte Abek gesagt.

Abek konnte sich nicht an den Namen des Prinzen erinnern. Bis jetzt. Ganz plötzlich, aus heiterem Himmel, erinnert er sich: Der Prinz hieß Dobrotek. Und ich war so glücklich. Für mich war die Erinnerung ein Zeichen. Für mich hatte die Erinnerung eine große Bedeutung.

Meine Finger sind eiskalt geworden. Ich blättere immer noch die Seiten um, achte aber kaum noch darauf, was dort steht.

Hatte Abek sich wirklich an den Namen erinnert? Einfach so aus heiterem Himmel?

Ist es Zufall, dass das Buch hier auf dem Tisch liegt und nicht im Regal steht, als hätte jemand kurz zuvor darin gelesen?

Das Buch klappt zwischen meinen Händen zusammen.

Was ist die eigentliche Frage, nach der ich suche? Was will ich eigentlich beweisen? Was ist es, das ständig an meinem Gedächtnis nagt?

Wenn dieses Buch deshalb auf dem Tisch lag, weil Abek gestern hierhergekommen ist und darin gelesen hat, warum hat er es dann nicht einfach erzählt? Er hätte doch sagen können: *Du wirst es nicht glauben, aber ich war in der Bibliothek und habe ein Märchenbuch entdeckt. Und genau das Märchen mit dem Namen gefunden, an den wir uns nicht erinnern konnten. Ist das nicht komisch?*

Außer es ging ihm eigentlich nicht um den Namen des Prinzen, sondern darum, mir zu zeigen, dass er sich erinnert. Dass er sich erinnert, wie wir uns gegenseitig das Märchen erzählten. Dass er sich an mich aus der Zeit vor dem Krieg erinnert. Dass er mir etwas beweisen wollte.

Aber was wollte er beweisen?

Das hat keine Bedeutung, sage ich zu mir. Das sind alles nur sinnlose Mutmaßungen. Ich weiß nicht einmal, ob Abek das Buch gesehen hat, und es spielt auch keine Rolle, denn das Buch ist ja da, damit man es anschaut, und Abek ist mein Bruder und er ist hier und allein darauf kommt es an, und es bedeutet gar nichts, weil das alles sinnlose Mutmaßungen sind, und ich weiß überhaupt nicht, ob Abek es war, der in das Buch geschaut hat, und außerdem würde das auch keine Rolle spielen, weil das Buch hier liegt, damit man es anschaut und Abek mein Bruder ist und er –

Prrrr. Prrrrrr.

Meine Gedanken werden von einem lauten Geräusch durchbohrt, metallisch und schrill. Meine Knie geben nach. Mein Kopf dreht durch.

Bevor ich mir klarmache, woher das Geräusch kommt, hat mein Körper bereits reagiert und ich gehe zu Boden. Ich hocke auf allen vieren unter dem Tisch und zittere unkontrolliert am ganzen Leib.

Du bist in der Bibliothek von Föhrenwald, sage ich mir, aber noch lauter sage ich mir: *Renn weg!*

Atme, befehle ich mir. Mein Kopf ist seit über einer Woche nicht mehr in so eine Schleife geraten. Nicht, seit

Abek da ist. Ich hatte gehofft, dass ich diese Zustände überwunden hätte. Ich bin schweißnass.

Es gibt nichts, wovor du dich fürchten musst, sage ich mir noch einmal.

Von meinem Platz unter dem Tisch sehe ich ein paar braune Herrenschuhe, die im Türrahmen auftauchen. Die Schuhe bleiben stehen. Ich zucke vor ihnen zurück, wehre mich mit spitzen Schreien.

Dann bückt sich der zu den Schuhen gehörende Körper.

Ein freundliches Gesicht taucht auf. Ein junger Mann, den ich noch nie gesehen habe, sieht mich unter dem Tisch knien und zittern. *Du bist in Föhrenwald. Du bist in Sicherheit.*

»Alles in Ordnung?«, fragt der Mann.

Ich verneine kopfschüttelnd.

»Warten Sie. Ich hole Hilfe.«

Wieder schüttele ich den Kopf und aus meinem Mund kommt ein wimmerndes *Nicht weggehen.*

»Sind Sie gefallen? Soll ich Ihnen aufhelfen?« Er reicht mir seine Hand und ich strecke meine Arme nach oben. Er legt seine Hände unter meine Ellbogen und hilft mir aufzustehen. »Ist wirklich alles in Ordnung? Sie sehen so blass aus.«

»Das Geräusch.« Meine Stimme klingt kratzig und wackelt. Ich räuspere mich. Ich habe die Arme des Mannes noch nicht losgelassen, ich klammere mich an ihnen fest. Es muss ihm merkwürdig erscheinen, aber ich fürchte, ich kann nicht auf eigenen Beinen stehen, wenn ich ihn loslasse. »Ich habe ein Geräusch gehört. Es hat mich erschreckt.«

Langsam begreift er. Er zieht eine silberne Kette hervor, die um seinen Hals hängt. »Das war ich. Diese Pfeife – ich wollte sie ausprobieren. Ich will die Feldarbeiter damit zu den Mahlzeiten rufen.«

»Die Feldarbeiter«, wiederhole ich.

»Ich will sie zum Essen zu rufen. Er tut mir leid, dass ich Sie erschreckt habe. Ich hätte sie nicht im Haus ausprobieren sollen.«

Eine Pfeife für die Feldarbeiter.

Aber nicht diese Pfeife habe ich gehört. Ich habe die Pfeife der behelmten Aufseher gehört, als der Zug in Birkenau einlief. Ich habe tausend Schreie gehört, auch wenn alles derselbe Schrei war. Ich habe mich flüstern hören: *Alles wird gut,* obwohl ich in Wirklichkeit innerlich schrie.

»Schon gut«, wiederhole ich. »Ich habe mich nur erschreckt.«

»Vielleicht sollten wir Sie untersuchen lassen?«, schlägt der Mann vor. »Soll ich Sie zur Krankenstation begleiten?«, bietet er an.

»Nein! Ich meine, nein danke. Ich glaube, ich lege mich hin.«

Es klingt dumm, aber ich will keinesfalls in die Nähe seiner Pfeife. Seine Pfeife ist Teil jener Tür, die verschlossen bleiben soll, Teil jenes Pfads, den mein Gedächtnis nicht betreten darf.

»Es war töricht«, sage ich jetzt laut. »Ich weiß nicht, warum ich so töricht war.«

Als ich den Mann loslasse, lehne ich mich sicherheitshalber an den Tisch, falls meine Beine mich noch nicht tragen. Unter meinem Gewicht schiebt sich der Tisch quietschend ein Stück über den Boden, aber es gelingt mir, nicht umzufallen. Dann winke ich vorsichtig mit einer Hand zum Beweis, dass es mir gut geht. Es geht mir gut, ich habe nur überreagiert, ich törichtes Ding, und schließlich verlässt er mich mit einem letzten Blick über seine Schulter.

Langsam nehme ich das Märchenbuch vom Tisch und stelle es ins Fach zurück. Dann stehe ich vor dem Regal und stelle die Bücher Rücken an Rücken in geraden Reihen auf. Eine sinnlose Aufgabe. Bestimmt werden sie nach dem Abendessen, wenn hier richtig viel los ist, gleich wieder in Unordnung sein. In Wirklichkeit suche ich nur eine geistlose Betätigung, um mich zu beruhigen und abzulenken. Im Krankenhaus zogen wir manchmal Wollstränge über unsere Hände und wickelten sie zu Knäueln auf. Das war immer noch besser, als quälenden Gedanken nachzugehen.

Ich möchte nicht über die Pfeife im Zug nachdenken.

Ich möchte nicht über ein polnisches Märchenbuch nachdenken.

Ich möchte nicht darüber nachdenken, warum mein Bruder sich nicht daran erinnert hat oder warum er mir beweisen wollte, dass er sich erinnert.

Ich möchte nicht darüber nachdenken, was ich mich nicht traue auszusprechen, was auch nur zu denken mir Angst macht.

Ich möchte nicht darüber nachdenken, dass er vielleicht gar nicht mein Bruder ist.

Y

Ich stehe vor dem Verwaltungsgebäude und weiß nicht, wie ich dorthin gekommen bin. Ich blinzele ins Sonnenlicht und nehme kaum das Stimmengewirr und Kleiderrascheln der zum Abendessen strömenden Menschen wahr. Ich schließe mich ihnen an, denn das ist einfacher, als gegen den Strom zu schwimmen und in die andere Richtung zu gehen. Außerdem wüsste ich gar nicht, wohin ich gehen sollte.

Wieso habe ich diese Frage über Abek zugelassen? Wieso lasse ich meinen Fantasien so viel Raum? Während sich diese Fragen ständig wiederholen, drängt sich langsam eine Frage zur Oberfläche, die ich mir seit Kriegsende stelle. Nicht die Frage *Bin ich verrückt?*, sondern *Wie verrückt bin ich?*

Vor den Türen des Speisesaals, die noch geschlossenen sind, sehe ich bekannte Gesichter. Breine und Chaim. Esther, die darauf wartet, dass die Türen aufgehen. Sie putzt sich die Brille am Rock ab und setzt sie wieder auf. Sie winkt mir zu, ich soll ihr beim Warten Gesellschaft leisten. Und Josef. Josef ist auch da, denn es ist der

Abend, an dem er mit uns essen möchte. Er hebt seine Hand und lächelt. Er denkt, dass ich mich freue, aber ich sehe kaum hin. Er sieht enttäuscht aus, aber ich habe keine Zeit, mir über seine Gefühle Gedanken zu machen.

Abek steht auch in der Gruppe. Er ist von Chaim verdeckt, und ich sehe ihn erst, als ich fast da bin. Er steht neben einer jungen Frau, mit der er eine Art Wortspiel spielt. Sie kritzeln auf ein Stück Papier, das zwischen ihnen hin und her wandert. Als er mich erblickt, lächelt er übers ganze Gesicht.

Wuschle ihm durch die Haare, befiehlt mir eine innere Stimme, ich folge ihr. Ich verstrubbele ihm die Haare und sage: »Hast du ganz vergessen, wie man sich die Haare kämmt?«, weil eine große Schwester so etwas zu Abek sagen würde.

Er lacht und wendet sich wieder seinem Spiel zu.

Ist das mein Bruder oder nicht? Als er hier auftauchte, genau an dieser Stelle, bemerkte ich Dinge, die anders waren. Er war größer, aber das war ganz natürlich. Seine Haare waren dunkler, natürlich waren sie nachgedunkelt.

Aber hätte ich mit diesen Informationen auch zu einem anderen Schluss kommen können?

Zum aberhundertsten Mal wünsche ich mir, ich hätte ein Foto von ihm. Etwas, womit ich ihn vergleichen könnte. Ein Foto oder die Locke, die meine Mutter nach dem ersten Haarschnitt mit einer Schleife gebunden und in ihrem Kleiderschrank aufbewahrt hatte. Wäre doch nur meine Mutter hier, dann könnte ich mit ihr darüber sprechen. Sie würde den Jungen genau ansehen und könnte mit Sicherheit sagen, ob er ihr Sohn ist.

Aber ich habe nichts dergleichen. Alles wurde uns genommen. Es ist nichts geblieben, womit ich die Gegenwart mit der Vergangenheit vergleichen kann. Nichts, was mir hilft, den Grad meiner Verrücktheit zu messen. *Ist es verrückter zu glauben, jemand sei dein Bruder, der es gar nicht ist, oder ist es verrückter, einen Menschen zu finden, den man jahrelang gesucht hat, nur um sich dann einzureden, er sei gar nicht der Gesuchte? Die einzige Chance auf Glück zu verwerfen?*

Die Türen zum Speisesaal gehen auf und die Wartenden stoßen wie üblich einen Seufzer der Erleichterung aus. *Einen Bärenhunger,* murmeln sie. *Hoffentlich schmeckt der Kohl heute besser.* Ich gehe mit den anderen hinein, stelle mich vor den riesigen Töpfen in die Schlange, lasse mir das Essen auf den Teller geben, setze mich an den Platz, der irgendwie zu meinem Platz geworden ist. Breite die Serviette auf meinem Schoß aus.

Ich habe nicht einmal daran gedacht, mich so zu setzen, dass Josef neben mir ist. Er sitzt mir schräg gegenüber und sieht mich immer noch an. Er weiß jetzt, dass etwas nicht stimmt. Er weiß nur nicht, was es ist.

Wenn dieser Junge nicht Abek ist, was will er dann von mir? Geld? Ich besitze kein Geld. Sollte er darauf spekulieren, dass ich ihn in ein Zuhause mit netten Möbeln und weichen Teppichen bringe, ist er fünf Jahre zu spät dran.

Was will er sonst? Eine Schiffspassage? Ein Ticket erster Klasse? Auch so etwas besitze ich nicht. Ich habe das Angebot von Breine auf ein klappriges Boot, aber das hatte ich noch nicht, als Abek hier ankam.

Will er mich quälen? Das ist die einzige Erklärung, die mir noch einfällt. Er ist ein Hochstapler, dem es Spaß macht, sich von einem naiven, verrückten Mädchen herumkommandieren zu lassen, das so blöd ist, sich auch noch darüber zu freuen, ihn gefunden zu haben.

»Wie war dein Tag, Zofia?«, fragt mich Esther zu meiner Rechten sehr freundlich und reicht mir ein Glas mit Wasser.

»Ich war in der Bibliothek.« Ich schiele zu Abek, um seine Reaktion zu prüfen, aber er konzentriert sich auf sein Essen und schneidet eine Kartoffel in Scheiben.

»Da möchte ich nachher auch hin«, sagt ein Junge am anderen Ende des Tisches. »Ich wollte nachsehen, ob es dort –«

»Ich bin in die Bibliothek gegangen und habe ein polnisches Märchenbuch entdeckt«, sage ich betont laut.

»Oh wirklich? Das klingt –«

»In dem Buch sind viele Märchen abgedruckt, die wir als Kinder erzählt bekamen«, sage ich noch lauter.

Die heiteren Gespräche am Tisch verstummen, verlegenes Schweigen entsteht, fragende Blicke werden getauscht.

Esther sieht mich besorgt an, reagiert aber mit Bedacht. »Wie schön. Willst du uns davon erzählen? Vielleicht sind es Geschichten, die wir auch kennen?«

»Das Buch sah aus, als hätte jemand erst kürzlich darin gelesen«, rede ich weiter und gehe über Esthers Versuch, mich wieder einzufangen, hinweg. »Es lag aufgeschlagen auf dem Tisch, als hätte vor mir jemand darin gelesen.«

»Na ja, so ist das eben in Bibliotheken«, sagte Breine. Sie lacht, aber man hört ihrem Lachen an, wie nervös sie ist. »Es sei denn, wo du herkommst, waren die Bibliotheken ganz anders als bei mir. Oder?«

Ihre Frage ist an die ganze Tischrunde gerichtet und fast alle ergreifen die Gelegenheit, mit ihr zu lachen.

Ich glaube, jetzt habe ich etwas gesehen. Abek sieht von seinem Teller auf. Er sieht mich an und schaut schnell wieder auf den Teller.

Weil er sich wundert, wie seltsam ich mich verhalte, oder weil er es war, der in dem Buch gelesen hat?

Esther hat ihren Kopf gesenkt und sich zu mir herübergebeugt. Leise fragt sie: »Fühlst du dich nicht wohl?«

»Mir geht's gut«, antworte ich knapp, denn ich möchte nicht in ein Gespräch verwickelt werden, das mich zwingt, meine Augen von Abek abzuwenden. Aber er sieht nicht mehr zu mir her. Am liebsten würde ich mit der Faust auf den Tisch schlagen, damit er gezwungen ist, mich anzusehen. Aber was sollte das bringen, außer dass die anderen am Tisch sich noch mehr Sorgen machen würden?

Was bewirkt mein Verhalten überhaupt? Mein Magen krampft sich vor Angst zusammen. In meinem Bauch rumort eine vage, entsetzliche Angst.

»Bitte entschuldigt mich«, sage ich. Ich erhebe mich abrupt und lege meine Serviette auf den Tisch. »Ich werde mich ein bisschen hinlegen.«

»Brauchst du Hilfe?« Esther legt ebenfalls ihre Serviette auf den Tisch. »Ich begleite dich.«

»Es ist nur eine Migräne«, lüge ich und bemühe mich um einen festen Ton.

»Oje. Meine Mutter hatte oft Migräne, das war immer schrecklich.« Esther und die anderen bemuttern mich mitleidig. Aber ich glaube, sie sind auch erleichtert, dass es eine Erklärung für mein seltsames Verhalten gibt. »Ich lasse dich auf keinen Fall allein gehen.«

»Nein danke, ich brauche nur ein bisschen Ruhe.« Ich wehre sie mit erhobenen Händen ab. »In einem ganz stillen Zimmer«, sage ich noch und hoffe, dass sie versteht, dass ich allein sein will. Sie und Abek sollen bloß nicht auf die Idee kommen, nach mir zu sehen. »Ich lege mich ein paar Stunden hin und dann geht es mir hoffentlich wieder besser.«

»Du hat keine Kopfschmerzen, stimmt's?«

Ich zucke zusammen, als mich jemand am Arm berührt. Josef ist mir gefolgt und sieht mich abwägend an.

»Ich glaube, mit meinem Kopf stimmt etwas nicht.« Das ist sehr nah an der Wahrheit.

Er denkt über meine Antwort nach. »Willst du darüber sprechen?«

»Nicht jetzt.«

»Ist es wegen –«

»Es geht nicht um dich«, unterbreche ich ihn. »Ich muss etwas herausfinden«, fahre ich schnell fort, bevor er mir weiter seine Hilfe anbieten kann. »Und du kannst mir dabei nicht helfen, und ich weiß nicht einmal, ob man es überhaupt herausfinden kann. Ich weiß nur, dass ich es allein machen muss.«

Er lässt meinen Arm los. »Ich weiß nicht, wie ich das machen soll«, sagt er.

»Was machen?«

»Ich weiß nicht, ob ich dich einfach gehen lassen soll, oder ob ich darauf bestehen soll, dir zu helfen, weil wir – weil wir …«

»Du sollst mich diesmal allein lassen, Josef«, sage ich und blicke ängstlich auf die Straße, die zu unserem Haus führt. »Vielleicht nicht jedes Mal, aber jetzt gerade musst du mich allein lassen.«

Er bleibt zögernd stehen. Er kämpft mit sich, möchte mir gehorchen und weiß doch, dass etwas nicht stimmt. Schließlich zwingt er sich zu einem Lächeln. »Also gut. Aber du sagst mir, wenn du etwas brauchst? Ich habe dir bewiesen, dass ich für dich sogar Gewalt anwende. Und das war, bevor wir uns kennengelernt haben. Jetzt wäre ich sogar noch brutaler. Jetzt würde ich sämtliche Latrinen zusammenschlagen.«

Er beugt sich vor und küsst mich. Und einen Augenblick lang küsse ich ihn zurück. Und überlege kurz, dass ich stattdessen das tun könnte. Ich könnte hier stehen und ihn küssen, seine Finger in meinen Haaren vergraben, seine Lippen auf die meinen gepresst. Wir könnten in den Speisesaal zurückgehen und ich könne mich in Abeks Gegenwart wieder normal verhalten. Und nachts könnte ich Josef wieder küssen und das Leben würde einfach weitergehen. Nach vorne blicken, wie Breine gesagt hat. Kurz erscheint diese Version machbar. Kurz schlägt mein Leben zwei verschiedene Richtungen ein.

Aber dann zucke ich zusammen, lege meine Hand auf Josefs Herz und trete einen Schritt zurück. Ich glaube nicht, dass diese Version eine echte Alternative wäre, so verzweifelt ich mir dies auch wünschen mag. Ich glaube nicht, dass diese Version für mich jemals infrage gekommen ist.

Z

Das kleine Haus ist leer und aufgeräumt, die drei Betten ordentlich gemacht. Auf Esthers Nachttisch liegt das Stenografiebuch. Es ist an der Stelle aufgeschlagen, die sie für eine Klassenarbeit lernen muss. Auf meinem Nachttisch liegt mein Nähzeug. Auf Abeks Nachttisch liegt nichts. Er hat seit seiner Ankunft noch keine persönlichen Dinge angesammelt.

Was hatte er dabei, als er hier ankam? Ich versuche, mich daran zu erinnern. Er hatte einen Beutel in der Hand, als er in den Speisesaal kam. Zuerst hielt ich es für einen Kissenbezug, aber bei näherem Hinsehen sah ich, dass es eine Umhängetasche war. Schmutzig, aber aus solidem Segeltuch gefertigt. Er hielt sie schützend vor sich und ließ auch nicht zu, dass ich sie ihm abnahm.

Dort liegt sie, an der Wand auf der anderen Seite seines Bettes.

Ich zögere nur einen kurzen Augenblick, dann knöpfe ich die Lasche auf und leere den Inhalt auf den Boden: das Hemd, das er bei seiner Ankunft trug. Zwei Garnituren Unterwäsche. Ein Paar Socken. Ein zerknittertes

Papier, auf dem in einer peniblen Handschrift der Weg nach Föhrenwald notiert ist.

Noch ein Papier. Ich falte es auseinander. Auch diese Schrift ist mir unbekannt, nicht aber der Text. Es ist die Suchmeldung nach Abek, die ich Schwester Therese im Kloster Indersdorf diktierte habe. Ich weiß nicht, ob es sich um ihre Handschrift handelt oder ob es eine der Kopien ist, die sie den Mitarbeitern anderer Kinderheime diktieren wollte.

Habe ich Abek überhaupt schon einmal gefragt, aus welcher Einrichtung er gekommen ist, wo er die Suchmeldung entdeckt hat? Ich glaube nicht. Ich wollte ihn so viel fragen. Ich erinnere mich daran, dass ich mit den Füßen sogar die Tür versperrte, um ihn ja nicht gehen zu lassen. Es war für mich so wichtig, dass die Geschichte das von mir ersehnte Ende nehmen würde.

Die Tasche ist leer. Sonst ist nichts weiter darin. Ich drehe sie sicherheitshalber auf links, ich schüttele sie aus, fahre mit der Hand sogar über das Innenfutter.

Das Futter – vielleicht ist etwas im Futter versteckt?

Ich eile zu meinem Nachttisch, ziehe die Schublade auf und werfe meine ganzen Habseligkeiten auf den Boden. Endlich finde ich die Schere und kehre mit ihr zur Umhängetasche zurück. Ich setze schon an, in das Segeltuch zu schneiden, als ich in meiner Bewegung innehalte und mir vorstelle, welches Bild ich wohl abgebe. Wirres Haar. Keuchender Atem. Schere gezückt.

Was möchte ich finden? Welches Beweisstück könnte

meine Frage überhaupt beantworten? Ein ausführliches Schuldbekenntnis? Ein Tagebuch? Aber so etwas würde man nicht ins Futter nähen. Es ist nichts. *Was tue ich da?*

Was tue ich?

In welchen Zustand falle ich zurück? Mein Körper fühlt sich plötzlich an wie vor Monaten im Krankenhaus. Mein Herz ist schwer vom Nichts. Mein Kopf schmerzt vom Nichts. Ich besitze nichts, ich wiege nichts, ich bin nichts außer dem erdrückenden Schmerz, den ich schon seit einer Ewigkeit mit mir herumtrage.

Ich sinke an der Wand zusammen, rutsche auf den Boden, mein Kopf schürft über den Putz.

Und da sehe ich es. Ein schmuddeliges Dreieck. Ein Stofffetzen, der zwischen Abeks Matratze und Bettkante hervorlugt.

Ich krieche auf allen vieren hinüber und greife es mit Daumen und Zeigefinger.

Musselin. Ich erkenne sofort, dass es sich um Musselin handelt. Aber es ist alt, ausgefranst und schmutzig. Was einmal weiß war, ist jetzt schmutzig braun und fleckig. Ich ziehe es hervor und sehe, dass das Stoffstück viel größer ist, als ich zuerst angenommen habe. Es sah so klein aus, weil es zu einem winzigen Röhrchen zusammengerollt war. Ich lege es auf den Fußboden und rolle es auseinander.

Zum Geburtstag viel Glück, mein Schneckchen! Auf dass du niemals vergisst, wer du bist, und dass du immer nach Hause findest.

A für Abek, der jüngste Lederman, der verwöhnte Sohn von Helena und Elie und der kleine Bruder von Zofia, die dir dieses prachtvolle Geschenk genäht hat ...

B für Baba Rose, die Großmutter, deren Finger flink sind und deren Kopf noch flinker ist, und die die Familie mit ihrer Geduld und Liebe in unserer schönen Wohnung zusammenhält. Sie ist die beste Näherin der ganzen Stadt und auch die genaueste ...

C für Chomicki & Lederman, die Firma, die dir eines Tages gehören wird und die die schönsten Kleider in ganz Polen produziert. Sie wurde von Zayde Lazer gegründet, dessen bester Mitarbeiter ein junger Mann namens Elie war, den er eines Abends zum Essen einlud. An diesem Abend traf er zum ersten Mal ...

Und so geht es weiter, immer weiter bis zum Z. Es ist die Geschichte meiner Familie. Viel genauer, als ich sie in Erinnerung habe. Alles über die Familie, was man wissen sollte. Ich habe vergessen, wie klein und hübsch meine Handschrift sein konnte, wie viel ich auf das kleine Stück Stoff gebracht habe.

Nur eins weiß ich gewiss: An dem Morgen, als wir ins Stadion gingen, nahm ich diesen Stoff von der Wand, wo er gehangen hatte, und nähte ihn flink in das Futter von Abeks Mantel ein.

Ich nähte es in seinen Mantel und ein paar Stunden später musste wir ins Stadion, und ein paar Tage später befahlen uns die Nazis, uns auszuziehen und neue, unförmige Häftlingskleidung anzuziehen, die uns nicht passte. Unsere alten Kleider wurden alle auf einen Haufen geschmissen, nach Geld und Wertsachen durchsucht und dann entweder verkauft oder wiederverwertet.

Der springende Punkt ist, dass Abek nicht im Besitz dieses Stoffstücks hätte sein können. Deshalb besitze ich auch keine alten Kleider von mir, keine Fotos oder anderen Erinnerungsstücke – weil wir nach diesem Tag überhaupt nichts behalten durften.

Der springende Punkt ist, dass der Mensch, der diese Stoffgeschichte am ehesten entdecken konnte, jener Häftling war, der die Kleider durchsuchen musste, der Stich um Stich unser aller Leben an den Säumen auseinanderriss.

Ź

»Ich habe dir einen Tee gemacht.«

Ich schrecke fürchterlich zusammen, als es klopft, und balle den Stoff in meiner Faust zusammen. Aber es ist nicht Abek. Es ist Josef, der, die Hand zum Klopfen erhoben, in der Tür steht.

»Ich habe dir doch gesagt, dass du dich nicht kümmern musst«, stoße ich mühsam hervor und nehme ihn langsam ins Blickfeld, seine lockigen Haare, seine wachen Augen, seine schlanke Gestalt.

»Und ich verspreche, dass ich es nicht zur Gewohnheit werden lasse, besser zu wissen als du, was dir guttut«, erwidert er. Er stellt den Teebecher auf dem Nachttisch ab. »Aber in diesem Fall wollte ich wirklich sichergehen, dass alles in Ordnung ist.«

»Dass alles in Ordnung …?« Ich weiß nicht, wie ich diese Frage beantworten soll. Aus meinem Mund kommt ein Geräusch, eine Mischung aus Jaulen und hohlem Lachen.

»Zofia?« Er merkt, dass wirklich etwas nicht in Ordnung ist mit mir. Er kniet vor mir nieder, ich spüre die

Hitze seines Körpers, nur wenige Zentimeter von mir entfernt, und ich bin froh, dass er da ist. Ich will, dass er bleibt, ich will die Nähe eines anderen Körpers spüren.

»Umarme mich«, sage ich und meine das nicht romantisch. Ich meine damit, *Halt mich fest, halt mich zusammen.* Ich meine damit, *Bin ich wirklich? Passiert das wirklich?* Auch Josef versteht es nicht als romantische Aufforderung. Wir setzen uns aufs Bett und er legt seinen Arm um mich. Er hält mich fest wie jemanden, der an Unterkühlung leidet. Oder wie jemanden, der einen schweren Schock erlitten hat. Er hält mich wie jemanden, der den anderen am Leben erhalten will.

Er schlingt seine Arme so fest um mich, dass mir fast die Luft wegbleibt, aber diese Beengung hat seltsamerweise etwas Tröstendes. Es erinnert mich daran, dass ich da bin, dass ich mit dieser Welt verbunden bin. Die Mühe des Atemholens erinnert mich daran, dass ich einen Körper habe.

»Es ist etwas passiert, etwas, worüber du noch nicht sprechen kannst«, sagt er. Ich nicke stumm. »Ich werde auch nichts mehr sagen. Ich bleibe hier, bis du mich wegschickst, aber ich werde nichts mehr sagen.«

Er streicht mit dem Kinn über meinen Kopf, fest und zielsicher. Es fühlt sich an, als wollte er sich und mich vor einem Sturm wappnen. Ich versuche, an seinem Herzschlag Halt zu finden, ich versuche, meinen Atemrhythmus dem seinen anzugleichen. Ich versuche, mich durch seinen tröstenden Druck, durch sein Gewicht zu geerdet zu fühlen.

Ich versuche, mich geerdet zu fühlen, aber der Druck von Josefs Armen steht gegen sechs Jahre Leid, die durch meinen Kopf schwirren und durch nichts übertönt werden, da Josef versprochen hat zu schweigen.

Sei still.

A für Abek. B für Baba Rose. Sie werden bald fort sein, sagte Baba Rose, als die Nazis in ihren Panzern anrollten. Aber sie gingen nicht, sie blieben viele Jahre. Sei still. Der Hund unserer Nachbarin Frau Wójcik bellte in ihrer Wohnung und die Hunde der Nazis bellten in Birkenau. Ich lud die Fässer mit Zyklon B ab und Bissel fiel aus dem Fenster und ich nähte Breines Hochzeitskleid und ich nähte die Naziuniformen und mein Arm pochte von der Verletzung durch das Weberschiffchen und ich arbeitete Tag für Tag, weil wir alle Tag für Tag arbeiteten, weil wir nicht sterben wollten. Nur manchmal wollte ich sterben. Manchmal wollte ich es.

Ich ging zu Fuß zum Fußballstadion, weil Autos für uns verboten waren. Ich ging zu Fuß von Neustadt nach Groß-Rosen, der Winter war eiskalt und ich wusste nicht, wie ich einen Fuß vor den anderen setzen sollte. Und meine Zehen wurden von einem Arzt im weißen Kittel amputiert und mein Vater eilte dem Apotheker zur Hilfe, der in den Matsch gestürzt war. Und der Soldat zerschlug meinem Vater mit der Hand die Luftröhre. Bleib still. Ich aß mit Josef eine Pflaume und ich suchte mir ein pflau-

menblaues Kleid aus der Spendenkiste aus und ich vergrub eine Rübe im Boden, vielleicht aber auch nicht. Vielleicht habe ich das alles nicht getan.

Ich wartete in der Schlange. Ich wartete in der Schlange, um aus dem Krankenhaus entlassen zu werden. Ich wartete in der Schlange auf eine schimmlige Kartoffelschale. Ich wartete in der Schlange auf ein Stück Brot. Ich wartete in der Schlange, um den Zug nach Föhrenwald zu bekommen. Ich wartete in Schlangen mit den anderen Juden aus Sosnowiec, um am 12. August 1942 zu erfahren, wie es mit uns weitergehen würde, und mein Vater kam dem Apotheker zur Hilfe und Josef schlug im Hof des Flüchtlingslagers mit der Hand auf Rudolfs Luftröhre. Und der Soldat schlug im Fußballstadion mit der Hand auf die Luftröhre meines Vaters. Aber sie haben beide nicht geschlagen, sie haben die Kehle mit dem dicken L aus zwei Fingern durchstoßen. Sei still.

Ich finde wieder in die Gegenwart zurück. Ich sehe wieder das Zimmer und Josef, der mich immer noch fest in den Armen hält.

»Stilles Töten«, flüstere ich.

»Was?«, fragt Josef. Aber ich merke, wie sein Atem stockt.

Meine Stimme ist unnatürlich ruhig. »So nannten die deutschen Soldaten ihre Nahkampfausbildung. Stilles Töten.«

Stilles Töten. Die Wehrmacht hatte ihre eigenen Nahkampfmethoden. Nur die Grundtechniken, die schmutzigsten Grundtechniken: einen Kniestoß in den Unterbauch. Einen Fingerstoß in die Augen. Oder mit der flachen Hand wie mit einem Messer einen teuflischen Stich in die Kehle, bevor der Gegner überhaupt etwas merkt, bevor er überhaupt weiß, dass der andere ihn angreift. Mit dieser Methode wurde mein Vater im Stadion umgehauen. Als er dem Apotheker helfen wollte, stach der Soldat ihn in den Hals und dann erschoss er ihn.

Bevor die Wehrmacht in Sosnowiec einmarschierte, hatte ich nie zuvor gesehen, dass ein Mensch einen anderen im Kampf tötet.

Und auch sonst hatte ich es nie mehr gesehen, bis zu dem Morgen, als ich in Föhrenwald ankam, als ich sah, wie Josef diese Technik an dem Mann auf dem Platz anwandte.

»Du warst nie in einem Lager«, flüstere ich.

»Zofia.«

Ein Schauer kriecht über meine Haut. Ich löse mich langsam aus seinen Armen. »Deshalb möchtest du nicht darüber sprechen, wo du während des Krieges warst.«

»Zof–«

»Du bist kein Jude. Du warst nicht im KZ. Du warst in der Wehrmacht.«

Ich rücke immer weiter von ihm ab. Er streckt seine Hände aus und möchte mich wieder an sich ziehen, aber ich weiche ihm aus.

»Warst du in der Wehrmacht? Beantworte einfach meine Frage.«

Der Satz ist ein Befehl, aber meine Stimme klingt nach einem Flehen. Ich warte darauf, dass er mir sagt, es wäre nicht wahr, dass ich einfach etwas durcheinander sei. Aber er schweigt.

»Sag es mir, Josef.«

»Zofia.« Er sagt meinen Namen zum dritten Mal, wie sehr habe ich es geliebt, wenn er den Namen aussprach, in der Dunkelheit flüsterte. Doch jetzt klingt er so, als wollte Josef mir die Wahrheit verschweigen.

Und ich kenne die Wahrheit schon.

Ich weiche jetzt noch schneller vor ihm zurück, stolpere über den Stuhl am Schreibtisch, stürze beinahe zu Boden. Josef möchte mir helfen, doch kaum hat er einen Schritt in meine Richtung gemacht, wird mir übel. Ich renne zum Waschbecken und erbreche mich.

»Fass mich nicht an, du ekelhafter, ekelhafter –« Ich übergebe mich wieder, meine Hände klammern sich um den Rand des Waschbeckens und Josef kommt wirklich nicht näher. »Warum hast du mir nichts gesagt? Wolltest du mich quälen? Dachtest du, ich hätte noch nicht genug gelitten?«

»Ich schwöre, dass …«, sagt er schuldbewusst. »Zofia, ich schwöre dir, dass ich das nicht wollte.«

»Du wolltest nur jemanden fürs Bett? Du dachtest genau wie dieser Rudolf, als ich ankam – dass ich mich für ein Stückchen Brot von jedem ficken lasse?«

»Ich habe versucht, mich von dir fernzuhalten. Ich wollte es dir sagen. Ich wollte es dir in der ersten Nacht in meinem Zimmer sagen. Ich hätte es tun sollen. Ich hätte es dir sagen müssen.«

Ich richte mich wieder auf. »Ich hätte, ich hätte – du hättest dich stellen müssen.«

Ein bitteres Lachen kommt aus Josefs Mund, es klingt wie ein Bellen. Er breitet seine Arme aus und sieht sich im Zimmer um. »Mich stellen – wem? Ich habe keine Verbrechen begangen, Zofia. Ich war ein achtzehnjähriger Junge, als ich zum Krieg eingezogen wurde.«

»Und jetzt bist du ein zweiundzwanzigjähriger – alter Mann.«

»Und ich bin heute ein anderer, als ich damals war.«

Von draußen höre ich Gelächter, eine Gruppe von Menschen, die vom Abendessen kommt. Das Geräusch richtet mich wieder etwas auf, und ich merke, dass ich hier rauswill. Ich rapple mich wieder auf und dränge mich an ihm vorbei zur Tür. »Ich werde es allen sagen. Ich werde jedem erzählen, was für einer du bist.«

»Sag es ihnen.«

Meine Hand liegt auf dem Türknauf. Ich drehe mich um, um zu sehen, ob Josef nur herausfinden möchte, ob ich es ernst meine.

»Sag es ihnen«, sagt er. »Bitte.«

Der Josef, der hier in meinem Zimmer steht, ist ein Josef, den ich nicht kenne, wild und verzweifelt. »Bitte sag es ihnen. Seit Monaten weiß ich nicht, wie ich es sagen soll. Erzähle es, wem du willst. Aber würdest du mir bitte zuerst zuhören, nur einen Moment?«

Er redet rasch weiter, gibt mir keine Möglichkeit, mich zu entziehen. »Ich war in der Wehrmacht. Aber nach einer Weile wusste ich, dass ich dort nicht bleiben wollte. Ich bin desertiert. Verstehst du? Ich bin weggerannt. Mitten in der Nacht bin ich gegangen, nur mit dem, was ich am Leib trug. Ich schlief in leeren Scheunen, in Kellern alter Frauen. Die SS hätte mich erschossen, wenn sie erfahren hätte, wer ich war. Ich war ein Deserteur, also auch ein Feind für sie.«

Mir wird jetzt alles auf schreckliche Weise klar. Josef ist kein Jude. Er wollte bei der Hochzeit deshalb nicht tanzen, weil er die Hochzeitstänze nicht kannte. Und er sagte, er gehöre nicht auf das Boot mit Breine und Chaim, aber nicht, weil er vom Glauben abgefallen war, sondern weil er diesen Glauben nie hatte.

Ich schwanke und bin froh, dass ich mich am Türknauf festhalten kann. *Könnte es nicht sein, dass ich mir das bloß einbilde? Dass das gar nicht geschieht? Das wäre das Allerbeste. Dass dieses Gespräch gar nicht stattfindet. Dass ich irgendwo in einem anderen Zimmer sitze und mein Kopf mir bloß etwas vorgaukelt. Es wäre mir lieber, wenn nur meine Gedanken sich im Kreis drehen. Lass mich verrückt sein. Lass mich verrückt sein. Das wäre mir lieber.*

»Aber du hast sie mir gezeigt«, schreie ich ihn tränenerstickt an. »Deine Verletzungen. Du hast mir gezeigt, wo der Soldat dir die Zähne ausgeschlagen hat.«

»Die Verletzungen sind alle echt«, wirft er schnell dazwischen. »Der Soldat hat mich wirklich geschlagen. Ich sah, wie er ein Mädchen belästigte, und wollte ihn stoppen. Er schlug mir mit seinem Gewehrkolben die Zähne aus. Das ist wirklich passiert. Es geschah nur nicht in einem Konzentrationslager. Ich *hatte* Flohstiche. Mir *sind* die Haare ausgegangen. Mir ist die Schulter ausgekugelt worden, als mich ein paar Männer verprügelten, weil ich ihnen mein Essen nicht aushändigen wollte. Ich habe genauso gelitten wie du.«

»Das hast du nicht, Josef. So gelitten wie ich. Ich bin fast gestorben. Alle, die ich kannte, wurden gefoltert, ausgehungert, geschlagen, Tag für Tag, jahrelang. *Jahrelang.*« Meine Stimme bebt vor Empörung über seine Dreistigkeit. »Du kannst dir ein solches Leiden gar nicht vorstellen. Hat man dir die ganze Familie genommen und zur Schlachtbank geführt? Ist deine ganze Familie nicht mehr am Leben?«

»Ob sie noch leben oder nicht, für sie bin ich gestorben«, sagt er. »Sie waren Nazis und haben an Hitler geglaubt.«

Klara. Er hatte mir erzählt, dass seine Familie sich zur Unkenntlichkeit verändert hatte, nachdem seine Schwester gestorben war. Meinte er das damit?

»Sie waren bestimmt sehr stolz«, sage ich. »Stolz auf ihren Soldatensohn.«

Er macht zögernd einen Schritt auf mich zu.

»Zofia, ich schwöre dir, ich habe ständig überlegt, was ich hätte anders machen können – und habe schließlich das Einzige getan, was mir möglich erschien – ich bin davongelaufen, um nicht mehr dazuzugehören. Ich habe nicht versucht, den Kriegsdienst zu verweigern, und du hast recht – das hatte mit meinen Eltern zu tun. Aber mir gingen gleich zu Anfang die Augen auf, und dann lief ich fort, um nicht mehr dazuzugehören.«

Er sieht mich mit seinen tiefen, schönen Augen an und hungert nach Verständnis, er bettelt darum.

Ob ich das verstehen kann? War fortlaufen genug? War desertieren genug? Was wäre für mich genug gewesen? Dass er seinen Vorgesetzten erschießt, bevor er desertiert? Dass er sich versteckt, anstatt der Einberufung zu folgen? Dass er für die Alliierten spioniert? Was wäre meine Mindesterwartung an menschlichen Anstand in einem Krieg, der durch und durch unmenschlich war?

Einen Augenblick lang möchte ich die Uhrzeiger zurückstellen. Ich würde am liebsten zu dem Augenblick vor einer Stunde zurückkehren, als Josef mir aus dem Speisesaal gefolgt ist und mich geküsst hat. Das würde ich gern noch einmal spüren. Oder ich würde mich gern auf eine ganz andere Ebene begeben: Dort würde ich Josefs Erklärung gutheißen, akzeptieren, dass er sein Bestmöglichstes getan hat in einer für ihn ausweglosen Situation. Ich würde ihm gern vergeben.

Einen kurzen Moment lang lockert sich mein Griff um den Türknauf. Josef zieht schnell und hoffnungsvoll die Luft ein.

Aber er hat mir es nicht gesagt. Das ist es, was an mir nagt.

Wir haben in seinem dunklen Zimmer mit fast nichts am Leib auf dem Bauch gelegen, wir haben uns unterhalten und gelacht, und er sagte nicht ein einziges Mal: *Ich bin nicht der, der ich zu sein vorgebe.* Bei der Erinnerung an diese Nächte steigt wieder Übelkeit in mir auf, mein Entsetzen erreicht eine neue Dimension. Dieser Mann hat mich geküsst. Dieser Mann ist in mich eingedrungen.

»Zofia.« Er streckt seine Hand aus, möchte mich berühren. Ich zucke zurück, bin fest entschlossen.

»Nein.«

»Bitte.«

»Ich erlaube dir nicht, mich jemals wieder zu berühren«, zische ich. »Du hast uns alle angelogen, jeden Einzelnen von uns, weil du wusstest, dass es dadurch leichter für dich sein würde. Und das war dir wichtiger als –« Hier zittert meine Stimme vor Erregung. »Dir das Leben leicht zu machen war dir wichtiger, als zu verstehen, welche Hölle wir durchlitten haben.«

»Du hast recht. Du hast recht«, sagt er leise. »Ich war ein Feigling.«

Mir ist, als sei es nicht mehr Josef, der vor mir steht. Ich sehe jemanden, der jemandem entfernt ähnlich sieht, den ich einmal gekannt habe, und merke, dass alles nur eine Täuschung war.

»Geh«, sage ich schließlich und löse meine Hand vom Türknauf, weil mir plötzlich etwas klar wird. »Du bist derjenige, der gehen muss. Das ist mein Haus.«

»Zofia –«

»Geh. Und erwarte nicht, dass ich dir verzeihe.«

»Ich bitte dich auch nicht darum«, sagt er bitter. »Ich sollte mir wahrscheinlich nicht einmal selbst verzeihen.«

»Das stimmt«, sage ich. Ich halte ihm die Tür auf, und als er fort ist, kann ich endlich weinen.

Ż

Das letzte Mal, dass ich meine Mutter sah, war unfassbar und traurig.

Das letzte Mal, dass ich meinen Vater sah, war unfassbar und traurig.

Das letzte Mal, dass ich Baba Rose und die lebhafte Tante Maja sah, war unfassbar und traurig.

Das letzte Mal, dass ich Josef sehe, ist unfassbar und traurig. Ich glaube, es war das letzte Mal. Es kann nur das letzte Mal gewesen sein.

Die unfassbare Traurigkeit hat mich erschöpft, sie umhüllt mich wie ein Mantel.

Das erste Mal, als ich Abek sah, wog er drei Kilo und 100 Gramm. Mein Vater und ich gingen vor unserem Haus auf und ab. Er wollte mir ein Eis kaufen, aber wir schafften es nie bis zum Laden. Jedes Mal, wenn wir an der Straßenecke ankamen, wollte er schnell wieder umkehren, falls es Neuigkeiten gäbe. Und immer, wenn wir an unserem Haus ankamen, beugten sich Tante Maja oder Baba Rose aus dem Fenster und schüttelten den Kopf. *Noch nicht.*

Warst du bei meiner Geburt auch so nervös?, fragte ich Papa. Ich war zu jung, um nervös zu sein, sagte er. Bei dir war ich einfach aufgeregt. Ich wollte dich unbedingt kennenlernen.

Als wir das dritte oder vierte Mal von unserer vergeblichen Eismission zurückkamen, beugte sich Tante Maja aus dem Fenster und sagte: *Geht nicht wieder fort. Wir glauben, es ist bald so weit.* Dann beugte sie sich wieder aus dem Fenster und sagte: *Es ist ein Junge.* Und dann rannten wir ins Haus und die Treppe hinauf zu Abek, der röter und kleiner war, als ich mir vorgestellt hatte, und wie ein Katzenjunges greinte und ganz in weiße Tücher gewickelt war. Meine Mutter reichte ihn meinem Vater, der Abek seinen kleinen Finger zum Saugen gab. Ich beobachtete ihn dabei und überlegte, was ich machen sollte, wenn ich an die Reihe käme.

Lege deine Arme zu einer Wiege zusammen, sagte Mama, als Papa mir das kleine, warme Bündel in meine ungeschickten, ausgestreckten Hände legte. *Das ist dein Bruder,* sagte sie, und ich starrte auf seine schrumpligen Finger und die feinen Härchen, die seinen Schädel bedeckten. Deine Aufgabe ist es, ihn zu beschützen. Das machen große Schwestern. Sie beschützen ihre kleinen Brüder und Schwestern vom Anfang bis zum Ende.

Ich habe es versucht, Mama. Ich habe es versucht, Papa und Tante Maja und Baba Rose. Ich habe versagt, und das tut mir unendlich leid.

Das letzte Mal, als ich Abek sah, war nicht, als ich Auschwitz-Birkenau verließ und durch den Stacheldrahtzaun seine Hand berührte. Es war auch nicht, als wir zu den Duschen gingen und ich ihm sagte, er müsse keine Angst haben, seine Kleider auszuziehen, weil man ihm neue dafür geben würde. Es war nicht, als ich die Rübe für ihn versteckte und er mir als Antwort etwas in den Boden ritzte. Das ist nicht passiert. Das alles ist nie passiert.

Als wir in Birkenau ankamen, waren die Alten und Kranken auf dem Transport bereits gestorben. Baba Rose war gestorben. Sie war im selben Waggon wie Abek und ich. Meine Mutter und Tante Maja waren in den nächsten Waggon gestoßen worden, und ich wusste nicht, ob sie lebendig oder tot waren.

Abek flehte mich um Wasser an. Ich habe kein Wasser, sagte ich immer wieder. Hätte ich doch Wasser, hätte ich doch Wasser. Sein Husten, den er von Mama aufgefangen hatte, der nur ein kleines Hüsteln war, als wir im Stadion waren, wurde immer schlimmer. Er erschütterte seinen ganzen Körper – es waren gewaltige Hustenanfälle. Er hustete Galle aus und dann hustete er nichts mehr aus. Er weinte, weil seine Rippen so schmerzten, und ich wusste, dass seine Rippen gebrochen waren.

Und dann flehte er mich nicht mehr mit Worten um Wasser an, er flehte nur noch mit den Augen. Er war zu schwach zum Sprechen.

Einmal wurde ein Eimer Wasser hereingeschoben, aber als er hinten im Waggon ankam, war er leer.

Und dann flehte er überhaupt nicht mehr.

Er konnte kaum noch den Kopf heben. Ich sagte seinen Namen und er blinzelte schwach. Ich weiß nicht einmal, ob er mich erkannte. Er verschwand so schnell. Er war so schnell nicht mehr wiederzuerkennen.

Irgendwann wurde ein zweiter Eimer hereingeschoben, aber als ich ihm etwas Wasser einflößen wollte, rann es aus seinem Mund heraus über sein Kinn. Er war nicht mehr in der Lage, es zu schlucken.

Hundert Jahre vergingen in diesem einem Moment, als ich begriff, dass mein Bruder zu schwach zum Schlucken war. Ich wusste nicht, wie ich ihn zum Trinken bekommen sollte. Auch ich muss durstig gewesen sein. Auch ich muss Schmerzen gehabt haben, aber ich erinnere mich nur daran, dass mein Bruder nicht mehr schlucken konnte und dieser Moment so lang wie ein Jahrhundert für mich war.

Im oberen Teil der Waggonwand befanden sich Schlitze. Durch diese Schlitze sah ich, was passierte. Ich sah, wie ein Aufseher drei Menschen hintereinander aufstellte und eine Kugel durch sie hindurchschoss, damit er nur eine Kugel verbrauchen musste. Ich sah noch vor mir, wie mein eigener Vater eine Kugel in den Kopf bekommen hatte und so sanft auf dem Boden zusammengesunken war. Wie lang würde es dauern, bis sie uns erschossen?

Ich sah die Zukunft vor mir. Wie sie die Waggontüre beiseiteschoben. Wie sie uns ausluden und ich Abek auf meinen Armen hinaustragen würde, weil er nicht mehr gehen konnte. Und ich würde ihn in den Tod tragen. Ich würde ihn vor die Naziwächter legen, und sie würden mich von ihm trennen und ihn dann töten und er wäre ganz allein.

Ich wusste, dass sein Tod unausweichlich war. Er war zu schwach. Sein Tod war der letzte Stich an einem Kleid, das fast fertig war. Ich konnte nur noch darüber entscheiden, mit welcher Art von Stich er sterben sollte.

Ich hatte Abek den Mantel ausgezogen und seinen Kopf darauf gebettet. Aber jetzt ballte ich den Mantel in meinen Händen zusammen und fing an, ihm sein Lieblingsmärchen zu erzählen. Ich legte den Mantel über seine Nase und seinen Mund. Er wehrte sich nicht. Er war nicht mehr bei Bewusstsein. Ich weiß nicht einmal, ob er noch am Leben war. Vielleicht war er schon tot. Er war so still, seine Brust hob und senkte sich nicht.

Mit jeder Sekunde verging ein Stück meiner Seele. Trotzdem denke ich, dass es eine Gnade für ihn war.

Das musste ich mir zumindest einreden, daran musste ich glauben. Es war eine Gnade. Ich beschützte ihn. Es war eine unsägliche Tat, entsetzlich und unvorstellbar, aber noch entsetzlicher wäre gewesen, wenn ich es den Aufsehern überlassen hätte. Wenigstens war er auf diese Weise nicht allein.

Als es zu Ende war, machte ich auf dem Boden des Waggons etwas Platz für ihn und küsste seine Wangen. Ich deckte ihn mit seinem besten Mantel zu, denn wir alle hatten unsere besten Kleider angezogen, und ich hatte meine schönste Botschaft in seinen Mantel eingenäht. Es war Abeks Lebensgeschichte, die ich in meiner kleinsten, genauesten Handschrift aufgeschrieben hatte: meinen Namen, die Namen unserer Eltern, die Lieder, die wir sangen, und die Märchen, die wir erzählten.

Aber natürlich war ihm nicht erlaubt, in Frieden begraben zu werden. Natürlich würde ihm nicht erlaubt werden, in einem vornehmen Mantel beerdigt zu werden, den die Nazis möglicherweise noch verkaufen, stehlen oder durchsuchen könnten. Jemand würde ihn entkleiden, seine Sachen fortnehmen und sortieren müssen. Ein anderer Häftling.

Ein anderer Häftling, der ebenfalls ein kleiner Junge war. Mein Bruder war tot, aber seine Geschichte dauerte fort.

In diesem Waggon ließ ich Stücke meiner selbst zurück, Stücke, die ich nie mehr zurückbekommen werde. Ich ließ sie unwillentlich zurück, weil mein Gedächtnis mich zwang, diese unfassbaren, entsetzlichen Minuten auszulöschen. Ich ließ sie willentlich zurück, um mich selbst zu schützen, denn hätte ich mich an diese Geschichte erinnert, hätte ich jeden Überlebenswillen in mir zerstört.

Und so unbeschreiblich es klingen mag, ich wollte immer noch leben.

Er ist in der Bibliothek. Ich habe mir gedacht, dass er dort sein würde. Ich an seiner Stelle wäre auch dorthin gegangen, nach allem, was beim Abendessen geschehen ist. Das Märchenbuch liegt nicht mehr auf dem Tisch.

Aber Abek sitzt dort, auf dem kleinen Stuhl an dem kleinen Tisch. Seine Hände hatte er unter die Beine geklemmt. Er sitzt da wie ein kleiner Junge. Sein Gesicht sieht aus, als wäre es hundert Jahre alt.

»Abek«, sage ich und korrigiere mich im Stillen sofort. Ich nenne diesen Jungen weiterhin Abek. Diesen Jungen, der keinesfalls Abek sein kann. Aber ich weiß nicht, wie ich ihn sonst nennen soll.

Das müsste ich ihn eigentlich fragen: *Wie soll ich dich nennen? Woher kommst du? Wie heißt du richtig?*

Er sieht mich mit stumpfem, schwerem Blick an. »Ich wollte eigentlich weg von hier«, sagt er. »Nachdem du erzählt hast, dass du das Buch gefunden hast. Ich dachte, es wäre vielleicht besser, sofort zu verschwinden.«

»Und warum hast du es nicht getan?«

»Ich weiß nicht. Ich hätte es tun sollen. Oder? Ich hätte einfach gehen sollen?«

Jetzt müsste ich nur Ja sagen. Er soll verschwinden. Dieser Junge soll verschwinden und mich in Ruhe lassen. Aber ich bin erschöpft von so viel unaussprechlicher Traurigkeit. Und deshalb kommt ein ganz anderer Satz aus meinem Mund: »Erzähl mir eine Geschichte.«

Er sieht mich verwirrt an. »Eine Geschichte aus dem Märchenbuch?«

»Nein.«

»Was dann?«

Ich ziehe mir den anderen Stuhl heran und setze mich. Er schrammt über den Boden, als ich ihn an den Tisch heranrücke. Mein erster Impuls ist, die Hände zu falten, damit sie nicht zittern, aber das sieht vielleicht zu geschäftsmäßig aus. Ich lege die Hände mit nach oben gekehrten Handflächen auf den Tisch. Ich habe nichts mehr zu verbergen.

»Erzähl mir eine Geschichte, die du dir ausgedacht hast«, sage ich. »Eine Geschichte, die ich noch nicht kenne, ein neues Märchen. Erzähl mir die Geschichte eines kleinen Jungen, eine Geschichte, die gut ausgeht.«

Wir starren einander an. Ich glaube, er weiß, was ich hören will, aber ich bin mir nicht ganz sicher. Ich glaube, ich weiß, was ich hören will, aber ehrlich gesagt bin ich mir da auch nicht sicher.

»Es war einmal«, fängt er an, aber seine Stimme ist dünn und zittert. Er räuspert sich und beginnt von vorn. »Es war einmal ein Junge, der alles verloren hatte.«

Er sieht mich an. *Ist es das, was du wolltest?*, fragen seine Augen, und ich nicke. *Mach weiter.*

»Der Junge sah, wie alle, die er liebte, vor seinen Augen starben. Eine Mutter und ein Großvater, die sofort nach der Ankunft in Birkenau ermordet wurden. Ein Onkel, der eines Tages nicht zur Arbeit aufstehen konnte und am nächsten Tag gar nicht mehr aufstand. Ein Vater, der tagelang vor Schmerzen schrie und schließlich endgültig seine Augen schloss. Und der Junge überlegte, ob es richtig gewesen war, seinem Vater Wasser zu bringen, als er krank war, oder ob ihn das nur länger am Leben gehalten, sein Leiden nur verlängert hatte.

Und zum Schluss – zum Schluss verlor der Junge seine Schwester.«

Er blinzelt seine Tränen weg und seine Stimme klingt belegt. Und dann versucht er nicht länger, die Tränen zurückzuhalten, sondern lässt sie laufen.

»Er verlor seine ältere Schwester. Bevor sie starb, war es ihr immer wieder gelungen, ihm von der anderen Seite des Lagers Nachrichten zu schicken. Sie hatte Essensrationen für ihren kleinen Bruder aufgespart, obwohl sie sie selbst bitter nötig gehabt hätte. Sie blieb viel länger am Leben, als es möglich schien. So lang, dass es wirklich aussah, als könnte sie überleben. Aber sie überlebte nicht. Am Schluss hat sie es doch nicht geschafft. Die letzte Nachricht, die er erhielt, kam von ihrer Pritschennachbarin. Sie schrieb ihm, dass sie gestorben war.«

Auch mir kommen jetzt die Tränen, weil es nicht meine Geschichte und doch meine Geschichte ist. Sie ist fremd und gleichzeitig vertraut. Er erzählt weiter.

»Und eines Tages hörte der Junge, der ganz allein war, von einer anderen Schwester und überlegte, ob zwei Menschen vielleicht eine neue Familie sein könnten. Er las eine Geschichte über die Familie Lederman. Er las sie und dachte, sie klang wie die Geschichte seiner eigenen Familie. Und im Lager dachte er die ganze Zeit an die Ledermans. Er las ihre Geschichte immer und immer wieder. Er stellte sich vor, dass sie vielleicht überlebt hatten, obwohl seine Familie gestorben war, und dass er vielleicht Teil ihrer Familie sein könnte. Er merkte wahrscheinlich, dass alle Familien sich sehr ähnlich sind, zumindest diejenigen, die einander lieben. Er dachte, dass die Lederman-Schwester, die die Geschichte aufgeschrieben hatte, ihren Bruder sehr lieben musste.

Und so geschah es, dass der Junge sich eines Tages entschloss, den Krieg zu überleben und diese Familie zu finden.«

»Und das hat er auch«, flüstere ich.

»Ja, das hat er.« Er reibt sich verstohlen eine Träne aus dem Augenwinkel.

»Wenn die Schwester ihren eigenen Bruder gefunden hätte, dann hätte er sie in Ruhe gelassen. Wenn die Ledermans sich wiedergefunden hätten, dann hätte er sie nicht belästigt. Er hat nicht einmal erwartet, dass es funktioniert. Es war einfach ein Versuch, ein Grund, weiterzumachen.

Und dann, kaum hatte er erreicht, was er wollte, merkte er, dass er einen Fehler gemacht hatte. Dass es gefährlich und dumm war und – und dass es gemein war. Aber dann wusste er nicht, wie er die Wahrheit sagen sollte, ohne die Sache noch schlimmer zu machen, weil der Gedanke, eine neue Familie zu finden, ihn so lange am Leben gehalten hatte. Und er dachte, dass seine Schwester es ebenso empfinden würde. Sie war vielleicht genauso allein wie er.«

Dieser Junge wollte mich nicht quälen. Er wollte kein Geld von mir. Er wollte keinen Pass von mir. Er wollte eine neue Familie von mir. Er griff nach einem Strohhalm, der sein Leben ein winziges bisschen erträglicher machen sollte.

Ich sehe den niedergeschlagenen Jungen, der vor mir am Tisch in der Bibliothek sitzt, und ich sehe Möglichkeiten, die sich vor mir auftun.

Das Stück Musselin aus Abeks Mantel steckt in meiner Tasche. Ich könnte es jetzt herausziehen. Ich könnte wütend vor seiner Nase damit herumwedeln und ihn ihm ins Gesicht werfen. Ich könnte aufstehen und gehen oder ich könnte ihn zum Gehen auffordern.

Aber wie wir hier am Tisch sitzen, zwei verzweifelte, abgrundtief einsame Menschen, denke ich: Das ist eine Art Wunder. Für den Jungen, dass er vor Jahren meinen Musselin-Brief gefunden hat und ihn die ganze Zeit aufbewahren konnte. Und dass er mich dann nach dem Krieg gesucht hat. Und dass er dann von einem anderen Brief erfuhr, den ich geschrieben habe, drei Jahre später und Hunderte Kilometer vom ersten entfernt. Dass ich diesen Brief an ein Schwarzes Brett in einem Lager gehängt habe, wo alle Kinder nach irgendjemandem suchten.

Für mich war es ein Wunder, dass ich die Schwester in dem Kloster angetroffen habe, die an jenem Tag Dienst hatte und die sich zufällig an einen Jungen erinnerte, der mein Bruder hätte sein können. Dass ich einen russischen Kommandanten getroffen habe, der mir von Föhrenwald erzählte. Dass ich eine alte Freundin der Familie zum Abendessen gebeten habe, die Russisch sprach und übersetzen konnte.

Um zu diesem Augenblick zu gelangen, mussten hundert Ereignisse in der richtigen Reihenfolge geschehen. Und sie sind alle geschehen.

Keines dieser Wunder war das, worauf ich gehofft hatte. Und doch sind es Wunder.

Der Junge vor mir sieht mich mit verzweifelten, hungrigen Augen an.

Ich schlucke. »Wie hieß der Junge? Der Junge in deiner Geschichte, wie heißt er?«

Er presst seine Lippen zusammen und antwortet nach kurzem Zögern: »Er heißt Abek.«

»Aber vorher? Wie hieß er vorher?«

»Er hieß eigentlich Łukasz. Aber nur am Anfang der Geschichte. Am Ende der Geschichte heißt er Abek.«

»Es ist keine glückliche Geschichte«, sage ich zu ihm.

»Du hast auch nicht gesagt, dass die Geschichte glücklich sein soll. Du hast gesagt, dass sie gut ausgehen soll.«

»Gut ausgehen«, wiederhole ich.

Der Junge vor mir wartet immer noch auf eine Antwort und Folgendes geht mir durch den Kopf:

Ich habe es geschafft, und das, ohne es überhaupt zu merken. Ich dachte, ich würde nach Kriegsende meinen Bruder wiederfinden und wir würden ein neues Zuhause finden und erst dann, erst danach, würden wir unsere Familie wiederaufbauen und unser Alphabet vervollständigen.

Aber in Wirklichkeit habe ich unterwegs eine neue Familie aufgebaut und das Alphabet vervollständigt.

A für Abek.

B für Baba Rose. *Nein.* B steht nicht mehr für Baba Rose. Baba Rose ist tot. B ist für – B könnte für Breine stehen, für die quirlige, optimistische Breine, die in einem Flüchtlingslager ihre wunderbare Hochzeit geplant hat. Und C für Chaim, ihren schüchternen, ungarischen Bräutigam.

D für Dima, der mich gerettet hat, der mich aus dem Krankenhaus geholt und heim nach Sosnowiec gebracht hat.

E für Esther, die freundliche, ruhige Esther, die ihrer protestierenden Freundin Rouge aufgetragen hat.

F für Föhrenwald, wo Esther und Breine und alle anderen leben müssen, wo sie noch nie zuvor gewesen sind, und das alle miteinander irgendwie zu einem Zuhause machen wollen.

G für Gosia, die Freundin von Tante Maja, die überlebt hat und immer eine Verbindung zu meiner Vergangenheit sein wird.

H könnte für Hannelore sein, das kleine Mädchen, das von den Leuten, die sie Stiefeltern nennt, so geliebt wird, und I könnte für Inge stehen, die Mutter, nach der sie ihr Leben lang suchen wird.

J für Josef.

K für Kommandant Kusnezow, der eine Flasche Wodka mitgebracht und mich auf Föhrenwald gebracht hat.

L für die Familie Lederman, die Chomickis und Ledermans und alle Menschen aus ihrer Familie, denn auch wenn sie gestorben sind, werde ich ihren Namen und ihre Geschichte auf ewig in meinem Herzen tragen: meine Mutter, meinen Vater, meine schöne Tante Maja, Baba Rose.

Ł für Łukasz. Ein Junge, der nicht zur Familie Lederman gehörte. Der dann aber dazugehören wollte.

M für Miriam, die ich kaum gekannt habe, die aber auch nach ihrer Schwester gesucht hat und ununterbrochen Briefe schrieb.

N für das Nichts der Gar-Nichts-Mädchen, die versuchen, wieder etwas zu werden.

O für Herrn Ohrmann, der durch ganz Europa reist und versucht, so gut es geht, Familien zusammenzuführen.

P für Palästina, Eretz Israel, wo vielleicht unsere Zukunft liegt.

R für Ravid, der die Ausreise nach Palästina organisiert, auch wenn sie unmöglich erscheint.

S für Sosnowiec. S wird immer Sosnowiec sein, denn seine Herkunft kann man nicht auslöschen, auch niemand anderes kann sie auslöschen, selbst wenn der Name der Stadt geändert und die Straßenschilder abgebaut werden.

Ś für Onkel Świętopełk, einen alten Mann, der Erinnerungen an eine Vergangenheit in sich trägt, die lange vor dem Schrecklichen liegen, das uns zugestoßen ist, und der von sich sagen kann, dass er sogar diese schrecklichen Ereignisse überlebt hat.

T für Schwester Therese, die Klosterschwester, die mir Hoffnung geschenkt hat.

U für Schwester Urbaniak, die Krankenschwester, die mir Brot gegeben hat.

V für Frau Van Houten, eine alte Frau, die bereit war, eine junge Frau, die sie kaum kannte, am Abend ihrer Hochzeit dem Bräutigam zuzuführen. Sie steht für die kleinen Freundlichkeiten, die wir einander gewähren. V, obwohl es im Polnischen gar kein V gibt, ebenso wie Q oder X, aber ich lerne Menschen kennen, die außerhalb meines Alphabets existieren. Mein Alphabet ist neu.

W für die Familie Wölflin. Sie vertritt die Menschen, deren Güte groß und heldenhaft ist, die Kinder unter Einsatz ihres eigenen Lebens versteckt haben.

X für die Dinge, die ich streichen möchte. Die Dinge, die ich bewusst vergessen will. Manche Dinge darf man bewusst vergessen.

Y für Frau Yost, die das Lager Föhrenwald leitet. Und für alle anderen Menschen, die die anderen Flüchtlingslager in diesem schrecklichen Nachkriegsland leiten.

Z für Zofia.

Das alles denke ich, während ich in dieser provisorischen Bibliothek einem Jungen gegenübersitze, dessen Leben um keinen Deut einfacher war als meins.

Ich denke, wir müssen Wunder überall suchen. Wir müssen die Menschen lieben, die wir vor uns haben. Wir müssen uns die Dinge verzeihen, die wir getan haben, um zu überleben. Dinge, die wir zerstört haben. Dinge, die uns zerstört haben.

Meine nächsten Worte wähle ich mit großem Bedacht.

»Vielleicht könnte ich Łukasz eines Tages kennenlernen«, sage ich. »Nicht sofort, wenn er das nicht möchte. Aber eines Tages. Vielleicht kann er mir eines Tages mehr von seiner Geschichte erzählen.« Ich erhebe mich und strecke meine Hand aus.

Auf seinem Gesicht zeigt sich ein Schimmer von Hoffnung. »Heißt das …«

»Ja, Abek.« Es heißt sehr viel, den Namen meines Bruders jetzt laut auszusprechen. Es ist ein Angebot, es ist eine Zusage, es ist eine Lüge, es ist ein Abschied. Ich räuspere mich und fange noch einmal von vorne an. »Ja. Es heißt, dass wir jetzt nach Hause gehen sollten.«

Epilog

London 1946

Es ist fast so weit. Das haben Abek und ich schon so oft zueinander gesagt, dass es ein Dauerwitz geworden ist. *Keine Sorge, wir sind fast da,* sagte er, als wir auf der Ladefläche eines Lasters mitfuhren und ich ganz dringend aufs Klo musste. Und dann mussten wir beinahe noch drei Stunden auf dem Laster ausharren, während wir durch Deutschland und Teile von Frankreich fuhren, Kontrollen und zerstörte Städte passierten. *Keine Sorge, wir sind fast vorne in der Schlange,* tröstete ich ihn, als wir stundenlang auf die Bearbeitung unserer Papiere warteten, aber dann hatten die Mitarbeiter der Hilfsorganisation Schichtwechsel und wir mussten weiterwarten. Das Wort *fast* ist ein Scherzwort für *nie* geworden. Wir benutzen es ständig. Der Reifen ist fast geflickt. Ich würde fast einen lebendigen Oktopus essen.

Aber ich glaube, jetzt haben wir es wirklich fast geschafft. Denn als wir an der Anlegestelle stehen und die salzige Luft auf den Lippen schmecken, ertönt die Schiffshupe.

Die Menschen um uns herum – Hunderte von Menschen, die wie wir ihren Koffer an sich drücken – haben sie auch gehört und beginnen aufgeregt zu sprechen.

Ottawa. Das ist die Stadt, in die wir reisen werden. Die jüdische Vereinigung dieser Stadt unterstützt uns und die anderen Familien, die das Glück hatten, in der Lotterie ausgewählt zu werden. Wir hatten uns eine Landkarte geholt und sind mit den Fingern an der südlichen Grenze Kanadas entlanggefahren, bis wir im Osten die Stadt gefunden hatten, die sich am Rand einer Provinz namens Ontario befindet.

»Was machen deine Füße?«, frage ich Abek, denn es hat sich herausgestellt, dass seine Schuhe zu groß sind, um lange darin zu gehen, und er hat sich nicht rechtzeitig noch ein Paar Strümpfe angezogen und hat jetzt Blasen bekommen.

»Fast in Ordnung«, sagt er.

»Wirklich, fast?«, frage ich besorgt.

»Sie tun wirklich nicht besonders weh«, beruhigt er mich.

Schade, dass ich aus der Wohnung in Sosnowiec nicht ein paar Dinge mitgenommen habe – die genähten Andenken, Erinnerungsstücke eines vergangenen Lebens. Ich hätte sie mitgenommen, wenn ich geahnt hätte, dass ich für immer fortgehen würde. Jetzt befinden sich in meiner Tasche ein paar Kleidungsstücke zum Wechseln, Nadeln und Faden und eine Nähschere, die ich – man glaubt es kaum – in einer Spendenkiste gefunden habe.

Sie ist sogar besser als die Scheren, die wir in der Fabrik hatten, die Klingen sind aus blitzendem, poliertem Stahl. Wir reisen alle mit leichtem Gepäck. Wir haben gerade noch genug Kraft, um neu anzufangen.

Vielleicht kann ich irgendwann Gosia schreiben und sie bitten, mir die Familienstücke zu schicken. Vielleicht werde ich irgendwann ein neues Leben haben, in dem ich Platz für das Vergangene schaffen kann.

In meiner Tasche befindet sich auch ein graues, verblichenes Stoffstück, das ich aus einem Hemd ausgeschnitten habe, das ich am Morgen nach meinem letzten Gespräch mit Josef auf der Türschwelle unseres Hauses in Föhrenwald gefunden habe. Die Nacht davor hatte ich mit mir gerungen, was ich tun sollte. Woran kann man Vergebung messen – wer verdient sie und wer darf sie gewähren? Wie lässt sich messen, ob jemand sich selbst genug bestraft hat? Ich rang mit mir, ob ich Frau Yost informieren sollte oder ob sie es möglicherweise schon wusste. Ob ich es Breine und Esther erzählen sollte.

Aber als ich am Morgen aufwachte, lag das Hemd auf meiner Türschwelle und Josef war nicht mehr da. Er war gegangen. Ich musste also nicht entscheiden, ob ich ihm vergeben wollte. Ich hatte mit seiner Absolution nichts mehr zu tun. Ich war erleichtert, bin aber auch traurig darüber.

Ich denke häufiger an ihn, als mir lieb ist. Ich frage mich, wo er jetzt ist, und ob es eine Welt gibt, in der wir uns wiedersehen werden.

Einige Wochen danach verabschiedete ich mich herzlich von Breine und Chaim. Sie reisten ab, um in ihrem eigenen Boot ihren eigenen Neubeginn zu wagen. Ich hatte ihnen erklärt, warum wir nicht mit ihnen kommen würden. Abek und ich wollten etwas völlig Neues, etwas, was wir uns ganz allein aussuchen würden. Wir wollten uns für einen neuen Familienbeginn entscheiden.

Und gewissermaßen fanden wir am ehesten Trost in etwas ganz Unbekanntem. Einem Ort, über den wir so gut wie nichts wussten, wo uns nichts an unser Leiden erinnern und wo keine unmöglichen Erwartungen an uns gestellt werden würden. Wir lasen ein Buch über Eishockey. Wir baten einen der kanadischen Helfer in Föhrenwald, uns die Nationalhymne vorzusingen.

Bei dem Schiff handelt es sich um einen Überseedampfer mit drei Schornsteinen. Er sieht fast wie eine schwimmende Stadt aus. Die lange Gangway führt im Zickzack an der Wandung entlang nach oben. An ihrem Beginn stehen die Passagiere und geben ihre Reiseunterlagen ab und warten, bis man sie auf der Passagierliste abgehakt hat.

Abek geht vor mir die Gangway hinauf, dreht sich aber um, als er merkt, dass ich stehen geblieben bin. »Kommst du?«

»Fast«, rufe ich und setze schnell hinzu: »Ich meine, ja.«

Ich ergreife seine ausgestreckte Hand und gehe voran. Unter meinen Füßen schwanken die Planken, aber ich gehe voran.

Historische Notizen und Recherchen

Dies ist mein dritter Roman, der in der Zeit des Zweiten Weltkriegs spielt. Ich schrieb ihn, nachdem ich fünf Jahre lang über diese schrecklichen Jahre recherchiert hatte. Dabei fiel mir auf, dass fast alle Bücher, die ich darüber gelesen, und fast alle Dokumente, die ich gesichtet hatte, immer zum gleichen Zeitpunkt endeten: bei Kriegsende. Sie endeten mit der Befreiung eines Konzentrationslagers. Mit der Auflösung einer Militäreinheit. Mit dem Jubel in den Straßen. Sie handelten aber kaum von dem, was in den Wochen und Monaten nach Kriegsende geschah, als ein ganzer Kontinent von dem erfahrenen Leid und den begangenen Verbrechen genesen musste.

Einige Jahre zuvor hatte ich einen bedrückenden Urlaub verbracht: Ich war mit dem Zug eine lange, gewundene Strecke durch Deutschland und Tschechien bis nach Polen gereist. Die Reise begann in München, wo ich das Konzentrationslager Dachau besichtigt hatte, und endete in Krakau, wo ich Auschwitz-Birkenau besichtigte, das berüchtigtste Todeslager der Nazis, in dem über eine Millionen Menschen ermordet worden sind.

An einem späten Abend wurde mir mit Schrecken bewusst, dass mein komfortabler Zug einer Route folgte, die in den Jahren 1941 oder 1942 auch ein anderer Zug genommen haben konnte. Ein Zug, vollgestopft mit entsetzten Menschen auf dem Weg in den Tod. Mein Zug hielt auch kurz in einer Stadt namens Sosnowiec. Dieser Name blieb in meinem Gedächtnis haften. Wieder zu Hause, las ich ein wenig über die Stadt, und als ich mit diesem Buch begann, versuchte ich, so gut es ging zu rekonstruieren, wie es einer jungen Frau ergangen sein könnte, die in den ersten Kriegsjahren aus dieser Stadt deportiert worden war und jetzt dorthin zurückkehren musste.

Mit dem Einmarsch der Deutschen in Sosnowiec im Jahr 1939 änderte sich das Leben der dort ansässigen Juden dramatisch. Sie durften nicht mehr an ihren Arbeitsplatz, durften die Schule nicht mehr besuchen und mussten in ein Ghetto ziehen. Sie mussten Zwangsarbeit für die Nazis leisten. Zuerst Straßenarbeiten wie Schneeschippen und Kehren, dann Zwangsarbeit in Fabriken, denn Sosnowiec besaß als Industriestadt viele Fabriken, die die Deutschen für eigene Produktionen übernahmen.

Und schließlich mussten die Juden in den Konzentrationslagern Zwangsarbeit leisten. Im August 1942 wurde

Tausenden jüdischen Familien befohlen, sich im örtlichen Fußballstadion einzufinden, angeblich um neue Ausweispapiere zu erhalten. Stattdessen wurden sie in verschiedene Reihen eingeteilt und in die Lager deportiert.

Ich habe einmal gelesen, einer der Gründe, warum es so schwierig sei, Romane über den Holocaust zu schreiben, sei, dass die Gräueltaten so unermesslich und grauenvoll waren, dass es wie Fiktion anmute, wenn man die Wahrheit erzähle. Unser Kopf weigert sich, diese Dinge als wahr anzuerkennen. Wir unterstellen dem Autor, er habe übertrieben, um mehr Eindruck beim Leser zu erzielen. Ich möchte nur erwähnen, dass alles, was ich über die Lager geschrieben habe, der Wahrheit entspricht. Auch der »singende Wald« von Buchenwald, wo gefolterte Häftlinge schrien, bis sie starben. Auch die chaotischen Szenen bei der Ankunft im Lager, wo Babys aus den Armen ihrer Angehörigen gerissen und vor deren Augen umgebracht wurden. Während des Krieges wurde eine kleine Gruppe junger Frauen, die nähen konnten, aus Birkenau nach Neustadt gebracht, wo sie in einer Textilfabrik Zwangsarbeit leisten mussten. Später mussten sie auf der Flucht vor den heranrückenden Truppen der Alliierten mitten im Winter zu Fuß in das Konzentrationslager Groß-Rosen marschieren. Zofias Häftlingsschicksal habe ich an diese Odyssee angelehnt.

Vor dem Krieg gab es neunundzwanzigtausend jüdische Einwohner in Sosnowiec. Nach dem Krieg kamen nur siebenhundert davon zurück.

Und diese erlitten nach ihrer Rückkehr in vielen Fällen eine Verfolgung, die zwar weniger systematisch geschah als unter den Nazis, jedoch nicht weniger von Hass erfüllt war. Der Antisemitismus war immer noch weit verbreitet. Die Vorurteile der Menschen hatten mit dem Kriegsende nicht aufgehört.

Mehrere Vorfälle bei Zofias Rückkehr nach Sosnowiec basieren auf den Berichten polnischer Überlebender: Sala Garncarz schreibt, dass sie einen Zug besteigen wollte, um in die Wohnung ihrer Familie in Sosnowiec zurückzukehren, der Schaffner ihr aber mitteilte, Juden seien in seinem Zug und in seinem Land unerwünscht. Als sie schließlich in die Wohnung kam, war sie von Fremden besetzt, die keinerlei Mitgefühl für sie aufbrachten. Michael Bornstein erzählt, wie er als kleines Kind vom Grölen betrunkener Männer aufwachte, die an die Tür donnerten, weil sie gehört hatten, dass eine jüdische Familie zurückgekehrt war. Die Familie kam nur deshalb davon, weil eine Cousine während des Krieges in einem katholischen Nonnenkloster überlebt hatte: Sie konnte so viele Gebete hersagen, dass die Männer schließlich glaubten, es handle sich um eine christliche Familie.

Das Europa der Nachkriegszeit war für Juden immer noch ein schrecklicher Ort. Im Jahr 1946, also ein Jahr nach Kriegsende, wurden in der polnischen Stadt Kielce zweiundvierzig Juden von einem aufgebrachten Mob aus Polizisten und Zivilisten ermordet. Dieses Massaker war kein Einzelfall und alle hatten dasselbe Ziel: den Juden klarzumachen, dass sie nicht zurückkommen sollten. Nach dem jahrelangen Leiden in Konzentrations- und Vernichtungslagern gingen die Albträume für die Überlebenden weiter. Polen erschien vielen nicht mehr sicher, sie machten sich auf den Weg in eine neue Heimat. In den Monaten und Jahren nach dem Krieg entstand in und um Deutschland ein Netz aus Lagern für Heimatlose, die Displaced-Persons-Camps oder DP-Lager. Manchen blieb gar nichts anderes übrig, als in diesen Lagern zu leben: Ihre eigenen Wohnungen waren zerstört oder von neuen Familien bewohnt. Ihre eigenen Familien existierten nicht mehr. Ihre Heimatländer waren ihnen fremd geworden. Auf der Suche nach einem sicheren Ort kamen sie in diese Lager, die oft in Klöstern, Bürogebäuden und manchmal auch in den Konzentrationslagern eingerichtet worden waren, aus denen sie gerade erst befreit worden waren.

Föhrenwald (heute Waldram, ein Stadtteil von Wolfratshausen im oberbayrischen Landkreis Bad Tölz-Wolfratshausen – Anm. d. Übers.) war eine richtige kleine Ortschaft, die sich auf dem aufgelassenen Gelände der I.G. Farben befand, jenes Chemie- und Pharmaunternehmens, das für die Herstellung von Zyklon B verantwortlich war. Es war eines der bekanntesten DP-Lager, in dem zu Spitzenzeiten bis zu eintausend Menschen lebten, und in dem es auch Handels- und Sprachschulen gab. Auch das Lager im Kloster Indersdorf gab es wirklich. Es war ein in einem Nonnenkloster eingerichtetes

Lager für Kinder. Viele dieser Kinder mussten erst wieder lernen zu essen und ruhig zu schlafen. Im Holocaust waren ungefähr 1,5 Millionen Kinder gestorben.

Föhrenwald und Kloster Indersdorf haben mir als Vorlage für *Sie mussten nach links gehen* gedient, ich habe aber manche Details geändert beziehungsweise Details aus anderen Lagern verwendet. Zum Beispiel gab es mehrere Lager, die vor allem als landwirtschaftliche Ausbildungsstätten für junge Juden dienten, die nach Israel auswandern wollten. Eines der bekanntesten war Kibbuz Buchenwald: Eine Gruppe von Häftlingen hatte das Land, auf dem sie ermordet werden sollten, in ein Land ihrer Rettung umgewandelt. Viele von ihnen gingen Ende 1945 auf Schiffe, manche offiziell, manche – *Alija Bet* – heimlich.

Das erste Buch über die DP-Lager, das ich las, war *Zurück ins Leben. Das internationale Kinderzentrum Kloster Indersdorf 1945–46* von Anna Andlauer, ein bewegendes Zeugnis über das Leben der Kinder im Nachkriegsdeutschland. Weitere lesenswerte Berichte sind *Die versteckten Kinder, Dokumente von Angst und Befreiung* von Jane Marks; *We are Here: New Approaches to Jewish Displaced Persons in Postwar Germany* von Avinoam Patt; *Life Between Memory and Hope: The Survivors of the Holocaust in Occupied Germany* von Zeev Mankowitz; *Kibbutz Buchenwald: Survivors and Pioneers* von Judith Tydor Baumel; sowie der Dokumentarfilm von Mark Jonathan Harris *Ins Gelobte Land.*

Auch bei diesem Buchprojekt möchte ich mich wieder beim United States Holocaust Memorial Museum (USHMM) in Washington DC bedanken, vor allem wegen seiner unschätzbaren Sammlung mündlicher Zeitzeugenberichte. Um nur einige zu nennen: Bella Tovey, Sonia Chomicki und Zelda Piekarska Brodecki schildern in lebhaften Farben, wie es war, im besetzten Sosnowiec aufzuwachsen. Hana Mueller Bruml beschreibt die Befreiung des Konzentrationslagers Groß-Rosen. Regina Spiegel erzählt, wie sie in Föhrenwald eine Ausbildung zur Schneiderin machte. Von Henry Cohen, der im Jahr 1946 Leiter von Föhrenwald war, gibt es Zeugnisse über das Leben im Lager, zum Beispiel, dass es eine Bibliothek und eine jüdische Polizeieinheit gab und dass den Bewohnern täglich eine Ration von fünfundachtzig Gramm Büchsenfleisch zustand. Er berichtet auch von Spannungen im Lager, von einem Schwarzmarkt und vielem mehr, aber ich konnte nicht alle Einzelheiten einarbeiten.

Besonders eine Geschichte hat mich beim Schreiben dieses Buches nicht losgelassen. Alice Cahana erzählt von ihrer Schwester Edith. Wie die beiden als Jugendliche die Selektion in Auschwitz-Birkenau überleben und ihre übrige Familie in die Gaskammer geschickt wird. Sie erzählt, wie es ihr und Edith gelingt, während des ganzen Krieges zusammenzubleiben, wie sie nach Groß-Rosen verlegt werden und schließlich nach Bergen-Belsen kommen. Gemeinsam feiern sie noch die Befreiung.

Und dann wird Edith, die sehr schwach und krank ist, von einem Krankenwagen abgeholt. Alice sieht ihn noch davonfahren. Und von da an hat sie ihre Schwester nie mehr gesehen. Sie hat sie nie mehr gesehen, hat aber ihr Leben lang nach ihr gesucht.

Das UDHMM besitzt eine Datenbank, auf die Historiker online zugreifen können. Dort sind Opfer des Holocaust nach unterschiedlichen Kriterien auffindbar: nach Name, Alter, dem Lager, in dem sie waren, oder der Stadt, in der sie geboren wurden. Sämtliche Vornamen meiner Romanfiguren stammen aus dieser Datenbank, aus den Namenslisten der Menschen, die in Sosnowiec geboren sind oder in Dachau oder Auschwitz im KZ waren, oder die, wie Zofia, im Jahr 1945 achtzehn Jahre alt waren, und die mit einem verwüsteten Herzen auf einem verwüsteten Kontinent ein neues Leben beginnen wollten. Es war eine Zeit der Verwüstung und die ganze Welt schien im Wahnsinn zu versinken.

Abgesehen von diesen Zeugnissen, habe ich bestimmt schon einhundert Memoiren von Holocaust-Überlebenden gelesen, die zum Teil in den Roman eingeflossen sind. Die Idee mit der begehrten Coca-Cola-Flasche zum Beispiel stammt von Thomas Buergenthal, der erzählte, wie er nach seiner Rettung aus Auschwitz als kleiner Bub den ersten Schluck dieses fremdartigen Getränks probierte. Ich erinnere mich an den beinahe surreal anmutenden Bericht von Gerda Weissman, die von einer Nachbarin um ein Stoffband gebeten wurde, mit dem diese ein Hakenkreuz auf eine Fahne nähen wollte. Ich bin allen Überlebenden unendlich dankbar, die es fertigbrachten, ihre Geschichte niederzuschreiben oder zu erzählen. Ebenso danke ich den Journalisten und Historikern, die dies möglich machten.

In dieses Buch ist viel Traurigkeit eingeflossen, weil es so viel Traurigkeit gab. Das Buch endet jedoch hoffnungsvoll, denn so unwahrscheinlich es klingen mag, es gab in den Lagern für Displaced Persons auch sehr viel Hoffnung: Liebesbeziehungen, Neugeborene, Neuanfänge, neue Lebensentwürfe. Zu meinen Lieblingsbildern, die ich während meiner Recherchen zu diesem Buch immer wieder ansah, gehören die Fotos von Hochzeiten, die in den DP-Lagern gefeiert wurden. Ich betrachtete diese Bilder mit den zuversichtlichen Bräuten und Bräutigamen in ihren irgendwie zusammengeschneiderten oder geborgten Kleidern, umringt von ihren neuen, zu Familien zusammengewachsenen Freunden, mit denen sie in eine neue Zukunft aufbrechen.

Ich weiß nicht, was für mich unfassbarer ist: das Böse und die abgrundtiefe Grausamkeit des Holocaust oder die unsterbliche Hoffnung, die manche Überlebende daraus ziehen konnten. Ich weiß nicht, was unfassbarer ist, aber ich weiß, wonach wir streben sollen.

Danksagung

Dieses Buch geht wie viele meiner Projekte auf meine Agentin Ginger Clark zurück. Im Lauf eines einzigen Nachmittags skizzierte ich ihr per E-Mail einen groben Handlungsablauf. Und sie schrieb ständig zurück: *Und dann? Wie wäre es, wenn …?*, bis die Charaktere richtig lebendig wurden und ich es kaum noch erwarten konnte, die Geschichte zu erzählen.

Lisa Yoskowitz hat mich drei Bücher lang als Lektorin begleitet, sodass ich sie eigentlich als Koautorin nennen müsste. Meine Texte gewinnen mit jeder ihrer prägnanten Anmerkungen. Die Zusammenarbeit mit ihr und den anderen Mitarbeitern von Little, Brown Books for Young Readers ist eine tägliche Bereicherung für mich.

Magdalena Cabajewska beantwortete mir geduldig alle Fragen über die Feinheiten des Polnischen.

Meine näh- und pferdekundige Mutter Dawn Dannenbring-Carlson überprüfte die Abschnitte, in denen es ums Nähen und um Pferde ging.

Kluge Rückmeldung bekam ich von meiner lieben Freundin Rachel Dry nach dem Lesen des ersten Entwurfs.

Mein Ehemann Robert Cox unterstützte mich mit Liebe, Lachen und allem anderen.

Foto: © Cassidy DuHon

Autorin

Die vielfach ausgezeichnete Bestsellerautorin Monica Hesse stammt aus Illinois und ist außerdem Journalistin bei der Washington Post. Sie lebt mit ihrem Mann und einem verrückten Hund in Washington. »Das Mädchen im blauen Mantel«, ihr erster Roman, der auf Deutsch erschien, stand auf der New-York-Times-Bestsellerliste und erhielt zahlreiche Preise, darunter den renommierten Edgar Award in der Kategorie »Junge Erwachsene«, und wurde von der Jugendjury für den Deutschen Jugendliteraturpreis 2019 nominiert.

Von Monica Hesse sind bei cbj erschienen:
Das Mädchen im blauen Mantel (31319)
Sie mussten nach links gehen (31397)
Zeit der Lügen (31430)

Foto: © privat

Übersetzerin

Cornelia Stoll, geboren 1953, ist als Übersetzerin, Englischlehrerin und Buchhändlerin ausgebildet. Sie war in allen drei Berufen tätig und übersetzt seit 1988 hauptsächlich englische Kinder- und Jugendliteratur, darunter Bücher von Zizou Corder, Monica Hesse, Erin Hunter, Beth Kephart, Gary Paulsen und Philip Pullman. Sie lebt in Tübingen.

Mehr über cbt auf Instagram unter @hey_reader

Monica Hesse

Das Mädchen im blauen Mantel

384 Seiten, ISBN 978-3-570-31319-0

Amsterdam ist von den Nazis besetzt. Hanneke verbringt ihre Tage damit, Schwarzmarktgüter zu beschaffen, ihre Abende damit, ihren besorgten Eltern genau das zu verheimlichen, und jede wache Minute damit, um ihren Freund zu trauern, der an der Front gefallen ist. Ihre illegalen Geschäfte betrachtet sie als kleinen Akt der Rebellion. Aber eines Tages erhält sie einen sehr ungewöhnlichen Auftrag. Eine ihrer Kundinnen bittet sie, ein Mädchen zu finden. Ein jüdisches Mädchen, das aus dem Geheimversteck in ihrem Haus verschwunden ist. Auf der Suche nach diesem Mädchen gerät Hanneke in ein Netz aus Lügen, Rätseln und Geheimnissen.

30438

www.cbj-verlag.de